SALLY HEPWORTH

Das Lächeln der Bradley-Frauen

Buch

Neva Bradley lebt in Boston und ist mit Herz und Seele Hebamme – wie schon ihre Mutter Grace und ihre Großmutter Florence vor ihr. Während die Beziehung zu ihrer Mutter etwas distanziert ist, verbindet sie mit ihrer Großmutter ein inniges Verhältnis. Doch als Neva feststellt, dass sie schwanger ist, beschließt sie, es nicht einmal Florence zu verraten, denn sie kann ihrer Familie weder einen Partner noch den Vater des ungeborenen Kindes präsentieren.

Sechs Monate später lässt sich ihr Zustand auch mit noch so weiten Kleidern nicht mehr verbergen. Sie weiß, dass sie ihrer Familie die Wahrheit sagen muss. Als sie sich jedoch weigert, die Identität des Vaters preiszugeben, fühlt sich ihre Großmutter plötzlich sechzig Jahre zurückversetzt, in ihr Heimatland England, aus dem sie in den Fünfzigerjahren nach Amerika kam. Denn ihre eigene Vergangenheit birgt ein Geheimnis, das auf geradezu unheimliche Weise an das ihrer Enkelin erinnert und das für die ganze Familie Bradley lebensverändernde Konsequenzen haben wird …

Autorin

Sally Hepworth ist gebürtige Australierin, verbrachte jedoch viel Zeit damit, um die Welt zu reisen. Sie lebte in Singapur, Großbritannien und Kanada, wo sie als Eventmanagerin und im Personalwesen arbeitete. 2009 kehrte sie zurück nach Australien und wandte sich ganz ihrer großen Leidenschaft, dem Schreiben, zu. Nach *Wenn du an meiner Seite bist* ist *Das Lächeln der Bradley-Frauen* ihr zweiter Roman bei Blanvalet. Sally Hepworth lebt mit ihrem Mann und ihren beiden Kindern in Melbourne.

SALLY HEPWORTH

Das Lächeln der Bradley-Frauen

Roman

Aus dem Englischen
von Gabriele Werbeck

blanvalet

Die Originalausgabe erschien 2015 unter dem Titel
The Secrets of Midwives bei St. Martin's Press, New York.

MIX
Papier aus verantwortungsvollen Quellen
FSC® C014496

Verlagsgruppe Random House FSC® N001967
Das FSC®-zertifizierte Papier *Holmen Book Cream*
für dieses Buch liefert Holmen Paper, Hallstavik, Schweden.

1. Auflage
Deutsche Erstausgabe August 2015
bei Blanvalet, einem Unternehmen der
Verlagsgruppe Random House GmbH, München

Umschlaggestaltung: www.buerosued.de
Umschlagmotive: Plainpicture/Elektrons08; www.buerosued.de
Redaktion: Andrea Stumpf
Herstellung: sam
Satz: DTP Service Apel, Hannover
Druck und Bindung: GGP Media GmbH, Pößneck
Printed in Germany
ISBN: 978-3-7341-0034-5

www.blanvalet.de

Für die Mütter und Kinder dieser Welt,
insbesondere für meine Kinder

Kapitel 1

NEVA

Vermutlich könnte man sagen, ich war die geborene Hebamme. Bereits seit zwei Generationen hatten sich die Frauen in meiner Familie der Aufgabe verschrieben, Kindern auf die Welt zu helfen; es lag mir einfach im Blut. Gerade verlief mein Weg allerdings nicht. Ich war nicht wie meine Mutter – ein Körbe flechtendes Hippiemädchen, das sich für das Wunder des kostbaren neuen Lebens begeisterte. Ich war nicht wie meine Großmutter – weise, abgeklärt, überzeugt von der Kraft der natürlichen Geburt. Ich hatte noch nicht einmal besonders viel für Babys übrig. Nein, meine Entscheidung, Hebamme zu werden, hatte mit Babys nichts zu tun. Sondern ausschließlich mit Müttern.

Eleanors Körper krümmte sich auf dem breiten Bett zu einem Bogen. Ich kroch zwischen ihren Beinen etwas näher an sie heran und legte meine flache Hand auf den Kopf des Kindes. Eleanor hatte heftige, rasch aufeinander folgende Wehen, und ich wollte kein Risiko eingehen. Ihre Babys erwischten uns gern unvorbereitet. Ihren ersten Sohn, Arthur, hätte ich beinahe fallen lassen, als er spontan beschloss, auf die Welt zu kommen, während Eleanor auf einem Gymnastikball hin und her schaukelte. Ihr blieb kaum Zeit, noch einmal Luft zu holen, bevor sein Köpfchen erschien und wir eilig unsere Positionen einnahmen. Felix, ihr zweiter Sohn, wurde in der Geburtswanne geboren, fünf Minuten nachdem ich meine Assistentin Susan in die Pause geschickt hatte. Dieses Mal war ich vorbereitet.

»Sie haben es fast geschafft.« Ich strich Eleanor eine schweißnasse Haarsträhne aus der Stirn. »Mit der nächsten Wehe kommt das Baby.«

Eleanor umklammerte die Hand ihres Mannes. Frank war wie üblich still gewesen, geradezu ehrfürchtig. Die Väter verhielten sich völlig unterschiedlich. Manche nahmen die gleiche Haltung wie ihre Frauen oder Freundinnen ein, keuchten und pressten gemeinsam mit ihnen. Andere konzentrierten sich so sehr auf irgendeine kleine Aufgabe, die man ihnen übertrug – sei es, den iPod zu bedienen oder dafür zu sorgen, dass der Eiswürfelbehälter immer gefüllt war –, dass sie von der Geburt selbst kaum etwas mitbekamen. Ich hatte ein Faible für die Ehrfürchtigen. Sie wussten, dass sie an einem ganz besonderen Ereignis teilhatten.

Das Köpfchen des Kindes drehte sich nach rechts, und Eleanor stöhnte. Die Luft im Zimmer vibrierte vor Energie. »Gut«, sagte ich. »Bereit?«

Eleanor drückte das Kinn an die Brust. Susan stand neben mir, als ich die Schultern des Kindes entwickelte – erst die eine, dann die andere –, sodass nur noch seine Beine im Geburtskanal steckten. »Wollen Sie Ihr Baby selbst rausziehen, Eleanor?«

Eleanors andere beiden Kinder hatten es dafür zu eilig gehabt, aber ich freute mich, dass sie jetzt die Gelegenheit hatte. Ich fand es am schönsten, wenn ein Kind auf diese Weise geboren wurde. Es erschien mir nur recht und billig, dass eine Mutter nach der Schwerstarbeit während der Wehen ihr Kind mit eigenen Händen auf die Welt holte.

Ein schwaches Lächeln erschien auf Eleanors Gesicht. »Wirklich?«

»Ja«, sagte ich. »Wir sind so weit, wenn Sie es sind.«

Ich nickte Susan zu, die sich bereithielt, um das Kind notfalls zu übernehmen. Aber das würde nicht passieren. In den zehn Jahren, die ich jetzt als Hebamme arbeitete, hatte ich noch nie erlebt, dass einer Mutter ihr Kind aus den Händen glitt. Ich sah zu, wie Eleanor das schwarzhaarige Baby aus ihrem Körper zog und an ihr Herz legte – rosa, verschmiert und vollkommen. Es stieß einen kräftigen Schrei aus. Musik in den Ohren einer Hebamme.

»Wie finden Sie das?«, sagte ich. »Es ist ein Mädchen.«

Eleanor lachte und weinte gleichzeitig. »Ein Mädchen. Es ist ein Mädchen, Frank.«

Die Kleine hatte eine gute Größe. Zehn Finger. Zehn Zehen. Eleanor hielt ihre Tochter zärtlich und beschützend in den Armen. Frank stand mit andächtiger Miene neben den beiden. Nicht zum ersten Mal sah ich diesen Gesichtsausdruck, aber er gefiel mir jedes Mal aufs Neue. Seine Frau war gerade zu einem noch erstaunlicheren Wesen geworden. Einem wahren Wunder.

Susan winkte Frank zu sich und gab ihm Anweisungen, wie er die Nabelschnur durchschneiden sollte. Als ich Franks Gesicht sah, musste ich unwillkürlich lachen. Susan war mit neunzehn nach Rhode Island gekommen, aber noch heute, vierzig Jahre später, war ihr breiter schottischer Dialekt für amerikanische Ohren kaum verständlich. Der Vorteil war, dass man ihr unbesorgt ein Geheimnis anvertrauen konnte, denn selbst wenn sie es ausplauderte, würde es keiner verstehen. Der Nachteil war, dass ich eine Menge Zeit mit Dolmetschen verbrachte.

»Einfach zwischen den beiden Klemmen durchschneiden«, soufflierte ich. Susan drehte sich weg, aber so wie die grauen Löckchen auf ihrem Kopf auf und ab hüpften, war ich ziemlich sicher, dass sie leise kicherte.

Sobald die Plazenta geboren war und Eleanor ihre Tochter zum ersten Mal gestillt hatte, versorgte ich Mutter und Kind und besprach mich kurz mit der Nachtschwester. Bevor ich ging, blieb ich noch einmal an der Tür stehen. Im Zimmer war es ruhig und friedlich. Das Baby lag an Eleanors nackter Brust, sodass es Hautkontakt mit seiner Mutter hatte. Frank neben ihnen war bereits eingeschlafen. Ich musste lächeln. Das, dieses Bild, war der Grund, warum ich Hebamme geworden war, und in meinen Augen das eigentlich Magische bei einer Geburt. Egal, wie anstrengend die Wehen gewesen waren, egal, wie erschöpft die Mutter war, die Männer schliefen immer als Erste ein.

»Bis morgen«, sagte ich, obwohl ich gerne noch länger geblieben wäre.

Eleanor winkte mir zu, und Frank schnarchte weiter. Ich zog meine Handschuhe aus und war noch nicht richtig hinaus auf den Flur getreten, als sich eine Hand um meinen Arm legte und mich umriss. Ich streckte eine Hand aus, um den Sturz abzufangen, doch statt auf dem Boden zu landen, blieb ich mitten in der Luft hängen.

»Hallo, Schönste.«

Ein paar Meter weiter fingen zwei junge Hebammen

an zu kichern. Ich sah blinzelnd zu Patrick hoch, der mich in einer Art Tangofigur hielt. »Sehr witzig. Stell mich wieder hin.«

Patrick, der beratende Kinderarzt aus dem St. Mary's Hospital ein Stockwerk höher, tauchte gerne bei uns im Geburtszentrum auf und unterhielt die Schwestern mit seinen albernen Einfällen. Ich verzichtete darauf, mich geschmeichelt zu fühlen. Sicher, er war jung und charmant – und er sah auf etwas zerzauste Art gut aus, so als wäre er gerade aus dem Bett gestiegen –, aber zufällig wusste ich, dass er öfter »Schönste« sagte als ich »Presswehe«.

»Dein Wunsch ist mir Befehl.« Sofort stand ich wieder auf meinen zwei Beinen. »Gut, dass ich dich treffe«, sagte er. »Ich weiß einen neuen Witz.«

»Schieß los.«

»Wie viele Hebammen braucht man, um eine Glühbirne zu wechseln?« Patrick wartete meine Antwort nicht ab. »Sechs. Eine dreht die Glühbirne rein und fünf halten den Gynäkologen davon ab, sich einzumischen.« Er grinste. »Gut, oder?«

Ich musste unwillkürlich lachen. »Nicht übel.«

Ich ging weiter, und er fiel neben mir in Gleichschritt. »Übrigens … Sean und ich gehen heute Abend im Hip was trinken. Kommst du mit?«

»Tut mir leid«, sagte ich. »Ich hab ein Date.«

Patrick blieb stehen und starrte mich an. Daran konnte man erkennen, wie unwahrscheinlich es war, dass ich ein Date hatte.

»Lass dich nicht auf den Arm nehmen. Ich fahre zum Essen mit Gran und Grace nach Conanicut Island.«

»Ach so.« Sein Gesichtsausdruck wechselte wieder zu

normal. »Ich geh wohl recht in der Annahme, dass das Verhältnis zwischen dir und deiner Mutter nicht besser geworden ist?«

»Wie kommst du darauf?«

»Weil du sie immer noch Grace nennst.«

»So heißt sie nun mal.«

Ich hatte mit vierzehn angefangen, sie Grace zu nennen – an dem Tag, an dem ich zum ersten Mal eine Frau von ihrem Kind entbunden hatte. Es kam mir merkwürdig vor, sie Mom zu nennen, unprofessionell. Grace erschien mir dagegen so selbstverständlich, dass ich dabeigeblieben war.

»Willst du nicht wenigstens auf einen Drink mitkommen? Du machst dich schon seit Monaten rar.« Er zog einen Schmollmund. »Wir sind dir zu langweilig, stimmt's?«

Ich öffnete die Tür zum Aufenthaltsraum. »Muss wohl so sein.«

»Nächstes Mal?«, rief er mir nach. »Versprochen?«

»Versprochen«, rief ich zurück. »Wenn du mir versprichst, bessere Witze zu erzählen.«

Ich war zuversichtlich, dass er dieses Versprechen nicht würde halten können.

Ich kam zehn vor acht auf Conanicut Island an. Grans Haus, ein mit Schindeln verkleidetes Cottage, thronte auf einem grasbewachsenen Hügel über der Felsküste. Sie wohnte an der Südspitze der Insel, die man über einen schmalen Landstreifen von Jamestown aus erreichte. Als ich Kind war, hatten meine Eltern jeden Sommer ein ähnliches Haus wie das von Gran gemietet, und wir hatten ein paar Wochen in der freien Natur verbracht – waren in der Mackerel Cove geschwommen, hatten Drachen steigen lassen und Wanderungen im Beavertail State Park unternommen. Gran hatte als Erste beschlossen, hier »Dauerurlaub« zu machen. Ein paar Jahre später waren Grace und Dad ihrem Beispiel gefolgt und in fußläufige Entfernung zu ihr gezogen. Grace hatte sich aufgeregt, weil sie mich in Providence »zurückließen«, aber mir war es ganz recht so. Abgesehen davon, dass auf diese Weise ein größerer Abstand zwischen Grace und mir und meiner Arbeit lag, gefiel es mir, einen Vorwand zu haben, nach Conanicut Island zu fahren. Sobald ich über die Jamestown Verrazzano Bridge fuhr, geschah etwas mit mir. Ich war entspannter. Lockerer.

Ich stieg aus und ging den grasüberwachsenen Weg hinauf. Kaum dass ich das Haus durch die Hintertür betreten hatte, wehte mir der Duft von Zitrone und Knoblauch entgegen.

Grace und Gran saßen in dem holzgetäfelten Esszimmer am Tisch und unterhielten sich. Sie blickten nicht einmal auf, als ich eintrat, woraus ich schloss, dass sie beide noch tauber geworden waren. In letzter Zeit bewegte ich mich nicht gerade leichtfüßig.

»Hallo, ihr beiden.«

Sie drehten sich um und begannen gleichzeitig zu strahlen. Vor allem Grace' Gesicht begann zu leuchten. Vielleicht lag es aber auch nur an dem orangefarbenen Lippenstift und dem psychedelisch gemusterten Kleid. Zwischen ihren Vorderzähnen steckte irgendetwas Grünes – vielleicht ein Stück Bohne –, und ihre Haare sahen aus, als wäre ein Windstoß durchgefahren. Mit den über die Augen hängenden Ponyfransen erinnerte sie mich an einen zotteligen roten Hütehund.

»Entschuldigt die Verspätung«, sagte ich.

»Die Kinder richten sich eben nicht nach deinen Abendesseneinladungen, Neva«, sagte Gran. Auf ihrem ungeschminkten Gesicht erschien ein Lächeln. »Niemand weiß das besser als wir.«

Ich gab den beiden einen Kuss und ließ mich auf den Stuhl am Kopfende plumpsen. Sie hatten mir ein halbes Hühnchen übrig gelassen, außerdem ein paar Kartoffeln und Karotten und eine Portion grüne Bohnen. Auf dem Tisch stand ein Krug Wasser, in dem ein Minzeblatt schwamm, wahrscheinlich aus Grans Garten. Gran griff nach dem Vorlegebesteck und begann mir aufzugeben. »Hat Lil sich wieder verkrochen?«

Lil, Grans schon fast krankhaft schüchterne Lebensgefährtin, glänzte bei unseren monatlichen Abendessen regelmäßig durch Abwesenheit. Grace hatte sich gar nicht mehr eingekriegt, als Gran vor fast acht Jahren ihre Beziehung und damit auch ihre sexuelle Orientierung bekannt gegeben hatte. Ihr Leben lang hatte sie sich nach einem Skandal in der Familie gesehnt, um zeigen zu können, wie tolerant sie war. Allerdings konnte ich mich des Gefühls nicht erwehren, dass ihre demonstrative Aufgeschlossenheit (einmal hatte sie Gran und Lil als ihre »beiden Mütter« bezeichnet) der Grund dafür war, dass Lil sich jedes Mal rarmachte, wenn wir da waren.

Gran seufzte. »Du weißt ja, wie Lil ist.«

»Du könntest auch jemanden mitbringen, Neva«, sagte Grace. »Wenn du gern einen Mann …«

»Gute Idee.« Ich spießte mit meiner Gabel ein Stückchen Huhn auf. »Nächstes Mal bringe ich Dad mit.«

Grace runzelte die Stirn, aber eins der Dinge, die ich an ihr am meisten schätzte, war ihre kurze Aufmerksamkeitsspanne. »Na, Geburtstagskind, wie fühlst du dich? Das letzte Jahr mit einer Zwei davor!«

Ich durchbohrte mit meiner Gabel eine Kartoffel. »Keine Ahnung.« Tja, wie fühlte ich mich eigentlich? »Ich denke, ich …«

»Ich sag dir, wie *ich* mich fühle«, fiel mir Grace ins Wort. »Alt. Es kommt mir vor wie gestern, dass ich mit dir in den Wehen lag.« Grace' Stimme klang auf einmal wehmütig. »Kannst du dich daran erinnern, wie wir sie das erste Mal gesehen haben, Mom? Die vielen roten Haare und diese porzellanweiße Haut. Wir waren sicher, dass du mal Schauspielerin oder Model wirst.«

Mit etwas Mühe schluckte ich den Bissen, den ich im Mund hatte, hinunter. »Freust du dich nicht darüber, dass ich deinem Beispiel gefolgt und Hebamme geworden bin, Grace?«

»Was heißt hier freuen? Ich bin die stolzeste Mutter der Welt! Auch wenn ich mir natürlich immer noch wünsche, dass du mit mir zusammenarbeiten und Hausgeburten betreuen würdest. Keine Ärzte, die die Zange schwingen, keine Kranken, die ein empfindliches Neugeborenes anhusten …«

»Im Geburtszentrum gibt es keine Ärzte und keine Kranken, Grace.«

»Im eigenen Heim zu entbinden, das hat einfach etwas …«

Magisches.

»Magisches«, sagte sie lächelnd. »Ach, beinahe hätte ich es vergessen.« Sie griff nach ihrer Handtasche und zog ein flaches, in Geschenkpapier gewickeltes Päckchen heraus. »Das ist von deinem Vater und mir.«

»Wow … Das wär doch nicht nötig gewesen.«

»Unsinn. Du hast Geburtstag.«

Gran und ich wechselten einen Blick. Das war ja klar, dass Grace sich nicht an die Anweisung »Keine Geschenke« hielt. Das Einzige, was ich mir zum Geburtstag gewünscht hatte. Ich hasste Geschenke. Es war peinlich, sie entgegenzunehmen. Es war peinlich, sie vor aller Augen auszupacken. Und wenn es von Grace kam, war da noch der Druck, vor Freude in Jubel auszubrechen, weil mir gerade dieses Stück zu meinem Glück gefehlt hatte.

»Na los.« Sie legte erwartungsvoll die Hände aneinander. »Mach es auf.« Plötzlich musste ich an meinen dreizehnten Geburtstag denken – das erste Mal seit der Grundschule, dass ich mich zu einer Geburtstagsparty hatte überreden lassen. Vielleicht war mein Urteilsvermögen dadurch getrübt, dass ich gerade zum zweiten Mal meine Periode bekommen hatte, an Krämpfen litt, blutete und eine Binde von der Größe eines Surfboards in meiner Unterhose steckte. Grace war enttäuscht, als ich auf einer kleinen Feier bestand und nur vier Mädchen aus meiner Klasse einlud, und es brach ihr geradezu das Herz, als ich Partyspiele jeglicher Art strikt ablehnte, aber sie wollte es nicht darauf ankommen lassen. Rückblickend betrachtet hätte ich da schon stutzig werden müssen. Meine Freundinnen und ich hatten es uns gerade im Wohnzimmer gemütlich gemacht, als Grace hereinmarschierte.

»Hört mir bitte alle mal zu!«, sagte sie. »Wie ihr wisst, wird Neva heute dreizehn. Wir feiern, dass sie ab jetzt ein Teenager ist.«

Sie sah aus, als würde sie auf der Bühne eines Kindertheaters stehen, und lächelte so breit, dass es mich nicht gewundert hätte, wenn ihr Gesicht in drei Teile zerbrochen wäre. Ich wünschte, sie würde mitsamt ihrem knallroten Knautschsamtkleid und den letzten beiden Minuten in einer Rauchwolke verschwinden. Diese Hoffnung schwand jedoch sofort zusammen mit dem Lächeln meiner Freundinnen.

»Mein kleines Mädchen ist kein kleines Mädchen mehr. Ihr Körper verändert sich und reift heran. Sie erlebt, wie in ihr eine Lebenskraft erwacht, die einer Frau die Fähigkeit verleiht, neues Leben zu erschaffen. Ihr wisst das wahrscheinlich nicht, aber die traditionelle Bezeichnung für die erste Menstruation ist ›Menarche‹.«

Panik überkam mich, mein Herz begann zu rasen. Ich wünschte mir nicht mehr, Grace würde verschwinden und mit ihr die letzten beiden Minuten – ich wünschte mir, meine gesamte Zukunft würde mit ihr verschwinden. Besonders der kommende Montag, wenn ich wieder in die Schule gehen musste und damit konfrontiert werden würde, dass ich von da an bis in alle Ewigkeit eine gesellschaftliche Außenseiterin war. Und auch die kommenden Wochen, wenn ich mein Leben weiterleben und so tun musste, als würde ich das Getuschel und das Gekicher der anderen nicht hören.

»In manchen Kulturen«, fuhr sie fort, »findet anlässlich der Menarche ein Fest mit Liedern und Tänzen statt. In Marokko bekommen die Mädchen Kleider, Geld und Geschenke. Japanische Familien feiern die Menarche einer Tochter mit einem Essen aus rotem Reis und Bohnen. Auch in einigen Regionen Indiens veranstaltet man zu Ehren der Mädchen ein Fest, und sie werden mit den schönsten Kleidern und Schmuckstücken ausstaffiert, die sich die Familie leisten kann. Ich weiß, in eurem Alter findet man die Menstruation vielleicht peinlich oder, Gott bewahre, sogar unhygienisch. Aber das ist sie nicht. Sie ist eines der heiligsten Dinge auf dieser Welt, und man muss sie nicht verstecken, sondern feiern. Daher dachte ich, zu Ehren von Nevas Menarche und vielleicht auch der von der einen oder anderen von euch …«, sie lächelte meine Freundinnen aufmunternd an, »… dachte ich also, es wäre lustig, es den Apachen hier in Nordamerika nachzumachen und …«, sie legte eine theatralische Pause ein, »… zu tanzen. Ich habe einen Gesang einstudiert und wir könn…«

Ich begreife es bis heute nicht, dass ich sie so lange weiterreden ließ. »Mom.«

Immer noch lächelnd sah Grace mich an. »Was ist denn, Schätzchen?«

»Bitte, red nicht weiter.«

Ich flüsterte nur, aber ich weiß, dass sie mich gehört hatte, denn das Lächeln fiel von ihrem Gesicht wie ein Drachen von einem windstillen Himmel. Um mein Herz legte sich ein stählerner Schutzschild. Ja, sie hatte sich sehr viel Mühe gegeben, und sie hatte mir nicht die geringste Wahl gelassen. »Dad!«

Unser Haus war klein, ich wusste, dass er mich hören würde. Und als er gleich darauf in der Tür erschien, zeigte mir seine erschrockene Miene, dass ihm die Panik in meiner Stimme nicht entgangen war. Er sah sich um. Die entsetzten Gesichter meiner Freundinnen. Das Rot überall – Grace' Kleid, die Ballons, die neuen Kissen, die mir erstaunlicherweise erst jetzt auffielen. Er fasste Grace bei den Schultern und führte sie hinaus, obwohl sie lautstark protestierte und wirklich nicht verstand, warum.

Doch als Grace sich jetzt über mich beugte, war Dad

nicht da, um mir beizustehen. Ich drehte das Geschenk um und begann es vorsichtig auszupacken, indem ich auf einer Seite am Klebestreifen zupfte.

»Das ist kein Puzzle, Schätzchen. Du musst nicht jeden Tesastreifen einzeln ablösen, das macht man *so*!«

Grace griff so schwungvoll nach dem Päckchen, dass sie gegen den Tisch stieß. Eiswürfel klirrten. Der Wasserkrug begann bedenklich zu wackeln und schwankte kurz hin und her, bevor er schließlich beschloss umzufallen. Glas zersplitterte, Wasser schwappte über die Tischplatte. Die Luft roch plötzlich nach Minze. Ich sprang auf, als mich der Schwall Wasser von der Brust abwärts durchnässte.

Wenn so etwas passiert, wird es normalerweise laut. Die Anwesenden geben sich gegenseitig die Schuld, erteilen Anweisungen, laufen nach Schrubber und Wischlappen. Aber hier blieb es beängstigend still. Gran und Grace starrten auf die Erhebung, die sich unter dem klitschnassen Hemd nicht länger verbergen ließ. Und vermutlich zum ersten Mal in ihrem Leben fehlten meiner Mutter die Worte.

»Ja«, sagte ich. Ich legte die Hände auf meinen Bauch, um ihn vor dem zu schützen, was unweigerlich folgen würde. »Ich bin schwanger.«

Kapitel 2

GRACE

»Du kannst nicht schwanger sein«, sagte ich, auch wenn es kaum zu bezweifeln war, als ich die Hand ausstreckte, um Nevas nassen runden Bauch zu berühren. Und sie war schon ziemlich weit. Ihr Nabel war ganz flach. Ihre Brüste waren groß, und ich war sicher, dass ich bei einem Blick unter ihr Krankenhaushemd jede Menge blaurote Adern entdecken würde. »Wie … weit bist du?«

Nevas Wangen färbten sich rosa. »Dreißigste Woche.«

»Dreißigste …« Ich kniff kurz die Augen zusammen und öffnete sie wieder, als könnte ich auf diese Weise den Schock mildern. »*Dreißigste* Woche?«

Das war doch nicht möglich. Ihr Gesicht war frisch und fleckenlos, und sie schien auch kein Wasser angesammelt zu haben. Ihre Handgelenke waren schmal, und sie hatte nicht einmal ansatzweise ein Doppelkinn. Abgesehen von der Wölbung gab es keine Anzeichen für eine Schwangerschaft, ganz zu schweigen von einer Schwangerschaft im letzten Drittel. Ich konnte es einfach nicht glauben. »Aber … du hast doch das PCO-Syndrom!«

»Das bedeutet nicht, dass ich nicht schwanger werden kann«, sagte Neva. »Es ist nur etwas schwieriger.«

Das wusste ich natürlich auch, aber es wollte mir trotzdem nicht in den Kopf. Meine Tochter war schwanger.

Ich war Hebamme. Wie konnte es sein, dass ich nichts davon mitbekommen hatte?

Von der Tischkante tropfte Eiswasser auf den Boden neben Nevas Füßen. So wie sie es anstarrte, hätte man meinen können, dass sie noch nie in ihrem Leben Wasser gesehen hatte. »Dein Tisch kriegt Flecken, Gran«, sagte sie langsam. »Hast du irgendwo Küchentücher?«

Ich sah sie fassungslos an. »Küchentücher?«

»Ich hol welche«, sagte Mom. »Grace, geh mit Neva ins Wohnzimmer. Ich koche uns Tee.«

Ich folgte Neva ins Wohnzimmer. Es war mir unbegreiflich, wie ich ihren Watschelgang hatte übersehen können. Als sie sich auf das Sofa sinken ließ, fiel mir auf, wie blass sie war. Ihre Haut war so hell und durchscheinend, dass ich darunter praktisch das Blut in den Adern fließen sah. Als sie klein war, hatte ich im Sommer immer darauf achten müssen, dass jeder Quadratzentimeter ihrer Haut bedeckt war, ganz gegen meinen Instinkt, sie nach Lust und Laune nackt herumlaufen zu lassen. Doch wenn ich sie jetzt betrachtete, diese perfekte alabasterfarbene Haut ohne eine einzige Sommersprosse – dann war es das wert gewesen. Sie fuhr sich mit der Hand durch den rotbraunen Pferdeschwanz, ihre Haare waren füllig und glänzten, ein weiterer Hinweis auf ihre Schwangerschaft, der mir entgangen war.

»Tut mir leid«, sagte sie. »Ich wollte es dir schon früher erzählen, aber ich musste mich erst an die Vorstellung gewöhnen. Ich habe es bis jetzt niemandem außer Susan gesagt, und das auch nur deshalb, weil sie die Vorsorge übernehmen musste.«

Ich nickte, als wäre es völlig normal, eine Schwangerschaft sieben Monate lang zu verschweigen. Obwohl es in gewisser Weise typisch für Neva war. In der Grundschule hatte mich einmal ihre Lehrerin am Tor abgefangen und gefragt, warum wir nicht bei der Schulaufführung von *Goldlöckchen* gewesen waren. Wie sich herausstellte, hatte Neva einen der drei Bären gespielt. Als ich sie fragte, warum sie uns nichts davon erzählt hatte, sagte sie nur: »Das wollte ich doch noch.«

»Also … du hast bestimmt einige Fragen«, sagte Neva. »Leg los.«

Mir schoss alles Mögliche durch den Kopf. Warum hatte sie uns nichts davon gesagt? Wurde sie gut betreut? Zog sie eine Hausgeburt in Erwägung? War ich die Letzte, die es erfuhr? Eine Frage brannte mir jedoch mehr als alle anderen auf der Seele, und ich musste sie als erste stellen.

»Wer ist der Vater?«

Die Veränderung in Nevas Gesichtsausdruck irritierte mich. Es war, als würde sie sämtliche Schotten dicht machen. Dabei war das doch eine ganz einfache Frage. Und sie hatte mich schließlich selbst dazu aufgefordert zu fragen. Sie zögerte und blickte auf ihren Bauch. »Es gibt keinen Vater.«

Ich musste blinzeln. »Du meinst … du weißt nicht, wer der Vater ist?«

»Nein«, sagte Neva langsam. »Ich meine … ich werde dieses Kind allein großziehen. Es gibt praktisch keinen Vater. Nur mich.«

Auf dem Sofatisch wurde klappernd ein Tablett abgestellt, und ich sah Mom an. Falls sie uns zugehört hatte, ließ sie es sich nicht anmerken.

»Mir ist klar, dass das eine Überraschung ist«, sagte Neva. »Für mich war es auch eine. Vor allem, weil …«

»… das Kind keinen Vater hat?« Es sollte nicht wertend klingen, aber vermutlich tat es das. Ich konnte nichts dagegen tun. Diese Antwort war noch unbefriedigender, als wenn sie nicht gewusst hätte, wer der Vater war. Wie konnte das Kind keinen Vater haben? Es sei denn … »Redest du von einer Samenspende?«

»Nein«, sagte sie. »Keine Samenspende. Aber du kannst ihn dir als Samenspender vorstellen, wenn du willst. Er wird nämlich nichts damit zu tun haben.«

»Aber …«

»Also, das nenne ich mal Neuigkeiten«, sagte Mom und goss Tee ein. »Wie geht es dir damit, Liebes?«

Nevas Gesicht hellte sich ein wenig auf. »Na ja, ich bin … aufgeregt. Und ein bisschen traurig, dass ich es allein durchziehen werde.«

»Aber du bist doch nicht allein«, sagte Mom. Sie reichte mir eine Tasse.

»Natürlich nicht«, pflichtete ich ihr bei. »Und der Vater will sich vielleicht auch darum kümmern, wenn du es ihm erst mal gesagt hast. Es sind schon seltsamere Dinge passiert. Und wenn nicht, dann eben nicht! Dein Vater und ich unterstützen dich, wo wir nur können.«

»Danke, Grace. Aber wie schon gesagt …«

Ich setzte abrupt meine Tasse auf den Tisch und verschüttete dabei etwas Tee. »Neva. Jetzt mach doch kein solches Geheimnis daraus. Ehrlich, es ist mir egal, wer der Vater ist. Das ist mein Enkelkind. Und es wird nichts außer Liebe erfahren, selbst wenn sein Vater in seinem Leben keine Rolle spielt. Aber sag uns wenigstens, wer es ist.«

Neva presste die Lippen aufeinander. Beinahe trotzig erwiderte sie meinen Blick. Und ich wusste, dass das

Thema damit erledigt war. Trotz meiner Verwirrung und Enttäuschung ging ein angenehmer Adrenalinstoß durch meinen Körper. Er begann unterhalb des Brustbeins und breitete sich dann wie heiße Schokoladensoße auf Eis in meiner Mitte aus. Neva machte so etwas nicht. Sie geriet nie in Schwierigkeiten, jedenfalls nicht in interessante Schwierigkeiten. Als Kind war sie immer so in sich gekehrt gewesen, dass ich ihre Teenagerzeit herbeigesehnt hatte, weil ich glaubte, dass sie dann zeigen würde, was in ihr steckte, und der Welt ihren Stempel aufdrücken würde. Aber die Teenagerjahre waren gekommen und gegangen, und dann war es noch schlimmer geworden. Sie hatte sich auf ihre Ausbildung konzentriert und war dann getreulich in Moms und meine Fußstapfen getreten, wobei sie uns beide mit ihrem Geschick und ihrem Können rasch übertraf. Jetzt, mit neunundzwanzig, begann Neva zu rebellieren. Und ich freute mich darüber, obwohl ich zu gern gewusst hätte, wer der Erzeuger meines zukünftigen Enkelkindes war.

»Ich bin müde«, sagte sie. »Können wir morgen weiterreden?« Neva stand schwerfällig auf und zupfte an ihrem nassen Hemd. Es klebte sofort wieder an ihrer Haut. »Das Essen war toll. Ich ruf euch beide morgen an.«

»Warte!« Ich sprang auf. Ich wusste zwar nicht, was ich sagen sollte, aber ich wusste, dass ich sie nicht einfach so gehen lassen konnte. »Willst du … willst du dein Geschenk nicht auspacken?«

Sie blieb im Durchgang zum Flur stehen. »Oh. Äh … ja, klar. Tut mir leid.«

Ich lief an Neva vorbei ins Esszimmer, holte die Schachtel und drückte sie ihr in die Hand. »Diesmal lass ich es dich aufmachen.« Ich hielt die Hände in die Höhe und trat einen Schritt zurück. »Ich mische mich nicht ein. Versprochen.«

Vorsichtig öffnete sie die Schachtel und drehte sie um. Der Silberrahmen fiel in ihre Hand.

Es war ein altes Foto aus der Zeit, als Bilder noch kleiner und an den Ecken runder gewesen waren. Mom saß in ihrem Korbstuhl auf der Veranda, die grau melierten Haare im Nacken zu einem Knoten geschlungen. Im Vordergrund kniete ich hinter einer vier oder fünf Jahre alten Neva. Ich hatte den Saum meines Rocks hochgezogen und versteckte mich dahinter, während Neva – schon damals ein ernstes Persönchen – ihrer Großmutter einen genervten Blick zuwarf. Ich hatte dieses Foto in einem Album entdeckt und gedacht, dass Neva dafür vielleicht eine Ausnahme bei ihrem Geschenkeverbot machen würde.

Ein Lächeln schlich sich auf Nevas Gesicht. »Wer hat das aufgenommen?«, fragte sie.

»Wahrscheinlich dein Vater. Gefällt es dir?«

Ich beobachtete sie. Ihre Augen hatten einen warmen Glanz. Vielleicht hatte ich ausnahmsweise mal etwas richtig gemacht?

»Ich finde es sehr nett, Grace«, sagte sie und blickte auf. »Und es tut mir leid. Ich weiß, das alles ist ein Schock. Ich brauche einfach ein bisschen Zeit. Ist das in Ordnung?«

Was sollte ich dazu sagen? Wenn sie meinte, ich müsste mich damit abfinden, dass ihr Kind keinen Vater haben würde, dann war es natürlich nicht in Ordnung. Ich hatte noch nie etwas weniger in Ordnung gefunden.

»Natürlich, mein Schätzchen«, hörte ich mich sagen. »Mach so, wie du denkst.«

Ich war froh, dass im Schlafzimmer Licht brannte, als ich in die Einfahrt bog. Ich würde kein Auge zubekommen, ohne Robert wenigstens kurz von den Neuigkeiten zu berichten. Ich schloss die Tür hinter mir ab, streifte meine Schuhe ab und ging rasch zum Schlafzimmer. Im selben Augenblick, in dem ich die Tür öffnete, ging das Licht aus.

»Liebling?« Im Dunkeln tapste ich zum Bett und schaltete seine Nachttischlampe ein. »Noch nicht schlafen. Du glaubst nicht, was passiert ist.«

Robert gab ein »Hmmm« von sich, seine Augen blieben jedoch geschlossen.

Ich schüttelte ihn. »Rob. Ich muss mit dir reden.«

Er murmelte etwas, das wie »Morgen früh« klang, und rollte sich auf die Seite.

»Neva ist schwanger«, sagte ich schließlich.

Es vergingen ein paar Sekunden, dann rollte er sich wieder zurück und öffnete die Augen.

»Im siebten Monat. Mom und ich haben es nur deshalb erfahren, weil ihr Hemd nass wurde und sich ihr Bauch deutlich darunter abzeichnete.«

Ich wartete darauf, dass Robert sich aufsetzte und mir Fragen stellte. Oder wenigstens irgendein Zeichen von Überraschung erkennen ließ. Er bewegte sich jedoch kein bisschen schneller als sonst, sondern so gemessen, wie es eben seine Art war. Früher hatte ich das an ihm geliebt. Jetzt hätte ich ihm am liebsten einen Stoß gegeben.

»Wer ist der Vater?«, fragte er.

»Sie sagt, es gibt keinen.«

Bei aller Enttäuschung verschaffte es mir eine gewisse Befriedigung, das zu sagen. Sie wurde noch größer, als Robert sich aufsetzte und nach seiner Brille auf dem Nachttisch griff. Endlich hatte ich seine Aufmerksamkeit.

»Was in aller Welt soll das heißen?«, fragte er.

»Keine Ahnung, aber das hat Neva gesagt. Dass es keinen Vater gibt.«

»Wie bei der unbefleckten Empfängnis?«

»Was weiß ich? Jedenfalls redet sie nicht darüber. Und je mehr ich in sie gedrungen bin ...«

»Desto schweigsamer wurde sie, schon klar.« Er stieß einen Seufzer aus und dachte nach. »Na gut, Spekulationen bringen uns auch nicht weiter. Ich rufe sie morgen früh an und gehe der Sache auf den Grund.« Er nahm seine Brille ab und legte sie zurück auf den Nachttisch. »Warum kommst du nicht ins Bett, Grace?«

Er löschte das Licht und ließ mich im Dunkeln sitzen. Die Andeutung, dass es nur eines Anrufes von ihm bedurfte, um eine Antwort auf unsere Frage zu bekommen, nahm ich ihm übel, auch wenn mir ein Gefühl sagte, dass er recht hatte. Neva vertraute sich oft ihrem Vater an. Möglicherweise nur, um mich zu ärgern. Dennoch hoffte ich, dass sie es Robert erzählen würde. Ich musste wissen, wer der Vater des Kindes war. Je eher, desto besser.

Da ich im Augenblick nichts weiter machen konnte, stand ich auf und zog mich nackt aus. Ich war viel zu aufgeregt, um zu schlafen. Und aus Erfahrung wusste ich, dass es zu dieser nächtlichen Stunde nur eins gab, was dabei half, aufgestaute Energie abzubauen. Ich schlug die Decke zurück und schlüpfte auf der Seite meines Mannes ins Bett. Ich schmiegte mich an ihn, seine Haut fühlte sich warm und rau an.

»Grace«, protestierte er, aber ich brachte ihn mit einem Kuss zum Schweigen und drehte ihn auf den Rücken.

»Leg dich einfach hin.«

Ich folgte der Spur grau melierter Haare nach unten. Er hatte vor dem Zubettgehen geduscht, ich roch – und schmeckte – die Seife auf seiner Haut. Das steigerte mein Verlangen nur noch. Ich brauchte Nähe. Ich brauchte das Gefühl, dass jemand mich begehrte. Das war von meinem müden Ehemann zwar ein bisschen viel verlangt, aber ich wusste, wie ich ihn überzeugen konnte. Ich war gerade bei seinem Nabel angekommen, als er mich mit beiden Händen an den Schultern fasste.

»Ich muss morgen früh arbeiten, Grace. Und ehrlich gesagt steht mir nach diesen Neuigkeiten nicht gerade der Sinn danach.« Er zog mich nach oben und drückte mein Gesicht an seine Brust. »Warum versuchst du nicht zu schlafen? Heute ist Vollmond, da setzen doch bestimmt bei irgendeiner deiner Frauen die Wehen ein. Du solltest dich ein bisschen ausruhen, bevor der Anruf kommt.«

Seine Stimme klang kontrolliert, ohne den leisesten Hauch von Begehren. In diesem Ton sprach man mit einem Hund. *Jetzt ist aber Schluss mit Stöckchenwerfen, Fido.* In letzter Zeit hatten sich diese Zurückweisungen gehäuft. Plötzliche Kopfschmerzen, regelmäßig werdende Atemzüge, kaum dass ich ins Bett kam. Aber dieses Mal wies er mich ganz offen zurück. Wie oft hatte ich bei einem Treffen meines Buchklubs dagesessen und zugehört, wie sich meine Freundinnen darüber beklagten, dass ihre Ehemänner nichts außer Sex, Sex, Sex im Kopf hatten? Und wenn sie sich breitschlagen ließen, dann nur für drei Minuten Missionarsstellung, kein Vorspiel, keine Fellatio. Ich war bereit, meinem Mann das volle Programm zu bieten, und er … war ich so abstoßend? Früher einmal hatte Robert mich unwiderstehlich gefunden. Wir waren stolz darauf gewesen, ein Paar zu sein, bei dem es noch »funkte«. Was war mit uns passiert?

Ich blieb in seinen Armen liegen, so lange ich es aushielt, was vermutlich nicht mehr als eine Minute war, dann sagte ich leise: »Ich hol mir ein Glas Wasser.«

Robert protestierte nicht, aber damit hatte ich auch nicht gerechnet. Ich hatte meinen Morgenmantel noch nicht richtig zugebunden, da schnarchte er bereits. Als ich in die Küche kam, peitschte der Wind das Schilf so heftig gegen die Hauswände, dass man hätte meinen können, er wollte das Cottage von seinem Fundament reißen und in die Mackerel Cove schleudern. Ich setzte mich mit meinem Skizzenbuch auf den blauen Stuhl und dachte nach.

Was ging in Neva vor? Nüchtern betrachtet, gab es nur zwei Möglichkeiten: Neva wusste nicht, wer der Vater war, oder sie wollte nicht, dass ich es wusste. So oder so, das Kind würde keinen Vater haben. Das wäre etwas, was mein Enkelkind und ich gemeinsam haben würden.

Mein Vater war von einem Traktor überfahren worden, als meine Mutter mit mir schwanger gewesen war. Ich hatte das immer als tragisches, außergewöhnliches Ereignis betrachtet, aber meine Mutter sah es ziemlich pragmatisch. »Wir lebten auf dem Land. Da passierte so was eben«, sagte sie. Meine Mutter hatte auch die von meinem Vater unbesetzte Rolle gefüllt, und sie hatte ihre Sache gut gemacht – vorbildlich –, aber ich hatte immer gewusst, dass etwas fehlte. Ich sah, wie andere Kinder von ihren Vätern herumgetragen wurden, lange nachdem sie ihren Müttern zu schwer geworden waren. Mädchen, die ihren Vätern am Schultor einen flüchtigen Kuss auf die Wange gaben. Kinder, die ihre Väter um ein bisschen Geld anbettelten – und es gegen das Versprechen bekamen, *Mutter nichts davon zu sagen*. Kosenamen wie »Prinzessin« und »Süße«. Gesten und Geschenke, die irgendwie mehr zählten, weil sie vom Vater kamen.

Als ich acht war, verbrachte ich eine Woche mit meiner Freundin Phyllis im Sommerhaus ihrer Großmutter. Am Samstagabend sollte Phyllis' Vater uns auf Geheiß ihrer Mutter »müde machen«. Er trieb uns auf den riesigen grünen Rasen, wo wir uns in einer Reihe aufstellen mussten. Dem Gekichere von Phyllis' Geschwistern nach zu urteilen, spielten sie dieses Spiel nicht zum ersten Mal. Ich konnte weder einen Ball noch einen Frisbee entdecken, deshalb blieb ich einfach stehen, als er »Los!« rief, während die anderen in alle Richtungen davonliefen. Eine Sekunde später flog ich durch die Luft.

»Erwischt!«, rief Phyllis' Dad fröhlich und warf mich hoch. »Das war zu einfach. Was soll ich mit ihr machen, Kinder?«

»Kitzeln, Dad«, schrie Phyllis von dem Baum herunter, auf dem sie mit ihrer Schwester saß. Sie lachte hysterisch. »Du musst sie kitzeln.«

»Also den schrecklichen Kitzeltod?« Er drückte mich ins Gras und musterte mich mit gespieltem Ernst. »Ich bin mir nicht sicher, ob Grace kitzlig ist. Bist du kitzlig, Grace?«

»Ja«, sagte ich, und ich fing schon jetzt an zu kichern.

Er hielt die Hände in die Höhe und wackelte mit den Fingern, dann senkte er sie und kitzelte mich am Bauch, an den Seiten, am Hals. Ich kicherte, bis mir der Bauch wehtat und ich dachte, ich würde explodieren. Ich wälzte mich hin und her, bis mein Schlafanzug von oben bis unten voller Grasflecken war. Nie hat mir etwas mehr Spaß gemacht, weder vorher noch nachher.

Schließlich ließ er von mir ab und jagte den anderen hinterher. Sie liefen kreischend davon, kletterten auf Bäume und versteckten sich unter der Veranda. Ich verstand das nicht. Wollten sie denn nicht in die Luft geworfen und gekitzelt werden? Wäre das mein Vater gewesen, hätte ich mich einfach hingelegt, ein williges Opfer für seine Kitzelattacken.

Nein, Neva war nicht klar, was sie ihrem Kind antat, indem sie den Vater verheimlichte. Sie selbst hatte einen liebevollen Vater. Er hatte sie auf den Schultern getragen und sie gekitzelt und ihr Kosenamen gegeben. Ihre Kinder würden später einen Großvater haben, und er würde Neva zum Altar führen, wenn sie das wollte.

Ich wusste, was ihrem Kind fehlen würde. Und das würde ich nicht zulassen.

Kapitel 3

FLOSS

Es war derselbe Albtraum, der mich seit sechzig Jahren verfolgte. Es gab verschiedene Versionen davon, aber im Grunde genommen passierte immer das Gleiche: Ich gehe ins Kinderzimmer, oder ich will meine kleine Tochter von der Schule abholen, und sie ist nicht da. Anfangs bin ich noch ruhig, es muss ja irgendeine Erklärung dafür geben. Sie ist unters Bett gekrabbelt. Sie versteckt sich. Eine der anderen Mütter hat sie mitgenommen. Aber mein Nacken ist jedes Mal schweißnass, und mein Herz schlägt so heftig, dass ich keinen Gedanken mehr fassen kann. Es dauert nicht lange, und ich beginne panisch zu werden. Ich renne durchs Kinderzimmer oder über den Schulparkplatz und halte Ausschau nach den weichen roten Haaren und den Sommersprossen. Stattdessen sehe ich jedoch ein anderes Gesicht. Das Gesicht, das gleichbedeutend ist mit dem Ende meines bisherigen Lebens. Das Ende des Lebens mit meiner Tochter.

Ich fuhr in der Dunkelheit hoch, die Hände in die Bettdecke gekrallt. Lil lag neben mir, die Wärme ihres Körpers stand in starkem Kontrast zu dem eisigen Schauer, den mir der Traum über den Rücken jagte. Ich ließ mich wieder zurücksinken und fiel in ihre regelmäßigen Atemzüge ein – ein, aus, ein, aus –, bis sich mein Herzschlag schließlich beruhigte. Die Geschichte hatte etwas von einem Déjà-vu. Die Situation war zwar nicht identisch, aber die Gemeinsamkeiten waren unverkennbar. Neva würde eine alleinerziehende Mutter sein. Sie hielt den Vater ihres Kindes geheim. Und wenn ihre Gründe dafür auch nur im Entferntesten meinen ähnelten, also … das war es, was mir Angst machte.

Ich musste schlafen. Aber sobald ich die Augen schloss, sah ich graue Wolken und Möwen. Wind, der mir durch die Haare fuhr, und salzige Seeluft in meiner Lunge. Es war 1954, und ich war auf dem Weg nach Amerika. Während ich über das windige Deck wanderte, spitzte die neugeborene Grace aus meinem Wollmantel heraus, als wollte sie einen Blick auf das vor uns liegende Leben erhaschen. Ich setzte meine Wanderung fort, bis sie während der dritten Runde schließlich einschlief. Ich wartete, bis ich sicher sein konnte, dass sie tief und fest schlief, dann ließ ich mich vorsichtig auf einem der Plastikstühle nieder.

»Darf ich es mal sehen?«

Eine Frau in meinem Alter beugte sich über mich und zog an der Hand eines jungen Mannes. Sie streckte den Kopf vor, um in meinen Mantel zu schauen. Grace' Augen bewegten sich unruhig unter den Lidern, aber die Begeisterung der Fremden weckte meinen mütterlichen Stolz. Ich schlug das Revers meines Mantels ein paar Zentimeter zurück.

»Danny, sieh doch nur – wie winzig es ist! Ist es ein Junge oder ein Mädchen?«

»Ein Mädchen. Grace.«

»Sie Glückliche. Wir wünschen uns so sehr ein Kind, nicht wahr, Danny? Sie ist wunderschön. Wie alt?«

»Zwei Wochen.«

»Zwei Wochen? Aber … sollten Sie da nicht noch im Bett liegen?«

Ich öffnete den Mund, statt Worten kam jedoch nur ein Atemwölkchen heraus.

»Ihr Mann muss gut auf Sie beide achtgeben«, sagte die Frau.

Ach ja, mein Mann. Den gab es natürlich nicht. Aber meine Mutter, die es nicht übers Herz gebracht hatte, sich völlig von mir abzuwenden, hatte mir eine Antwort auf diese Frage eingetrichtert.

»Mein Mann … ist gestorben. Er war Farmer. Er hatte einen Unfall.«

»Wie schrecklich.« Die Frau blickte kurz zu ihrem Mann, dann wieder zu mir. »Sie ziehen das Kind allein groß?«

»Es gibt schlimmere Schicksale.«

Erneut sah die Frau ihren Mann an. Es schien ihr schwerzufallen, das alles zu begreifen. Das Leben – und die Liebe – hatte es bisher offenbar gut mit ihr gemeint. »Wie traurig. Sie fahren ganz allein nach Amerika?«

»Nein.« Ich blickte lächelnd auf das rothaarige Bündel in meinen Armen. »Ich fahre zusammen mit meiner Tochter.«

Irgendwann musste ich weggedämmert sein, denn ich wachte mit einem Ruck wieder auf. Das war mal wieder eine dieser Nächte. Ein ständiges Hin und Her zwischen Wachsein und Schlafen. Ein Gleiten auf der verschwommenen Grenze zwischen Wirklichkeit und Traum. Wenn das passierte, setzte ich mich normalerweise mit einem Buch ins Arbeitszimmer. Nur weil ich unruhig war, musste ich ja nicht auch noch Lil wecken. Aber heute blieb die Entscheidung nicht mir überlassen. Es klingelte nämlich das Telefon.

Ich setzte mich auf und schob die Beine über die Bettkante. Die roten Zahlen auf dem Wecker leuchteten in der Dunkelheit – 1:03. Grace.

Lil, zehn Jahre jünger als ich und in ständiger Angst vor schlechten Nachrichten mitten in der Nacht, stand bereits.

»Ich geh schon ran, Lil«, sagte ich. »Das ist bestimmt Grace.« Ich griff nach meinem Morgenmantel, der am Bettpfosten hing, und als ich in die Diele kam, stand Lil da und hatte den Telefonhörer am Ohr.

»Hallo?«, sagte sie. Sie nickte und hielt mir den Hörer hin. »Grace.«

»Danke, Liebes. Geh wieder ins Bett.«

Ich strich ihr über den Arm, als sie an mir vorbeiging. Arme Lil. Zuerst hatte sie den ganzen Abend – wenn auch freiwillig – hinter einem Buch versteckt in unserem Zimmer gesessen. Und jetzt wurde sie aus dem Schlaf gerissen. Sie war lieb und tolerant, aber manchmal fragte ich mich, ob Grace ihre Geduld nicht überstrapazierte.

Als ich den Hörer ans Ohr hob, hatte Grace bereits angefangen zu reden.

»Tut mir leid. Ich weiß, wie spät es ist. Es ist nur so … ich bin total von den Socken und verwirrt …«

Ich ließ meine alten Knochen auf den Stuhl neben dem Ablagetischchen sinken. Mein Körper fühlte sich wie ein mit Steinen gefüllter Sack an. »Ja. Das war eine ziemliche Überraschung.«

»Du hast nichts davon gewusst, oder?«

»Nein.«

»Wie konnte mir das entgehen?«, jammerte Grace. »Ich bin ihre Mutter. Ich bin *Hebamme*. Kann sie wirklich schon im siebten Monat sein? Sie sieht überhaupt nicht danach aus.«

»Bei dir war es genauso, als du schwanger warst«, sagte ich. »Bis zum achten Monat warst du lediglich ein bisschen dicker um die Taille.«

»Und warum will sie uns nicht sagen, wer der Vater ist? Dir hat sie es doch auch nicht gesagt, oder?«

»Nein.«

»Das versteh ich nicht. Ich bin doch nicht spießig, oder? Vielleicht wäre es am Anfang ein kleiner Schreck gewesen, aber ich wäre damit fertiggeworden. Warum ist sie nicht zu mir gekommen ... oder zu dir? Wenn jemand versteht, wie es ihr geht, dann du.«

»Du kennst doch Neva«, sagte ich. »Sie braucht eben ihre Zeit. Das wird schon wieder.«

»Vielleicht, vielleicht auch nicht.« Grace seufzte. »Es macht mich ganz nervös. Warum redet sie nicht mit mir? Wenn ich mehr so wie du wäre ...«

»Mit mir hat sie auch nicht geredet.«

»Nein, stimmt.« Das schien sie ein wenig zu beruhigen.

»Außerdem würde Neva nicht wollen, dass du dich änderst«, sagte ich. »Sie liebt dich.«

»Kann sein, aber mögen tut sie mich nicht besonders. Mein Mann mag mich auch nicht. Du bist meine Mutter, du musst – das hat die Natur so eingerichtet.« Sie hielt kurz inne. »Hätte mein Vater mich gemocht, was meinst du?«

Ich zögerte. Dummerweise war ich nicht auf die Idee gekommen, dass Grace eine Parallele zwischen dem abwesenden Vater ihres Enkelkinds und ihrem eigenen ziehen könnte. Was umso dümmer war, weil ich diese Verbindung selbst hergestellt hatte. »Ich … ja. Natürlich hätte er dich gemocht.«

Es folgte eine weitere Pause, und diesmal dauerte sie beunruhigend lange.

»Hast du ihn jemals geliebt, Mom?«

Im Lauf der Jahre hatte Grace eine Million Fragen über ihren Vater gestellt. Welche Farbe seine Haare hatten, wenn die Sonne daraufschien. Ob er einen bestimmten Zungenschlag hatte. Ob er so groß war, dass er mit dem Kopf am Türrahmen angestoßen wäre, wenn er einen Hut getragen hätte. Sie war versessen auf Einzelheiten. Das einzige Foto, das ich von Bill hatte, ein Hochzeitsfoto, war ganz verknickt, weil es so oft in Grace' Tasche oder unter ihrem Kopfkissen gelegen hatte. Aber diese Frage hatte sie noch nie gestellt.

»Ja. Ich habe ihn mal geliebt.«

Sie stieß einen Seufzer aus, und ich hätte schon taub sein müssen, um nicht mitzubekommen, wie erleichtert sie war. Ich hoffte, dass sie es dabei belassen würde. Denn wenn Grace Antworten wollte, ließ sie nicht locker. Und in diesem Fall war es besser, wenn sie nicht nachbohrte.

»Also, was soll ich machen? Wegen Neva, meine ich.«

»Das kann ich dir nicht sagen.«

»Was würdest du an meiner Stelle tun?«

»Ich bin nicht an deiner Stelle. Aber wenn du wissen willst, was ich tun werde … ich werde das akzeptieren, was sie sagt – dass ihr Kind keinen Vater hat –, und sie fragen, wie ich sie am besten unterstützen kann.«

Ich fragte mich, ob auch nur eines meiner Worte zu Grace durchdrang. Bei ihr konnte man nie sicher sein. In der einen Minute war sie überströmend, und in der nächsten – wer wusste das schon? Robert hatte einmal gesagt, eine Verabredung mit ihr sei emotionales Bungeejumping. Im ersten Moment hatte Grace das unglaublich lustig gefunden, aber je länger sie darüber nachgedacht hatte, desto wütender war sie auf ihn geworden. Ein typisches Beispiel.

»Du hast recht. Wie immer. Aber …« Grace klang unzufrieden. Ich sah sie vor mir, wie sie mit dem Telefon am Ohr vor- und zurückwippte, so wie sie es als Kind getan hatte, wenn sie mit irgendetwas nicht klarkam.

»Aber *was*?«

»Wie hältst du das aus? So ein Geheimnis? Nagt das nicht an dir?«

Beinahe hätte ich gelacht. Wenn sie wüsste.

»Es ist schwer«, sagte ich. »Aber wenn die Achtung dieses Geheimnisses die Beziehung zu deiner Tochter stärkt? Ich denke, dass es das wert ist.«

Kapitel 4

NEVA

Wenn meine Mutter nicht weiß, was sie machen soll, redet sie darüber. *Ich habe da ein Problem*, setzt sie an, und dann sprudelt alles aus ihr heraus, was ihr auf der Seele liegt. Es spielt keine Rolle, ob ihr jemand Fremdes zuhört, eine Patientin, mein Vater oder meine Großmutter, sie ist einfach froh, sich Luft zu machen, egal worum es geht. Eigentlich weiß sie immer schon, was sie tun wird. Ich habe den Verdacht, dass sie sich einfach gern reden hört.

Als ich zwölf war, bekam Dad eine Gehaltszulage. Seit Jahren hatte er mir versprochen, dass wir dann in Urlaub fahren würden – wohin ich wollte.

»Also, wohin soll's gehen, Nev?«, fragte er. »Disneyland? Hawaii?«

»Ich weiß nicht. Wie wär's mit … Seattle?«

Das war der erste Name, der mir einfiel. Aber sobald ich es gesagt hatte, gefiel mir die Idee. Ich konnte mir gut vorstellen, wie wir drei in Regenmänteln über den Pike Place Market gingen und, wenn der Himmel seine Schleusen öffnete, Unterschlupf in einem Café suchten und Clam Chowder aßen. »Mir hat der Film gefallen, *Schlaflos in …*«

»Seattle!«, sagte Grace. »Klar, der ist toll. Diese Szene,

wo sie sich oben auf dem Empire State Building treffen und … wartet mal …« Grace schlug sich auf die Stirn. »New York! *Dahin* sollten wir fahren. Das wäre toll, oder?«

»Grace«, sagte mein Vater warnend. »Neva darf aussuchen.«

»Also …« Sie hatte mich überrumpelt. Ich versuchte meine Gedanken zu ordnen. »New York wäre schon irgendwie toll … glaube ich.«

»Stell dir doch mal vor«, sagte Grace. »Wir könnten auf das Empire State Building fahren, genauso wie Meg Ryan und Tom Cruise …«

»Hanks«, verbesserte ich sie.

»… und wir könnten im Rockefeller Center Schlittschuh laufen!«

Dad runzelte die Stirn. »Es ist August, Grace.«

»… und wir können im Central Park Picknick machen!« Grace strahlte übers ganze Gesicht. Es war schwer, sich von ihrer Begeisterung nicht anstecken zu lassen.

»Jetzt mal langsam«, sagte Dad. »Neva darf aussuchen, wohin es geht. Nicht du.«

Grace zog eine Schnute. »Sie hat gesagt, dass sie es toll findet …«

»Vielleicht. Aber wenn sie nach New York möchte, will ich es von ihr hören, verstehst du? Aus ihrem Mund.«

Zwei Köpfe drehten sich zu mir. Und weil sie mich anstarrten und weil ich wirklich dachte, New York wäre irgendwie toll, nickte ich. Aber ein paar Tage später – Grace hatte gerade die Tickets gebucht – wurde mir klar, dass ich nicht nach New York wollte. Ich wollte wirklich nach Seattle.

Ich wälzte mich im Bett und versuchte eine bequeme Position zu finden. Ohne Erfolg. Mein Bauch fühlte sich schwer an, und das war nicht das Einzige. So hatte ich mir das nicht vorgestellt. Natürlich sagte mir mein Verstand, dass die Leute irgendwann merken würden, dass ich schwanger war. Aber irgendein anderer Teil von mir wollte glauben, dass ich alles unter Kontrolle hatte, solange ich es für mich behielt.

Ich gab den Gedanken an Schlaf auf und ging in die Küche. Mir stand der Sinn nach warmer Milch mit Zimt und Honig, aber da ich weder Zimt noch Honig im Haus hatte, würde ich mich mit Milch begnügen müssen. Während ich vor der Mikrowelle darauf wartete, dass die Milch heiß wurde, tauchte neben mir plötzlich eine Gestalt auf.

»Hey, wie soll da jemand schlafen?«

Ich lächelte. »Hast du keine eigene Wohnung, Patrick?«

»Du hast mir einen Schlüssel gegeben!«

»Für Notfälle. Vor drei Jahren.«

Ich nahm die Milch aus der Mikrowelle und drehte mich um. Vor drei Jahren war Patrick frisch geschieden gewesen und hatte seinen Kummer in den Bars ertränkt, die viel näher bei meiner Wohnung in College Hill lagen als bei dem Haus in East Greenwich, in dem er mit seiner Frau gelebt hatte. Er hatte mir nie Einzelheiten über die Trennung erzählt, und ich hatte nie gefragt. Das war auch nicht nötig. Patrick war nett und ein wunderbarer Arzt, aber was Frauen betraf, benahm er sich wie ein Vielfraß am kalten Büfett: Er konnte einfach nicht genug kriegen. Nachdem er über Wochen immer wieder mitten in der Nacht bei mir geklingelt hatte – oder die Feuerleiter hochgeklettert war –, wenn er zu viel getrunken hatte, gab ich ihm einen Schlüssel. Ich dachte, sobald Karolina zurück nach Deutschland gezogen war, würde er wieder mehr Abende bei sich in seinem Haus verbringen oder sich vielleicht eine Wohnung in der Stadt suchen. Aber auch jetzt noch, drei Jahre später, fand ich ihn in regelmäßigen Abständen auf meinem Sofa vor, wo er nach einem feuchtfröhlichen Abend schnarchend seinen Rausch ausschlief oder vor der Frühschicht im Krankenhaus ein Nickerchen machte. Am merkwürdigsten daran war … es kam mir … ich weiß auch nicht … seltsam normal vor.

»Ich hätte gedacht, als angesehener, gut bezahlter Arzt könntest du dir ein Hotel leisten oder hättest wenigstens eine Freundin in der Gegend. Ich finde … was ist?«

Er starrte auf meinen Bauch, und nach einem stummen Fluch folgte ich seinem Blick. Unter meinem Schlafshirt wölbte sich unverkennbar mein Bauch. Ich überlegte, welche Möglichkeiten mir zur Wahl standen, und mir fiel nur eine ein. Ich musste es ihm sagen. Irgendwann hätte ich es ihm sowieso gesagt, und jetzt ließ es sich auch nicht mehr verheimlichen. Bei meinem Anblick hätte ich genauso gut laut rufen können: *Hallo! In meinem Bauch wächst ein Kind! Schau mal!*

»Du bist schwanger.« Patricks Gesicht legte sich in horizontale Falten.

»Ja.«

Zum ersten Mal schien es dem sonst so eloquenten Patrick die Sprache verschlagen zu haben. »Wer … wer ist der Vater?«

Ich seufzte. »Ja, na ja. Ich weiß nicht, wie ich es sagen soll, aber … es ist deins.«

Das Einzige, was sich in Patricks Gesicht bewegte, waren seine Lippen. »Meins?«

»Ja.«

»Bist du sicher?«

»Hundert Prozent.«

Er ging zu dem Stuhl in der Ecke und ließ sich darauffallen. Ich sah schweigend zu, wie er ein Streichholzheftchen nahm, das auf dem Tisch lag, und es zwischen seinen Fingern hin und her drehte. »Das ist seltsam. Weil wir nie miteinander geschlafen haben.«

»Ach ja, richtig!« Ich zwang mich zu einem Lachen. »Dann ist es wohl doch nicht deins. Puh! Jetzt bist du bestimmt erleichtert.«

Patrick lachte nicht. »Ich verstehe nicht, wie du über so was Witze reißen kannst. Wessen Kind ist es, Nev?«

Ich verstand es selbst nicht, dass ich Witze darüber machte. Ich sollte ihm einfach die Wahrheit sagen. Er war nicht Grace. Er würde mich nicht mit Fragen bombardieren und Antworten verlangen. Und die Vorstellung, das Geheimnis mit jemandem zu teilen – na ja, sie war wie eine heiße Dusche nach einer Runde im kalten Meer. Aber irgendetwas hielt mich davon ab. »Es ist … meins.«

»Und wessen noch?«

»Nur meins.« Ich trank meine Milch aus und drehte mich um, um den Becher zu spülen.

»Hast du es deiner Mutter schon gesagt?«, fragte er.

Mit dem Rücken zu Patrick nickte ich. Er hatte meine Mutter nie kennengelernt, aber er hatte genug über sie gehört, um zu wissen, dass ich mich einem Bombardement aussetzte, wenn ich es ihr erzählte. Ich legte eine Hand auf meinen Bauch. *Wir werden das anders machen, Kleines. Auf jeden Fall.*

»Weiß es sonst noch jemand?«, fragte er.

»Gran. Du. Susan. Sonst niemand. Obwohl ich es jetzt nicht länger verheimlichen kann, oder?«

»Eloise weiß es nicht?«

»Nein.«

Es wäre naheliegend gewesen, es meiner Mitbewohnerin Eloise zu erzählen. Sie war freundlich, rücksichtvoll, verlässlich. Aber kurz nach ihrem Einzug hatte sie Ted kennengelernt, ihren sehr netten, sehr viel Zeit beanspruchenden Freund, und wir hatten nie den Sprung von der Wohngemeinschaft zur Freundschaft geschafft. Ich hatte kein Problem damit. Mit dem Thema Freundinnen hatte ich mehr oder weniger schon in der siebten Klasse abgeschlossen, als mir klar wurde, dass Frauenfreundschaften eine Art Religion waren. Du sollst in der Mittagspause neben keiner anderen sitzen. Du sollst darauf bestehen, deiner Freundin deine Lieblingsjacke zu leihen, und dann sauer sein, wenn sie Cola draufschüttet. Du sollst mit niemandem reden, der von der Clique gerade für blöd erachtet wird. Männliche Freunde waren im Vergleich dazu wie eine bequeme alte Jeans, keine Überraschungen, keine Ansprüche. Dieses Gefühl hatte ich vor allem bei Patrick.

Ich stellte meinen Becher umgekehrt auf das Trockengestell, und weil mir sonst nichts mehr zu tun blieb, drehte ich mich um. Patrick stand direkt vor mir, so nah, dass mein Bauch seinen streifte. »Willst du damit sagen, dass du das alles bisher allein durchgestanden hast?«

Ich legte den Kopf zurück, konnte ihn aber nicht ansehen. Er drückte mich an seine warme Brust. »Ach, Nev.«

Ich verzichtete darauf, Widerstand zu leisten. Erstens

war Patrick viel stärker als ich, und ich hätte mich nicht gegen ihn wehren können, und zweitens wollte ich nicht, dass er die verräterische Träne sah, die mir über die Wange lief. In unserer Freundschaft hatte Lachen immer eine viel größere Rolle gespielt als Ernsthaftigkeit. Lachen war das, was uns vor fünf Jahren im The Hip zusammengebracht hatte. Es war Quizabend. Susan und ich hatten im Geburtszentrum gerade erfolgreich eine vaginale Zwillingsgeburt hinter uns gebracht, und wir wollten nur noch etwas trinken und ein bisschen herumblödeln. Wir hatten gerade Bier bestellt, als Patrick und Sean, ein Gynäkologe, den ich von Operationen her kannte, an unseren Tisch traten.

»Wie sieht's aus?« Sean zog sich einen freien Stuhl heran und setzte sich. »Viererteam?«

Sean wirkte so von sich überzeugt, dass ich am liebsten gesagt hätte: *Tut mir leid, an dem Tisch ist kein Platz mehr*. Aber mein Blick war bereits zu Patrick weitergewandert. Ich kannte ihn – eigentlich beide, aus dem Krankenhaus –, aber Patrick mochte ich. Er war ein netter Kerl. Einer der Ärzte, die Überstunden machten, um ihren Patientinnen zu helfen, und sie nie hetzten, auch wenn ihre Schicht schon längst zu Ende war.

»Klar«, sagte ich, nachdem Susan genickt hatte. »Warum nicht?«

»Never, stimmt's?«, sagte Sean.

Patrick stieß ihm den Ellbogen in die Seite. »Neva, du Esel.«

»Neva?« Er schenkte sich ein Glas Bier aus unserem Krug ein. »Ungewöhnlicher Name.«

Ich stellte fest, dass es mich eher amüsierte als ärgerte. »Ungewöhnlicher als Never?«

»Was weiß ich«, erwiderte Sean ungerührt. »Deine Eltern könnten ja Fans von Heart gewesen sein … Hey, ich arbeite in der Gynäkologie, mich kann nichts mehr überraschen.«

Ich musste lachen, hielt jedoch inne, als ich das Funkeln in Patricks Augen bemerkte. »Magst du keine ungewöhnlichen Namen, Sean? Komisch, wenn man bedenkt, wie du mit zweitem Vornamen heißt.«

Susan und ich wandten uns Sean zu. Er wurde blass. »Sei bloß …«

»Tiffany«, verkündete Patrick triumphierend.

Susan schlug die Hand vor den Mund. Mir entfuhr ein Kichern.

»Das war der Mädchenname meiner Mutter«, murmelte Sean.

Mit unserer Beherrschung war es vorbei. Mit meiner jedenfalls. Es brach aus mir heraus. Patrick neben mir krümmte sich vor Lachen, und Susan liefen die Tränen übers Gesicht. Jedes Wort von Sean machte es nur noch schlimmer.

Ich konnte mich nicht daran erinnern, wann ich das letzte Mal so gelacht hatte. Patrick gestand, dass sein zweiter Vorname Basil lautete, wie in Basilikum. Susan sagte, sie habe einen Onkel namens Esther. Tiffany war jedoch unschlagbar. So nervtötend Sean sein konnte, er hatte auch etwas … Liebenswertes an sich. Vor allem, als er uns von Laura erzählte, der texanischen Kassiererin in seinem Supermarkt. Er erzählte uns, dass er immer mit großen Scheinen bezahlte, weil er es so gern hörte, wie sie in ihrem schleppenden Südstaatentonfall das Wechselgeld zählte. *Da ham Se 'nen Fünfer, 'nen Zehner, 'nen Zwanziger. Bittschön, Mista.* Er hatte vor, sie so lange zu bearbeiten, bis sie einwilligte, seine Frau zu werden. Patrick meinte, er habe nicht die geringste Chance. Nicht, wenn sie jemals seinen zweiten Vornamen herausfände.

Wir vier waren ein gutes Team. Hin und wieder gab es eine Diskussion über die richtige Antwort auf eine Quizfrage, praktisch unvermeidlich, wenn jemand wie Sean im Team war. Aber mir fiel auf, dass sich Patrick jedes Mal auf meine Seite schlug. Selbst wenn ich falschlag. Hin und wieder zog er spielerisch an meinem Pferdeschwanz, und obwohl ich ihn jedes Mal abwehrte, hoffte ich insgeheim, er würde es wieder tun.

Als der Conférencier verkündete, dass wir gewonnen hatten, riss Patrick mich vom Stuhl und wirbelte mich herum. Ich stieß mit den Beinen gegen den Tisch und warf einen Stuhl um. Ein Glas zerbrach. Aber Patrick merkte es entweder nicht, oder es war ihm egal. Dann hielt er abrupt inne.

Sein Griff um meine Taille lockerte sich, meine Füße berührten wieder den Boden. Einen Moment zuvor noch so locker, erstarrte er. »Karolina.«

»*Hier* steckst du also!«

Die hübsche Blondine schob sich an Patricks Seite. Er trat einen kleinen, aber deutlichen Schritt von mir zurück. »Karolina, das ist Neva«, sagte er. Er lachte, doch es war nicht das von Herzen kommende Lachen, das ich den ganzen Abend über gehört hatte. Es klang ein bisschen gekünstelt. Nervös. »Neva ist Hebamme im Geburtszentrum.«

»Freut mich, Sie kennenzulernen«, sagte ich, und im gleichen Moment legte sich eine Hand um meinen Oberarm. Es war Sean.

»Kommst du mit, unseren Preis abholen?«

Ich nickte stumm. Auf dem Weg zur Bühne beugte Sean sich zu meinem Ohr. »Verschwende deine kostbare Zeit nicht an Patrick«, sagte er. Immerhin war es ihm anzurechnen, dass er es leise sagte, freundlich. »Der flirtet selbst noch im Schlaf. Er kann einfach nicht anders.«

»Wer war die Frau?«, hörte ich mich fragen.

Der Ausdruck, der daraufhin auf Seans Gesicht erschien, war unmissverständlich: Mitleid.

»Seine Verlobte.«

Es war nicht so schlimm, wie es hätte sein können. Als die Erinnerung an den Abend verblasste, konnte ich mich im selben Raum mit Patrick aufhalten, ohne unter irgendeinem Vorwand hinausgehen zu müssen. Und nach einer Weile begriff ich, dass es so am besten war. Patrick wäre als fester Freund völlig ungeeignet gewesen. Und allem Anschein nach war er noch weniger zum Ehemann geeignet. Aber als Kumpel war er nicht schlecht. Ganz im Gegenteil. Ich entspannte mich in seinen Armen.

»Oh, tut mir leid.«

Wir fuhren auseinander. Eloise stand verschlafen im Nachthemd in der Tür. »Tut mir leid«, wiederholte sie. »Ich wollte mir nur ein Glas Was… – ach, du lieber Himmel!«

Sie starrte auf meinen Bauch.

»Ja«, sagte ich, »ich bin schwanger.«

Sie erwiderte kurz meinen Blick, dann wanderten ihre Augen wieder zu meinem Bauch. »Aber … Du bist *echt* schwanger.«

Ich nickte. Unter ihrem Blick – und Patricks – fühlte sich mein Bauch doppelt so groß an, mein Geheimnis doppelt so lächerlich.

»Willst du reden?«, fragte sie. »Ich kann Kaffee machen.«

Ich sagte Nein. Mir war klar, dass es an der Zeit für eine Erklärung war, aber ich traute mir selbst nicht. »Ich bin müde. Ist es in Ordnung, wenn wir das auf morgen verschieben?«

Ohne eine Antwort abzuwarten, quetschte ich mich an den beiden vorbei und ging ins Bad. Es war noch dampfig vom Duschen und roch nach Eloises Erdbeerschaumbad. Ich ließ mich auf den Fliesenboden sinken. Durch die Wand drangen dumpfe Geräusche – Patrick sprach mit Eloise über meine Enthüllung. Ich schlang schützend die Arme um meinen Bauch. Bald würden noch eine Menge mehr Leute darüber reden.

Bisher hatte ich mich ganz gut geschlagen. Jedes Mal, wenn ich im Geburtszentrum heimlich ein neues, größeres Hemd aus dem Schrank nehmen musste. Die vielen Male, die ich gelogen hatte, um mich vor einem Drink nach der Arbeit zu drücken. Selbst das eine Mal, als ich Anne am Empfang erzählt hatte, ich hätte eine Blasenentzündung, um die vielen Gänge zum Klo zu erklären. Alles Weitere würde ich auch noch überstehen. Und es wäre es wert.

Ich umarmte mich selbst noch ein bisschen fester, und ein Fuß oder eine Faust schlug gegen meine Rippen. Mein Kind wollte meine Umarmung wohl erwidern.

Kapitel 5

GRACE

Ich zog mir einen Hocker ans Bett. »Ich messe jetzt Ihren Blutdruck, Gillian. Machen Sie bitte mal den Arm frei?«

Es war der Tag nach Nevas Bekanntmachung, und mir war immer noch ein bisschen schummrig. Neva war schwanger. Im siebten Monat. Der Name des Vaters war im Dunkeln geblieben. Glücklicherweise reihte sich ein Vorsorgetermin an den anderen und lenkte mich ab. Gillian war meine letzte Patientin für heute. Und sobald wir fertig waren, würde ich der Sache auf den Grund gehen.

Gillian schob den Ärmel ihres T-Shirts nach oben. Ich legte die Manschette um ihren Oberarm und tastete nach der Handpumpe. »Und, wie geht es Ihnen?«

»Gut. Ich bin ein bisschen aufgeregt.«

»Das sollten Sie auch sein«, sagte ich. »Diese Erfahrung wird Ihr ganzes Leben verändern.«

Gillian strahlte, und ich fragte mich, ob das dieselbe Frau war, die vor sieben Monaten in meine Praxis gekrochen kam, im zweiten Monat schwanger und vor Angst zitternd, wenn nur das Wort »Geburt« fiel. Während dieses ersten Besuchs erzählte sie mir, dass sie bei ihrem ersten Kind auf eine aktive Geburt ohne Medikamente im Krankenhaus gehofft hatte. Sie wollte ihr Kind so schnell wie möglich stillen und es bei sich im Zimmer haben. Es war jedoch eine lange, schwierige Geburt geworden. Der Muttermund hatte sich nicht so rasch geöffnet, wie es die Ärzte gerne gehabt hätten. Nach zwölf Stunden hatte der Arzt die Fruchtblase geöffnet, und nach siebzehn Stunden hatte man ihr Medikamente verabreicht, um die Sache zu beschleunigen. Das hatte zu so starken und schmerzhaften Wehen geführt, dass Gillian sich mit einer PDA einverstanden erklärt hatte. Das Ende vom Lied war, dass sie an Kabeln und Infusionsschläuchen hängend auf dem Rücken lag und sich nicht rühren konnte. Obwohl zu keinem Zeitpunkt Gefahr für das Kind bestand, machte der Arzt einen »routinemäßigen« Dammschnitt, bevor er das Kind mit der Zange holte und einer bereitstehenden Krankenschwester übergab. Gillians Tochter verbrachte ihre erste Nacht auf der Kinderstation, weil die Schwestern meinten, Gillian sei nach der PDA nicht in der Lage, sich um sie zu kümmern.

Ich krümmte mich innerlich, während sie mir das erzählte, aber eine solche Geschichte hörte ich nicht zum ersten Mal. Im Krankenhaus bekamen die werdenden Mütter Schmerzmedikamente statt Unterstützung. Statt Geduld gab es Wehenmittel. Statt die Frauen zu stärken, nahm man ihnen ihre Fähigkeit, ihre Kinder auf natürliche Weise auf die Welt zu bringen. *Gut,* sagte ich zu Gillian bei diesem ersten Gespräch, *dann bereiten Sie sich mal darauf vor, dass wir Ihnen Ihre Stärke zurückgeben.*

»Ich wünschte, ich hätte Sie schon früher kennengelernt«, sagte Gillian. »Ich hatte mich zwar über Hausgeburten informiert, aber ich hatte Angst, dass es nicht sicher genug ist.«

»Und jetzt haben Sie keine Bedenken mehr?«

»Nein. Ehrlich gesagt vertraue ich mehr auf Ihre Hilfe

bei der Entbindung als auf die Ärzte, die meine Tochter auf die Welt geholt haben. Und ich weiß ja, dass wir in elf Minuten im Krankenhaus in Newport sind, falls irgendetwas schiefgeht.«

»Richtig«, sagte ich. Es war schon komisch ... wenn ich eine Patientin so reden hörte, fühlte ich mich bestätigt. Nicht nur als Hebamme, die Hausgeburten machte, sondern als Person.

»Und nachdem ich Ihren Geburtsraum gesehen habe, bin ich vollends überzeugt«, fuhr sie fort. »Die Bettdecke, die Kissen, die Geburtswanne, die Öllampen ... alles ist genau so, wie ich es mir vorgestellt habe. Und diese Skulptur finde ich einfach toll.«

Gillian blickte auf mein neuestes Werk, eine dreiköpfige Tonskulptur mit einem gewölbten Bauch. Eigentlich sollte sie die Zusammenkunft von Mutter und Kind darstellen, sie hatte jedoch eigene Vorstellungen entwickelt, wie es bei meinen Skulpturen öfter vorkam. Es war ihr ein dritter Kopf gewachsen – mit Bartstoppeln und Knollennase. Der Vater. Ich war mit dem Ergebnis sehr zufrieden. »Freut mich, dass sie Ihnen gefällt.«

»Machen es viele Frauen in dem Raum?«

»Einige. Die meisten meiner Patientinnen ziehen es vor, ihr Kind zu Hause auf die Welt zu bringen, aber manche haben nicht genug Platz. Und dann habe ich auch ein paar Patientinnen außerhalb der Stadt, die so weit entfernt wohnen, dass ich unter Umständen nicht schnell genug bei ihnen bin.«

Ich notierte Gillians Blutdruckwerte und löste die Manschette. »Ihr Blutdruck ist in Ordnung. Dann legen Sie sich mal hin, damit ich Ihren Bauchumfang messen kann. Mal sehen, wie viel das Baby gewachsen ist.«

Ich hielt Gillian am Arm und stützte sie, als sie die Beine anhob und sich zurücksinken ließ. Auf einem kleinen Tisch neben dem Bett stand ein Foto von Neva am Tag der Zeugnisvergabe. »Das ist bestimmt Ihre Tochter«, sagte Gillian.

»Ja.« Ich blickte lächelnd auf das Bild. Neva sah glücklich darauf aus, wenn auch ein bisschen verlegen, weil sie fotografiert wurde. »Das ist sie bei ihrer Abschlussfeier.«

»Sie ist auch Hebamme, oder?«

»Ja, und zwar eine der besten Hebammen, die ich kenne.« Ich ertastete den Kopf des Kindes – es hatte sich gesenkt und lag tief im Becken – und legte mein Maßband an. »Und sie ist auch schwanger. Ihr Erstes.«

»Ich gratuliere«, sagte Gillian. »Werden Sie es auf die Welt holen?«

Mein Lächeln schwand. Ich zog das Maßband über Gillians Bauch bis zum Po des Kindes direkt unter ihrem Rippenbogen. »Neva arbeitet in einem Geburtszentrum in Providence, wahrscheinlich entbindet sie dort.«

»Oh.« Gillian musterte mein Gesicht. »Aber ich habe viel Gutes über Geburtszentren gehört.«

Ich seufzte. »Ich denke, es ist nicht die schlechteste Wahl. Zumindest ist dort die Zahl an Eingriffen niedriger als in Kliniken. Allerdings ist das Geburtszentrum, in dem Neva arbeitet, einer Klinik angeschlossen. Es ist nicht annähernd so persönlich wie das eigene Zuhause. Auf den Korridoren wimmelt es von Kinderärzten und Gynäkologen, die nur darauf warten, das Kommando zu übernehmen.«

»Daran hätte ich gar nicht gedacht«, sagte Gillian. »Na, ich hoffe, bei Ihrer Tochter gibt es keine Komplikationen und sie kann im Geburtszentrum auf natürliche Weise entbinden. Mit ein bisschen Glück bekommt sie keinen Arzt zu Gesicht.«

»Ja. Oder seine Zange … Aber wir sollten nicht über meine Tochter reden. Hier geht es um Sie. Ich freue mich schon darauf, Ihre Schwester kennenzulernen. Hat sie immer noch vor, bei der Entbindung zu helfen?«

»Ja, wenn Sie nichts dagegen haben. Sie ist mit ihrer Hebammenausbildung fast fertig, und ich hätte sie sehr gern bei mir.«

»Etwas dagegen haben? Damit ersparen Sie mir die Mühe, mir eine Assistentin zu suchen. Außerdem finde ich es wunderbar, wenn bei einer Geburt eine weibliche Verwandte dabei ist.« Ich musste wieder an Neva denken, es gab mir einen Stich. »So war es früher immer. Die Frauen einer Sippe kamen, um der Gebärenden beizustehen. Ich würde das gern öfter erleben. Heutzutage, wo die Väter bei der Geburt dabei sind – verstehen Sie mich nicht falsch, das ist natürlich toll –, da ist uns dieser Zusammenhalt ein bisschen verloren gegangen.« Ich verglich das Messergebnis mit dem von letzter Woche. Das Kind entwickelte sich gut. »Wann kommt Ihre Schwester?«

»Eine Woche vor dem errechneten Termin.« Gillian rieb sich den Bauch. »Hoffen wir mal, dass das Kleine bis dahin warten kann.«

Ich half ihr, sich aufzusetzen. »Machen Sie sich keine Gedanken. Nur fünf Prozent aller Frauen entbinden zum errechneten Termin, die Kinder lassen sich gerne mal Zeit. Jetzt gucken sie nicht so besorgt. Im schlimmsten Fall finden wir eine andere, die uns hilft. Das wird schon.«

Ich brachte Gillian zur Tür und verabschiedete mich von ihr. Danach kehrten meine Gedanken sofort wieder zu Neva zurück. Warum tat sie das? Warum schloss sie mich aus? Schon als Neugeborenes hatte sie ihren eigenen Kopf gehabt. Ich hatte vorgehabt, sie bis ins Kleinkindalter zu stillen und in einem Tuch zu tragen und in einem Zimmer mit ihr zu schlafen, aber Neva hatte andere Pläne. Nachdem ich sie mir drei Wochen lang vor die Brust gebunden hatte, wenn sie schrie, schaffte es Robert, sie innerhalb von zwei Minuten zu beruhigen, indem er sie in eine Decke wickelte und in ihr Bettchen legte. Mit sechs Monaten entschied sie, dass sie lieber aus einer Tasse trinken wollte, und nachdem ich noch zwei Wochen lang Milch abgepumpt hatte, um sie damit zu füttern, wechselte ich schließlich zu Muttermilchersatz, mit dem sie wesentlich zufriedener war. Mom versicherte mir, dass wir uns mit der Zeit näherkommen würden, und an diese Hoffnung klammerte ich mich. Mittlerweile war Neva neunundzwanzig. Und schwanger. Wenn wir uns jetzt noch nicht nahe waren, wie viel Hoffnung blieb mir dann noch?

Irgendetwas stimmte nicht mit ihr. Ihre Schwangerschaft bis zum siebten Monat zu verheimlichen. Den Namen des Vaters zu verschweigen. Es ergab keinen Sinn. In gewisser Hinsicht verstand ich ja, warum Neva ihr Geheimnis vor mir zu bewahren versuchte – vielleicht hatte sie Angst, ich würde sie zu einer Hausgeburt drängen oder sie irgendwie in eine peinliche Situation bringen –, aber warum hielt sie ihre Schwangerschaft auch vor dem Vater geheim?

Bevor ich es verhindern konnte, schoss mir ein Gedanke durch den Kopf. Und sosehr ich mich auch bemühte, ich wurde ihn nicht mehr los. Mir blieb keine andere Wahl. Ich musste mit meiner Tochter reden.

Es herrschte kein starker Verkehr, und ich schaffte es in vierzig Minuten nach Providence. Im Geburtszentrum saß Anne am Empfang. Ihre grauen Haare waren von roten Strähnen durchzogen, und sie hatte die letzten Reste eines Sonnenbrands. Wenn ich mich recht erinnerte, hatte sie an irgendeinem exklusiven Ort in den Schweizer Alpen Urlaub gemacht. Oder war es eine griechische Insel gewesen? Wie auch immer, in ihrer dunkelroten Strickjacke erinnerte sie mich irgendwie an einen Weinstock mit roten Trauben.

»Hallo, Anne. Wie geht es Ihnen?«

Anne strahlte, ihre Zähne leuchteten weiß zwischen all dem Rot hervor. »Grace. Haben Sie sich entschlossen, uns wieder ein bisschen unter die Arme zu greifen? Wir könnten ein zusätzliches Paar Hände gut gebrauchen.«

»Ich lass es mir durch den Kopf gehen«, sagte ich, auch wenn das eine Lüge war. Ich hatte zweimal ausgeholfen, als sie unterbesetzt waren, aber nur weil ich fälschlicherweise angenommen hatte, dass ich mit Neva zusammen eine Geburt betreuen würde. Doch beide Male war ich einer anderen Hebamme zugeteilt worden. Wahrscheinlich auf Nevas Bitte hin. »Ist Neva da?«

»Sie ist vor einer Stunde gekommen, ihre Patientin wird für einen Kaiserschnitt vorbereitet. Vermutlich zieht sie sich gerade um, aber vielleicht erwischen Sie sie noch.«

Ich war schon auf halbem Weg zur Tür, als mir eine Idee kam.

»Ach Anne, haben Sie was dagegen, wenn ich mir eine Kopie von den Aufzeichnungen zu meinen Entbindungen hier mache? Ich lerne eine neue Assistentin an und würde mit ihr gerne über die Schulterdystokie bei einer der Entbindungen sprechen. Der Name der Mutter war Kena Roach.«

Das Telefon klingelte, und Anne winkte mich zu sich hinter den Tresen. »Bedienen Sie sich, aber lassen Sie die Originale da.« Mit einer Hand griff sie nach dem Hörer, mit der anderen zog sie die oberste Schublade ihres Schreibtischs auf und nahm einen winzigen Schlüssel heraus. »Hier, bitte. Geburtszentrum St. Marys's. Sie sprechen mit Anne.«

Mit pochendem Herzen flitzte ich um den Tresen herum ins Archiv. Ich steuerte auf den Aktenschrank zu, in dem sich Kena Roachs Akte befand, und nachdem ich einen raschen Blick über die Schulter geworfen hatte, ging ich weiter zum nächsten Schrank, in dem die Akten der derzeitigen Patientinnen aufbewahrt wurden. Das Schloss klemmte, und ich musste ein bisschen daran ziehen, damit ich den Schlüssel herumdrehen konnte. Ein leichter Ruck, und das oberste Schubfach glitt mir entgegen. Mein Herz machte einen kleinen Sprung. Bevor mich der Mut verließ, überflog ich die Namen mit B.

Ball, Emily
Barry, Lisa
Beaumont, Isabelle
Bradley, Neva

Ich klopfte mir geistig auf die Schulter. Volltreffer. Ich zog die Akte heraus und schlug sie auf. Ganz oben lag das Formular, nach dem ich suchte.

Patientin: Bradley, Neva

Letzte Menstruation: Nicht genau feststellbar (PCO-Syndrom)
Voraussichtlicher Geburtstermin: 31. Dezember 2014
Anamnese: Polyzystisches Ovarialsyndrom. Unregelmäßige Blutungen seit 3+ Jahren. LMP nicht bekannt.

Ich überflog die Adresse und die Krankengeschichte, bis ich zu der Zeile kam, die mich interessierte.

Name des Vaters:

Das Adrenalin wich aus meinem Körper wie der Wind aus einem Segel. Ich weiß nicht, was ich erwartet hatte. Dass da einfach so der Name des Mannes stehen würde? Vielleicht. Oder vielleicht irgendetwas anderes, das aufschlussreich wäre. Zum Beispiel »Vater unbekannt« oder so. Aber ein leeres Feld? Das nutzte mir gar nichts. Weniger als nichts. Vielmehr untermauerte es Nevas lächerliche Theorie, dass ihr Kind keinen Vater hatte. Und das war etwas, was ich einfach nicht akzeptierte.

Anne telefonierte immer noch, und ich legte den Schlüssel im Vorbeigehen auf ihren Schreibtisch. Dann marschierte ich entschlossen in Richtung Klinik. Wenn ich die nötigen Informationen nicht in Nevas Akte fand, würde ich sie mir eben direkt von Neva holen.

Ich fand sie auf der Entbindungsstation, wo sie in einer Krankenakte blätterte. Neben ihr stand der Gynäkologe. Sein weißer Kittel verriet ihn, aber ich hätte es auch so gewusst. Es hatte etwas mit diesem Ausdruck von Wichtigkeit zu tun, den er im Gesicht trug. Neva hatte sich zu ihm gebeugt und hörte seinen Ausführungen so aufmerksam zu, dass sie zusammenzuckte, als ich sie ansprach.

»Hallo, Grace«, sagte sie. So wie sie mich dabei ansah, hätte man meinen können, ein Marsmännchen hätte sich auf die Entbindungsstation verirrt. »Was machst du denn hier?«

Ich merkte, dass uns der Arzt interessiert beobachtete. Er sah ziemlich gut aus – braun gebrannt, strahlend weiße Zähne –, allerdings war seine Nase ein bisschen unförmig geraten und seine Augen waren ein bisschen klein. Zum Ausgleich war er groß gewachsen. Ich musste an die alte Redensart denken: Größe macht alles wett.

»Ich überlass es dir, Neva«, sagte er.

Sie nickte. »Ich komme gleich nach, Doktor.«

Die Nackenhaare stellten sich mir auf. Er, der allmächtige Gynäkologe, war der »Doktor«, während meine Tochter – nur eine Hebamme – »Neva« war.

Als er weg war, wandte sie sich mir zu. »Tut mir leid, Grace, aber ich hab keine Zeit zum Plaudern. Bei einer meiner Patientinnen wird gleich ein Kaiserschnitt gemacht.«

»Braucht sie den, oder hat dieser Doktor sie dazu überredet?« Ich wusste, dass ich sie mit einer solchen Bemerkung reizte, aber ich konnte mich einfach nicht beherrschen. »Egal«, sagte ich. »Vielleicht können wir reden, während du dich anziehst?«

»Umziehst.«

Ich verdrehte die Augen. »Das ist doch gehopst wie gesprungen.«

Ihre Lippen verzogen sich zu einem kleinen Lächeln. Ein gutes Zeichen. »Na gut«, sagte sie. »Aber wirklich nur ganz kurz.«

Ich folgte ihr in einen Raum voller Spinde und setzte mich auf die Bank in der Mitte. Sie zog sich bis auf die

Unterwäsche aus und suchte aus einem Stapel in Plastik verpackter Kittel einen in ihrer Größe aus. Während ich ihren gewölbten Bauch anstarrte, fragte ich mich erneut, warum ich nicht gemerkt hatte, dass sie schwanger war.

»Also, was kann ich für dich tun?« Sie stieg in eine weite Krankenhaushose und verknotete das Band in der Taille.

»Es geht um den Vater deines Kindes«, sagte ich. Es hatte keinen Sinn, um den heißen Brei herumzureden. »Ich will dir nur sagen, dass das alles nicht dein Fehler ist. Oder der des Kindes. Wir werden es ohne jede Einschränkung lieben, und du auch. Und ich denke, diese Schwangerschaft ist kein Grund, auf eine Anzeige zu verzichten. Die DNA des Kindes könnte als Beweis …«

Neva hielt eine Hand hoch. »Wovon redest du eigentlich?«

»Du wurdest vergewaltigt.« Ich suchte in Nevas Gesicht nach einem Zeichen der Bestätigung. »Oder nicht?«

Neva schloss die Augen. Das machte mir ein bisschen Angst. Entweder hatte ich recht, oder sie bemühte sich krampfhaft, nicht die Beherrschung zu verlieren.

»Neva? Habe ich recht?«

»Nein, Grace.« Neva sprach sehr langsam. »Ich wurde nicht vergewaltigt.«

Ich beobachtete weiter ihr Gesicht. »Bist du sicher?«

»Absolut sicher. Hör mal, ich muss mich jetzt wirklich für die Operation fertig machen.«

»Na schön, es ist nur … wenn du nicht vergewaltigt wurdest, warum …« Ich verstand es einfach nicht. Wenn sie nicht vergewaltigt worden war, warum rückte sie dann nicht mit dem Namen des Vaters raus? Es sei denn … Ich schnappte nach Luft. »Er ist verheiratet!«

»Mein Gott!«

Ich lief Neva hinterher, als sie den Umkleideraum verließ. »Das ist es, oder? Er ist verheiratet. Du willst ihn schützen. Ihn und seine Familie.«

Als Neva sich zu mir umdrehte, war jeder Muskel in ihrem Gesicht gespannt. Sie stand kurz davor, die Geduld zu verlieren. »Nein. Das ist es nicht.«

»Was denn dann?«

Offenbar hatte ich geschrien, da mehrere Leute stehen blieben und zu uns hersahen. Neva packte mich am Arm und führte mich zum Aufzug. Ihre Fingernägel gruben sich in meine Haut. »Fahr nach Hause. Ich ruf dich später an. Versprochen.«

»Aber …«

Neva sah über ihre Schulter, und ich folgte ihrem Blick. Der Gynäkologe – Dr. Cleary, seinem Namensschild nach – stand ein paar Meter entfernt und sah zu ihr. »Alles in Ordnung?«

»Ja«, sagte Neva. »Bestens.«

Ich erstarrte. Meine Tochter mochte nicht allzu mitteilsam sein, was ihr Innenleben anging, aber es gab Dinge, die eine Mutter sofort sah. Die Chemie – es war mit Händen zu greifen. Ich konnte es spüren. Neva hatte sich mit diesem Arzt eingelassen.

Neva schob mich in den Aufzug, bevor ich einen Blick auf seine linke Hand werfen konnte. Als sich die Türen schlossen, ließ ich mich gegen die Wand sinken. Plötzlich verstand ich, warum Neva mir nicht sagen wollte, wer der Vater ihres Kindes war. Wen verabscheute ich mehr als alles andere auf der Welt, noch mehr als Politessen und Steuerfahnder?

Gynäkologen.

Kapitel 6

FLOSS

Ich war den ganzen folgenden Tag unruhig, nachdem ich Nevas Neuigkeit erfahren hatte. In der Nacht hatte ich kaum ein Auge zugetan. Und wenn ich doch mal für ein paar Minuten eingeschlafen war, hatte ich von Grace' Vater geträumt. Jetzt war ich gerade mit meiner vierten Tasse Kaffee an diesem Tag auf dem Weg ins Wohnzimmer. Es war schönes Wetter, und durchs Fenster sah ich zwei junge Touristen, die auf der sandigen Straße ein Kajak in Richtung Hull Cove trugen. An anderen Tagen hätte dieser Anblick gereicht, damit ich mich entspannte – weil es mich daran erinnerte, wie viel Glück ich im Leben hatte. Aber nicht heute.

Lil saß auf dem Sofa und las. Als ich mich neben sie plumpsen ließ, sah sie auf. »Lass mich raten«, sagte sie. »Grace?«

Lil äußerte sich normalerweise nicht zu der Beziehung zwischen mir und meiner Tochter, aber ich wusste, dass sie sie merkwürdig fand. Sie wusste nichts von den Sorgen, mit denen man sich als Mutter einer Tochter herumschlagen musste. Ich hatte den Verdacht, dass sie Grace überkandidelt und ein bisschen zu anhänglich fand. Vielleicht hatte sie recht. Aber sie kannte Grace nicht so gut wie ich. Und was noch wichtiger war, sie kannte die

Umstände nicht, die Grace zu dem gemacht hatten, was sie war.

»Nein.« Ich legte die Beine hoch und ließ mich in die Polster sinken. »Na ja, nicht direkt.«

Lil klappte ihr Buch zu: eine Aufforderung zum Reden. Ich zögerte jedoch. Natürlich hatte ich ihr erzählt, dass Neva schwanger war und dass ihr Kind offenbar keinen Vater hatte. Aber ich hatte ihr nichts von der Wunde erzählt, die dadurch bei mir wieder aufgerissen war. Ich hatte Lil nie etwas von Grace' Vater erzählt – sie wusste, dass er tot war, und hatte nicht weiter nachgefragt. In diesem Moment hätte ich gerne geredet, aber nach den vielen Jahren des Alleinlebens fiel es mir nicht leicht, meine Probleme vor jemandem auszubreiten, und es machte mir sogar Angst.

»Ich behaupte ja nicht, dass ich dir einen Rat geben kann«, sagte Lil, die offenbar meine Gedanken las. »Aber ich kann zuhören.«

»Du bist wirklich ein Schatz«, sagte ich. »Aber es ist nichts, womit ich nicht schon ein Leben lang klargekommen wäre. Töchter, Enkelinnen …«

Lil schlug das Buch wieder auf. »Ja. Das sagst du immer.«

Ich zögerte. »Alles in Ordnung?«

»Gewiss doch.«

Lils Gesichtsausdruck wirkte ruhig, gelassen. Was man von meinem sicher nicht behaupten konnte. Auch wenn Lil es nie laut sagte, wusste ich, dass mir ihrer Meinung nach etwas Abstand zu meiner Familie gutgetan hätte. Unter normalen Umständen hätte sie vielleicht recht gehabt. Aber in diesem speziellen Fall ging es nicht um den Hebammenverband oder einen Streit mit Robert. Hier ging es um etwas, das ich vor vielen Jahren in Gang gesetzt hatte, als Bill McGrady in mein Leben getreten war und es für immer verändert hatte.

Watford, England 1953

Ich versuchte, mir nicht anmerken zu lassen, wie sehr ich mich in dem rauchgeschwängerten Gastraum des Heathcote Arms langweilte. Hier fand eine Hochzeitsfeier statt, und das bedeutete für alle ledigen Frauen in Watford nur eins: Männerschau. Ich war mit Elizabeth und Evie da, zwei Kolleginnen, die wie ich für ihre Hebammenausbildung von London nach Watford gezogen waren. Wir wohnten alle drei in dem hiesigen Schwesternwohnheim (die sogenannte Jungfernklause). Schwester Eileen hatte uns eingeschärft, Punkt halb elf wieder zu Hause zu sein, aber da wir wussten, dass sie stets um halb zehn im Bett lag, machten wir uns darüber weiter keine Gedanken.

Evie und Elizabeth hatten sich ziemlich aufgedonnert und viele Blicke auf sich gezogen, aber einen Drink hatte uns bisher noch niemand spendiert. Es musste an mir liegen. Elizabeth und Evie waren nach allgemeiner Ansicht umwerfend, und sie hatten gerade genug kleinere Makel, damit die jungen Männer trotzdem meinten, sie hätten eine Chance bei ihnen. Ich dagegen hatte ein Gesicht, das meine Mutter einmal als »ansehnlich« beschrieben hatte. Mein Hintern war eher breit als knackig, und meine Haare waren so beharrlich glatt, dass jeder Versuch, Locken hineinzudrehen, in einem Wutanfall endete. In Anbetracht dessen musste ich also wohl der Tatsache ins Auge blicken, dass unser mangelnder Erfolg in Sachen Drinks auf mein Konto ging.

Der Raum füllte sich immer mehr, und schon wieder ging die Tür auf, und es kamen, begleitet von einem Schwall frischer Luft, zwei junge Männer herein. Alle Gesichter drehten sich zu ihnen. Durch den Rauch konnte ich erkennen, dass einer der beiden groß und schlank war und eine hohe Stirn und dunkelbraune Haare hatte, die zu einer Tolle frisiert waren. Er und sein Freund ließen den Blick einmal durch den Raum schweifen, dann kamen sie an unseren Tisch.

»Dürfen wir die Ladys zu einem Drink einladen?«

Der große, gut aussehende Mann blickte dabei mich an.

»Verzeihung«, sagte er. »Das war unhöflich von mir. Das ist mein Freund Robbie. Und ich bin Bill McGrady.«

Evie und Elizabeth sahen von unserer Bank so andächtig zu ihm hoch, als stünde Jesus höchstpersönlich vor uns. Er war wirklich etwas ganz Besonderes.

Ich räusperte mich. »Ich bin Floss«, sagte ich, »und das sind Evie und Elizabeth.«

Bill tippte sich an seinen nicht vorhandenen Hut. »Freut mich, Sie kennenzulernen.«

Es war wirklich sehr merkwürdig. Er ließ mich keine Sekunde lang aus den Augen. Mir war klar, dass ich meinen Blick abwenden sollte, aber irgendwie schaffte ich es nicht. Ich verfluchte sämtliche Götter. In den vergangenen Monaten hatte ich mich praktisch damit abgefunden, dass mich Männer im Großen und Ganzen kaltließen. Ich hatte das unbestimmte Gefühl, dass mein Interesse eher Frauen galt. Und als würde mich das nicht schon genug verwirren – jetzt auch noch *das*.

»Ich würde gern etwas trinken«, sagte Elizabeth. »Ein Shandy, bitte. Für dich auch, Evie?«

Evie nickte.

»Und du, Floss?«, fragte Elizabeth zu mir gebeugt. Manchmal, wenn sie mir so nahe kam wie jetzt, verspürte ich den Drang, mich ebenfalls vorzubeugen und ihr einen Kuss auf ihren wunderbaren rosa Mund zu geben. Aber in diesem Augenblick dachte ich an ein anderes Paar Lippen. »Nein danke, ich möchte nichts.«

»Ach, kommen Sie, Floss«, sagte Bill. Beim Anblick seines schiefen Grinsens fiel es mir schwer, mich nicht geschmeichelt zu fühlen und standhaft zu bleiben.

»Na gut«, sagte ich. Ich spürte, dass mir das Blut ins Gesicht schoss, und wollte mir lieber nicht vorstellen, wie ich aussah. Knallrot und verlegen. Fehlte nur noch ein Hitzeausschlag. »Dann nehme ich einen süßen Sherry.«

Während Bill mit Robbie sprach, beugte sich Elizabeth noch ein Stück näher zu mir und sagte mit gesenkter Stimme: »Na los. Der ist süß. Nichts wie ran.«

»Nein, nein«, sagte ich. »Mach du mal.«

»Er hat aber *dich* angestarrt, Floss.«

»Hat er nicht. Außerdem ist er nicht mein Typ.«

»Marlon Brandos Zwillingsbruder ist nicht dein Typ?«

Ich beharrte jedoch darauf, bis sie schließlich einen Seufzer ausstieß. »Na gut, wenn du meinst.« Sie ließ es sich noch ein weiteres Mal bestätigen, dann stand sie auf und schob sich neben Bill. »Soll ich Ihnen mit den Drinks helfen?«, fragte sie.

Ich sah, wie Bill Elizabeth zur Bar führte, eine Hand an ihrem Rücken, ohne sie wirklich zu berühren. Die meisten Männer, die ich kannte, hätten das Gedränge in dem überfüllten Raum ausgenutzt, aber Bill schien ein echter Gentleman zu sein.

An der Bar angelangt, warf Bill einen Blick über die

Schulter, und ich beteiligte mich rasch an dem etwas steifen Gespräch zwischen Evie und Robbie. Als ich wieder zur Bar sah, hatte er sich Elizabeth zugewandt. In dem smaragdgrünen Kleid mit Gürtel sah sie besonders hübsch aus, und Bills Blick nach zu urteilen, hatte er das inzwischen auch bemerkt. Ihre langen rotbraunen Haare fielen ihr in Locken über die Schultern, und irgendwie schaffte sie es, gleichzeitig zurückhaltend und kokett zu wirken. Sie strahlte und gestikulierte, vielleicht erzählte sie ihm gerade von der unberührten jungen Frau, die bei ihnen in der Vorsorgesprechstunde aufgetaucht war und davon überzeugt war, das zweite Kind des Herrn auszutragen. Was sie auch sagte, Bill war eindeutig hingerissen. Und der kurze verführerische Moment zwischen uns war eindeutig vergessen.

Sechs Monate später heirateten Bill und Elizabeth.

Es war eine kleine Hochzeitsfeier. Damals war das Geld allgemein knapp – diejenigen, die welches besaßen, hatten es im Krieg verloren, und diejenigen, die keins besaßen, hatten im Krieg ihr Leben verloren. Bills Familie hatte noch nie Geld gehabt, und Elizabeths Eltern, die sich selbst gern zur besseren Gesellschaft zählten, hatten bereits vier Töchter unter die Haube gebracht und daher nicht mehr viel vorzuweisen außer ihrem guten Namen. Als Trauzeugin war ich die Erste, die zum Altar schritt. Ich lächelte die Gäste an, den Boden, die Blumen – alles und jeden außer Bill. Doch als ich schließlich am Altar ankam, musste ich einfach einen verstohlenen Blick auf ihn werfen. Er stand entspannt da, sein Lächeln reichte bis zu seinen Augen, und er wirkte keine Spur nervös. Dieser Mann wurde nicht von Zweifeln geplagt.

Es war Elizabeth gewesen, die den ganzen Vormittag

das Zittern gehabt hatte: Sie war angespannt gewesen, weinerlich, still. Doch als sie jetzt in der großen Flügeltür erschien, war davon nichts mehr zu merken. Alles an ihr funkelte – ihre Augen, ihr Lächeln, der antike diamantenbesetzte Kamm in ihren Haaren. Sie hatte in letzter Sekunde beschlossen, ihre Haare offen zu tragen, gegen den heftigen Protest ihrer Mutter, die das »gewöhnlich« fand, aber Elizabeth hatte ihren Kopf durchgesetzt, und jeder, der sie jetzt sah, musste ihr recht geben. Mit den offenen Haaren, die über die Flügelärmel ihres Kleids flossen, sah sie so zart und hübsch aus wie die Pfingstrosen in ihrem Brautstrauß.

Elizabeth und Bill wollten ihre Hochzeitsnacht im Hotel in der Stadt verbringen und am nächsten Tag in Bills Haus in Kings Langley ziehen. Elizabeth zufolge war es nur ein bescheidenes Cottage, aber das war ihr egal. Was Bill an Geld fehlte, machte er durch Charme wett. Und davon hatte er reichlich, da waren sich alle einig.

Er begann seine Rede mit den Worten »Ich danke Ihnen allen, dass Sie gekommen sind. Für einen einfachen Mann wie mich ist es eine große Ehre, in der Gesellschaft von so feinen Leuten zu sein, und eine noch größere, in eine Familie wie die der O'Hallorans einzuheiraten. Aber die größte Ehre ist es« – er lächelte Elizabeth zu –, »hier als Ehemann dieser wunderbaren Frau zu stehen. Ich will nicht mehr aus mir machen, als ich bin – der Sohn eines Farmers, der ein paar Jahre gedient hat. Elizabeth hätte etwas sehr viel Besseres verdient. Aber ich verspreche, dass ich mich bis ans Ende meines Lebens jeden Tag mächtig anstrengen werde, um mich ihrer würdig zu erweisen.«

Die Gäste waren gerührt. Was für ein reizender junger

Mann! Elizabeth konnte sich wirklich glücklich schätzen! Vielen standen Tränen in den Augen. Ich vergoss ebenfalls ein paar, wenn auch wahrscheinlich aus anderen Gründen.

Es folgte der Brautwalzer, und anschließend war die Tanzfläche für alle freigegeben. Vater und Tochter, Mutter und Sohn, Schwager und Schwägerin, Brautjungfern. Bill und Elizabeth schwebten über die Tanzfläche und hatten nur Augen füreinander, so, wie es sein sollte. Auch Evie und ihr neuer Freund Jack klebten aneinander wie zwei Magneten. Ich kam unterdessen meinen Pflichten als Trauzeugin nach, puderte Elizabeth die Nase, hielt ihre streitlustigen Tanten auseinander, tanzte mit dem Trauzeugen. Als die ersten Gäste aufbrachen, half ich Elizabeths Eltern, die Geschenke einzusammeln. Ich verstaute gerade die letzten Päckchen im Kofferraum von Mr. O'Hallorans Wagen, als mir jemand ungeduldig auf die Schulter tippte.

»Gewährt die Trauzeugin dem Bräutigam einen Tanz?«

Ich schlug den Kofferraumdeckel zu und drehte mich um. Bill hatte glasige Augen, die obersten drei Knöpfe seines Hemds standen offen, und seine Fliege hing lose am Kragen. Er grinste mich frech an.

Ich tat so, als würde ich auf einem imaginären Zettel nachsehen, den ich aus einer imaginären Tasche zog. »Ich fürchte, du stehst nicht auf meiner Liste.«

Er trat einen Schritt näher, und mir stieg der Duft der Nelke in seinem Knopfloch in die Nase. Er warf einen Blick auf meine imaginäre Liste. »Bist du sicher? Ich glaube, ich sehe meinen Namen« – er tippte mit einem Finger in die Luft – »hier.«

»Ach, das bildest du dir ein. Elizabeth wirft gleich den Brautstrauß. Wir sollten besser reingehen.«

»Hoffst du, dass du ihn fängst?«, fragte er.

»Nein. Heute ist Evie dran.«

»Und warum nicht du, wenn ich fragen darf?«

Ich blickte auf meine Füße. Ich fürchtete, wenn ich Bill in die Augen sähe, könnte ich nicht wieder wegsehen. »Na ja … sie und Jack sind jetzt schon ein paar Monate zusammen, und ich – ich habe keinen Freund.«

»Ja, stimmt …«, sagte Bill. »Also, was ist mit dem Tanz?«

Ich blickte mich um. Ein paar Gäste standen bei ihren Autos und verabschiedeten sich voneinander. »Das sollten wir nicht tun.«

Bill breitete die Arme aus. Er umfasste meine rechte Hand mit seiner linken und hielt sie in Richtung Himmel. »Bill«, sagte ich. »Wir sollten wirklich zu Elizabeth zurückgehen.«

Ich hörte einen Motor anspringen und sah die kleine Gruppe, die in der Nähe gestanden hatte, wegfahren. Bill blickte von dem Auto zu mir und zwinkerte mir zu. »Jetzt sind wir ganz allein.«

Er zog mich etwas enger an sich. Unsere Bäuche pressten sich aneinander. Mein Herz begann zu rasen, und ich wusste nicht, ob das gut war oder schlecht.

»Elizabeth hatte den ganzen Tag meine ungeteilte Aufmerksamkeit«, sagte er an meinem Ohr. Gleichzeitig ließ er seine Hand auf meinem Rücken ein kleines Stück tiefer gleiten. »Und ich würde sagen, du brauchst auch ein bisschen Aufmerksamkeit, wo du doch keinen Freund hast und so.«

Kapitel 7

NEVA

Ich hatte an einem Mittwoch beschlossen, Hebamme zu werden. Damals war ich vierzehn. Nach der Schule hatte mir meine Lehrerin einen Zettel mit der Adresse einer Frau gegeben, die Grace gerade entband. Das machte sie gelegentlich, wenn die Patientin nicht weit von der Schule wohnte. Ich brauchte zwanzig Minuten für den Weg, und als ich ankam, steckte zwischen Rahmen und Gitter der Fliegentür ein weiterer Zettel. Er trug Grace' Handschrift.

Tür ist offen. Wir sind hinten.

Ich ging hinein und rief: »Ich bin da.« Dann blieb ich im Flur stehen und wartete auf eine Antwort von Grace. Ein paar Minuten später würde sie kommen, mir berichten, wie die Dinge standen, und mir entweder Geld für ein Taxi geben oder sagen, dass Dad mich unterwegs auflesen würde. Aber nicht heute. Sie öffnete die Schlafzimmertür einen Spaltbreit. Ihr Gesicht war blass.

»Neva – Gott sei Dank. Schnell. Komm her.«

Ich stand da wie ein Reh im Scheinwerferlicht. »Was?«

»Meiner Assistentin war nicht gut, sie musste nach

Hause. Der Muttermund ist bereits neun Zentimeter geöffnet – ich brauche jemanden, der mir hilft.«

Früher hatte ich mich öfter mit im Zimmer aufgehalten, wenn Grace' Patientinnen ihre Kinder bekommen hatten. Dann hatte sie mich scherzhaft als ihre Assistentin bezeichnet. Ich reichte ihr ein Handtuch oder hielt einer Patientin die Hand. Vielleicht flüsterte ich ihr sogar ein paar aufmunternde Worte zu. Aber Grace hatte immer auch eine richtige Assistentin gehabt. Jemanden, der sich mit Geburten auskannte. »Das kann ich nicht.«

»Klar kannst du.«

Sie ging zurück ins Zimmer. Trotz meiner Zweifel ließ ich meine Tasche auf den Boden fallen und folgte ihr langsam.

Die Frau – Agnes – saß in einem weißem Bademantel aus Waffelpikee auf der Bettkante. Sie hatte die Hände auf die Knie gestützt und schaukelte leise stöhnend vor und zurück. Ihr Mann saß neben ihr und rieb ihr den Rücken.

»Das ist meine Tochter«, sagte Grace. »Sie war schon häufiger bei Geburten dabei, als Sie abends was Warmes zu essen hatten.«

Da war ich mir nicht so sicher. Der Mann war mindestens dreißig. Ich war bei ungefähr zwanzig Geburten dabei gewesen – fünfzig, wenn man die mitzählte, die ich von meinem Zimmer aus gehört, aber nicht gesehen hatte. Wenn er nicht meistens kalt zu Abend gegessen hatte, lag Grace mit ihrer Rechnung ziemlich daneben.

»Wie alt ist sie?«, fragte er.

Ich öffnete den Mund.

»Sechzehn«, kam mir Grace zuvor. »Und es bleiben uns nicht viele andere Möglichkeiten, Jeremy. Wir haben

Glück, dass uns eine erfahrene Person helfen kann, nachdem meine Assistentin nach Hause musste. Es sei denn, Sie wollen Agnes lieber in ein Krankenhaus bringen?«

»Nein«, sagte Agnes.

»Liebling …«

»Kein Krankenhaus! Ich bin nicht krank, und mein Baby ist es auch nicht. Warum sollen wir in ein Krankenhaus? Ich will, dass mein Baby hier zur Welt kommt, in seinem Zuhause, nicht in irgendeinem unfreundlichen, sterilen Krankenhauszimmer, umgeben von Fremden mit Gesichtsmasken.«

Agnes' Ton ließ keinen Zweifel daran, dass sie es ernst meinte. Ich wusste, dass Grace sich bemühte, sich ihre Genugtuung nicht anmerken zu lassen. Vergeblich. »Gut«, sagte sie. »Damit wäre das geklärt. Neva, ich muss mich vorbereiten. Bleibst du bei Agnes?«

Sie war verschwunden, bevor ich etwas erwidern konnte.

Agnes krümmte sich unter einer erneuten Wehe und stöhnte. Die Geburt war offensichtlich weit fortgeschritten, aber ich hatte schon Schlimmeres gehört. Ich wartete, bis die Wehe nachließ, bevor ich etwas sagte.

»Ich bin Neva«, begann ich verlegen. Ich kauerte mich vor Agnes und beugte mich vor, um ihr ins Gesicht zu sehen. Mir schoss der Gedanke durch den Kopf, dass ihre Haltung in dieser Phase der Geburt nicht unbedingt zuträglich war. »Haben Sie es bequem?«

Sie richtete sich auf. Nachdem sie sich so vehement gegen eine Krankenhausgeburt ausgesprochen hatte, überraschte mich ihr ängstlicher Gesichtsausdruck. »Ich bin einfach nur … erschöpft.«

»Ich weiß«, sagte ich, obwohl ich keine Ahnung hatte. Ich war vierzehn – was wusste ich von Wehen? Ich versuchte mich daran zu erinnern, was Grace in einem solchen Fall sagen würde, aber das kam mir alles zu abgehoben vor. *Sie sind eine Kriegerin* war einer ihrer Sprüche. Ein anderer lautete: *Denken Sie an Ihren wunderbaren kleinen Engel, der bereit ist, die Flügel auszubreiten.* So etwas passte nicht zu mir.

»Wollen Sie es vielleicht mal im Stehen probieren?«, fragte ich. Im Gegensatz zu dem etwas esoterisch angehauchten Zeug, das mir meine Mutter sonst noch beigebracht hatte, war das etwas wissenschaftlich Fundiertes. Die gute alte Schwerkraft. »Ihr Mann und ich stützen Sie, und wenn die nächste Wehe kommt, halten Sie sich an einem von uns fest.«

Ich hatte wohl genau den richtigen Zeitpunkt erwischt, denn sie schien froh darüber, aufstehen zu können, und meinte, so sei es viel besser. Merkwürdigerweise hielt sich Agnes während der Wehen an mir fest und nicht an ihrem Mann, aber das hatte vermutlich etwas mit meiner Größe zu tun. Sie lehnte sich an mich, und wir fanden einen guten Rhythmus, ich ging mit ihr auf und ab und wiegte sie wie bei einem langsamen Tanz, wenn der Schmerz einsetzte. Bei jeder Wehe verzerrte sich ihr Gesicht – aber sie war konzentriert. Sie hörte mir zu und folgte meinen Ratschlägen.

»So ist es gut«, sagte ich und wiegte sie während einer Wehe hin und her. »Sie machen das sehr gut.«

Genau genommen machte sie es besser als gut. Ich war beeindruckt. Obwohl ich schon damals die Abneigung meiner Mutter gegen Ärzte und Krankenhäuser nicht teilte, fand ich es irgendwie bewundernswert, wenn eine Frau so standhaft an ihrer Entscheidung für eine Hausgeburt festhielt. Es verlangte ihr sicher einiges ab. Während ich mich mit Agnes hin- und herwiegte, überkam mich plötzlich ein ganz neues Gefühl. Das Gefühl, ein wichtiger Teil von etwas zu sein. Etwas, das größer war als ich.

»Sie machen das gut, Agnes.« Die Worte schienen von jemand anderem zu kommen. »Sie schaffen das. Der Schmerz ist bald vorbei, und dann haben Sie etwas ganz Besonderes geschafft. Ich bin sehr stolz auf Sie.«

Es war ziemlich merkwürdig, dass ein Kind so etwas zu einer Frau um die dreißig sagte. Aber die Worte kamen einfach so aus meinem Mund. Noch merkwürdiger war, dass Agnes darauf reagierte. Sie nickte. Sie *glaubte* mir.

Als Grace zurückkam, spürte Agnes einen starken Druck in ihrem Becken.

»Sieht so aus, als wären Sie so weit, Ihr Baby herauszuschieben, Agnes«, sagte Grace. »Dann wollen wir mal in Stellung gehen.«

Zu meiner Verblüffung sah Agnes mich an. »Soll ich während der Geburt auch stehen?«

»Am besten ist die Haltung, in der Sie sich am wohlsten fühlen«, sagte ich, ohne zu zögern. Ich merkte, dass Grace mich anstarrte, erwiderte aber weiter Agnes' Blick. »Sagen Sie, was Sie wollen.«

Mit gerunzelter Stirn dachte sie nach. »Ich würde gern in die Hocke gehen.«

Nachdem Agnes am Ende des Betts in Hockstellung gegangen war, ihr Mann rechts und ich links von ihr, sah mich Grace mit hochgezogenen Augenbrauen an. »Mach weiter.«

Ich warf ihr einen zweifelnden Blick zu.

Grace nickte. Falls sie irgendwelche Bedenken hatte,

ließ sie es sich nicht anmerken. Ich nahm all meinen Mut zusammen. Vielleicht, nur vielleicht, schaffte ich es ja. Ich überlegte, was ich sagen sollte. Aber als ich Agnes stöhnen hörte, kamen die Worte ganz von allein.

»Versuchen Sie tief auszuatmen, während Sie schieben«, sagte ich und kniete mich neben Grace vor Agnes. »Das Baby soll nicht zu schnell kommen, damit der Damm nicht einreißt.«

Agnes folgte meiner Anweisung. Grace rutschte zur Seite, als das Köpfchen des Babys erschien. Ich versuchte Agnes zu unterstützen und fand aufmunternde Worte, die offenbar irgendwo tief in meinem Unterbewusstsein geschlummert hatten. Als der kleine Junge in meine Hände glitt, wusste ich es. Frauen *waren* Kriegerinnen. Und ich wollte dazugehören.

Erin lag auf dem OP-Tisch und umklammerte die Hand ihres Mannes. Unter Tränen sah sie zu mir hoch. »Was passiert gerade?«

Ich warf einen Blick über den Vorhang. Sean hatte konzentriert die Stirn in Falten gelegt. Neben ihm stand Marion, eine geschwätzige Krankenschwester mittleren Alters, die ich vom ersten Augenblick an nicht gemocht hatte, und hatte den Absauger in der Hand. Patrick tuschelte in der Ecke mit Leila, einer Kinderkrankenschwester. Sie kicherte. Jeder kannte seine Aufgabe, und die ruhige Atmosphäre sagte mir, dass alles in Ordnung war. Aber ich wusste, dass Patientinnen das gern aus dem Mund des Arztes hörten.

»Wie läuft es, Dr. Cleary?«, fragte ich Sean.

»In einer Minute haben wir das Kleine rausgeholt«, sagte er. »Der Herzschlag hat sich stabilisiert.«

Ich drückte Erin die Hand und lächelte ihrem Mann Angus zu. »Haben Sie gehört? Sie sind in guten Händen.«

»In sehr guten Händen«, echote Marion. »Dr. Cleary ist einer der besten Ärzte im ganzen Land.«

Mit einem erwartungsvollen Lächeln blickte sie zu Sean. Es schwand, als er nicht einmal den Kopf hob. Marion achtete bei den Ärzten immer darauf, auf der richtigen Seite zu stehen, und sei es auch nur, um den Eindruck zu erwecken, dass sie im Krankenhaus mehr zu sagen hatte, als es tatsächlich der Fall war. Es passte ihr offensichtlich nicht, dass Sean nichts erwiderte, vor allem, weil er sonst durchaus etwas für Heldenverehrung übrighatte. Was sie nicht wusste, war, dass er auch eine zurückhaltende Seite hatte und dass seine Abneigung gegen Gerede größer war als sein Bedürfnis, sein Ego streicheln zu lassen. Das war eines der vielen Dinge, die ich an ihm mochte.

Auf dem OP-Tisch begann Erin zu weinen. »Ich wollte es doch selbst schaffen.«

Ich beugte mich über sie. Ihre beiden älteren Schwestern hatten ihre Kinder im Geburtszentrum zur Welt gebracht. Unter all meinen Patientinnen hatte die Erfahrung bei ihnen wohl den stärksten Eindruck hinterlassen. Beide Schwestern hatten davon geschwärmt, dass eine natürliche Geburt das ganze Leben verändere und dass sie sich hinterher geradezu übermenschlich gefühlt hätten. Ich wusste, dass Erin darauf gehofft hatte, diese übermenschliche Erfahrung heute ebenfalls zu machen. Dass es so war, dafür würde ich sorgen.

»Ich weiß. Aber Dr. Cleary hat gesagt, dass alles gut aussieht. Zu unserem Glück haben wir Spezialisten zur

Seite, wenn Komplikationen auftreten. Das Allerwichtigste ist doch, dass es Ihrem Kind gut geht.«

Eine Träne tropfte auf den Tisch. »Aber warum gibt es denn Komplikationen? Was habe ich falsch gemacht?«

Ein Anflug von Ärger über meine Mutter und ihre Tiraden gegen Ärzte und Krankenhäuser überkam mich. Ich war eine große Befürworterin der natürlichen Geburt, aber noch mehr war ich dafür, das zu tun, was für Mutter und Kind am besten war. Manche Frauen entschieden sich von vornherein für einen Kaiserschnitt, bei einigen war er im Interesse ihrer Gesundheit nötig, bei anderen in dem ihres Kindes. Panikmache und das Zitieren von Statistiken zu medizinischen Eingriffen richteten meiner Meinung nach mehr Schaden an, als dass sie nützten.

»Ich verrate Ihnen jetzt mal ein kleines Geheimnis, ja?« Ich senkte die Stimme. »Dieses übermenschliche Gefühl, von dem die Leute immer reden, hat nichts damit zu tun, auf welchem Weg ein Kind auf die Welt kommt. Es hat etwas damit zu tun, was mit der Mutter passiert. *Sie* werden übermenschlich. Ihnen werden zusätzliche Hände und Beine wachsen, um für Ihr Kind zu sorgen. Und Ihnen wird auf jeden Fall ein zweites Herz wachsen, weil eins für all die Liebe, die Sie für dieses Kind empfinden werden, nicht ausreicht.« Erin hörte mir aufmerksam zu. »In dem Moment, in dem Sie Ihr Kind zum ersten Mal sehen, ist es Ihnen völlig egal, ob es aus Ihrem Bauch oder Ihrer Nase gekommen ist.« In diesem Punkt war ich mir ganz sicher. »Sie werden es spüren, das verspreche ich Ihnen. Warten Sie einfach ab.«

»Eine nasale Entbindung?« Seans Stimme drang laut und nachdenklich durch den Vorhang. »Ist es das, womit sich die Hebammen hier im Geburtszentrum beschäftigen? Ich habe euch ja schon immer für ein bisschen unkonventionell gehalten.«

Erins Lippen verzogen sich zu einem Lächeln. Das war noch etwas, was ich an Sean mochte. Er fand immer die richtigen Worte zur Aufmunterung.

»Da ist es«, sagte er, und durch den Vorhang war ein zaghafter Schrei zu vernehmen. Erin sog die Luft ein, als über dem Vorhang ein winziges Gesicht erschien. »Nein! So schnell?«

»Es ist ein Junge!«, verkündete Sean mit aufrichtiger Freude. »Er hat sich nur ein bisschen in die Nabelschnur gewickelt. Sonst ist alles in Ordnung.«

»Ein Junge!«, rief Erin. »Hast du das gehört, Angus? Es ist ein Junge.«

Ich richtete mich auf und schaute auf die andere Seite. Sean reichte den kleinen Jungen an Patrick weiter, der mit ihm zu einem Wärmebett ging. »Er hat eine ordentliche Größe«, sagte ich. »Und er sieht ganz gesund aus. Der Kinderarzt und die Schwestern untersuchen ihn kurz, aber ich sorge dafür, dass Sie Ihren Sohn so schnell wie möglich in den Armen halten.«

»Oliver«, sagte Erin. »Er heißt Oliver.«

Ich nickte. »Ich bringe Ihnen Oliver, so schnell es geht.«

Leila rieb Oliver mit einem angewärmten Tuch ab, während Patrick den Schleim absaugte. Olivers Gesicht nahm einen hübschen rosigen Ton an. »Sieht gut aus«, sagte ich.

»Ja«, sagte Patrick. »Sehr gut.«

»Bringt Sie das nicht zum Nachdenken, Dr. Johnson?«, sagte Marion. »Meine Tochter Josie ist in Ihrem Alter.«

Mein Blick schoss zu Patrick, aber rasch sah ich wieder weg. Was sollte das denn, fing ich etwa an, Besitzansprüche zu entwickeln? Nur weil er hin und wieder auf meinem Sofa schlief, hieß das nicht, dass er mir gehörte.

»Wenn sie Ihre Tochter ist, Maz«, sagte Patrick, »dann ist sie doch zu gut für einen Nichtsnutz wie mich.«

»Viel zu gut«, fiel Sean ein.

»Natürlich könnte sie es auch schlechter treffen«, sagte Patrick. »Allerdings ist Sean kein Single.«

In der Stimme der beiden Männer schwang zwar ein Lächeln mit, aber ihre Worte enthielten auch ein Körnchen Wahrheit. Es würde mir ewig ein Rätsel bleiben, wie zwei Männer sich ständig Konkurrenzkämpfe liefern und gleichzeitig so gute Freunde sein konnten.

»So«, sagte Patrick zu Oliver. »Dann wollen wir mal sehen, wie's dir geht, Kleiner.«

Wie bei Sean war es auch bei Patrick nicht zu übersehen, dass er seinen Beruf liebte. Während er Oliver untersuchte – seine Reflexe prüfte, sein Becken bewegte –, redete er unaufhörlich und erklärte dem Baby, was er als Nächstes tun würde. Seine Stimme klang dabei völlig normal, so als würde er ein Bier mit einem Freund trinken. Leila starrte ihn ungeniert an. Selbst ich musste zugeben, dass ein Mann, der gut mit Babys umgehen konnte, irgendwie sexy war.

»Wie ich gehört habe, darf man gratulieren, Neva?« Ich hob den Kopf, bevor ich richtig begriffen hatte, dass Marion mit mir sprach, und gewährte ihr einen Logenblick auf mein entsetztes Gesicht. »Wegen des Babys, meine ich.«

Ich widmete mich intensiv Olivers Fontanellen. »Ach so. Danke.«

»Und es ist bald so weit, nicht wahr?«, fuhr sie fort. »Sie sind bestimmt schon ganz aufgeregt.«

Ich blickte mich beiläufig im OP um und versuchte den Schaden einzuschätzen. Patrick war zusammengezuckt. Leila starrte mich mit offenem Mund an. Sean war, die Hände noch halb in Erins Bauch, mitten in der Bewegung erstarrt. Sein Blick glitt über meinen Bauch, soweit er etwas davon sehen konnte. »Du bist schwanger, Neva?«

»Ja.« Ich sah ihn nicht an. Ich streckte die Hände Patrick entgegen. »Das Baby, bitte.«

Offenbar hatte ich ziemlich autoritär geklungen, denn statt mit mir wie üblich noch über eine letzte Untersuchung zu verhandeln, wickelte Patrick Oliver in eine Decke und reichte ihn mir. Ich ging mit dem Baby zu Erin.

»Hoffentlich habe ich jetzt kein Geheimnis ausgeplaudert«, sagte Marion. Ihr Ton ließ allerdings keinen Zweifel daran, dass sie genau das Gegenteil dachte. »Eloise hat es heute Morgen erzählt. Es ist doch kein Geheimnis, oder? Es wäre mir nämlich unangenehm, wenn …«

»Und *mir* wäre es unangenehm, wenn Sie nicht bei der Sache wären, Marion.« Sean sagte das in ruhigem, aber scharfem Ton, und es wurde sofort still im Raum. Marion bekam einen knallroten Kopf. »Wie Sie sehen, bin ich nämlich gerade dabei, den Schnitt zu vernähen. Und ich brauche eine Kompresse.«

»Ja, Doktor.« Marion griff nach der Kompresse, der Rüffel hatte offenkundig gesessen. Beinahe tat mir Sean leid. Ihre Schmeicheleien zu ignorieren war eine Sache, aber sie vor aller Augen zurechtzuweisen war etwas anderes. Das würde sie ihm heimzahlen.

Ich versuchte mich auf meine Aufgabe zu konzentrieren, legte Oliver in die Arme seiner Mutter, sein Gesicht an ihrer Wange, sodass er sie ansehen konnte, ihren Atem spürte, ihre Berührung. Mit ein bisschen Glück würde sie ihn stillen können, sobald sie wieder in ihrem Zimmer war. Das war jetzt wichtig.

»Wann ist es denn so weit, Neva?«, fragte Sean nach ein oder zwei Minuten Schweigen. Seine Stimme hatte jede Schärfe verloren, tatsächlich war sie etwas leiser als sonst.

Ich blickte ihn über den Vorhang hinweg an. »Am einunddreißigsten Dezember.«

»Ein Neujahrsbaby«, sagte er. Er runzelte die Stirn, dann wandte er sich wieder Erins Bauch zu. »Ein Wunder.«

»Ja«, pflichtete ich ihm bei. »Das ist es wirklich.«

Ich warf meine OP-Kleidung in den überquellenden Wäschekorb und schleppte mich zum Aufzug. Jetzt, da meine Arbeit fürs Erste erledigt war, fühlten sich meine Beine so schwer an, als trüge ich Betonstiefel. Ich musste nur noch im Geburtszentrum vorbeischauen, um mich zu versichern, dass bei keiner meiner Patientinnen die Wehen eingesetzt hatten. Wenn das nicht der Fall war, konnte ich mich vielleicht in einem der Zimmer ein bisschen hinlegen. Bis zu meiner Wohnung waren es zwar nur zehn Minuten zu Fuß, aber irgendwie war mir selbst das zu weit.

An die Wand gelehnt, wartete ich auf den Aufzug. Am anderen Ende des Flurs wurde Patrick von drei Lernschwestern umringt, die sich eifrig Notizen machten und in regelmäßigen Abständen kicherten. Er war professionell genug, im Umgang mit den Lernschwestern die Grenzen zu wahren, aber es war unverkennbar, dass er die Aufmerksamkeit genoss. Marion stand am Schwesterntresen, flüsterte aufgeregt und warf dabei immer wieder einen Blick über die Schulter. Normalerweise hätte ich angenommen, dass sie über meine Schwangerschaft tratschte, aber nach Seans Zurechtweisung im OP konnte sie genauso gut über ihn lästern. Es mochte nicht gerade edel sein, aber ich wäre dankbar dafür gewesen.

Während ich auf den Aufzug wartete, erlaubte ich meinen Augen das, was ich als langes Zwinkern bezeichnete.

»Sollte ich beleidigt sein?«

Ich öffnete die Augen und sah Sean vor mir stehen, in blauem Kittel, blauer Kappe und weiten blauen Überschuhen. Mein erster Impuls war davonzulaufen. So schnell mich meine Beine trugen zum nächsten Ausgang zu laufen. Aber selbst wenn ich die nötige Energie aufgebracht hätte, wäre nicht viel damit gewonnen. »Nein, du solltest erleichtert sein.«

»Wolltest du es mir irgendwann sagen?«

»Ehrlich gesagt wollte ich warten, bis du von selbst draufkommst. Ich dachte, jemand, dem für gewöhnlich nichts entgeht, und der außerdem noch Gynäkologe ist …«

»Neva.«

Sein Ton ließ mich innehalten. »Ja?«

»Bist du dir wegen des Termins sicher?«

»Ja.«

»Ist das alles, was du dazu zu sagen hast? Ja?«

Mir lag es auf der Zunge zu erwidern, sofern die Antwort auf seine Fragen weiterhin Ja lautete, dann würde ich tatsächlich nichts weiter dazu sagen, aber bevor ich den Mund aufmachen konnte, zog er mich in eine Ecke.

»Bist du dir wirklich sicher? Wenn du dich auch nur um ein paar Wochen verrechnet hast …«

Ich unterbrach ihn, bevor er es aussprechen konnte. »Ja. Ich bin mir sicher.«

Ich legte ihm eine Hand auf die Brust, teils, um ihn zu beruhigen, teils, um ihn ein kleines Stück von mir wegzuschieben. Schließlich sank er wie ein erschlaffter Luftballon in sich zusammen. »Mein Gott, Neva. Ich weiß nicht, was ich tun würde, wenn … na ja, ich bin jedenfalls froh, dass es nicht so ist.«

Ich gönnte Sean die Erleichterung. Ich wünschte nur, ich hätte seine Freude teilen können. »Ich auch.«

»Also«, sagte er, »wessen Kind ist es?«

»Meins.«

»Das ist mir klar.« Auf seinem Gesicht erschien ein verwirrter Ausdruck, dem ein kurzes Auflachen folgte. »Wessen noch?«

Ich hatte diese Frage bereits jetzt bis obenhin satt, und dabei war es noch nicht einmal vierundzwanzig Stunden her, dass ich die Neuigkeit verkündet hatte. Ich wünschte, ich hätte einen Stapel Handzettel zum Verteilen. *Das dürfte die meisten Ihrer Fragen beantworten*, würde ich sagen, wenn ich den Leuten einen Zettel in die Hand drückte. *Und ganz unten finden Sie eine E-Mail-Adresse für den Fall, dass noch Fragen offen sind. Sie lautet info@nevasschwangerschaft.com*. Aber leider hatte ich keine solchen Handzettel.

»Niemandes. Nur meins.«

Er zog eine Augenbraue hoch. Ich seufzte.

»Der Vater wird nichts damit zu tun haben, okay?«

Sean brauchte einen Moment, um das zu verdauen. »Verstehe. Tut mir leid.«

Er sah tatsächlich so aus, als täte es ihm leid. Er fing an, irgendetwas zu murmeln, wie es Männer so machten, wenn sie sich nicht wohl in ihrer Haut fühlten. Was natürlich nur dazu führte, dass ich mich in meiner noch unwohler fühlte.

»Wenn ich irgendetwas tun kann …«

Ich deutete auf den Ehering, den er während Operationen an einer Kette um den Hals trug. »Ich halte das für keine gute Idee, du etwa?«

Einer von uns musste die Rede auf Laura bringen. Getreu seinem Vorsatz hatte Sean die texanische Kassiererin aus dem Supermarkt geheiratet. Mit ihren wuscheligen wasserstoffblonden Haaren und den zu ihrem ausladenden Busen passenden Hüften entsprach sie ganz und gar nicht dem herrschenden Schönheitsideal, aber sie hatte ein hübsches, freundliches Gesicht und ein liebenswürdiges Wesen. Sie war der Typ Frau, die selbst nach zehn Jahren Ehe mit einem Gynäkologen noch vor Rührung schluckte, wenn er ihr von einer Entbindung erzählte. Nicht der Typ Frau, die man ohne schlechtes Gewissen betrog.

»Wahrscheinlich nicht.«

»Wie geht es Laura?«

»Gut«, sagte er. »Danke der Nachfrage.«

»Ist der Tumor weiter geschrumpft?«

Er nickte. »Sie sagen, inzwischen ist er nur noch erbsengroß.«

Vor neun Monaten war der Tumor noch so groß wie ein Baseball gewesen. Begonnen hatte es mit Kopfschmerzen. Sean hatte Laura zwei Tylenol gegeben, bevor er morgens zur Arbeit fuhr, und bis er nach Hause kam, war es eine ausgewachsene Migräne. Drei Tage später konnte sie auf einem Auge nichts mehr sehen. Dank Seans Beziehungen im St. Mary's Hospital wurde bei Laura sofort ein CT gemacht. Die Prognose war nicht gut. Aber Sean zufolge tat Laura nichts lieber, als anderen zu beweisen, dass sie unrecht hatten.

»Sie glaubt, dass es an dem grünen Tee liegt, den sie immer trinkt. Und mir erklärt sie besonders gern, dass Ärzte keinen blassen Schimmer haben, wenn es um Gesundheit geht.« Sean lachte und schüttelte den Kopf. »Vermutlich liegt es eher an der OP, der Chemo und der Bestrahlung. Aber ich schreibe es gern dem Tee zu, wenn es sie zufrieden macht.«

»Was auch immer es ist, ich bin froh, dass es hilft«, sagte ich.

»Ja«, sagte Sean. »Ich auch.«

»Na dann …«, setzte ich an, und dann wusste ich nicht weiter.

Na dann … grüß Laura von mir.

Na dann … freut mich, dass ich dir die frohe Botschaft überbringen konnte.

Na dann … du bist aus dem Schneider.

Es gab keine passende Floskel, um dieses Gespräch zu beenden. Am besten, ich beendete es einfach so schnell wie möglich.

»Na dann …«, versuchte ich es noch einmal. »Bis später.«

Während ich darauf wartete, dass sich die Aufzugtüren schlossen, warf ich einen Blick zu Patrick am Ende des Flurs. Die Schwestern standen immer noch um ihn herum, hübsch und beflissen. Aber er sah über ihre Köpfe hinweg den Korridor hinunter. Direkt zu mir.

Kapitel 8

GRACE

Für gewöhnlich war ich mit mir und der Welt im Reinen, wenn ich über die schmale Beavertrail Road fuhr, die den südlichen Teil von Conanicut Island mit dem Norden verbindet. Mit dem Mackerel Beach zu meiner Linken und der Sheffield Cove zu meiner Rechten war es auch schwer, das nicht zu sein. Im Moment wimmelte es an den Stränden von Schwimmern und Tauchern. In der Bucht glitten Surfer über das glitzernde grüne Wasser, und auf den Wellen schaukelten Boote. Doch als ich jetzt nach einer Entbindung die kurze Strecke nach Hause fuhr, war ich mit gar nichts im Reinen. Mir ging so viel durch den Kopf, dass nicht einmal Platz für einen Gedanken an das gesunde kleine Mädchen war, dem ich drei Stunden zuvor auf die Welt geholfen hatte.

Das Geheimnis um Nevas Baby trieb mich in den Wahnsinn. Ich hatte sowieso nicht viel für Geheimnisse übrig, aber das gab mir den Rest. Ich hielt neben Roberts Auto vor unserem Strandhaus. Seltsam. Es war noch nicht einmal halb sechs, um diese Zeit war Robert sonst nie zu Hause.

Auf dem Weg zur Haustür vibrierte mein Handy. Ich fischte es aus meiner Tasche und klemmte es mir zwischen Schulter und Ohr. »Hallo?«

»Äh … hallo, Grace, ich bin's, Jane. Störe ich gerade?«

Jane. Das war wahrscheinlich kein Notruf, sie war erst in einem Monat fällig. »Nein, überhaupt nicht, Jane. Alles in Ordnung mit Ihnen?«

»Ja, ich denke schon, aber … ich wollte mich nur mal erkundigen … Ich habe in letzter Zeit immer so viel Durst. Heute habe ich bestimmt schon fünf Liter getrunken. Wahrscheinlich bin ich ein bisschen paranoid, aber ich wollte sicherheitshalber doch fragen, ob das normal ist. Ich meine … mein Baby ist doch nicht dehydriert oder so, oder?«

Jane Harris war zweiundzwanzig, und es war ihre erste Schwangerschaft. Sie war von Natur aus ein bisschen neurotisch und rief mich fast jeden Tag wegen irgendetwas an. Einmal hatte sie aus Versehen nichtpasteurisierten Käse gegessen. Ein anderes Mal hatte sie ihre Blasenschwäche mit einer geplatzten Fruchtblase verwechselt. Aber das machte mir nichts aus, im Gegenteil. Kurz bevor Jane schwanger geworden war, war ihre Mutter an Krebs gestorben, und ich sah mich als eine Art Ersatzmutter für sie.

Ich kramte in meiner Tasche nach den Schlüsseln. »Nein, keine Sorge. Im letzten Drittel der Schwangerschaft ist es völlig normal, wenn Sie ständig durstig sind. Ihr Körper hat ungefähr vierzig Prozent mehr Blut produziert, um Ihr Kind mit Nahrung und Sauerstoff zu versorgen, und das zusätzliche Blut verbraucht eine Menge Wasser.« Ich fand den Schlüssel und steckte ihn ins Schloss, doch als ich ihn umdrehte, stellte ich fest, dass die Tür unverschlossen war.

»Ach so, na dann ist es ja gut. Jimmy hat schon gesagt,

dass ich albern bin. Tut mir leid, dass ich Sie belästigt habe, Grace.«

»Klinge ich so, als hätten Sie mich belästigt? Sie können mich jederzeit anrufen. Dafür bin ich ja da.«

Ich beendete das Gespräch und drückte die Tür auf. Ein würziger Geruch empfing mich. Es roch nach Essen, aber das konnte nicht sein. Robert hatte in den letzten dreißig Jahren nicht gekocht, abgesehen von Käsetoast und Fertignudeln, wenn ich arbeiten musste. Ich machte einen Schritt in Richtung Küche und blieb stehen, als Robert in der Tür auftauchte.

»Hi«, sagte er. Er grinste, als wäre es völlig normal, dass er um diese Zeit zu Hause war. »Wie war dein Tag?«

Ich starrte ihn an. Er hatte ein Glas Wein in der Hand. Um seinen Bauch war meine geblümte Schürze gebunden, und hinter ihm sah ich Dampf vom Herd aufsteigen. »Alles in Ordnung, Rob?«

Er lachte. »Ja.«

»Aber … was machst du hier?«

»Darf ein Mann seine Frau nicht mal mit einem Abendessen überraschen?«

»Darf er schon«, sagte ich, »tut er aber selten.«

Er reichte mir das Glas und gab mir einen Kuss auf die Wange. Ich begriff es immer noch nicht richtig. » Du hast im Ernst gekocht?«

»Aufgewärmt«, gab er zu. »Fleischbällchen aus dem Isabella. Betrachte es als Entschuldigung für die vergangenen Wochen. Ich war ein richtiges Scheusal.«

»Wochen?«

Robert zuckte zusammen. »Monate?«

»Eher Jah…«

Er versetzte mir einen leichten Stoß. Ich lachte. »Was ist los, Rob?«

»Weitere Entlassungen. Heute habe ich mein halbes Team verloren.«

»Das ist ja furchtbar.«

»Und es geht noch weiter. Projekte wurden auf Eis gelegt. Wir müssen neue Aufträge an Land ziehen. Wir werden Arbeitsplätze ins Ausland verlagern.«

Seite an Seite gingen wir in die Küche, wo gerade ein Topf mit Nudeln überkochte. Ich schaltete den Herd aus und sah Robert an. Hinter den Fältchen und den grau melierten Haaren konnte ich immer noch den attraktiven jungen Mann erkennen, den ich geheiratet hatte. Auch Neva konnte ich in ihm erkennen. Die gleichen hohen, kantigen Wangenknochen, die großen Augen und die gerade Nase.

»Ist dein Job sicher?«

Robert versuchte, die verklebten Spaghetti voneinander zu lösen. »Die Finanzabteilung ist eine Kostenstelle, also nein. Aber da ich die Abfindungen berechne, muss ich mir diesen Monat noch keine Sorgen machen.«

»Wir kommen schon zurecht, egal, was passiert«, sagte ich. »Wir haben uns. Wir sind gesund.«

Er brachte ein müdes Lächeln zustande. »Ja. Das ist das Wichtigste.«

»Und zumindest ist meine Arbeit konjunkturunabhängig«, sagte ich. »Die Leute kriegen immer Kinder. Wenn sie besser bezahlt wäre, würde ich sagen, häng deinen Job an den Nagel, und fang an, Golf zu spielen.«

»Zerbrich dir nicht den Kopf. Tu einfach weiter das, was du tust. Es reicht, wenn sich einer von uns um seine Arbeit Sorgen macht.«

Robert rührte in den Nudeln, als könnten sie sich wie durch Zauber voneinander lösen. Ich hatte da meine Zweifel. »Was hältst du davon, wenn wir die wegkippen und noch mal von vorn anfangen?«

Robert lächelte. »Was täte ich nur ohne dich?«

Wir setzten noch einmal Fusilli auf, und schon bald roch es im ganzen Haus aromatisch nach italienischen Kräutern. Während ich kochte, stand mir Robert im Weg herum und wollte hier ein bisschen rühren, dort ein bisschen nachsalzen. Ich sah ihn streng an und scheuchte ihn weg, schlug ihm auf die Finger, als er probieren wollte. Aber ich genoss jede Sekunde mit ihm.

»Ich habe heute mit Neva gesprochen«, sagte Robert nach einer Weile. Sein Ton verriet mir, dass er lange darüber nachgedacht hatte, wann und wie er das Thema anschneiden sollte.

»Ach ja?« Ich rührte weiter in den Nudeln, aber ich war plötzlich in höchster Alarmbereitschaft. »Was hat sie gesagt?«

»Sie möchte sich bei dir entschuldigen, weil sie im Krankenhaus einfach weggelaufen ist.«

Ich klopfte den Kochlöffel am Topfrand ab und drehte mich zu ihm um. »Hat sie sonst noch was gesagt?«

»Nichts über den Vater ihres Kindes, nein.«

Ich war enttäuscht.

»Aber sie kommt zum Essen.«

Bevor ich es verhindern konnte, entfuhr mir ein kleiner Schrei. »Heute Abend? Wirklich?«

»Ja. Und ich möchte, dass der Abend friedlich wird. Also nimm sie wegen des Vaters des Kindes bitte nicht ins Kreuzverhör.«

»Aber das wäre so eine gute Gelegenheit, um …« Ich

hielt inne, als ich Roberts Gesicht sah. »Na gut. Abgesehen davon weiß ich, wer der Vater ist.«

»Sie hat es dir gesagt?«

»Nein. Ich habe es selbst herausgefunden.«

Robert runzelte die Stirn. »Aha.«

»Willst du denn nicht wissen, wer es ist?« Ich ließ ihm keine Gelegenheit zu antworten. »Ein Gynäkologe, mit dem sie zusammenarbeitet – Dr. Cleary. Er ist groß, ziemlich attraktiv und so arrogant wie ein Dutzend Ärzte zusammen. Rob? Hörst du mir überhaupt zu?«

»Hm-hm.«

»Es war mir sofort klar, als ich die beiden zusammen gesehen habe. Ich sage nur, die Chemie. Und es ergibt Sinn. Neva ist es eben unangenehm, mir zu sagen, dass sie ein Kind von einem Gynäkologen bekommt, meinst du nicht?«

»Da bin ich mir nicht sicher.«

Ich wartete darauf, dass Robert weitersprach, aber er schwieg.

»Du denkst, ich liege falsch, oder?«

»Nicht unbedingt. Ich frage mich nur, ob deine Abneigung gegen Ärzte Neva tatsächlich dazu veranlassen könnte, so etwas zu verschweigen.«

Ich dachte darüber nach. »Du hast recht«, räumte ich ein. »Meinetwegen würde Neva das nie machen.«

»Das wollte ich damit nicht sagen. Ich denke nur, dass vielleicht ein bisschen mehr dahintersteckt. Neva würde kein Drama inszenieren, wenn sie nicht unbedingt muss.«

Ich runzelte die Stirn. »Du glaubst doch nicht …«

»Was?«

»Ich weiß nicht … dass es wirklich keinen Vater gibt?«

Robert hustete und hielt sich schnell die Hand vor den Mund. »Nein, das glaube ich nicht. Selbst wenn es die moderne Medizin ermöglichen würde, ohne Vater schwanger zu werden – denkst du, dass Neva die Erste wäre, die das ausprobiert?«

»Man muss alle Möglichkeiten in Betracht ziehen. Sie ist Hebamme. Was, wenn sie an einem Experiment teilgenommen hat?«

»Grace, das ist doch nicht dein Ernst?«

Ich lächelte. »Doch. Aber du hast recht. Es ist albern.«

Robert trat zu mir. »Du bringst mich zum Lachen, weißt du das?« Er beugte sich vor und schaltete den Herd aus. »Warum essen wir das nicht … später?«

Da war dieses bestimmte Funkeln in Roberts Augen. Ich hatte es schon eine ganze Weile nicht mehr gesehen.

»Aber Neva …«

»… kommt erst in einer Dreiviertelstunde.«

Ich zögerte, aber nur für den Bruchteil einer Sekunde.

Wir konnten ja noch mal Nudeln kochen.

Fünfzehn Minuten später lag ich halbnackt in den Armen meines Mannes. Der Sex war routinemäßig und nicht besonders fantasievoll gewesen, aber ich versuchte, mir meine Enttäuschung nicht anmerken zu lassen. Robert gab sich Mühe. Er hatte gekocht. Er hatte Neva eingeladen. Er hatte seit Ewigkeiten wieder einmal die Initiative ergriffen. Und in Anbetracht der Schwierigkeiten, mit denen er zurzeit in der Arbeit zu kämpfen hatte, konnte ich wenigstens so tun, als hätte es mir Spaß gemacht.

An der Wand in der Ecke lehnte ein großes ungerahmtes Bild, das trocknen sollte. Eine Komposition in

Rot, Blau und Lila – offiziell ein abstraktes Werk. Aber wem wollte ich eigentlich etwas vormachen? Es stellte so offensichtlich eine Vagina dar, dass ich tatsächlich rot wurde, als ich es jetzt betrachtete. Hatte ich es als Botschaft für Robert dort hingestellt? *Da bin ich, eine Frau mit Bedürfnissen. Schlaf mit mir, bevor ich explodiere?* Lief es mittlerweile so zwischen uns?

Bevor wir geheiratet hatten, war Sex unsere starke Seite gewesen. Nicht, dass ich der Ehe die Schuld gab. Eine Ehe veränderte vieles, aber anders, als ich es erwartet hatte. Ich hatte nie heiraten wollen und eine Ehe als lächerliche Institution für Leute mit dem Bedürfnis nach materieller Sicherheit betrachtet. Ich hatte gedacht, ich würde mich gefangen fühlen. Aber so war es nicht. Im Gegenteil, nachdem ich Roberts Namen angenommen hatte, fühlte ich mich unbesiegbar. Wo ich einst Schwächen gehabt hatte, hatte ich jetzt Robert, er war das perfekte Yin zu meinem Yang. Ich hatte schon immer gerne debattiert, aber bevor ich Robert kennenlernte, scheiterte ich oft daran, dass die Leute nach »Beweisen« verlangten oder, noch schlimmer, »Studien«. Robert an meiner Seite füllte unauffällig die Lücken in meiner Argumentation mit »Beweisen« und brachte all die Besserwisser mit seinem freundlichen, aber bestimmten Ton zum Schweigen. Später lagen wir dann eng umschlungen auf dem Sofa oder dem Küchenfußboden oder wo auch immer wir an dem jeweiligen Abend gelandet waren, tranken Wein und staunten darüber, was für ein perfektes Paar wir doch waren.

Als ich dann mit Neva schwanger wurde, begann eine merkwürdige Phase in unserem Liebesleben. Aus Angst vor einer Fehlgeburt erließ ich in den ersten drei

Monaten ein Sexverbot, und obwohl Robert keine Einwände erhob, begann sich etwas zu verändern. Ich stellte fest, dass Robert ohne diese Form von Intimität nicht so liebevoll war und mir kaum noch erzählte, was in ihm vorging. Sobald wir aus der »Gefahrenzone« waren, schliefen wir wieder miteinander, aber irgendwie war es jetzt anders – eher eine körperliche Erleichterung als eine Form von Verbundenheit. Und je dicker mein Bauch wurde, desto weniger Mühe gab sich Robert. Ich hatte gedacht, nach Nevas Geburt würde sich alles wieder normalisieren, aber so war es nicht.

Was Robert im Schlafzimmer vermissen ließ, machte er durch väterliche Zuwendung wett. Er vergötterte seine Tochter. Natürlich hatte ich damit gerechnet, dass er sie lieben würde, aber da ich selbst ohne Vater aufgewachsen war, hatte ich in dieser Hinsicht keinen Anhaltspunkt. Neva erwiderte seine Gefühle ganz und gar. Wie sie sich in seine Arme schmiegte, wie sie zu strahlen begann, sobald er das Zimmer betrat – das war etwas, was ich nicht vorhergesehen hatte. Es war wunderbar. Bedauerlicherweise verlor Sex in dieser Zeit weiter an Bedeutung. Er war einfach nicht mehr so wichtig.

Als Neva auszog, waren wir in ein, wie ich fand, typisches Verhaltensmuster verfallen, in dem wir bei ein paar Drinks feststellten, dass es eine Weile her war, und beschlossen, dass wir gut so weitermachen konnten. Es war nicht besorgniserregend selten, und ich hatte immer noch den einen oder anderen Orgasmus. Und außerhalb des Schlafzimmers hatten Robert und ich nach wie vor unseren Spaß. Wir kuschelten uns nachts aneinander und hielten hin und wieder auf der Straße Händchen. Wir feierten Geburtstage und Jahrestage, und Robert gab sich immer sehr viel Mühe mit dem Text für die Glückwunschkarte. Ich hatte mich unzählige Male gefragt, ob das reichte, und war zu dem Schluss gelangt, ja, das tat es. Aber jetzt, wo Neva ihr eigenes Leben lebte und meine Mutter mit Lil glücklich war, kletterte Sex auf der Liste der Dinge, die mir wichtig waren, wieder nach oben. Ich hätte also froh sein müssen, dass Robert die Initiative ergriff, selbst wenn das Ergebnis nur mau war. Warum kam es mir dann so vor, als hätte ich einen Tritt in die Magengrube bekommen?

»Sollen wir uns mal wieder ums Abendessen kümmern?«, fragte Robert nach ein, zwei Minuten obligatorischem Kuscheln.

Ich setzte mich auf, der Gedanke, dass Neva bereits unterwegs war, machte mich sofort hellwach. »Ja, Neva wird bald hier sein.«

Ich stand auf und ließ mein Kleid über meine Hüften nach unten rutschen. Es klingelte an der Tür.

»Mist, da ist sie schon!«

Robert lief zur Tür, und ich eilte in die Küche. Die Nudeln waren wieder verkocht, deshalb kippte ich sie in den Mülleimer und setzte erneut Wasser auf. Unser dritter Versuch. Während ich darauf wartete, dass das Wasser kochte, musterte ich mein Spiegelbild in der Mikrowellentür. Ein bisschen zerzaust vielleicht, aber nicht schlimmer als sonst.

Ich rührte gerade die Soße um, als Robert und Neva um die Ecke bogen. Zu meiner Freude gab mir Neva einen Kuss auf die Wange. »Hi, Grace.«

»Wie schön, dass du in deinem vollen Terminkalender Platz für uns gefunden hast.«

»Klar doch. Kann ich dir helfen?«

»Setz dich einfach hin und ruh dich aus«, sagte ich und deutete auf einen der Barhocker. »Ich mach das schon.« Aber Neva und Robert waren bereits auf dem Weg ins Esszimmer. Ich beobachtete sie durch die Durchreiche, wie sie ins Gespräch vertieft dasaßen – Neva lächelte, Robert hatte locker den Arm um ihre Schulter gelegt. Es verwirrte mich immer wieder.

»Rot, Robert?«, rief ich.

Er hielt kurz inne. »Ja, gerne.«

»Und du, Neva?«

Sie drehte sich halb zu mir um, ihr Blick war jedoch auf ihren Vater gerichtet. »Saft, bitte. Danke, Grace.«

Während ich Wein und Saft eingoss, beobachtete ich sie weiter. Sie wirkten so entspannt, so ungezwungen. Robert zeigte keinerlei Besorgnis wegen seiner Arbeit, und Neva keinerlei Beunruhigung, dass ihr Kind keinen Vater hatte. Einer war das Spiegelbild des anderen, während sie sich unterhielten – sie kratzten sich am gleichen Ohr, schlugen auf die gleiche Weise die Beine übereinander. Eine Angewohnheit, die ich immer sehr liebenswert gefunden hatte. Ich hätte mich darüber freuen sollen, dass Neva in ihrem Vater einen Vertrauten hatte. Aber heute tat es aus irgendeinem Grund weh.

Als das Essen fertig war, trug ich die Teller hinein und setzte mich ans Kopfende des Tischs. Sie sprachen gerade über Politik oder Wirtschaft oder so was. Schluss damit.

»Okay«, sagte ich. »Genug von Politik. Warum erzählst du uns nicht ein bisschen von deiner Arbeit, Neva? Irgendwelche aufregenden Geburten heute?«

Neva und Robert wechselten einen Blick. Ich runzelte die Stirn. »Was ist?«

»Interessierst du dich nicht für den neuen Senator, Grace?«, fragte Robert. »Mr Hang Seng?«

»Wenn du mich so fragst«, sagte ich. »Nein.«

»Und was hältst du von der neuen Oppositionsführerin, Grace?«, fragte Neva. »Ms. Dow Jones?«

»Dow? Schrecklicher Name.« Ich wickelte ein paar Spaghetti um meine Gabel. Ich hatte die Hoffnung, das Gespräch auf Babynamen lenken zu können und anschließend, mit ein bisschen Glück, auf den Vater des Babys. Doch als ich den Kopf hob, kicherten Neva und Robert. »Was? *Was ist*?«

Dann fiel der Groschen: Sie machten sich über mich lustig. »Ihr habt gar nicht über Politik gesprochen«, sagte ich langsam. »Oder?«

Neva und Robert prusteten los. Ich warf Robert einen wütenden Blick zu, der ihm nicht entging. »Entschuldige, Grace, tut mir leid.«

Nevas Gesicht wurde wieder ernst. »Ja, mir auch, Grace.«

»Na klar«, sagte ich. »Wer's glaubt.«

Neva und Robert senkten den Kopf. Und die fröhliche Stimmung war dahin. Das war nicht das erste Mal. Offenbar hatte ich ein Händchen dafür, Neva die Laune zu vermiesen.

»Aber ich muss zugeben, dass ich erleichtert bin«, sagte ich, um das Schweigen zu brechen. »Dow Bradley klingt wirklich grauenhaft.«

Ich hatte gar nicht beabsichtigt, einen Witz zu machen, aber ich stellte fest, dass Roberts Mundwinkel zu zucken begannen. Und die von Neva ebenfalls. Wenig später kicherten beide, und ich ließ mich davon anstecken, auch wenn ich wusste, dass es auf meine Kosten war. Gegen

Lachen konnte ich mich nicht wehren. Es reichte, wenn jemand leise kicherte, vor allem in unpassenden Situationen, und ich konnte nicht an mich halten. Ich merkte, wie sich meine Lippen verzogen und ich mit zusammengepresstem Mund zu glucksen begann.

Ich behielt das alberne Grinsen bei, fest entschlossen, die Stimmung nicht noch mal zu verderben. Es war noch früh am Abend, und bei so viel Gelächter und Spaß würden wir vielleicht doch noch rauskriegen, wer der Vater von Nevas Baby war.

»Also«, sagte ich und griff nach dem Schöpflöffel. »Wer will noch Fleischbällchen?«

Kapitel 9

FLOSS

Ich blickte in ein Meer erwartungsvoller Gesichter. Bei den anderen Dozenten lichteten sich in der dritten Woche eines sechswöchigen Kurses meistens die Reihen, bei mir eher selten. So viele Leute waren allerdings noch nie da gewesen. Den Teilnehmern gefiel der Kurs offenbar und sie brachten Freunde mit, einen Elternteil, einen Großelternteil. Nicht schlecht für die älteste Dozentin im Bürgerzentrum von Jamestown. Die älteste mit einem Abstand von fünfundzwanzig Jahren.

»Herzlich willkommen, alle miteinander. Das ist jetzt die dritte Woche unseres Kurses zum Thema natürliche Geburt. Wir haben bereits über die Vorsorge gesprochen, über medizinische Interventionen und Methoden, ohne Medikamente mit den Schmerzen fertigzuwerden. Heute Abend wird Ihnen meine Enkelin Neva Bradley etwas über die Entbindung in einem Geburtszentrum erzählen.«

Neva saß in der zweiten Reihe. Seit der Neuigkeit von ihrer Schwangerschaft waren zwei Wochen vergangen, und wir hatten bisher noch keine Gelegenheit gehabt, uns in Ruhe zu unterhalten. Ich hoffte, wir würden es heute Abend schaffen. Neva hatte einen Korb mit Anschauungsmaterial neben sich stehen. Ganz oben sah ich das Plastikmodell eines Beckens und eine Babypuppe liegen. Neva hatte diesen Vortrag schon öfter in einem meiner Kurse gehalten, und sie bekam immer die besten Bewertungen.

»Da ich ein paar neue Gesichter sehe«, fuhr ich fort, »möchte ich mich allerdings zunächst einmal selbst vorstellen. Mein Name ist Florence Higgins, kurz Floss. Inzwischen bin ich schon länger im Ruhestand, aber ich habe über vierzig Jahre als Hebamme gearbeitet, zuerst in meiner Heimat England und später hier in Rhode Island. Ich habe Kinder zu Hause auf die Welt geholt, in Geburtszentren, in Krankenhäusern – an jedem Ort, den Sie sich nur vorstellen können. Jetzt bin ich dreiundachtzig und freue mich, etwas zu dem Klischee beizutragen: ›Diejenigen, die zu alt für was anderes sind, unterrichten.‹«

Wie jedes Mal erntete ich damit ein paar Lacher.

»Neva ist diplomierte Krankenschwester und Hebamme. Zurzeit arbeitet sie im Geburtszentrum St. Mary's in Providence. Sie hat Entbindungen in Krankenhäusern und in Geburtszentren betreut und kann Ihnen sicher alle Ihre diesbezüglichen Fragen beantworten. Aber genug geredet, hiermit übergebe ich an Neva.«

Ich nahm auf einem Stuhl am Rand Platz. Es war immer wieder eine Freude, Neva bei einem Vortrag zuzuhören. Wenn sie über Geburtshilfe sprach, war sie in ihrem Element, genau wie ihre Mutter. Heute war es nicht anders. Binnen Minuten hatte sie die Kursteilnehmer für sich gewonnen, sie lachten, hörten ihr aufmerksam zu. Einige von ihnen schoben die Babypuppe durch das Beckenmodell. Die Männer probierten den Schwangerschaftsanzug aus, eine Art Korsett mit einem schweren, gepolsterten Bauch, das dem Vater eine Vorstellung davon vermitteln sollte, wie es war, schwanger zu sein. Als Neva ihren Vortrag beendete, war ich begeistert. Und nach den Gesichtern rings um mich zu urteilen, ging es den Kursteilnehmern genauso.

Nach der Stunde blieben ein paar von ihnen noch da, und Neva beantwortete ihre Fragen. Wie es schien, fanden die Leute die Idee eines Geburtszentrums wirklich interessant, und sie stellten eine Menge Fragen. Während Neva ihnen Rede und Antwort stand, räumte ich auf. Ich war fast damit fertig, als ein werdender Vater, dessen Frau gerade mit Neva sprach, herüberkam, um mir zu helfen.

»Meine Frau und ich konnten uns nicht einigen, woher Ihr Akzent stammt«, sagte er grinsend. »Ich tippe auf Yorkshire.«

Er klang so, als käme er aus Nordengland. Ich lächelte. »Isle of Man. Aber ich habe als Hebamme in Watford und Watford Rural gearbeitet.«

Neva und seine Frau beendeten ihr Gespräch und gesellten sich zu uns.

»Isle of Man!«, sagte der Mann, woraufhin seine Frau mit den Fingern schnippte, als hätte sie es eigentlich wissen müssen. Er grinste mich an. »Sie sagen, Sie haben in Watford Rural gearbeitet? Mein Großvater hat in Abbots Langley gewohnt. Er war Farmer.«

»Mein Großvater auch«, sagte Neva. »Wie klein die Welt doch ist.«

»Wirklich?« Der Mann begann zu strahlen, als hätte er gerade entdeckt, dass wir lange verschollene Verwandte waren. »In Abbots Langley?«

»Äh, nein, Kings Langley.«

»Kings Langley?« Er schlug sich auf den Oberschenkel. »Das ist nur einen Steinwurf von Pas Haus entfernt. Ich bin praktisch dort aufgewachsen. Er hatte Milchkühe.«

»Na so was.« Ich gähnte und hoffte, er würde das Thema höflicherweise fallen lassen. Vergeblich.

»Was für eine Farm hatten Sie?«, fragte er.

»Ach … eine ganz gewöhnliche Farm. Ein paar Kühe, ein paar Pferde.«

»Also Nebenerwerb?«

»Ja.«

Neva sah mich fragend an. »Ich dachte, ihr hattet eine Schweinefarm? Das hat jedenfalls Grace gesagt.«

»Äh, ja, stimmt. Mein Gedächtnis lässt nach. Das Alter.« Ich lächelte und machte auf tattrige alte Frau. Das Ehepaar gab sich damit zufrieden. Bei Neva war ich mir nicht so sicher.

Wir verabschiedeten uns von den beiden und setzten uns auf zwei Klappstühle. Neva starrte auf den Korb zu ihren Füßen. Keine Spur mehr von der Lebhaftigkeit, die sie während ihres Vortrags gezeigt hatte. Sie wirkte müde. Erschöpft.

Ich streckte die Hand aus und strich über ihren Bauch. »Wie geht es dir, Liebes?«

»Ganz gut.« Neva starrte weiter auf den Korb. »Wahrscheinlich besser als Grace.«

Ich lächelte. »Da hast du vermutlich recht.«

»Sie will nicht, dass mein Kind so aufwächst wie sie. Ohne Vater.«

»Hat sie das gesagt?«, fragte ich.

»Das denkt sie«, erwiderte Neva. »Dieser Mangel sitzt bei ihr ziemlich tief, oder?«

»Sieht so aus.«

»Ich frage mich, was meinem Kind bevorsteht … Ich habe viel über dich nachgedacht, Gran. Du hast all das hinter dir, was noch vor mir liegt, nur bei dir war es viel schlimmer. Du bist als alleinerziehende Mutter in ein fremdes Land gekommen.«

»Am Anfang war es schwer«, sagte ich. »Aber ich wollte eben noch mal ganz von vorn anfangen.«

»Waren deine Eltern denn damit einverstanden, dass du weggehst?«

Ich blickte auf meine verschränkten Hände in meinem Schoß. »Sie haben meine Gründe verstanden.«

»Und die Familie meines Großvaters? Wollten sie ihre Enkeltochter nicht kennenlernen?«

»Vielleicht«, sagte ich. »Aber ich musste eine Entscheidung treffen. Ich habe den Weg gewählt, der mir für meine Tochter am besten erschien.«

»Du hast nicht daran gedacht, dass es vielleicht besser gewesen wäre, auf der Farm in Kings Langley zu bleiben?«

Ich hob ruckartig den Kopf. »Nein. Nein, das habe ich nicht.«

Es sah Neva gar nicht ähnlich, mich so mit Fragen zu löchern. Das hätte eher ihrer Mutter entsprochen. Ich sah, dass sie versuchte, nach außen hin gelassen zu wirken, aber ihre blassen Wangen hatten sich rot gefärbt. Sie versuchte, mit ihrer eigenen Situation klarzukommen.

»Ich fühle mich manchmal so allein. Ich kann mir keine Situation vorstellen, in der ich mich noch einsamer fühlen würde.«

»Du wirst es verstehen, sobald du selbst Mutter bist, Liebes. Sobald du dein Kind zum ersten Mal siehst, vergisst du deine eigenen Bedürfnisse und tust das, was das Beste für dein Kind ist.«

»Aber genau das ist es ja, was ich nicht verstehe«, sagte Neva. »Warum war es für dich und Grace das Beste, ans andere Ende der Welt zu ziehen, wo du keine Menschenseele gekannt hast?«

Es war eine naheliegende Frage. Eigentlich war es unbegreiflich, dass sie mir bis jetzt noch nie jemand gestellt hatte. Was konnte eine junge Frau dazu veranlassen, mit einem neugeborenen Kind im Arm Freunde und Familie zu verlassen und in die Fremde zu ziehen? Oder besser gesagt: Wer?

Ich sah Bills Gesicht vor mir. Seine Augen. Sein freches Grinsen. Die Liebenswürdigkeit, die er ausstrahlte und der sich niemand entziehen konnte. Derselbe Mann, der mich an seinem Hochzeitstag vor dem Gemeindesaal an sich drückte. Noch heute erinnere ich mich daran, dass ich ihn verwirrt ansah, darauf wartete, dass er mich mit einem Lachen und einer scherzhaften Bemerkung losließ. Weil es ein Scherz sein musste. Bill McGrady würde doch nicht ausgerechnet mir Avancen machen.

Schließlich brachte ich ein heiseres Lachen zustande. »Wir sollten besser wieder reingehen, Bill. Ich muss mich um meine Pflichten als Trauzeugin kümmern, und du musst die Torte anschneiden.«

Bill ließ mich nicht los. Sein Blick war seltsam durchdringend, als würde er durch meine Haut bis zu den Knochen und Muskeln sehen. Ich öffnete den Mund, auf einmal in höchster Alarmbereitschaft.

»Bill!«

Es war nicht meine Stimme, die die Stille durchbrach. Es war die von Elizabeth.

»Bill? Bist du da draußen?«

Sie stand in der Tür zum Gemeindesaal und hatte eine Hand wie einen Trichter um den Mund gelegt. Beim Klang ihrer melodischen Stimme veränderte sich Bills Gesicht, die Falten glätteten sich, und an ihrer Stelle erschien ein Lächeln.

»Hier drüben, Liebling.« Ich entwand mich seinem Griff, und er trat ins Licht. »Floss und ich haben gerade die letzten Geschenke im Auto verstaut.«

»Ach so«, sagte sie. »Es ist an der Zeit, die Torte anzuschneiden.«

Bill ging zu ihr. Auf der Treppe drehte er sich um.

»Kommst du, Floss?«

Der Bill, der jetzt vor mir stand, sah wie ein ganz normaler, unbeschwerter junger Bräutigam aus. Glücklich, freundlich und ja, ein bisschen betrunken. Ich versuchte mir den Eindruck vor Augen zu rufen, den er noch vor wenigen Sekunden gemacht hatte – der stechende Blick, seine Hände, die meine Taille umklammerten –, aber das Bild begann bereits zu verschwimmen, als hätte ich alles nur geträumt. Als wäre es niemals geschehen.

»Ja. Ja, natürlich.«

Danach sah ich Elizabeth ein paar Monate lang nicht. Ich hatte gedacht, sie würde Evie und mich regelmäßig besuchen, schon allein deshalb, weil sie ihren Beruf so liebte, aber beschlossen hatte, ihn nach ihrer Heirat an den Nagel zu hängen (voreilig, wie ich fand). Abgesehen von einem Brief, in dem sie lediglich schrieb, wie gewöhnungsbedürftig das Leben auf einer Farm war, hörte ich jedoch nichts von ihr. Kein Wort. Evie meinte, sie wäre wohl damit beschäftigt, sich in ihre Rolle als Ehefrau zu finden. Ich nahm an, dass sie recht hatte.

Das Leben ging weiter. Kinder wurden geboren. Evie und Jack beschlossen, sich zu verloben. Ein Monat verging und noch einer. Als ich weiterhin nichts von Elizabeth hörte, begann ich mir Sorgen zu machen. Was, wenn Bill Elizabeth erzählt hatte, was an ihrem Hochzeitsabend passiert war, es aber so hatte aussehen lassen, als hätte ich mich an ihn rangemacht? Hatte ich mich an ihn rangemacht? Das Ganze war so seltsam gewesen. Manchmal war ich nicht sicher, ob es wirklich passiert war.

Schließlich beschloss ich, mit dem Fahrrad zu den beiden zu fahren. Selbst wenn sich meine Befürchtungen bewahrheiteten und Bill Elizabeth eine Lüge aufgetischt hatte, konnte das nicht schlimmer sein, als gar nichts zu wissen. An meinem nächsten freien Tag holte ich also mein Fahrrad aus dem Schuppen und schob es den Weg zur Straße hinunter, da kam mir Evie entgegen. Unter ihrem Arm klemmten mehrere Umschläge, und sie wedelte mir mit einem cremefarbenen Briefbogen vor der Nase herum.

»Elizabeth kommt zu meiner Verlobungsfeier«, sagte sie. »Du brauchst dir ihretwegen also nicht den Kopf zu zerbrechen.«

»Ach«, sagte ich. »Das ist … schön.«

Es war wirklich schön. Und ich war erleichtert, dass alles in Ordnung war. Trotzdem war ich verwirrt. Wenn Elizabeth auf Evies Einladung reagiert hatte, warum hatte sie sich dann nicht bei mir gemeldet? Zögernd stand ich noch eine Weile mit meinem Fahrrad da, dann schob ich es zurück in den Schuppen.

Bald darauf fand die Verlobungsfeier statt. Evies Familie stammte aus East London, deshalb war alles viel weniger förmlich als bei Elizabeth. Die Gäste wollten sich einfach nur amüsieren. Die Dekoration bestand aus ein paar Ballons und Luftschlangen. Das Essen war gut und bodenständig, weit und breit kein Hors d'œuvre in Sicht.

»Floss! Da bist du ja!«

Bevor ich sie sah, versank ich in einer Mähne rotbrauner Haare. »Sei mir nicht böse«, flüsterte sie mir ins Ohr. »Ich bin nicht gut im Briefeschreiben. Ich habe deine Briefe bekommen. Aber ich hatte einfach so viel zu tun, mit dem Haus und allem anderen. Es tut mir leid.«

Ich lag in ihren Armen, knirschte kurz mit den Zähnen, und dann beschloss ich, ihr zu verzeihen. »Natürlich bin ich dir nicht böse, Elizabeth. Ich wollte einfach nur wissen, wie es dir geht.«

»Gut«, sagte sie. »Es geht mir gut.«

Nachdem sie mich losgelassen hatte, musterte ich sie kurz. Sie sah wirklich gut aus. In dem hübschen ärmellosen weißen Kleid mit der breiten roten Schärpe und dem weiten Rock wirkte sie gleichzeitig sittsam und schick. Ihre Lippen war leuchtend rot, und ihre Haare, die manchmal schwer zu bändigen waren, fielen ihr dicht und glänzend auf die Schultern. Sie lächelte mich verlegen an, und mir wurde bewusst, wie sehr sie mir gefehlt hatte.

»Also, jetzt erzähl mal …«, setzte ich an. »Du meine Güte!« Ein Luftzug erfasste mich, und im nächsten Moment wurde ich durch die Luft gewirbelt. Ich lag in Bills Armen – ich erkannte seinen Geruch: Alkohol und Rauch und Landluft. Er schwenkte mich einmal im Kreis herum. »Floss, altes Mädchen. Lange nicht gesehen.«

Er setzte mich wieder ab, und ich strich meine Bluse glatt, die mir aus dem Rock gerutscht war. »Hallo, Bill.«

»Nun sieh dich einer an.« Er stieß einen Pfiff aus. »Eine wahre Augenweide. Geht's dir gut?«

Lächelnd wartete er auf meine Antwort. Die meisten Leute, mit denen ich mich bisher unterhalten hatte, litten an einem Tick mit den Augen – immer wieder wanderte ihr Blick über meine Schulter, ob sich nicht eine interessantere Gesprächspartnerin fände. Nicht so Bill. Sein Blick schweifte nicht ab. Mir wurde ganz warm ums Herz, und meine Bedenken verflüchtigten sich. »Sehr gut, danke.«

»Und da ist ja auch die bildschöne zukünftige Braut.«

Bill begrüßte Evie auf die gleiche Weise wie mich, indem er sie einmal durch die Luft wirbelte. Elizabeth hob ein imaginäres Glas an den Mund. *Er ist betrunken,* sagte sie lautlos.

Ich kicherte. »Was will man machen? Morgen ist es ihm bestimmt peinlich.«

»Falls er sich daran erinnert«, sagte Elizabeth, lächelte jedoch nachsichtig, sie schien ganz die glückliche, verständnisvolle Ehefrau zu sein. Aber bei einem Ehemann wie Bill wäre wohl jede Frau nachsichtig gewesen.

Je weiter der Abend voranschritt, desto mehr vergnügte ich mich. Alle waren gut gelaunt, und Elizabeth verlor kein schlechtes Wort über Bill oder die Ehe. Sie schien es auch nicht zu bereuen, dass sie ihren Beruf aufgegeben hatte. Das hatte ich nicht erwartet. Ich hatte gedacht, dass man eine gewisse Zeit brauchen würde, um sich an solche Veränderungen zu gewöhnen. Elizabeth offenbar nicht. Vielleicht reichte es ja, mit Bill verheiratet zu sein, um keine Reue aufkommen zu lassen? Ohne dass ich es wollte, war ich plötzlich ein bisschen neidisch, dass ich keine so erfüllende Beziehung hatte.

Jemand schlug mit einem Löffel gegen ein Glas, woraufhin die Gespräche verstummten. Bill war auf einen Hocker gestiegen, seine Wangen waren gerötet, und er lächelte. »Meine Damen und Herren, wenn ich um Ihre Aufmerksamkeit bitten dürfte. Verzeihen Sie, wenn ich das Wort an mich reiße. Das ist Evies und Jacks Abend, aber ich habe ebenfalls etwas zu verkünden.«

Ich blickte zu Elizabeth. Sie beobachtete Bill mit einem Lächeln, aber es wirkte irgendwie unnatürlich, wie eingefroren.

»Meine Frau und ich sind gesegnet«, sagte Bill. »Und dabei dachte ich, dass das Leben nicht mehr schöner werden kann. Wir bekommen ein Kind!«

Glückwünsche wurden gerufen und Schultern geklopft. Ich holte tief Luft. Das erklärte Elizabeths schimmernde Haut und die glänzenden Haare. Ich zwang mich zu einem Lächeln, aber mein Herz war schwer. Elizabeth erwiderte mein Lächeln mit schuldbewusster Miene. »Ich wollte es dir nachher noch sagen.«

Ich musterte sie und suchte nach weiteren Anzeichen ihrer Schwangerschaft, die mir vielleicht entgangen waren. Sie war jedoch gertenschlank, sogar noch dünner als früher, und so flachbrüstig wie eh und je.

Bill winkte ihr. »Komm her, Liebling.«

Die Menge teilte sich, und Elizabeth ging zu Bill.

»Da ist sie«, sagte er. Er streckte die Hand aus und zog sie zu sich auf den Hocker. Ich sah besorgt zu. Der Hocker, der schon für eine Person recht klein war, wackelte, aber Bill schien es nicht zu merken. Er grinste bis über beide Ohren. »Also, ich bin ja erst ein paar Monate verheiratet, aber schon jetzt ein anderer Mann. Und das hier«, er tätschelte Elizabeths flachen Bauch, »macht unser Glück vollkommen. Deshalb möchte ich einen Toast auf meine Frau ausbringen. Wo ist mein Glas hinverschwunden?«

Bill tastete hinter sich nach seinem Bierglas, und der Hocker gab unter der Bewegung nach und kippte, sodass er nur noch auf zwei Beinen stand. Elizabeth verlor das Gleichgewicht. Alle schrien erschreckt auf. Einige Männer stürzten mit ausgestreckten Armen auf sie zu. Ich machte ebenfalls einen Schritt nach vorn. Irgendwie schaffte es Bill jedoch, Elizabeth mit einem Arm um die Taille festzuhalten und sich mit der anderen Hand am Tresen abzustützen. Es gab ein kollektives Aufatmen.

»Das war knapp«, sagte Bill lachend. »Alles in Ordnung, Liebling?«

Elizabeth nickte. Sie machte Anstalten, von dem Hocker zu klettern, doch Bill hielt sie fest. »Ich hab dich«, sagte er. »Keine Angst.«

Elizabeth wirkte nervös. »Ich denke, ich sollte besser …«

Bill schüttelte kaum merklich den Kopf. Ich hatte keine Ahnung, was das bedeutete. Ich sah jedoch, dass Elizabeth ihren Widerstand sofort aufgab.

»Lassen Sie sie runter!«

Es wurde schlagartig still, und alle drehten sich um und sahen zu der Stelle, wo Evies Vater stand, ein großer, rotgesichtiger Mann, dessen Haltung keinen Zweifel daran ließ, dass mit ihm nicht zu spaßen war. Sein Ton war freundlich, aber bestimmt. In Anbetracht seiner Größe und Statur hätte ich keinen Streit mit ihm angefangen.

»Ihre Frau sollte in ihrem Zustand nicht auf Stühlen stehen, und Sie sind in Ihrem Zustand nicht in der Lage, sie festzuhalten, junger Mann.« Er nickte einem seiner

Söhne zu, der die Statur des Vaters geerbt hatte, und dieser half Elizabeth von dem Hocker. »Gut«, sagte Evies Vater. »Dann bringen Sie Ihren Toast aus, wenn es denn sein muss.«

Abgesehen von vereinzeltem Gekicher im hinteren Teil des Saals war es still geworden. Elizabeth stand ebenfalls nur da. Bill sah Evies Vater an. Er schien zu überlegen, was er als Nächstes tun sollte. Ich wäre am liebsten gegangen, geflohen, aber gleichzeitig konnte ich meinen Blick nicht von Bill abwenden. Was ging hier vor sich? Was dachte er sich bloß dabei?

Schließlich zog sich einer von Bills Mundwinkeln nach oben – sein typisches schiefes Grinsen. »Sie haben recht, man kann nicht vorsichtig genug sein.« Sein Gesicht begann zu leuchten, als hätte jemand einen Schalter umgelegt. »Wie schon gesagt, ich möchte einen Toast auf meine Frau ausbringen. Ich brauche mindestens vier Jungs, die mir auf der Farm helfen, und Elizabeth hat einen guten Anfang gemacht. Auf Elizabeth.«

»Auf Elizabeth«, schallte es durch den Raum.

Alle grinsten und hoben das Glas an den Mund. Alle bis auf mich. War ich die Einzige, die es gespürt hatte? Offenbar. Die Gespräche wurden fortgesetzt, und soweit ich es mitbekam, wurde nicht über Bill gesprochen. Evies Vater unterhielt sich mit Bill, und es machte einen freundschaftlichen Eindruck. Und warum auch nicht? Schließlich war nichts weiter passiert, als dass ein Mann ein paar Gläser zu viel intus hatte und ein bisschen zu unbekümmert mit seiner Frau umgegangen war. Viele Männer ließen sich Schlimmeres zuschulden kommen. Aber das Gefühl in meinem Bauch sagte mir, dass mehr dahintersteckte.

»Gran?«

»Ja?«

Der Gesichtsausdruck, mit dem Neva mich ansah, machte mich nervös. »Warum bist du mit einem Neugeborenen ans andere Ende der Welt gezogen?«

Um uns herum war es völlig still. Wie Grace sah auch Neva die Parallelen zwischen uns. Ihr Geheimnis gab Neva jedoch eine Einsicht, die Grace fehlte. Sie hatte natürlich recht. Es ergab nicht den geringsten Sinn, dass ich mit einem Neugeborenen den Ozean überquert hatte.

Es sei denn, ich hatte etwas zu verbergen.

»Was verschweigst du, Gran?«

Ich zuckte die Schultern. »Vielleicht war es irgendwie merkwürdig, aber im Rückblick wird einem manches klar. In dem Moment, in dem etwas geschieht, ist alles diffuser, nicht so offensichtlich.«

Neva nickte, wirkte aber immer noch skeptisch. Es beunruhigte mich. Sie war nicht wie Grace. Zwar würde sie mich nicht drängen, über etwas zu reden, über das ich nicht reden wollte, aber sie würde es, anders als ihre Mutter, auch nicht einfach vergessen. Ihre unbeantworteten Fragen würden unter der Oberfläche lauern, eine unsichtbare, aber spürbare Wand zwischen uns bilden.

Es war noch nicht vom Tisch. Meine Enkelin war mir auf der Spur.

Kapitel 10

NEVA

Zum ersten Mal seit Ewigkeiten verbrachte ich mal wieder einen Tag zu Hause. Wenn ich von einem Ort zum andern hetzte, immer chronisch zu spät, fand ich die Aussicht ausgesprochen verlockend, Freizeit zu haben, auszuschlafen, gemütlich zu frühstücken. Heute nicht. Die Zeit schien dahinzukriechen, und am frühen Nachmittag war ich kurz davor, die Wände hochzugehen.

Als es klingelte, zuckte ich zusammen. Besuch. Mühsam stand ich auf und drückte auf den Knopf. »Hallo?«

»Hi, Schätzchen.«

Ich öffnete den Mund, brachte jedoch keinen Ton heraus. Grace war seit Jahren nicht mehr in meiner Wohnung gewesen, nicht, seit sie nach Conanicut Island gezogen war und plötzlich eine unüberwindliche Abneigung gegen »die schlechte Luft« in Providence entwickelt hatte. »Grace, bist du das?«

»Ja.«

Mit diesem unangemeldeten Besuch wollte Grace mich überrumpeln, das war mir sofort klar. Vielleicht dachte sie, sie würde den Vater meines Kindes hinter dem Sofa kauernd finden, oder wenn das nicht, dass dann seine Brieftasche oder sein Fußballtrikot im Schlafzimmer lag. »Okay, komm rauf.«

»Nein, ich kann nicht lange bleiben«, sagte sie. »Würdest du bitte runterkommen?«

Mein Finger blieb über dem Türöffner hängen. *Im Ernst?* Sie war den ganzen Weg nach Providence gefahren und wollte nicht mal reinkommen? »Äh … klar. Moment.«

Auf dem Weg die Treppe hinunter stellte ich fest, dass ich es eigentlich nett fand, dass mich meine Mutter noch immer überraschen konnte. So wie damals, als ich in der dritten Klasse war und mir einen Hund wünschte, wie jedes Kind irgendwann mal. Damals wohnten wir noch in Providence, und Dad sagte, unser Garten sei nicht groß genug. Grace wollte wissen, ob ich traurig sei, und ich erinnere mich, dass ich »Ich glaube nicht« antwortete. Meine Traurigkeit hätte schließlich auch nichts an der Größe unseres Gartens geändert.

Als Dad und ich an diesem Abend fernsahen, kam Grace in einem weißen Hasenkostüm auf allen vieren ins Wohnzimmer gekrabbelt. Bevor wir sie fragen konnten, was sie da machte, fing sie an zu bellen und erklärte, im Kostümverleih habe es kein Hundekostüm gegeben, und wir sollten sie Rover nennen. Am liebsten hätte ich sie umarmt, stattdessen streichelte ich jedoch nur ihren Fellrücken.

Am nächsten Tag holte sie mich von der Schule ab, immer noch als Hase verkleidet. Das war im Grunde genommen das Problem bei Grace. Sie wusste nie, wann es genug war.

Ich öffnete die Tür, und da stand sie vor mir. In ihrem ein paar Zentimeter zu langen gebatikten Sommerkleid und mit den verwuschelten rotblonden Haaren wirkte sie klein. Unschuldig. Wohlmeinend.

»Also, mit dir hätte ich nicht gerechnet«, sagte ich.

Grace griff in ihre Tasche und holte eine gelbe Tupperdose heraus. »Suppe mit gelber Paprika und Sojasprossen. Reich an Folsäure, Vitamin A und C.«

»Du hast Suppe für mich gekocht?«

»Ich muss schließlich dafür sorgen, dass mein Enkel genug Nährstoffe abbekommt.«

Mit einem strahlenden Lächeln entblößte sie zwei Reihen Zähne. Das eiserne Tor zu meinem Herzen schwang auf, und ich trat einen Schritt zur Seite, um sie ins Haus zu lassen. »Komm rein, Grace. Iss einen Teller mit.«

Sie drückte mir die Dose in die Hand. »Ich würde ja gern, aber ich muss zurück. Nachsorgetermine. Ich will nicht in Providence im Stau stecken bleiben.«

Mit beiden Händen umfasste sie mein Gesicht und gab mir einen Kuss. Der Duft von ätherischen Ölen stieg mir in die Nase – Lavendel und dazu vielleicht Zeder. Grace verabscheute Parfüm, aber dank der Öllampen, die sie ständig brennen hatte, roch sie immer sehr gut. »Wir reden bald, Schätzchen, ja?«

Ich nickte stumm und sah ihr nach, als sie sich umdrehte und mit wehenden Haaren davoneilte. Am liebsten hätte ich gerufen: *Halt! Bleib da. Iss einen Teller Suppe mit mir.* Aber es war zu spät. Sie war weg.

Später saß ich auf der Eingangstreppe zu meinem Apartmenthaus. Aus irgendeinem Grund war mir der Straßenlärm lieber als die Stille in meiner Wohnung. Am tiefblauen Himmel zogen lavendelfarbene Wolken dahin, und in der Luft hing der feuchte, erdige Geruch, der ein heraufziehendes Gewitter ankündigte. Es war schon komisch, irgendwie hatte Grace' Besuch, der als freundliche Geste gemeint gewesen war, dazu geführt, dass ich mich noch verlassener fühlte als vorher.

Leute schlenderten an mir vorbei, ausgehfertig angezogen. Niemand war mit einem Kinderwagen unterwegs. Leute mit Kindern waren zu Hause in den Vororten, sie kochten Abendessen und organisierten eine Fahrgemeinschaft für den nächsten Morgen. Nicht diese hier. Einige Paare trugen Eheringe; andere kannten sich offensichtlich noch nicht lange – das erste oder zweite Date. Falls etwas daraus wurde, würden sie wahrscheinlich den vorgezeichneten Weg gehen – Verlobung, Heirat, dann ein Kind. Vielleicht auch in einer anderen Reihenfolge. Die Vorstellung, etwas außer der Reihe zu tun oder vielleicht auch gar nicht zu heiraten, hatte mich zwar nie gestört, aber damit, dass das Kind vor dem Mann kam, hatte ich nicht gerechnet.

»Neva? Bist du das?«

Ich blinzelte. »Mark?«

»Du bist es tatsächlich«, sagte er. »Ich dachte schon, du wärst verschwunden.«

Ich lächelte und wünschte, es wäre so. Das war alles Eloises Schuld. Vor ein paar Monaten hatte sie Sean, Patrick und mich auf einen Drink ins The Hip begleitet, und wie gewöhnlich hatten Patrick und Sean (vor allem Patrick) sie mit Fragen nach meinem Liebesleben gelöchert. Normalerweise ignorierte ich sie einfach, aber an diesem Abend ging es mir aus irgendeinem Grund unter die Haut.

»Also erzähl mal«, hatte Patrick gesagt, »bringt Neva jemals einen Mann mit nach Hause?« Eloise antwortete wahrheitsgemäß, dass das eher selten vorkam. So weit, so gut, doch dann fügte sie hinzu, dass sie mich gerne mit ein paar Männern bekannt machen würde, die zu haben seien. Bevor ich wusste, wie mir geschah, hatte sie ihr Handy hervorgezogen und machte Anstalten, einem reizenden italienischen Buchhalter eine SMS mit meiner Telefonnummer zu schicken. Ich wollte protestieren, aber als Patrick sich die Nummer von Eloises Freundin Amy notierte, hörte ich mich sagen: »Klar, schick ihm eine SMS.«

Mark hatte alles richtig gemacht. Er hatte mich von zu Hause abgeholt, mir Wein nachgeschenkt, Fragen über mein Leben gestellt. Er hatte sogar bezahlt, während ich auf der Toilette war. Er hatte mich mehr als einmal zum Lachen gebracht, und wenn er mir gelegentlich widersprach, dann so, dass es mich nicht nervte. Aus einem Glas Wein wurde eine Flasche und dann eine zweite. Auf dem Rückweg zu meiner Wohnung war ich ziemlich beschwipst.

»Also, möchtest du noch auf, äh … einen Kaffee mit raufkommen?«, fragte ich vor der Tür. Zwischen uns knisterte es auf angenehme Art.

»Ich trinke keinen Kaffee«, sagte Mark und trat einen Schritt auf mich zu. »Aber mit raufkommen würde ich gerne.«

Als seine Lippen meine berührten, begann sich in mir etwas zu regen. Es war lange her. Irgendwie schafften wir es die Treppe hoch und durch die Wohnung in mein Zimmer, aber bis zum Bett schafften wir es nicht mehr. Als wir hinterher dalagen und an die Decke sahen, drehte sich alles um mich.

»Hey«, sagte er. »Soll ich dir einen Witz erzählen?«

»Klar …« Ich rollte mich zu ihm, doch dann hielt ich inne und musste ein paarmal blinzeln.

Mark streckte die Hand aus und strich mir über die Wange. »Was ist?«

Es war höchst befremdlich. Ich hatte den Abend mit Mark verbracht. Ich hatte mit Mark *geschlafen*. Vielleicht lag es an dem vielen Wein, aber … als ich mich zu ihm drehte, erwartete ich, Patrick zu sehen. Nein, ich erwartete es nicht. Ich *wünschte* mir, Patrick zu sehen.

»Nichts.« Ich lächelte ihn an, aber ich war schlagartig wieder nüchtern. »Alles in Ordnung. Also, was ist mit dem Witz?«

Er war lustig. Nicht zum Brüllen, aber lustig. Ich dachte wieder an Patrick. Für gewöhnlich konnte ich nur mit Mühe ernst bleiben, wenn er mir einen Witz erzählte. Es gefiel ihm, wenn er mich zum Lachen brachte. Er behauptete zwar immer, ich sei ein schwieriges Publikum, aber das stimmte nicht. Manchmal waren seine Witze ganz schrecklich, und ich musste trotzdem lachen. Es lag wohl daran, wie er mich ansah, nachdem er die Pointe erzählt hatte – an dieser zaghaften Hoffnung in seinem Blick. Und wenn ich dann später im Bett lag oder nach meiner Schicht nach Hause ging und an diesen Blick dachte, musste ich wieder lächeln.

Als Mark mich das nächste Mal küsste, schloss ich die Augen. Aber es half nichts. Die Lust war weg.

Ich hatte nicht damit gerechnet, noch einmal etwas von Mark zu hören. Aber ein paar Tage später schickte er mir eine SMS: Ob ich Lust hätte, ins Kino zu gehen? Ob ich dieses neue französische Restaurant ausprobieren wollte? Ein Teil von mir wollte tatsächlich. Aber jedes Mal, wenn ich versuchte, auf eine seiner SMS zu antworten, waren meine Finger wie gelähmt. Schließlich hörte er auf, sich zu melden, und ich war froh darüber.

Mark wandte sich der Frau zu seiner Rechten zu, als wäre ihm erst jetzt wieder eingefallen, dass sie da war. »Äh … Neva, das ist Imogen.«

»Hallo, Imogen«, sagte ich und stand schwerfällig auf. »Freut mich, Sie kennenzulernen.«

Sie verzog die Lippen zu einem verkniffenen Lächeln. »Hallo.«

Jetzt kam der Teil, wo jeder etwas von spät dran sein murmelte und man in entgegengesetzte Richtungen davoneilte. Ich wollte meinen Spruch gerade aufsagen, als sich Marks Miene verdüsterte.

»Gehst du schon mal vor, Imo?« Seine Stimme klang betont munter, aber sein Blick war starr auf meinen Bauch gerichtet, wie ich plötzlich merkte. »Wir treffen uns dann bei dir.«

Imogen guckte genauso überrascht wie ich. Ihr Blick wanderte von mir zu Mark und wieder zurück. Dann fiel er auf meinen Bauch. »Na gut«, sagte sie langsam und runzelte die Stirn. »Ich warte zu Hause auf dich.«

Mark lächelte ihr aufmunternd zu. Doch sobald Imogen weg war, verschwand sein Lächeln. »Du bist schwanger«, sagte er. Es klang wie ein Vorwurf.

»Ja.«

»Ist es …«, er räusperte sich, »… ist es meins?«

»Nein. Aber nein.« Zumindest verstand ich jetzt, warum er seine Freundin gebeten hatte vorauszugehen.

»Wann ist es so weit?«, fragte er.

»Einunddreißigster Dezember.«

Ich wartete, während er rechnete. Dann nickte er zufrieden. »Ja, dann darf man wohl gratulieren. Alles Gute.«

Wir nickten uns verlegen zu. Erste Regentropfen fielen

vom Himmel, einzeln und schwer wie winzige, mit Wasser gefüllte Ballons. Gutes Timing.

»Also, ich geh dann wohl mal besser …« Mark deutete mit dem Daumen in die Richtung, in die Imogen verschwunden war.

»Ja«, sagte ich. »Ich auch. Hat mich gefreut, Mark.«

»Mich auch«, sagte er.

Ich sah Mark hinterher, wie er davoneilte. Als ich in meiner Hosentasche nach dem Schlüssel kramte, klingelte mein Handy.

Ich drückte es ans Ohr. »Hallo.«

»Neva, ich brauche deine Hilfe.«

»Grace?« Mein Herz begann ein bisschen schneller zu schlagen. »Was ist los?«

»Bei einer meiner Patientinnen haben die Wehen eingesetzt. Eigentlich sollte mir ihre Schwester bei der Geburt assistieren, aber sie wohnt ewig weit weg, und das Kind kommt zu früh. Ich habe es bei Mary und Rhonda versucht, aber die sind nicht zu Hause. Meinst du, du könntest mir helfen?«

Rasch dachte ich nach. Grace machte Hausgeburten. Das Baby kam zu früh. Das ging nicht. »Wenn es eine Frühgeburt ist, musst du sie ins Krankenhaus bringen, Grace.«

»Sie ist in der siebenunddreißigsten Woche, es ist nicht nötig, ins Krankenhaus zu fahren. Sie entbindet bei mir.«

Ein Mann kam aus dem Haus und hielt mir die Tür auf, ich bedankte mich mit einem Nicken und schob mich an ihm vorbei. »Wie weit ist sie?«

»Ich habe sie noch nicht untersucht, aber ich vermute, der Muttermund ist fünf bis sechs Zentimeter geöffnet, die Fruchtblase ist intakt, die Wehen kommen seit einer Stunde im Abstand von sechs Minuten. Es ist ihr zweites Kind.«

»Wann haben die Wehen begonnen?« Ich ging die Treppe hoch.

»Vor zwei Stunden, aber es geht ziemlich schnell.« Ich konnte die Verzweiflung in Grace' Stimme hören. »Ich brauche dich wirklich, Neva.«

Ich sperrte die Tür auf und betrat meine Wohnung. »Ich bin schon unterwegs.«

»Wirklich?« Grace' Stimme brach. »Du kommst wirklich?«

»Natürlich komme ich.« Die Vorstellung, dass sie daran zweifelte, erfüllte mich mit Scham. Sicher, Grace und ich, wir hatten unsere Schwierigkeiten. Aber sie war meine Mutter. Und ganz gleich, welche Probleme wir miteinander hatten, wenn sie mich brauchte, dann war ich für sie da.

Kapitel 11

GRACE

»Okay, Gill, entspannen Sie sich. Ich werde Sie jetzt untersuchen, um festzustellen, wie weit der Muttermund geöffnet ist. Legen Sie sich bitte hin. So ist es gut.«

Ich streifte meine Handschuhe über und kniete mich ans Bettende. Rechts neben mir stand Gillians Mann. »David, Sie müssen mir helfen, Gillian ein bisschen weiter nach unten zu schieben. Fassen Sie sie bei den Schulten, und Sie, Gill, Sie heben den Po und rutschen zu mir her. Fertig? Dann los.«

Als Gillian in der richtigen Position lag, begann ich mit der Untersuchung. »Acht Zentimeter. Gut. Sehr gut.«

Ich lächelte und tastete nach dem Kopf des Kindes, hielt inne, als meine Finger harten Knochen in der Mitte des Schädels berührten. Ich versuchte, mir nichts anmerken zu lassen. Was war *das* denn? Ich spreizte die Finger, tastete das weiche Gewebe ringsum ab. Es fühlte sich an wie ein Po, aber … das konnte nicht sein. Bei der letzten Untersuchung hatte sich das Kind in Schädellage befunden. Mit der rechten Hand tastete ich von außen Gillians Bauch ab. Ja, es fühlte sich wie ein Kopf an.

Die nächste Wehe kam, und ich zog meine Handschuhe aus und ging zum Waschbecken. Das Ganze war mir ein Rätsel. Wenn das Baby in Schädellage lag, was hatte ich dann gerade ertastet? Obwohl es äußerst unwahrscheinlich war, konnte ich eine Beckenendlage nicht ausschließen. Und wenn das der Fall war – dann war es sehr riskant. Zu riskant für eine Hausgeburt. Wir würden Gillian ins Krankenhaus bringen müssen.

»Ich bin da.«

Ich drehte mich um. Vor mir stand Neva in Jogginghosen und einem Kapuzenshirt, das sich über ihrem Bauch spannte. Ihre Haare waren nass und zerzaust. Ich stieß erleichtert die Luft aus, plötzlich war ich froh, dass keine meiner Assistentinnen verfügbar war. »Neva! Gott sei Dank.«

Neva wandte sich Gillian und David zu. »Ich bin Neva«, sagte sie. »Ich bin Hebamme und werde bei der Entbindung assistieren. Sieht so aus, als hätten Sie bis jetzt alles gut hingekriegt. Ich wasche mir nur schnell die Hände, und dann würde ich vorschlagen, dass wir Sie auf die Beine stellen und die Schwerkraft arbeiten lassen.« Sie zögerte kurz und sah mich an. »Ich meine … wenn Grace damit einverstanden ist.«

»Äh … ja«, sagte ich. »Natürlich.«

Während Neva mit Gillian redete, stand mir plötzlich das Bild meiner kleinen rotblonden Tochter vor Augen, die so gar nichts mit der Frau vor mir gemeinsam hatte. Sie berührte Gillians Bauch, sanft, aber nicht zu vertraulich. Ihr Gesichtsausdruck war konzentriert, aber freundlich. Alle ihre besten Eigenschaften kamen zum Tragen.

Nachdem Neva ihr Gespräch mit Gillian beendet hatte, trat sie zu mir ans Waschbecken. »Und, wie sieht es aus? Hast du sie schon vaginal untersucht?«

»Ja, es ist nur so …«, ich senkte die Stimme. »In der fünfunddreißigsten Woche lag das Baby in Schädellage, aber als ich sie gerade untersucht habe, fühlte es sich fast nach Steißlage an. In der Mitte hart, drum herum weich. Ich bin mir nicht sicher.«

»Fünfunddreißigste Woche? Das wäre reichlich spät für eine Drehung«, sagte Neva und sprach damit aus, was ich dachte. »Kann es sein, dass es die Nase war? Eine Gesichtslage?«

»Vermutlich.« Ich bezweifelte es jedoch. Damit hatte ich schon öfter zu tun gehabt. Das hier war anders.

»Soll ich es mir mal ansehen?«

Ich ließ die Schultern sinken. »Ja, gern.«

Neva lächelte, und plötzlich waren alle meine Sorgen verschwunden, einfach so. Mit Neva an meiner Seite würden wir es schaffen. Der Gedanke machte mich froh.

Ich ging zu Gillian. »Ist es in Ordnung, wenn Neva Sie noch einmal kurz untersucht, bevor Sie aufstehen? Das Baby liegt nicht so, wie ich gedacht habe, und ich würde gern eine zweite Meinung hören.«

Über Gillians Gesicht legte sich ein Schatten.

»So etwas kommt hin und wieder vor«, fuhr ich fort, um einen munteren Ton bemüht. »Wir überwachen ständig den Herzschlag des Babys. Es ist alles in Ordnung. Wir müssen einfach nur wissen, wie es aussieht.«

Gillian wirkte immer noch angespannt. »Aber … machen Sie sich Sorgen?«

»Sehen wir so aus?« Neva grinste und griff nach einem Paar Latexhandschuhe. »So, und jetzt entspannen Sie sich. Gut so. Tief ein- und ausatmen. Es dauert nicht lange.«

Während der Untersuchung plauderte Neva mit den werdenden Eltern, um sie zu beruhigen. Daran, wie lange sie Gillian abtastete, erkannte ich jedoch, dass sie ebenfalls unsicher war. Schließlich zog sie ihre Hand zurück und streifte die Handschuhe ab. »Also, ich weiß nicht recht, was ich davon halten soll. Von außen fühlt es sich nach einer Schädellage an, aber beim Abtasten hätte ich schwören können, dass es eine Steißlage ist.« Sie dachte nach und schnalzte dabei leise mit der Zunge. »Ich würde Ihnen raten, ins Krankenhaus zu fahren. Das würde ich jedenfalls einer meiner Patientinnen empfehlen.«

Mit einem Schlag kippte die Stimmung. Hagelkörner prasselten gegen das Fenster. Mutter Natur teilte offenbar Nevas Ansicht. »Aber … können Sie das Baby trotz Steißlage nicht hier auf die Welt holen?«

»Es ist zu gefährlich«, sagte Neva und half Gillian aufzustehen.

»Aber ich … ich kann nicht ins Krankenhaus!«, jammerte Gillian. »Nicht nach dem Horror vom letzten Mal. Bitte, Grace.«

Neva legte Gillian die Hand auf die Schulter. »Alles wird gut, Gillian, das verspreche ich Ihnen. Beckenendlagengeburten sind sehr riskant und …«

Gillian begann zu zittern. Ich fasste nach ihrer Hand. »Sie müssen versuchen, ruhig zu bleiben, es ist nicht gut für Ihr Kind, wenn Sie sich aufregen. Vielleicht finden wir ja eine Lösung. Lassen Sie mich kurz mit Neva sprechen, damit wir uns etwas überlegen können.«

Ich bedeutete Neva, mir nach draußen zu folgen, und sie nickte. Doch kaum dass ich die Tür hinter uns geschlossen hatte, sah sie mich völlig entgeistert an. »*Vielleicht* finden wir eine Lösung? Du willst doch nicht ernsthaft vorschlagen, dass wir eine Hausgeburt bei einer Steißlage machen? Zehn Kilometer vom nächsten Krankenhaus entfernt, das nur über eine einzige Straße erreichbar ist. Das meinst du doch nicht ernst!«

»Du hast doch schon Entbindungen bei Beckenendlage gemacht …«, setzte ich an.

»… ich habe während meiner Ausbildung bei einer Beckenendlagengeburt *assistiert*. Und zwar in einem Krankenhaus mit einem Gynäkologen und einem Kinderarzt, ganz zu schweigen von den Medikamenten und den lebenserhaltenden Maschinen, die zur Verfügung standen! Eine vaginale Geburt bei Beckenendlage ist äußerst riskant und unter diesen Umständen an eine Hausgeburt zu denken unethisch. Wenn irgendetwas schiefgeht, könnten beide sterben.«

»Neva«, ich bemühte mich um einen ruhigen Ton, »Gillian hat eine traumatische Entbindung hinter sich, und sie hat panische Angst vor Krankenhäusern. Das ist nicht gut für das Kind. Außerdem wissen wir nicht, ob es tatsächlich eine Steißlage ist. Du hast selbst gesagt, dass du dir nicht sicher bist. Es könnte auch irgendetwas anderes sein. Eine Gesichtslage, das Nasenbein …«

»Genau das ist das Problem, wir *wissen* nicht, was es ist! Es fühlte sich nicht genau nach einer Steißlage an. Unterhalb des Knochens habe ich … eine Öffnung gespürt.«

»Den Mund?«, fragte ich hoffnungsvoll. Wenn sie den Mund gespürt hatte, bedeutete das eine Schädellage.

»Nein, ich glaube nicht. Da war nichts zwischen Knochen und Öffnung. Falls es eine Gesichtslage ist …« Sie sog scharf die Luft ein.

»Was?«, fragte ich.

»Dann könnte es eine Gaumenspalte sein.«

Eine Weile schwiegen wir beide, Neva lehnte sich gegen die Wand. Ich dachte darüber nach, was sie gesagt hatte. Wenn das Kind in Gesichtslage lag, dann hatten wir vielleicht die Nase ertastet, und die Gaumenspalte wäre die Öffnung, von der Neva gesprochen hatte.

»Das ist es, oder?«, sagte sie. Ihr Ton ließ erkennen, dass sie sich nichts sehnlicher wünschte, als dass sie sich irrte.

Mir war übel. In all den Jahren, die ich als Hebamme arbeitete, hatte ich nur zweimal eine Hiobsbotschaft verkünden müssen. Einmal bei einem Baby mit einem Blutschwamm, der seine gesamte linke Gesichtshälfte bedeckte. Und das andere Mal bei einem kleinen Mädchen, das an der linken Hand nur zwei Finger hatte. »Dann bleibt uns wohl nichts anderes übrig, als ins Krankenhaus zu fahren«, brach ich schließlich das Schweigen. »Wenn das Baby eine Gaumenspalte hat, gibt es vielleicht auch noch andere Probleme. Wir brauchen einen Kinderarzt.« Ich riss mich zusammen und machte einen Schritt auf die Tür zu.

»Warte«, sagte Neva. Sie holte tief Luft, als würde sie verschiedene Möglichkeiten gegeneinander abwägen. »Ich kenne einen Kinderarzt. Vielleicht kann ich ihn dazu überreden hierherzukommen.«

Ich blieb stehen, noch wagte ich nicht zu hoffen. »Wirklich?«

»Vielleicht. Dann bliebe Gillian wenigstens eine Krankenhausgeburt erspart, nachdem sie schon diese Nachricht verkraften muss.«

»Ja, aber … meinst du, dein Kinderarzt wäre tatsächlich bereit, bei einer Hausgeburt dabei zu sein?«, fragte ich.

»Keine Ahnung«, sagte Neva. »Gib mir zwei Minuten.«

Sie zog ihr Handy aus der Tasche und ging die Treppe

hinunter. Ich blieb, wo ich war, und wartete. Ich würde erst dann zu Gillian zurückgehen, wenn ich Gewissheit hatte. Ich wollte ihr keine Hoffnung auf eine Hausgeburt machen, wenn dieser Kinderarzt nicht bereit war zu kommen. Allerdings schob ich das Unvermeidliche damit vielleicht nur hinaus. War es richtig, Gillian eine Hausgeburt zu ermöglichen? Selbst wenn ein Kinderarzt dabei war, fehlte uns die Ausstattung eines Krankenhauses. Sollte das Baby eine Bluttransfusion brauchen oder operiert werden müssen, würden wir durch den Transport ins Krankenhaus wertvolle Zeit verlieren. Andererseits war es für alle Beteiligten von Nutzen, wenn Gillian in ihrer vertrauten Umgebung bleiben konnte, in der sie sich wohlfühlte. Ich ging noch immer unentschlossen auf und ab, als Neva plötzlich wieder vor mir stand.

»Der Kinderarzt ist unterwegs. Lass uns mit Gillian reden.«

Neva schob sich an mir vorbei ins Zimmer. Falls sie irgendwelche Zweifel plagten, war es ihr nicht anzumerken. Und wenn meine überkorrekte Tochter damit klarkam, dann hatte ich keinen Grund, mir weiter Gedanken zu machen.

Gillian und David hoben beide gespannt den Kopf, als wir das Zimmer betraten. Ich setzte mich ans Fußende des Betts und legte Gillian eine Hand auf den Oberschenkel. »Neva und ich haben darüber gesprochen, was wir ertastet haben, und wir sind nicht davon überzeugt, dass es wirklich eine Steißlage ist. Wir können es noch nicht genau sagen, aber wir glauben, dass das, was wir ertastet haben …«, ich holte tief Luft, »… eine Gaumenspalte ist.«

Gillian sah mich verständnislos an, dann blickte sie zu ihrem Mann.

»Bei einer Gaumenspalte fehlt die Oberlippe des Kindes, oder sie ist missgebildet«, sagte David eher zu sich selbst als zu Gillian. Seine Oberlippe wurde dabei ganz schmal, vielleicht aus Solidarität mit seinem Kind.

»Nein!« Auf Gillians Gesicht erschien ein entsetzter Ausdruck. Ich hätte ihr gern versichert, dass eine Gaumenspalte nicht so schlimm war. Dass ihr Kind trotzdem wunderschön sein würde und dass die Missbildung höchstwahrscheinlich nicht sehr ausgeprägt war. Aber so einfach durfte ich es mir nicht machen.

»David hat recht«, sagte ich. »Ihr Kind hat vielleicht eine kleinere oder größere Missbildung an Lippe und Gaumen, in den meisten Fällen ist es ein Loch zwischen Oberlippe und Nasenraum. Nachdem wir jetzt wissen, worauf wir achten müssen, werden wir zur Bestätigung noch den Rest des Gesichts untersuchen, aber wir glauben beide, dass es das ist.« Die nächste Wehe kam, und ich wartete, bis Gillian sie mit Unterstützung ihres Mannes überstanden hatte, dann fuhr ich fort. »Ein Kinderarzt ist auf dem Weg hierher. Er wird Ihr Kind gleich nach der Geburt untersuchen. Und vielleicht war es das dann auch schon …«

»Aber vielleicht auch nicht?«

»Momentan deutet nichts darauf hin, dass wir noch mit anderen Problemen rechnen müssen«, sagte ich. »Genau wissen wir das aber alles erst, wenn das Baby auf der Welt ist. Wenn wir sicher sein können, dass es tatsächlich keine Steißlage ist, spricht jedenfalls nichts dagegen, dass Sie hier zu Hause entbinden, falls Sie das wollen.«

»Ja«, sagte Gillian. »Ich will mein Kind hier auf die Welt bringen. Unbedingt.«

Ich lächelte Neva zu und sagte stumm danke.

»Gut«, sagte ich zu Gillian. »Dann legen Sie sich mal wieder hin!«

Eine Stunde später erschien ein erstaunlich gut aussehender junger Mann. Gillian kämpfte sich gerade durch eine Wehe, aber bei seinem Anblick stockte selbst sie einen kurzen Moment. Vom Regen war er völlig durchnässt, und die Haare klebten ihm am Kopf. Als er sie sich aus der Stirn strich, schnappte ich wahrhaftig laut nach Luft. Mit seinem kräftigen Kinn und der hohen Stirn hatte er ein bisschen Ähnlichkeit mit Elvis Presley, nur waren seine Gesichtszüge markanter. Im Stillen verwünschte ich meine Tochter. Sie hätte mich ruhig vorwarnen können.

»Tut mir leid, dass es so lange gedauert hat«, sagte er, zog seine durchgeweichte Jacke aus und hängte sie über die Rückenlehne eines Stuhls. »Ich konnte kaum etwas sehen, so schüttet es. An der Engstelle der Beavertail Road war es besonders schlimm, die Wellen schlugen bis zur Straße hoch – ein Wunder, dass sie nicht gesperrt ist.«

»Na, toll«, sagte Neva. »Diese Straße ist die einzige Verbindung zu dem Teil der Insel. Wenn sie gesperrt wird …« Neva beendete den Satz nicht, sie wollte Gillian keine Angst machen, uns allen war jedoch klar, was sie meinte. *Wenn sie gesperrt wird, sitzen wir hier fest. Keiner kommt rein, keiner raus.* »Aber der Regen scheint ein bisschen nachzulassen, also hoffen wir mal das Beste.«

Der Kinderarzt sah mich an. »Sie müssen Grace sein. Schön, Sie endlich kennenzulernen.«

Er grinste und entblößte dabei zwei Reihen weißer Zähne, die man, wären sie noch ebenmäßiger gewesen, für ein falsches Gebiss hätte halten können. Ich sah Neva mit hochgezogenen Augenbrauen an. Endlich? Wie lange gab es den jungen Mann in ihrem Leben denn schon?

»Ich bin Patrick«, sagte er. Ich wartete auf den Rest. *Dr. Patrick Soundso, Spezialist für dies und das, Halbgott in Weiß*. So stellten sich meiner Erfahrung nach Ärzte vor, insbesondere wenn sie es mit Hebammen zu tun hatten, die – in ihren Augen – kaum mehr als ein Haufen Quacksalberinnen waren. Patrick tat es nicht. Er nannte mir nicht einmal seinen Nachnamen. Und bevor ich ihn danach fragen konnte, stand er bereits am Bett meiner Patientin.

»Hallo, Gillian, hallo, David«, sagte er, zog sich einen Stuhl heran und setzte sich. »Ich bin Patrick. Ich bin Kinderarzt. Neva hat mir das Wesentliche bereits gesagt. Ich weiß, dass Sie sich Sorgen machen, aber überlassen Sie das mal mir, und konzentrieren Sie sich darauf, Ihr Kind auf die Welt zu bringen. Lippen- und Gaumenspalten lassen sich operativ korrigieren. Und Sie wurden während Ihrer Schwangerschaft gut betreut, also können wir die Angelegenheit optimistisch angehen. Ein bisschen Aufregung darf auch sein. Immerhin lernen wir bald einen der wichtigsten Menschen in Ihrem Leben kennen.«

Ich warf einen Blick zu Neva, und sie zuckte die Achseln. *Ja, er ist etwas Besonderes,* sagte ihre Miene. Er war sogar etwas ganz Besonderes. Mit wenigen Sätzen hatte er es geschafft, die trübe Stimmung zu vertreiben. Ganz undoktorhaft. Ich schloss ihn auf der Stelle ins Herz.

»Gut, dann setze ich mich mal still hierhin und lass die Profis ans Werk«, sagte er. »Neva ist eine der besten Hebammen, die ich kenne, und wenn Grace ihre Mutter ist, dann könnten Sie in keinen besseren Händen sein.«

Patrick stieg noch mehr in meiner Achtung. Ein Arzt, der nicht sofort das Kommando übernahm? Der uns – die Hebammen – als Profis bezeichnete? Wo hatte Neva den denn aufgegabelt? Und was noch wichtiger war, wie konnte ich dafür sorgen, dass sie ihn behielt?

»Wie wär's, wenn Sie jetzt umziehen«, sagte Neva. »Wär doch gelacht, wenn Ihr Baby nicht vor Sonnenaufgang da ist!« Im Vorbeigehen stieß sie Patrick leicht mit dem Ellenbogen an. Er lächelte ihr zu, und ich sah dabei etwas in seinen Augen aufblitzen. Er *mochte* sie. Sofort regte sich Hoffnung in mir, aber ich hielt sie noch zurück. Durfte ich wirklich hoffen, dass dieser tolle Mann der Vater meines Enkelkinds war?

Neva führte Gillian zu dem Gebärstuhl, auf dem sie die nächsten drei Stunden verbrachte. Die Wehen kamen in immer kürzeren Abständen, und als die ersten Sonnenstrahlen durch die Jalousien fielen, begann sie zu pressen.

»Versuchen Sie, nicht mehr zu pressen«, sagte ich, als das Köpfchen des Babys erschien. Ich kauerte mich vor sie. »Nur langsam ein- und ausatmen. Ganz langsam. Gut so. Der Kopf soll langsam kommen.«

»Ich sehe ihn«, sagte Neva und trat mit einem Handtuch neben mich.

Neva seufzte leise, als das Gesicht zu sehen war. Patrick war näher getreten und musterte es. Das Baby hatte eine Lippen- und Gaumenspalte, daran bestand kein Zweifel. Trotzdem lächelte Patrick den Eltern aufmunternd zu. Am liebsten hätte ich ihn gedrückt. Was für ein wunderbarer Arzt. Was für ein wunderbarer Mann.

»Der Kopf ist draußen«, verkündete Neva.

Ich legte meine Hände um den Kopf und führte ihn, bis die Schultern geboren waren. Dann warteten wir auf die nächste Wehe. Es herrschte eine freudige Stimmung, genau so, wie es bei einer ersten Hausgeburt sein sollte.

»Weiter geht's«, sagte ich, als Gillian erneut zu stöhnen begann. Neva schob David neben mich, damit er zusehen konnte, wie sein Kind geboren wurde. »Noch einmal kräftig schieben.«

»Weiter so, Gill«, feuerte Neva sie an.

Gillian schob noch einmal mit aller Kraft, und das Kind glitt in meine Hände. Es war ziemlich groß und wog bestimmt neun Pfund oder sogar noch mehr. Es fing sofort an zu schreien.

»Ein Mädchen!«, riefen wir gleichzeitig.

Mit dem Baby im Arm blieb ich zögernd stehen. Es war so lange her, dass ich eine Entbindung in Anwesenheit eines Arztes betreut hatte, dass ich vergessen hatte, was das Protokoll in diesem Fall vorsah. Ich legte ein Neugeborenes immer sofort der Mutter in den Arm, damit sie es mit ihrem Geruch, ihrer Berührung beruhigen konnte, aber ich erinnerte mich dunkel daran, dass Ärzte es gern erst mal untersuchten.

»Geben Sie sie ihrer Mutter«, sagte Patrick. »Sie will bestimmt erst mal ihre Eltern kennenlernen, bevor sie mein hässliches Gesicht zu sehen bekommt. Und mit ihrer Lunge ist offensichtlich alles in Ordnung.«

Ich wusste nicht, ob ich mich freuen oder ärgern sollte, dass Patrick so viele meiner Vorurteile über Ärzte widerlegte.

Wir brachten Gillian zurück ins Bett, und ich legte ihr das Baby, noch voller Käseschmiere und Blut, auf den

Bauch. Neva trat mit einem angewärmten Handtuch neben Gillian und hüllte es darin ein. Mit angehaltenem Atem beobachtete ich die Szene. Gillian hob das Tuch vom Gesicht ihrer Tochter, um sie anzusehen. Ich überlegte, ob ich etwas sagen sollte, ließ es dann aber bleiben. Sie brauchten Zeit.

»Ihr Gesicht!«, sagte Gillian schließlich mit einem unterdrückten Aufschluchzen. Sie schluckte und drängte die Tränen zurück.

Ich gab Neva ein Zeichen, dass sie meinen Platz am Fußende des Betts einnehmen sollte. Die Plazenta war noch nicht geboren, aber ich musste mich jetzt um Gillian kümmern. Ich trat zu ihr ans Kopfende des Betts und blickte hinunter auf das Neugeborene, das auf der Brust seiner Mutter strampelte.

Ich fasste mir unwillkürlich an den Mund. Durch die Oberlippe ihrer kleinen Tochter zog sich eine Spalte bis zum linken Nasenloch, sodass sie ein klaffendes schwarzes Loch im Gesicht hatte. Davon abgesehen hatte sie ein hübsches Gesicht – genauer gesagt war es perfekt. Ich schlug das Tuch etwas weiter zurück und enthüllte jeweils zehn Finger und Zehen und einen großen, runden Bauch. Sie blinzelte uns missmutig an. Das Herz wurde mir weit. »Sie ist … wunderschön.«

Ich konnte gar nicht mehr aufhören zu strahlen. Neva lächelte ebenfalls, aber ihr Blick war dabei nicht auf das Kind gerichtet, sondern auf mich.

»Sie ist wirklich wunderschön«, sagte Gillian, als sähe sie ihre Tochter erst jetzt. »Schau nur, David. Schau, was für winzige Hände und Füße sie hat.«

Lächelnd sah ich zu, wie die frischgebackenen Eltern ihre Tochter bewunderten. Waren wirklich schon neunundzwanzig Jahre vergangen, seit es mir wie ihnen gegangen war? Genau wie Robert und ich damals, hatten sich diese Eltern auf den ersten Blick in ihr Kind verliebt. Alles war so, wie es sein sollte.

»Ist es in Ordnung, wenn ich sie mir mal kurz ansehe?« Ich trat zur Seite, um Patrick Platz zu machen.

Gillian legte die Arme um ihre Tochter. »Muss das sein?« Auf ihrem Gesicht erschien ein abwehrender, beschützender Ausdruck.

»Vielleicht noch ein paar Minuten, Patrick?«, sagte ich.

Patrick lächelte. »Ich nehme sie Ihnen nicht weg. Ich kann sie hier an Ort und Stelle untersuchen, wenn Sie nichts dagegen haben. Hier ist sie am besten aufgehoben, ganz nah bei der Mutter.«

Gillian lockerte ihren Griff ein wenig. Sie nickte. »Ja. In Ordnung.«

»Gut. Dann wollen wir mal sehen.« Patrick schlug das Tuch zurück. »Hallo, meine Schöne.«

Neva sah Patrick mit weichem, offenem Blick zu.

»Hat sie schon einen Namen?«, erkundigte er sich.

»Nein, noch nicht.«

»Na gut, dann nenne ich dich vorerst ›Kleine‹.«

Ohne Mutter und Kind voneinander zu trennen, untersuchte er Gillians Tochter rasch, prüfte Lungenfunktion und Reflexe. »Gut. Sehr gut.«

Dabei lächelte Patrick die ganze Zeit, und als er mit seiner Untersuchung fertig war, wickelte er sie wieder in das Tuch. »Sie machen sich sicher Sorgen wegen der Lippe, also lassen Sie uns als Erstes darüber sprechen. Die gute Nachricht ist, dass wir da operativ eine Menge machen können. Mittlerweile ist es eine Routineoperation, und sie bringt gute Erfolge. Beim Gaumen ist die

Sache ein bisschen komplizierter, aber die Prognose ist ebenfalls gut …«

Patrick fuhr mit seinen Erklärungen fort, beantwortete die Fragen der Eltern geduldig und in verständlichen Worten, keine Spur von der Überheblichkeit, die ich Ärzten so gern unterstellte. Er war einfach ungeheuer sympathisch. Ich ging zu Neva, die gerade die in einer Nierenschale liegende Plazenta untersuchte. »Und …?«

Neva hob nicht einmal den Blick. »Nein. Er ist nicht der Vater. Und ich bin nicht interessiert.«

»Schon gut, schon gut.« Ich hob die Hände. »Du brauchst nicht patzig zu werden.«

»Abgesehen davon ist er nicht der Typ, der sich mit einer einzigen Frau häuslich niederlässt. Warum auch, wenn er sie alle haben kann? Mannomann, selbst *du* bist hin und weg! Kannst du dir vorstellen, wie das im Krankenhaus ist?«

Ich nickte langsam.

»Was?«, sagte Neva.

»Nichts. Es ist nur …«

»Sag schon.«

»Na ja, er hat einen sehr langen Weg auf sich genommen, um dir zu helfen, noch dazu mitten in der Nacht. Und für dich war es offenbar ganz selbstverständlich, ihn zu fragen. Vielleicht ist da mehr, als du …«

»Grace?«, erklang Patricks Stimme hinter uns, und Neva wandte sich geflissentlich wieder der Plazenta zu. »Ich denke, wir sollten jetzt ins Krankenhaus fahren. Je früher sich jemand die Kleine ansieht, desto besser.«

»Jetzt schon?«, sagte ich.

»Das geht nicht!«, sagte Neva. »Gillian hat einen Dammriss, der genäht werden muss.«

»Na ja«, erwiderte Patrick. »Ich könnte ja schon mal mit David und der Kleinen …«

»Kommt nicht infrage.« Gillian legte die Arme um ihre Tochter. »Wenn Sie sie ins Krankenhaus bringen, komme ich mit.«

Ich lächelte. Der Mutterinstinkt war eben angeboren, und er machte sich schon nach wenigen Minuten bemerkbar. »Okay«, sagte ich. »Um den Riss können wir uns im Krankenhaus kümmern. Ich wasche Sie nur schnell und versorge Sie mit einer frischen Einlage, dann können wir fahren. Wo ist denn Ihre andere Tochter? Soll ich jemanden anrufen?«

»Sie ist bei einer Nachbarin«, sagte David. »Ich hole sie ab, sobald wir wissen, dass hier alles in Ordnung ist.«

Neva hatte bereits ein paar Einlagen aus dem Schrank genommen und füllte eine Schüssel mit warmem Wasser. »Ich bleibe hier, Grace«, sagte sie. »Ich habe ja alle nötigen Informationen und kann schon mal den Bericht schreiben und ein bisschen aufräumen. Begleite du Gillian. Ich rufe im Krankenhaus an und sage Bescheid, dass ihr kommt.«

Ein paar Minuten später luden wir Gillian, David und das Baby in mein Auto. Patrick würde uns in seinem Wagen hinterherfahren. Neva hielt mir die Tür auf. »Viel Glück.«

Ich gab ihr einen Kuss auf die Wange, und sie fasste mich um die Taille und zog mich kurz an sich. »Du warst gut heute, Grace«, sagte sie mir ins Ohr. »Und du hattest recht. Es war tatsächlich magisch.«

Bevor mir eine Erwiderung einfiel, war sie schon wieder ins Haus zurückgegangen.

Kapitel 12

FLOSS

Als ich Lil das erste Mal sah, saß sie in meinem Kurs zur natürlichen Geburt in der dritten Reihe. Mit ihrem schwarzen Hosenanzug und dem brombeerfarbenen Schal war sie eher für eine Feier angezogen als für einen Geburtsvorbereitungskurs. Sie war eindeutig zu alt, um schwanger zu sein. Und nach den leeren Stühlen links und rechts neben ihr zu schließen, begleitete sie auch keine Tochter. Sie hatte eine zierliche Figur, weiße, zu einem Bob geschnittene Haare und ein schmales Gesicht. Praktisch das genaue Gegenteil von mir. Während ich mich vorstellte und Informationsmaterial verteilte, musste ich sie immer wieder verstohlen ansehen. Sie wirkte, als fühlte sie sich ein wenig fehl am Platz, aber das traf auch auf viele andere zu. Beim Thema Geburt reagierten selbst die aufgeschlossensten Menschen mitunter zimperlich, vor allem in meiner Generation.

Sobald der Kurs zu Ende war, stand sie auf und steuerte schnurstracks auf die Tür zu. Aber nachdem ich sie neunzig Minuten lang beobachtet hatte, würde ich sie nicht einfach gehen lassen, ohne ein paar Worte mit ihr gesprochen zu haben.

»Ich hoffe, der Kurs hat Ihnen gefallen«, rief ich ihr zu, als sie an mir vorbeieilte.

Sie blieb stehen und drehte sich nach einem kurzen Zögern halb zu mir um. »Äh, ja. Danke.« Dann machte sie einen weiteren Schritt in Richtung Tür.

»Erwartet Ihre Tochter oder ein anderes Familienmitglied ein Kind?«

Es war sonst nicht meine Art, solche persönlichen Fragen zu stellen, aber aus irgendeinem Grund konnte ich mich einfach nicht zurückhalten.

Erneut blieb sie stehen. »Nein, niemand.« Sie hielt inne, offenbar unschlüssig, ob sie noch mehr sagen sollte. »Eigentlich wollte ich in einen anderen Kurs.« Sie warf einen Blick auf das Notizbuch, das sie in der Hand hielt. »Zimmer C1202.«

Ich blinzelte. »Festreden?«

Der Hauch eines Lächelns erschien auf ihrem Gesicht.

Ich musste unwillkürlich lachen. »Aber … warum sind Sie dann geblieben?«

»Ich weiß nicht. Aber mit natürlicher Geburt hatte es bestimmt nichts zu tun.«

Es war noch nicht spät. Zum Abendessen hatte es Pasta gegeben, und ich hatte so getan, als würde mich die Spielshow, die wir uns dabei im Fernsehen ansahen, interessieren. Aber mir tat das Herz weh. Nicht im übertragenen Sinn – es schmerzte mich physisch. Ein stechender Schmerz, der sich über das Brustbein die linke Seite hinunterzog. Ich musste wieder an Bill denken. Es war Jahre her, dass er so viel Raum in meinen Gedanken eingenommen hatte, und es passte mir nicht, dass er es immer noch schaffte. Ich hatte nie bereut, was ich getan hatte, nur erschienen mir jetzt, wo sich Neva in einer ganz ähnlichen Situation befand, auf einmal die Gründe dafür, dass ich mein Geheimnis all die Jahre für mich behalten hatte, nicht mehr ganz so plausibel.

»Geht es dir gut, Floss?«, fragte Lil. Sie hatte den Tisch abgeräumt und stellte gerade in einer Ecke des Wohnzimmers den Trockenständer auf, um die frisch gewaschene Wäsche aufzuhängen. Sie hatte auch das Abendessen gekocht. Ich ließ das Team im Stich. »Ich meine, weil du die Hand auf die Brust drückst.«

»Was?« Ich blickte auf meine Hand, die auf meinem Herzen lag. »Tatsächlich. Hab ich gar nicht gemerkt.«

»Du machst dir wegen irgendetwas Sorgen.«

Lil war nicht dumm. Seit ich von Nevas Schwangerschaft erfahren hatte, war ich nicht ganz ich selbst, und anfangs hatte Lil mich in Ruhe vor mich hin brüten lassen, aber inzwischen hatte ich das Gefühl, dass meine Gnadenfrist ablief. In den vergangenen Tagen war Lil mir gegenüber zunehmend kurz angebunden gewesen. »Ich denke nur … über Neva nach.« Ich versuchte, den vergilbten Briefumschlag, der aus meiner Handtasche spitzte, zu ignorieren. »Und über Grace.«

Lil schüttelte ein T-Shirt aus und hängte es auf. »Die beiden beschäftigen dich in letzter Zeit ziemlich viel.« Sie fischte eine Unterhose aus dem Wäschekorb und hielt inne. »Nevas Schwangerschaft reißt alte Wunden bei dir auf.« Sie hängte die Unterhose auf und bückte sich nach dem nächsten Wäschestück. »Ich weiß praktisch nichts über diesen Teil deines Lebens. Ich wünschte, du würdest mir davon erzählen.«

Sie fuhr damit fort, Wäsche aufzuhängen, doch ihre Bemerkung hing im Raum wie Staub im Sonnenlicht. Erneut drängte sich der Umschlag in mein Bewusstsein –

der Brief von Evie, den ich vergangene Nacht hervorgekramt hatte, als ich nicht hatte schlafen können. Es genügte, Lil diesen Brief lesen zu lassen, und sie wüsste Bescheid. Aber irgendetwas hielt mich davon ab. Dabei wollte ich es ihr ja erzählen. Ich wusste, wie es war, wenn sich jemand, um den man sich Sorgen machte, vor einem verschloss. Wenigstens sah mich Lil jeden Tag und wusste, dass ich mich in keiner konkreten Gefahr befand. Als ich mich um Elizabeth sorgte, war es mir anders gegangen. Nach Evies Verlobungsfeier verschwand Elizabeth praktisch von der Bildfläche. Verabredungen sagte sie jedes Mal kurzfristig ab. *Bill* habe in dieser Woche so viel zu tun, *Bill* brauche sie zu Hause. Es war frustrierend, vor allem, weil ich sie – oder Bill – nicht aus dem Kopf bekam. Was stimmte bloß nicht mit ihm? Irgendetwas war da.

Ich hatte gehofft, Evie als Elizabeths Hebamme würde darauf bestehen, dass sie zu den Vorsorgeuntersuchungen kam. Bestimmt würde dieses Unbehagen verschwinden, wenn ich Elizabeth endlich einmal wieder sähe. Aber Elizabeth kümmerte sich selbst darum. Sie führte die Harntests zu Hause durch und maß jede Woche ihren Bauchumfang und notierte die Ergebnisse, aus denen zu ersehen war, dass sich das Kind normal entwickelte. Da sie selbst Hebamme war, gab es nichts daran auszusetzen, und es erschien ja auch sinnvoll, da sie draußen auf dem Land wohnte und kein Auto hatte. Aber ruhiger machte mich das nicht.

Mehrmals war ich kurz davor, Evie von meiner Sorge zu erzählen, aber was genau bereitete sie mir eigentlich? Dass ich ein ungutes Gefühl hatte, was Bill betraf? Dass er an seinem Hochzeitstag draußen vor dem Saal mit mir hatte tanzen wollen? Im besten Fall klang das albern, im schlechtesten eifersüchtig. Also wartete ich weiter darauf, dass Elizabeth sich bei mir melden würde.

Ein paar Monate später erhielt ich aus heiterem Himmel eine Essenseinladung, zusammen mit ein paar Zeilen von Elizabeth, es tue ihr leid, dass sie so lange nichts von sich habe hören lassen. Ich nahm die Einladung an. Zwar wäre es mir lieber gewesen, wenn sie in die Stadt gekommen wäre, dann hätten wir mittagessen gehen und in Ruhe miteinander reden können, aber da das offenbar nicht infrage kam, musste ich eben zu ihr hinausfahren.

Ich fuhr mit dem Fahrrad nach Kings Langley. Elizabeth hatte gesagt, sie wohne gleich vor der Stadt, aber je länger ich fuhr, desto ländlicher wurde es. Während ich in die Pedale trat, setzte ein leichter Nieselregen ein. Ich hatte seit über einer Viertelstunde kein anderes Haus mehr gesehen, als endlich die erleuchteten Fenster des kleinen Steincottages vor mir auftauchten. Davor stand ein Auto – eine schwarze Limousine. Seltsam. Bill hatte kein Auto. Beim Haus angekommen, lehnte ich mein Fahrrad gegen die Wand, strich meinen Rock glatt und ging mit großen Schritten den Pfützen zwischen den Platten ausweichend zur Tür.

Bill öffnete mir mit einem Grinsen und einer Zigarette im Mund. »Floss. Wir haben uns schon Sorgen gemacht. Wir wollten gerade Michael losschicken, damit er nach dir Ausschau hält.«

Michael? Ich spähte an ihm vorbei in die Diele, wo ein junger Mann stand. Er war groß und dünn, und nach oben hin wurde er immer dünner, wie ein angespitzter Bleistift. Seine ordentlich gescheitelten Haare waren braun, genauso seine Hose. Das also war der Grund für die Essenseinladung. Mein Magen, der sich sowieso schon anfühlte, als würde er von einem viel zu engen Gürtel eingeschnürt, zog sich noch mehr zusammen.

Bill umarmte mich. Er hatte damit kein Problem. Ich schon. Seine Berührung löste ein merkwürdiges Kribbeln in mir aus. Sicher fühlte ich mich steif wie ein Brett an. Er führte mich in die Küche, wo Elizabeth stand, eine saubere rote Schürze über ihrer Umstandsbluse im Empirestil. Ich war erleichtert, dass sie tatsächlich schwanger aussah, auch wenn sie nur einen kleinen Bauch vor sich hertrug. Im Übrigen hatte sich ihre Figur nicht verändert, eher war sie noch etwas schmaler als früher, aber Elizabeth war immer schon sehr schlank gewesen. Ihr Haare hatten inzwischen Kinnlänge und waren zu einem glänzenden dunkelroten Bob geschnitten.

»Floss!« Sie nahm ihre Schürze ab und umarmte mich. »Ich freue mich so, dass du gekommen bist. Ich wollte dich schon lange mal einladen, aber … na, egal, jetzt bist du ja da. Darf ich dir Michael vorstellen? Michael, das ist Floss. Floss, das ist Michael.« Sie wedelte mit der Hand zwischen uns hin und her. »Michael wohnt mit seinem Vater und seinem Bruder auf einer Farm in der Nachbarschaft – sie züchten Vieh –, und er hatte solche Sehnsucht nach richtiger Hausmannskost, deshalb habe ich darauf bestanden, dass er mit uns isst. Ledig und zu haben.«

Beim letzten Satz senkte sie die Stimme zu einem Flüstern, aber nicht leise genug. Michael wandte sich ab und tat höflicherweise so, als würde er sich die Fotos auf dem Kaminsims ansehen, aber seine Wangen hatten sich leicht gerötet, und er verkniff sich ein Lächeln.

»Was willst du trinken, Floss?« Bill war in aufgekratzter Stimmung, und Elizabeth, begeistert von der Vorstellung, mich zu verkuppeln, machte ebenfalls einen frohen Eindruck. Es war schwer, sich von ihrer guten Laune nicht anstecken zu lassen. Sie führte uns ins »Esszimmer«, einen kleinen, fensterlosen Raum, der sich an die Küche anschloss und in dessen Mitte ein runder Tisch stand. Das Haus war wirklich winzig. Es bestand lediglich aus der Küche, dem Wohn- und Essbereich und einer geschlossenen Tür, hinter der wohl das Schlafzimmer lag. Das Klo, so sah es aus, befand sich draußen. Ziemlich unbequem für eine schwangere Frau, die jede Nacht ein paarmal rausmusste. Aber sie hatte sich noch nie darüber beschwert. Andererseits hatte ich in den vergangenen Monaten ja kaum etwas von ihr gehört.

»Also, Floss«, sagte Michael, als wir nebeneinander am Tisch saßen. »Bill hat mir erzählt, dass Sie Hebamme sind. Ein schöner Beruf. Ich kann mir vorstellen, dass die Arbeit sehr befriedigend ist.«

Ich hob die Augenbrauen. Ich hätte vermutet, dass ein Farmer den Beruf der Hebamme für notwendig hielt, im Übrigen aber nicht für weiter bemerkenswert. Dass er sich dafür interessierte, ließ ihn in meiner Achtung ein paar Sprossen nach oben klettern. »Ja«, sagte ich. »Das stimmt. Gestern habe ich mein fünfzigstes Kind auf die Welt geholt.«

»Ihr fünfzigstes?« Er klatschte ein paarmal in die Hände. »Da kann ich nicht mithalten, aber ich habe immerhin dem einen oder anderen Kalb auf die Welt geholfen. Obwohl das nicht ganz das Gleiche ist, schätze ich.«

Ich lachte. »Ein paar Ähnlichkeiten gibt es sicher. Wobei ich mit Kälbern keine Erfahrung habe.«

»Beim nächsten Mal lade ich Sie ein.«

»Die Einladung nehme ich gerne an.«

Wir lächelten uns zu. Seine Haltung – leicht nach vorne gebeugt, die Ellbogen auf den Tisch gestützt – zeigte, dass er wirklich interessiert war. Ich wünschte, ich könnte sein Interesse erwidern. Sein Lächeln machte seine merkwürdige Kopfform mehr als wett.

»Na, unterhaltet ihr euch gut?«, sagte Bill und ließ sich auf dem Stuhl zu meiner Rechten nieder.

»Wir sprechen gerade über unsere gemeinsamen Interessen«, sagte Michael.

»Geburtshilfe«, sagte ich. »Elizabeth war vor der Hochzeit übrigens auch Hebamme«, fuhr ich an Michael gewandt fort.

»Wirklich, Elizabeth?«, rief Michael Elizabeth zu. »Bestimmt vermisst du deine Arbeit.«

Elizabeth kam aus der Küche, in den Händen ein großes braunes Schneidebrett mit einem gebratenen Huhn darauf. »Ja. Ich stand kurz vor der Abschlussprüfung, als ich aufgehört habe. Das war wirklich eine schöne Zeit.«

Bill, der zwischen Elizabeth und mir saß, hob den Kopf. Sofort veränderte sich Elizabeths Gesichtsausdruck. Es war seltsam. Sie ging zurück in die Küche, um das Gemüse zu holen. »Aber ich bin froh, dass das jetzt alles hinter mir liegt«, sagte sie. Sie bemühte sich, munter zu klingen, was ihr aber nicht ganz gelang. »Das Eheleben ist wundervoll. Und beides gleichzeitig wäre nun mal nicht gegangen.« Sie hielt Bill ein großes Messer hin. »Tranchierst du das Huhn, Liebling?«

»Eigentlich ist es doch eine ziemliche Verschwendung, so kurz vor dem Abschluss aufzuhören«, sagte Michael. »Haben Sie vor weiterzuarbeiten, wenn Sie heiraten, Floss?«

»Darüber habe ich noch nicht nachgedacht«, antwortete ich wahrheitsgemäß. »Aber ich denke schon.«

»Ach ja?« Elizabeths Stimme klang leicht gepresst. »Und wie soll das gehen? Willst du deinen Mann tage- und nächtelang allein zu Hause sitzen lassen, in der ganzen Stadt herumradeln, in fremde Häuser gehen wie ein leichtes Mädchen? Und was ist mit den Kindern? Was willst du mit denen machen? Auf deinen Gepäckträger schnallen? Das geht nicht, Floss.«

»Ich weiß nicht«, sagte Michael. »Ein Mann kann sich doch von Zeit zu Zeit auch mal selbst was zu essen kochen, oder? Und in fremde Häuser zu gehen, macht eine Frau nicht zu einem leichten Mädchen, wenn sie es tut, um ein Kind …«

»Was Elizabeth sagt, ist schon richtig«, unterbrach ich ihn rasch. Etwas an Elizabeths Worten beunruhigte mich. *Leichtes Mädchen?* So hatte sie nie gesprochen. Und dass Bill plötzlich so schweigsam war – es machte mir Angst. »Das geht vielleicht wirklich nicht.«

»Nein, das tut es nicht«, sagte Bill. Er stand auf und trat vor das Brett mit dem Huhn. Geschickt zerlegte er es. »Ich würde nicht wollen, dass Elizabeth in ihrem Zustand mit dem Fahrrad in die Stadt fährt.«

»Nein«, pflichtete Elizabeth ihm bei. »Natürlich nicht.«

Ein paar Minuten lang aßen wir schweigend, das einzige Geräusch war das Klappern des Bestecks. Die Stimmung war auf eine seltsame Weise gekippt, und ich konnte mir nicht erklären, warum. Und wenn ich nun vorhatte, auch mit Kindern weiter als Hebamme zu arbeiten, na und? Noch hatte ich keine, und ich war mir ziemlich sicher, dass meine Aussichten, jemals welche zu bekommen, bestenfalls bescheiden waren. Selbst wenn Elizabeth und Bill das nicht wussten – waren sie in ihren Entscheidungen so unsicher, dass zur Bestätigung jeder ihrer Meinung sein musste?

Wenigstens aß Elizabeth. Das beruhigte mich. Sie war so dünn, und in diesem Stadium einer Schwangerschaft brauchten Frauen viele Kalorien. Genau genommen haute sie rein, als würde sie Zwillinge erwarten – Drillinge! –, aber ich hütete mich, das laut zu sagen.

»Es schmeckt köstlich, Elizabeth«, sagte ich in der Hoffnung, wieder etwas mehr Schwung in die Runde zu bringen. »Das Hühnchen ist hervorragend.«

»Du hast wirklich Glück, Bill«, stimmte Michael mir zu, »eine Frau zu haben, die so gut kochen kann.«

Bill sah Elizabeth an. »Mach langsam, Liebling. Isst du für zwei oder für zweihundert? Du wirst dir noch den Magen verderben.«

Elizabeths Lächeln gefror, abgesehen von einem leichten Zittern ihrer Mundwinkel.

»Wird bestimmt ein Junge«, fuhr er fort. »Würde ich jedenfalls sagen. Was meinst du, Floss?«

Ich runzelte die Stirn. Elizabeth hatte die Augen niedergeschlagen. Wollte er sie demütigen?

»Das Geschlecht hat keinen Einfluss darauf, wie viel Kalorien die Mutter braucht.« Ich richtete mich auf meinem Stuhl ein wenig höher auf. »In diesem Stadium der Schwangerschaft muss Elizabeth auf jeden Fall viel essen.«

Wie üblich hielt Bill meinem Blick stand, aber dieses Mal machte es mich wütend. Vielleicht war mein Ton ein bisschen zu scharf, aber es erschien mir notwendig. Erneut breitete sich am Tisch Schweigen aus. Elizabeth wich meinem Blick aus, ebenso dem von Bill. Es war, als dächte sie über etwas sehr Wichtiges nach. Schließlich legte sie Messer und Gabel nebeneinander auf ihren Teller.

Nach dem Essen half ich Elizabeth beim Abräumen. Als ich Wasser in die Spüle laufen ließ, stellte sie sich neben mich. Sehr dicht neben mich. Es kam mir vor, als würde sie sich an mich lehnen. Und zwar nicht nur im buchstäblichen Sinn, sondern so, als suchte sie auch seelischen Beistand. Ich war froh, sie stützen zu können. Ich hatte das ungute Gefühl, dass sie es brauchte.

»Und, wie geht es dir mit der Schwangerschaft?«, fragte ich. Ich wollte die Sprache auf Bill bringen, wusste aber nicht so recht, wie.

»Gut, sehr gut.«

»Keine Probleme?«

»Überhaupt keine.« Sie rückte ein kleines Stück von mir ab, schrubbte ein und denselben Teller viermal von vorne und von hinten. »Mein Blutdruck ist in Ordnung, Gewicht und Bauchumfang sind in Ordnung …«

»Ehrlich gesagt finde ich dich ziemlich dünn«, hielt ich ihr entgegen. »Wenn man von deinem Bauch einmal absieht, macht es den Eindruck, als hättest du abgenommen.«

»Morgendliche Übelkeit. Ich kann kaum etwas bei mir behalten.«

Ich merkte, wie sich meine Augenbrauen zusammenzogen. Morgendliche Übelkeit in dieser Phase einer Schwangerschaft war höchst ungewöhnlich, außerdem wirkte sie gesund. »Bewegt es sich?«

»Ja, gerade hat es mir einen Tritt gegeben.«

»Darf ich?« Ich machte einen Schritt auf sie zu und hob den Saum ihrer Bluse. Elizabeth wich zurück, aber es war zu spät.

Ich wäre beinahe ohnmächtig geworden. Mir wurde schlagartig eiskalt, das Blut schien aus mir zu weichen. Elizabeth wollte den Saum ihrer Bluse schnell wieder nach unten ziehen, ich ließ ihn jedoch nicht los. Von ihrer rechten Hüfte bis zum Nabel zog sich ein dunkelroter, marmorierter Bluterguss – wie verschütteter Rotwein auf einem hellen Teppich. Ein richtig schlimmer Bluterguss.

»Das ist nichts weiter.« Gewaltsam zog Elizabeth ihre Bluse nach unten. Sie wandte sich von mir ab und griff nach dem nächsten Teller. »Ich bin auf dem Weg zum Klo gestürzt, das ist alles. Nachts ist es hier manchmal furchtbar dunkel, und außerdem hatte es geregnet.«

Ich starrte sie an.

»Was ist? Warum siehst du mich so an?«

»Bist du beim Arzt gewesen?«, fragte ich.

Sie machte eine wegwerfende Handbewegung. »Das Baby bewegt sich. Das habe ich dir doch gerade gesagt. Wir sind hier auf dem Land, da muss man auch mal was aushalten. Ich kann nicht bei jedem Huster zum Arzt rennen. Aber behalt es bitte für dich. Ich will nicht, dass Evie sich Sorgen macht.«

»Evie ist deine Hebamme! *Du* solltest es ihr sagen.« Ich hob den Saum ihrer Bluse erneut an und strich mit den Fingern über den Bluterguss. »Tut es weh?«

»Nein. Es ist sehr nett von dir, dass du fragst, aber mein Baby entwickelt sich gut, und so wie es rumturnt, wird es mal Zirkusartist. Sag Evie nichts davon, Floss, bitte!«

»Na gut.« Ich rieb mir über die Stirn. Ich verstand zwar nicht, was sie zurückhielt, aber ich konnte sie schließlich nicht zwingen, es Evie zu erzählen. »Aber du musst damit zum Arzt.«

»Ich kann nicht.« Sie nahm das Geschirrtuch, das sie sich über die Schulter geworfen hatte, und begann das Geschirr abzutrocknen und wegzuräumen. Immer noch leicht benommen, griff ich nach einem zweiten Geschirrtuch und half ihr.

»Dann komm wenigstens in die Vorsorgesprechstunde, damit Evie dich untersuchen kann.«

Elizabeth stellte klappernd einen Stapel Teller in ein hohes Regal. »Ich bin selbst Hebamme, Floss. Warum soll ich mit dem Bus den weiten Weg in die Stadt fahren, damit man mir dort was sagt, was ich selbst weiß?«

»Wie geht's den Ladys?« Bill und Michael kamen in die Küche. Sie wirkten gut gelaunt, von der merkwürdigen Stimmung beim Abendessen war nichts mehr zu spüren. Mit seinem Charme schaffte Bill es immer, den Eindruck zu erwecken, dass er ein netter Kerl war. Inzwischen war ich nicht mehr so sicher, dass das wirklich stimmte.

Elizabeth verstaute die letzten Messer und Gabeln in einer Schublade. »Fertig.« Mit einem überzeugenden strahlenden Lächeln auf dem Gesicht drehte sie sich um. »Also – wer will Nachtisch?«

»Da kannst du dich auf was ganz Besonderes freuen«, sagte Bill lächelnd zu Michael. »Elizabeth macht den besten Melasse-Pudding, den du jemals gegessen hast. Und nach den Mengen, die sie gerade verdrückt hat, kriegt sie bestimmt keinen Bissen mehr runter. Du musst uns kräftig helfen, Floss.«

»Lieber nicht. Ich habe noch einen weiten Weg vor mir.«

»Ich fahre Sie gern nach Hause«, sagte Michael. »Ich wollte es Ihnen sowieso schon anbieten. Es wäre mir wirklich eine Freude.«

»Das ist sehr nett von Ihnen«, sagte ich. »Aber ich muss los.«

In diesem Augenblick wollte ich nur weg. Auf einmal hatte ich das Gefühl, in dem winzigen Haus zu ersticken, und das war bei meiner Ankunft noch nicht so gewesen. Was geschah mit Elizabeth? Ich hätte ihr so gern geholfen. Aber wie konnte ich das, wenn sie mir verbot, darüber zu reden?

Rückblickend betrachtet gab es natürlich viel, was ich hätte tun können. Doch als ich das endlich begriff, war es zu spät.

Das Telefon klingelte. Lil war mit Wäscheaufhängen fertig und hatte sich in den Sessel mir gegenüber gesetzt. Sie war bereit zuzuhören, sie *wünschte* sich, dass ich ihr alles erzählte. Sie saß einfach da und ignorierte den schrillen metallischen Klingelton.

Ich nahm ab. »Hallo? Hier ist Floss.«

»Mom, ich bin's.«

»Grace.« Lil seufzte, stand auf, nahm den Wäschekorb und verließ das Zimmer. Ich griff nach meiner Handtasche und schob den Umschlag tiefer hinein, sodass er nicht mehr zu sehen war. »Geht es dir gut?«

»Hervorragend. Das errätst du nie! Ich habe gestern Abend zusammen mit Neva eine Entbindung gemacht.«

»Was du nicht sagst!«

»Ich hatte keine Assistentin, und Neva ist eingesprungen. Es war toll, Mom. Ich war so stolz auf sie. Und weißt du was: Sie hat einen Mann mitgebracht. Einen umwerfenden Mann.«

Ich hörte Lil in der Küche fuhrwerken, es wäre übertrieben gewesen zu behaupten, dass sie die Schranktüren zuknallte, aber sie schloss sie zweifellos mit großem Nachdruck. »Sie hat einen Mann zur *Entbindung* mitgebracht?«

»Ja, einen Kinderarzt.«

»Aha.« Ich konnte Grace nicht ganz folgen, aber da sie so triumphierend klang, würde sie mir sicher sowieso gleich alles erzählen.

»Da läuft was. Es knistert richtig zwischen den beiden. Da bin ich ganz sicher.«

»Du glaubst, er ist der Vater?«

»Nein.« Sie klang ernüchtert. »Nein, das glaube ich nicht. Zumindest wüsste ich keinen Grund, warum sie es dann verschweigen sollte. Er ist ledig. Respektabel. Und wie schon gesagt, er sieht umwerfend aus. Es ist schade, weil er wirklich nett ist. Er würde gut zu Neva passen.«

»Warum ist es schade?«, fragte ich.

»Nenn mich eine Träumerin, aber ich hoffe immer noch, der Kindsvater taucht auf, und alle leben glücklich und zufrieden bis ans Ende ihrer Tage. Ich werde einfach das Gefühl nicht los, dass dem Kind etwas fehlt, wenn es nicht die Möglichkeit hat, seinen richtigen Vater kennenzulernen.«

»So wie dir etwas gefehlt hat?«, fragte ich vorsichtig und kämpfte gegen ein Zittern in meiner Stimme an.

»Das ist was anderes, Mom. Bei ihr muss es nicht sein. Mein Vater ist gestorben – du hast nicht so getan, als hätte es ihn nie gegeben. Was Neva ihrem Kind antut – ihm den Vater vorzuenthalten –, ist nur schwer zu verzeihen. Und ich will nicht, dass Neva die Beziehung zu ihrem Kind kaputtmacht, noch bevor es auf der Welt ist.«

Grace redete noch eine Weile weiter, dann verabschiedeten wir uns. Nachdem ich aufgelegt hatte, begann vor meinen Augen plötzlich alles zu verschwimmen. Ein stechender Schmerz breitete sich in meiner Brust aus, und ich fasste mir mit beiden Händen an die Kehle, als könnte ich ihn damit aufhalten. Ich bekam keine Luft mehr. Ich drehte den Kopf hin und her und suchte nach Lil. Ein lautes Rasseln war zu hören – war ich das? –, und dann war es über mir – ihr Gesicht. Selbst in meiner Panik wirkte ihr Anblick beruhigend auf mich.

»Floss?«, drang Lils Stimme an mein Ohr. »Liebling, was ist los?«

Ein erneutes Rasseln, das mir den letzten Atem nahm. Ich deutete auf meine Brust, wo der Schmerz wütete. Ich schaffte es, kurz Luft zu holen. »Ich glaube … ich glaube, ich habe einen Herzanfall.«

Kapitel 13

NEVA

»Das sieht gut aus, Annabelle. Fühlt es sich jetzt besser für Sie an?«

Es war später Nachmittag, und ich machte die Stillberatung im Geburtszentrum. Ich war erschöpft. Ich war erst um sechs mit Aufräumen fertig gewesen, und als ich eine Stunde später zurück in meiner Wohnung war, konnte ich nicht schlafen. Ein paarmal rief ich bei Grace an, um mich zu erkundigen, wie es Gillian und ihrer Tochter ging, aber sie nahm nicht ab. Da ich Patrick nicht zum zweiten Mal innerhalb von vierundzwanzig Stunden stören wollte, blieb mir nichts anderes übrig, als zu warten, bis sie sich meldete. Es fiel mir schwer, mich auf die Stillberatung zu konzentrieren, glücklicherweise war mein motorisches Gedächtnis so gut, dass es niemand merkte.

»Tausendmal besser. Neva, Sie sind meine Retterin.«

»Wenn es wehtut, nehmen Sie sie sofort weg und legen sie neu an. Sie sollen keine Schmerzen dabei haben.«

Rings um mich stillten zufriedene Mütter zufriedene Babys. »Sie kriegen alle eine Eins plus. Stillen geht nicht immer wie von selbst. Man muss es lernen, es ist bei jeder Mutter und jedem Kind anders. Aber Sie machen das alle ganz hervorragend. Das wär's dann für heute, ich hole nur noch schnell ein paar Proben von der Wundcreme, von der ich Ihnen erzählt habe. Sie können inzwischen Telefonnummern austauschen, wenn Sie wollen. Die Ratschläge anderer Mütter sind oft Gold wert.«

Draußen auf dem Flur öffnete ich den Schrank, in dem die Gratisproben aufbewahrt wurden, und suchte nach der Creme.

»Da bist du ja.«

Ich drehte mich um. Patrick stand bei Anne am Empfangstresen. Unter seinem weißen Kittel trug er eine Anzughose und ein zerknittertes Hemd. Er sah genauso müde aus, wie ich mich fühlte.

»Da bist *du* ja.«

Ich ging zu ihm und umarmte ihn, ohne nachzudenken. Patrick versteifte sich unwillkürlich. Es war nicht meine Art, jemandem einfach so um den Hals zu fallen. Aber nach den Ereignissen in der vergangenen Nacht war ich noch nicht ganz wieder ich selbst. »Wie geht's Gillian? Wie geht's dem Baby?«

Als ich Patrick wieder losließ, sah er mich belustigt an. »Wow. Eine Umarmung?«

Ich wurde rot. »Die Hormone.«

»Aha.« Patrick nickte. »Mutter und Kind sind wohlauf. Was hältst du davon, wenn ich dich beim Essen auf den neuesten Stand bringe?«

»Gibt's im Hip überhaupt was zu essen?«

»Wer hat denn vom Hip geredet?«

Anne schaute demonstrativ auf ihren Computerbildschirm. Wer vom Hip geredet hatte? Vermutlich niemand, aber … wir gingen doch immer ins Hip. Wenn ich darüber nachdachte, hatte ich Patrick mit einer Ausnahme – als sein Vater gestorben war, hatte ich einen Tag in seinem Elternhaus verbracht – noch nie irgendwo anders gesehen als im Krankenhaus, in meiner Wohnung und im Hip.

»Also, wann machst du Feierabend?«, fragte er.

»Halb acht. Aber …«

»Gut.« Patrick setzte seine Unterschrift unter ein Formular, klappte den Aktendeckel zu und reichte ihn Anne. »Dann hol ich dich ab.«

Mit diesen Worten ging er, und ich merkte, dass meine Augenbrauen in die Höhe schossen. Mich abholen? Normalerweise trudelten Sean, Patrick und ich einfach im Hip ein, wenn unsere Schicht zu Ende war, und gesellten uns zu dem, der schon an der Bar saß. Und genauso gingen wir auch wieder, für gewöhnlich nachdem wir zu viel getrunken hatten. Es holte nie einer den anderen ab. Und wenn ich es mir recht überlegte, aß auch nie jemand zu Abend.

»Neva.« Annes Stimme riss mich aus meinen Gedanken.

»Ja?«

»Die haben mich gerade angepiepst. Eine der Frauen braucht Hilfe beim Wiederanlegen ihres Kindes.«

»Oh. Ja, danke, Anne.« Ich winkte ihr kurz zu und ging schnell zurück.

Um 7.33 Uhr saß ich in einem der Lehnsessel am Empfang und kam mir vor wie ein Schulmädchen, das darauf wartet, zum Abschlussball abgeholt zu werden. Auf meinem Schoß lag eine Stofftasche mit leeren Tupperschüsseln, die ich schon seit Wochen wieder mit nach Hause nehmen wollte.

»Fertig?«

Ohne dass ich es gemerkt hatte, war Patrick durch die Tür gekommen und stand jetzt in einem frischen blauen Hemd, Jeans und braunen Schnürschuhen, die er vor einer Stunde noch nicht angehabt hatte, vor mir. Über seiner Schulter hing eine braune Lederjacke, und er hatte keine wie auch immer geartete Tasche dabei – es war mir ein Rätsel, wie Männer das machten. Ein schwacher Duft stieg mir in die Nase. Eau de Cologne.

Ich blickte auf meine flachen Schuhe, die dunkelblaue Krankenhaushose und das weiße T-Shirt. Neben Patrick sah ich aus wie auf Campingurlaub. Schwanger auf Campingurlaub. Netterweise ließ Patrick es sich nicht anmerken, falls es ihn störte. Andererseits, warum sollte es? Das war schließlich kein Date. Oder?

Ich stand so schnell auf, dass sich alles um mich zu drehen begann.

»Hoppla. Werd jetzt bitte nicht ohnmächtig. Erstens ist meine Schicht vorbei, und zweitens sind meine Patienten normalerweise ein bisschen kleiner als du.«

Wir sahen einander an, und auf einmal war mir Patrick ganz fremd. Normalerweise hätte ich einen Witz gerissen, aber jetzt war ich mir plötzlich nicht sicher, ob das angebracht war. Das Eau de Cologne, dass er mich abholte? Ich schaffte es, die Augen zu verdrehen, bevor ich mich in Richtung Tür in Bewegung setzte. Als ich mich an ihm vorbeischob, nahm er mir die Stofftasche ab und hängte sie sich über die Schulter.

Im Aufzug standen zwei hübsche Krankenschwestern, und Patrick streckte mit einer kleinen Verbeugung die Hand aus, um zu verhindern, dass die Türen wieder zugingen. Er konnte eben nicht anders. Eine der Schwestern warf mir einen neiderfüllten Blick zu. Ich spürte ein Kribbeln von meinem Kopf zu den Füßen wandern. Ich war mir nicht sicher, ob es ein gutes oder ein schlechtes Kribbeln war.

»Also, wo willst du hingehen?«, fragte er.

»Keine Ahnung. Ins Nellie's?«

Schon im nächsten Moment bereute ich den Vorschlag. Das Essen im Nellie's war gut, und es herrschte eine angenehme, zwanglose Atmosphäre, es lag jedoch direkt neben meiner Wohnung, und die Kellnerinnen, alle mittleren Alters, hatten mich oft genug allein dort gesehen, um ein reges Interesse an meinem Liebesleben zu entwickeln. Es würde nicht unbemerkt bleiben, wenn ich dort mit Patrick aufkreuzte. Aber es war zu spät, er nickte bereits. »Sehr gut«, sagte er. »Auf ins Nellie's.«

Schweigend gingen wir nebeneinanderher. Ich hätte mich darüber amüsiert, wäre ich nicht so verlegen gewesen. Patrick und mir fehlte es sonst nie an Gesprächsthemen. Konnte es sein, dass er ebenfalls nervös war? Und wenn ja, was hatte das zu bedeuten? Schließlich hielt ich es nicht mehr aus. »Ich weiß einen Witz«, platzte ich heraus. »Ein frischgebackener Vater wartet auf der Entbindungsstation aufgeregt darauf, sein Kind zu sehen. Endlich kommt die Schwester mit Drillingen in den Armen. Sagt der Vater: ›Das ist aber ein toller Service, ich glaube, ich nehme das in der Mitte.‹«

Zu meiner Befriedigung lachte Patrick laut. Doch als er mich auch dann noch ansah, nachdem das Lächeln von seinem Gesicht wieder verschwunden war, musste ich wegsehen.

Das Glöckchen über der Tür bimmelte, als wir das Restaurant betraten. Judy, die schlimmste aller Kellnerinnen (was Tratsch betraf), blickte auf und wurde sofort munter. Die Tür war noch nicht richtig hinter uns zugefallen, als sie bereits eine ihrer Kolleginnen mit dem Ellbogen anstieß. Ihr Tag war gerettet. Ich entdeckte eine freie Nische im hinteren Teil und steuerte schnurstracks darauf zu, als mich eine Hand am Ärmel zupfte.

»Wohin so schnell, ohne Hallo zu sagen?«

Ich drehte mich um. »Hallo, Judy.«

Sie grinste, und ihr abgearbeitetes Gesicht legte sich in unzählige Falten. Ich hatte mich nie nach ihrem Privatleben erkundigt – eine Rücksicht, von der ich mir wünschte, sie würde sie erwidern –, aber das Fehlen eines Eherings ließ darauf schließen, dass sie kein Liebesleben hatte, und wenn doch, dann konnte es nicht weit her damit sein, da sie sechs Tage die Woche in ihrer blauen Uniform und weißen Turnschuhen im Nellie's anzutreffen war und ein allzu reges Interesse am Leben ihrer Gäste zeigte.

»Sie wollen sich doch wohl nicht dahinten in die Ecke setzen, bei mir hier ist auch ein Tisch frei.« Judy deutete auf einen Tisch mitten im Restaurant. »Ich muss doch sichergehen, dass Sie gut bedient werden. Ich bin übrigens Judy«, fügte sie an Patrick gewandt hinzu und deutete auf ihre rechte Brust, wo der Name in ihre Bluse eingestickt war. »Wenden Sie sich vertrauensvoll an mich, wenn Sie was brauchen. So, und jetzt bringe ich Ihnen erst mal Wasser.«

Ich ließ mich auf die rote Polsterbank sinken, und Patrick setzte sich mir gegenüber, nachdem er Judy mit einem Lächeln bedacht hatte, das ihre tätowierten Augenbrauen in ihrem Haaransatz verschwinden ließ.

»Tut mir leid«, sagte ich. »Ich hab vergessen, die Irren im Nellie's zu erwähnen.«

Patrick studierte die Speisekarte. »Ich hab gehört, die Hamburger hier sind gut«, sagte er. »Soll ich zwei bestellen?«

»Wenn du so viel Hunger hast. Erzähl mir von Gillian.«

Patrick stieß einen Seufzer aus. »Na gut.« Er legte die Speisekarte aufgeschlagen vor sich auf den Tisch. »Wenn du unbedingt über die Arbeit sprechen willst. Gillians Tochter ist völlig gesund, abgesehen von der Lippen- und Gaumenspalte, und da lässt sich einiges machen. Ich habe Gillian die Telefonnummer eines Arztes für plastische Kinderchirurgie gegeben. Die Operation kann noch im Babyalter durchgeführt werden, sie müssen sich also keine Sorgen machen, dass die Kleine im Kindergarten oder in der Schule gehänselt wird. Das wird schon. Ach ja, Gillian und David haben sie Grace genannt.«

Ich starrte ihn an. »Wirklich?«

»Der diensthabende Arzt war allerdings außer sich. Er hat eine Tirade gegen Hausgeburten vom Stapel gelassen und erklärt, es sei fahrlässig gewesen, die Mutter nicht ins Krankenhaus zu bringen. Ich habe ihm gesagt, dass keine Sekunde lang irgendeine Gefahr für das Kind bestand, aber … es hat nichts geholfen. Er sagte, er würde deine Mutter beim Board of Nursing melden.«

»Sie melden? Warum denn?«

»Was weiß denn ich? Vielleicht hatte er eine lange Schicht hinter sich und musste Dampf ablassen. Ich bezweifle, dass er es wirklich macht.«

»Von mir aus kann er es ruhig probieren. Grace hat nichts falsch gemacht. Diese Entbindung wurde von einer der besten Hebammen betreut, die ich kenne, und außerdem war auch noch ein Kinderarzt anwesend. Soll er doch, wenn er meint, er hätte was in der Hand.« Das Blut stieg mir in die Wangen. »Wer war es denn?«

»Keine Ahnung. Aber falls sich das Board of Nursing bei mir meldet, werde ich bestätigen, dass Grace genau nach Vorschrift gehandelt hat. Sie hat nichts zu befürchten.« Er zögerte kurz. »Es wundert mich, dass du deine Mutter so in Schutz nimmst. Du kannst ihr gegenüber manchmal ziemlich … hart sein.«

Ich setzte zu einer Erwiderung an, hielt dann jedoch inne. War ich wirklich hart zu ihr?

»Ich meine, die Art, wie du über sie sprichst«, fuhr er fort. »Offensichtlich ist euer Verhältnis nicht ganz leicht.«

»Hier geht es um Gerechtigkeit«, sagte ich. »Sie hat nicht fahrlässig gehandelt. Es war sogar meine Idee, dich anzurufen, damit Gillian nicht ins Krankenhaus muss. Ich will nicht, dass meine Mutter schikaniert wird, weil sie eine der wenigen Hebammen ist, die Hausgeburten betreuen.«

»Da bin ich ganz deiner Meinung. Und mit ein bisschen Glück wird es auch gar nicht so weit kommen.«

Judy erschien, um unsere Bestellung aufzunehmen. Nachdem sie wieder weg war, saß ich mit im Schoß gefalteten Händen da. Ich fragte mich, was der Grund für diese merkwürdige Stimmung zwischen uns war. Ich hatte schon unzählige Abende mit Patrick verbracht, doch als ich jetzt zu unserem gewohnten Geplänkel übergehen wollte, war meine Kehle wie zugeschnürt. Wenigstens hatte es nicht auch noch Patrick die Sprache verschlagen. Er erzählte mir von einem Dreijährigen, der sich eine Murmel so tief in die Nase geschoben hatte, dass sie operativ entfernt werden musste, und von einer Mutter, die ihren Sohn innerhalb eines Vierteljahres dreimal mit verdächtigen Verletzungen ins Krankenhaus gebracht hatte, sodass er es dem Jugendamt gemeldet hatte.

Als Judy uns das Essen servierte, verstummte Patrick. Er schnitt seinen Hamburger in der Mitte durch und hob die eine Hälfte an den Mund, biss aber nicht ab. Auf seinem Gesicht erschien ein zögerlicher Ausdruck. »Ich habe übrigens darüber nachgedacht …«

»Worüber?«

»Über dein Kind.«

»Du hast über mein Kind nachgedacht?«

Er nickte. »Du hast gesagt, es hat keinen Vater. Na ja … was hältst du davon, wenn du sagst, dass ich der Vater bin?«

Wie bitte? »Das versteh ich nicht.«

»Die Leute wissen, dass ich manchmal bei dir übernachte. Das würde der Fragerei ein Ende machen. Ich weiß, dass sie dir auf die Nerven geht. Wir könnten sagen, dass wir zusammen sind.«

»Ich will dir ja nicht zu nahe treten – aber warum sollten wir das tun? Ich meine … was hättest du denn davon?«

»Was?« Er wirkte verwirrt. »Nichts.«

»Also warum? Ich meine … was willst du den ganzen Frauen sagen? Wenn du bei einem Date erzählst, dass du versehentlich eine Freundin geschwängert hast, ist das ein ziemlicher Stimmungskiller. Außerdem stellst du dir das vielleicht ein bisschen zu einfach vor. Was ist später, wenn das Kind auf der Welt ist? Willst du den Leuten weismachen, dass du dich um das Kind kümmerst?«

Er wurde rot und antwortete nicht gleich. Seine Reaktion bestätigte mir, dass er nicht richtig darüber nachgedacht hatte. »Ich weiß nicht. Uns fällt schon was ein.«

»Uns fällt schon was ein? Patrick – warum willst du das machen?«

Eine ganze Weile sah er mich nur schweigend an. Ich versuchte seinen Gesichtsausdruck zu deuten, aber ich hatte nicht die geringste Ahnung, was in seinem hübschen Kopf vor sich ging.

»Na gut«, sagte er schließlich. »War ja nur eine Idee.«

Seine Wangen waren noch immer leicht gerötet. Ich wurde einfach nicht schlau daraus. Jeder, der uns sah, würde denken, ich hätte ihm gerade eine Ohrfeige verpasst, statt ihn von einer möglichen Bürde zu befreien.

»Ich muss zugeben, dass die Vorstellung etwas Verlockendes hat«, sagte ich. »Und du hast recht, die Leute würden es glauben. Marion wäre entzückt.«

Er griff wieder nach seinem Hamburger. »Sag Bescheid, falls du es dir anders überlegst.«

Patrick bestand darauf zu bezahlen, was ebenfalls ein bisschen seltsam war, aber ich sagte lieber nichts dazu, um die Stimmung nicht noch weiter zu verderben. Er konnte es sich leisten, und außerdem schlief er inzwischen schon seit einigen Jahren auf meinem Sofa. Er war mir was schuldig. Judy und Trish strahlten Patrick auf geradezu penetrante Weise an, als er mit der Rechnung zur Kasse ging. Ich konnte es nicht länger mit ansehen und stieß die Doppeltür auf, um draußen zu warten … und hätte dabei um ein Haar jemanden über den Haufen gerannt.

»Oh!«, entfuhr es mir und starrte Lorraine Hargreaves an, Oberärztin für Geburtshilfe am St. Mary's Hospital. »Dr. Hargreaves, tut mir leid.«

»Lorraine«, verbesserte sie mich. Glücklicherweise schien ihr nichts passiert zu sein. »Ich habe Sie auch nicht gesehen, Neva.«

Dr. Hargreaves war eine echte Erscheinung – groß, attraktiv, gute Figur. Es hätte an Furcht einflößend gegrenzt, wären da nicht ein paar graue Strähnen in ihren schwarzen Haaren und ein leichter Überbiss gewesen, die den Eindruck der Unnahbarkeit milderten.

»Wie ich sehe, sind die Gerüchte wahr.« Sie beugte sich vor und fuhr mit der Hand die Wölbung meines Bauchs nach, ohne ihn zu berühren. »Ich gratuliere.«

»Danke.«

»Mutter zu sein ist die schönste Aufgabe der Welt. Selbst wenn man seine Arbeit so sehr liebt wie wir.«

Dass ich Teil eines »Wir« mit Dr. Hargreaves war, ließ mich unwillkürlich lächeln.

»Ja«, sagte ich. Ich strich über meinen Bauch. »Ja. Ich freue mich schon darauf.«

»Sie brauchen vermutlich keine Gynäkologin?«

Ich stellte mir Grace' Gesicht vor und lachte. »Wahrscheinlich würde es ein schlechtes Licht auf das Geburtszentrum werfen, wenn ich mir eine Gynäkologin suchen würde«, sagte ich. »Außerdem könnte ich Sie mir nicht leisten.«

»Ich bin sicher, da ließe sich was arrangieren. Aber Sie brauchen mich nicht. Sie alle leisten im Geburtszentrum hervorragende Arbeit.«

»Vielen Da…«

»Und, wer ist der Glückliche?«

»Äh, also …« Bei der Vorstellung, der leitenden Oberärztin für Gynäkologie zu erklären, dass mein Kind keinen Vater hatte, wurde mir ganz anders.

»Guten Abend, Lorraine.« Plötzlich stand Patrick neben mir und streckte die Hand aus.

»Na, so was … Patrick!« Dr. Hargreaves schüttelte Patrick die Hand und stieß einen Pfiff aus. »Sie sind ja vielleicht zwei Geheimniskrämer! Ist Ihnen klar, wie vielen Frauen im Krankenhaus Sie damit das Herz brechen, Patrick? Und was das angeht, auch ein paar Männern, Neva.« Sie lachte leise. »Aber wenn ich so darüber nachdenke, sind Sie das perfekte Paar. Ich hoffe, Patrick kümmert sich gut um Sie, Neva?«

»Oh, nein, er …«

»… versucht es, aber sie hat ihren eigenen Kopf.« Ich spürte, wie sich Patricks warme Hand um meine schloss. »Vielleicht können Sie ja Neva davon überzeugen, dass sie es im letzten Drittel ein bisschen langsamer angehen und stressige Situationen vermeiden sollte?«

Entgeistert sah ich Patrick an.

»Es würde mich wundern, wenn ihr das jemand sagen müsste. Aber lassen Sie sich helfen, Neva. Offensichtlich will er das gern.«

Patricks Arm lag locker um meine Taille, er hatte seine Finger mit meinen verschränkt. Er grinste mich an und nickte kaum merklich.

»Sicher.« Ich lächelte Lorraine an. »Mache ich.«

Nachdem Dr. Hargreaves verschwunden war, sah ich Patrick an.

»Sie wird uns beide für völlig bekloppt halten, wenn sie rausfindet, dass du nicht der Vater des Kindes bist, das ist dir doch klar?«

»Schon möglich«, sagte Patrick. »*Falls* sie es rausfindet.«

»Sie wird es definitiv rausfinden.«

»Nur, wenn du es ihr sagst. Von mir erfährt sie es nicht.«

Ich musterte sein Gesicht, suchte nach irgendetwas, das mir sein sonderbares Verhalten verständlich machte. Aber ich fand nichts. »Warum, Patrick?«

»Bist du wirklich so begriffsstutzig?«

»Anscheinend.«

Bevor er etwas darauf erwidern konnte, klingelte mein Handy. Ich runzelte die Stirn. Es war ziemlich spät für einen Anruf. Die Nummer war mir unbekannt.

»Ich gehe besser mal ran«, sagte ich. »Neva Bradley.«

»Hallo Neva … ich bin's, Lil.«

»Lil.« Ich war überrascht. Lil hatte mich noch nie angerufen, kein einziges Mal in acht Jahren. »Was ist los?«

»Tut mir leid, ich habe schlechte Nachrichten. Deine Großmutter ist im Krankenhaus.«

Kapitel 14

GRACE

Ich sah auf mein Handy – 23:01. Neva hatte zweimal angerufen, was vermutlich eine Art Rekord war, obwohl sie praktisch jeden Tag angerufen hatte, seit wir herausgefunden hatten, dass sie schwanger war. Heute konnte ich mich jedoch nicht dazu überwinden, sie zurückzurufen. Ich war noch völlig durch den Wind von dem Anruf, den ich drei Stunden zuvor erhalten hatte.

Ich hatte die Nummer nicht gekannt, aber das war nicht ungewöhnlich. Meine Patientinnen riefen mich von allen möglichen Telefonen zu jeder Tages- und Nachtzeit an. Leider war ich deshalb auf das, was dann folgte, überhaupt nicht vorbereitet.

»Spreche ich mit Grace Bradley, der Hebamme, die Gillian Brennans Entbindung betreut hat?«, fragte eine Frauenstimme am anderen Ende. Bereits bei dieser Frage begannen bei mir die Alarmglocken zu läuten.

»Ja. Mit wem spreche ich?«

»Mein Name ist Marie Ableman. Ich arbeite für das Board of Nursing. Ich rufe an, weil gegen Sie eine Beschwerde von einem Dr. Roger White aus Newport vorliegt. Dr. White war bei der Einlieferung von Ms. Brennan und ihrem Kind ins Krankenhaus der diensthabende Arzt.«

Wow. Er hatte es also tatsächlich getan. Er hatte Beschwerde eingereicht. Ich war beinahe ein bisschen stolz auf ihn. Beinahe. Es war natürlich nicht das erste Mal, dass mir ein Arzt eins reinzuwürgen versuchte, und es würde vermutlich auch nicht das letzte Mal sein.

»Durch diese Hausgeburten geht mir wenigstens die Arbeit nicht aus«, hatte er gemurmelt, als er uns in der Notaufnahme in Empfang nahm.

»Wie bitte?«, sagte ich.

»Es ist unverantwortlich, und jedes Mal endet es damit, dass eine Patientin als Notfall eingeliefert wird«, sagte er verbiestert. »Und wir Ärzte können dann zusehen, wie wir den Pfusch wieder hinkriegen.«

»Entschuldigung« – meiner Patientin zuliebe bemühte ich mich, ruhig und professionell zu bleiben –, »das hier ist kein *Pfusch*. Wir haben ein Neugeborenes mit einer Gaumenspalte hergebracht. Die Kleine würde die gleiche Behandlung brauchen, wenn sie hier im Krankenhaus auf die Welt gekommen wäre. Die Mutter hat einen Dammriss – das kommt bei einer vaginalen Geburt häufig vor und ist wohl auch kaum als Pfusch zu bezeichnen.« Ich blieb die ganze Zeit höflich, obwohl es mir vermutlich nicht ganz gelang, meine Abneigung zu verbergen.

»Hören Sie«, sagte Patrick. »Ich bin Kinderarzt im St. Mary's Hospital. Ich habe die Geburt überwacht, und es bestand zu keinem Zeitpunkt irgendeine Gefahr. Wir können die Einzelheiten später klären, im Augenblick haben die Patientin und ihr Kind Vorrang. Können wir uns darauf einigen?«

»Ja«, sagte der Arzt barsch. »Sicher.« Dann deutete er mit grimmiger Miene auf mich. »Aber ich will Ihren Namen und Ihre Adresse. Ich werde Sie melden.«

Patrick stellte sich zwischen seinen ausgestreckten Finger und mich. »Immer mit der Ru…«

»Die können Sie gerne haben«, sagte ich und kramte bereits in meiner Handtasche nach meinem Ausweis. Bitte sehr, schreiben Sie alles auf. Ich habe mir nichts vorzuwerfen.«

So leicht ließ ich mich nicht kleinkriegen. Ärzte wie ihn kannte ich zur Genüge. Sie mussten jedem zeigen, wer der Chef war. Er (oder sie, wobei es sich jedoch in den meisten Fällen um Männer handelte) war der Arzt, und ich war die einfache Hebamme, das Mädchen für alles, die Hilfskraft. Nur selten, wenn überhaupt, nahmen sie zur Kenntnis, dass ich eine sechsjährige Ausbildung absolviert und mit einer Prüfung zur diplomierten Krankenschwester und Hebamme abgeschlossen hatte. Keiner hatte die Drohung, Beschwerde einzureichen, bis jetzt wahr gemacht, und ich bezweifelte, dass es jemals so weit kommen würde. Andere Leute einzuschüchtern gehörte einfach zu den Dingen, die man ihnen im Medizinstudium beibrachte.

»Wogegen richtet sich die Beschwerde?«, fragte ich Marie Ableman.

»Dr. White behauptet, dass Sie eine hochriskante Hausgeburt mit Folgeschäden für Mutter und Kind durchgeführt haben. Seinen Angaben zufolge wurde das Kind mit einer Missbildung geboren, und die Mutter hatte einen Dammriss zweiten Grades, der zum Zeitpunkt ihrer Einlieferung nicht versorgt worden war.«

»Das Kind kam mit einer Lippen- und Gaumenspalte auf die Welt«, erklärte ich. »Sie werden mir sicher beipflichten, dass das nichts mit meinen Fähigkeiten als Hebamme zu tun hat. Die Versorgung des Dammrisses wurde bewusst zurückgestellt, um Mutter und Kind nicht zu trennen. Die Mutter wollte nicht, dass wir ihr Kind ohne sie ins Krankenhaus bringen, deshalb hielt ich es für das Beste, den Riss dort versorgen zu lassen. Wenn Sie mit ihr sprechen, werden Sie bestimmt feststellen, dass sie nichts an meiner Betreuung auszusetzen hat.«

»Ich werde in Kürze mit Ms. Brennan sprechen, und ich werde auch Ihre Assistentin und alle anderen Anwesenden befragen müssen.«

»Gut.«

»Ich weiß, dass das unangenehm für Sie ist, aber könnten Sie mir vielleicht jetzt schon ein paar Auskünfte geben, Mrs. Bradley? Solange Sie noch alles frisch im Gedächtnis haben?«

»Selbstverständlich.«

Im Hintergrund hörte ich einen Mausklick, gefolgt von der Frage: »Also, zu welchem Zeitpunkt stellten Sie fest, dass das Kind eine Gaumenspalte hat?«

»Anfangs war ich nicht ganz sicher, ob es sich tatsächlich um eine Gaumenspalte handelt.« Ich stand auf und ging den Flur hinunter in mein Arbeitszimmer, um einen Blick auf meine Notizen zu werfen. »Als ich merkte, dass irgendetwas nicht stimmte, dachte ich zuerst an eine Beckenendlage, aber das war eher unwahrscheinlich, weil das Kind bei der letzten Untersuchung noch in Schädellage gelegen hatte. Das müsste so gegen zweiundzwanzig Uhr gewesen sein. Warten Sie, ich sehe kurz in meinen Aufzeichnungen nach.«

»Ich brauche eine Kopie davon, aber beantworten Sie meine Fragen fürs Erste doch bitte aus Ihrer Erinnerung. Also, ungefähr um zweiundzwanzig Uhr hatten Sie nach einer vaginalen Untersuchung den Verdacht, dass es sich um eine Beckenendlage handeln könnte. Was haben Sie daraufhin unternommen?«

»Nein. Ich hatte nicht den Verdacht, dass es sich um eine Beckenendlage handelt, ich schloss es nur einfach nicht aus. Ich sagte Gillian, dass ich mir mit meinem Tastbefund nicht ganz sicher sei, und dann bat ich meine Tochter um eine zweite Meinung.«

»Ihre Tochter? Sie war bei der Geburt anwesend?«

»Sie hat mir assistiert. Sie ist ausgebildete Hebamme und arbeitet im Geburtszentrum St. Mary's.«

»St. Mary's.« Ihre Fingernägel klackten auf der Tastatur. »Gut. Was geschah dann?«

»Meine Tochter hat Gillian untersucht, und sie war sich ebenfalls nicht ganz sicher, aber sie vermutete eine Steißlage.«

»Und Sie waren anderer Meinung?«

»Ich hielt es für sinnvoll, noch andere Möglichkeiten in Betracht zu ziehen, bevor wir Gillian ins Krankenhaus brachten. Gillian wollte unbedingt eine Hausgeburt ohne medizinische Intervention.«

»Wie lange hat das gedauert?«

»Ein paar Minuten.«

»Wie ging es dann weiter?«

»Wir stellten fest, dass es sich bei dem, was wir ertastet hatten, um eine Gaumenspalte handelte. Sobald meine Tochter es aussprach, war es uns beiden klar. Zur Bestätigung nahmen wir eine weitere Untersuchung vor, und danach waren wir uns sicher.«

»Um welche Zeit war das?«

»Ich weiß nicht genau. So gegen halb zwölf, denke ich.«

Erneutes Tastengeklapper. Ich wartete.

»Und nachdem Sie festgestellt hatten, dass das Kind eine Gaumenspalte hat, fanden Sie es richtig, mit der Hausgeburt weiterzumachen?«

Ich zögerte. In dieser Frage schwang eine Schuldzuweisung mit, sodass ich automatisch in Verteidigungsstellung ging.

»Ja. Ich wusste, dass Gillian einen Schock kriegen würde, wenn sie das Gesicht ihrer Tochter sah. Da wollte ich ihr nicht auch noch das Trauma einer Klinikentbindung antun. Zumal ein Kinderarzt anwesend war.«

»Dr. Johnson?«

»Ja.« Ich hatte keine Ahnung, wie Patrick mit Nachnamen hieß, aber Marie hatte offensichtlich ihre Hausaufgaben gemacht, also stimmte es wohl.

»Gut … Gillian wurde mit einem Dammriss dritten Grades ins Krankenhaus eingeliefert. Können Sie mir dazu etwas sagen?«

»Ein Dammriss dritten Grades reicht vom Perineum bis …«

Marie unterbrach mich: »Ich meine, können Sie mir erklären, warum sie eine Patientin mit einem Dammriss dritten Grades transportiert haben?«

»Oh, natürlich, Entschuldigung.« Ich machte auf naiv. »Wie schon gesagt, ging es in erster Linie darum, dass Mutter und Kind zusammenbleiben konnten. Ich wusste, dass Gillian einen Dammriss hatte, aber sie wollte sich nicht von ihrer Tochter trennen. Und ich fand, dass sie recht hatte. Der Riss war nicht lebensbedrohlich, und wir wollten das Kind so schnell wie möglich zu weiteren Untersuchungen ins Krankenhaus bringen. Ich habe eine Entscheidung getroffen, und ich würde es jederzeit wieder so machen.«

Ich klopfte gegen das Nachttischchen. Ich klang überzeugter, als mir zumute war. Hatte ich die richtige Entscheidung getroffen? Wenn ich die Ereignisse dieser Nacht Revue passieren ließ, musste ich zugeben, dass gewisse Zweifel angebracht waren. War es unverantwortlich, bei einem Baby mit Gaumenspalte eine Hausgeburt durchzuführen? Was den Dammriss betraf, so war er zwar bestimmt nicht lebensbedrohlich gewesen, aber dass er nicht gleich genäht worden war, hätte zu Komplikationen führen können. Mir wurde etwas flau.

»Gut, Mrs Bradley«, sagte Marie nach einer Ewigkeit. »Das genügt mir für den Moment, aber ich muss vielleicht noch einmal auf das eine oder andere zurückkommen. Sobald ich alle Beteiligten befragt habe, wird eine Kommission den Fall prüfen und eine Empfehlung aussprechen. Sie werden so schnell wie möglich darüber informiert.«

Ich merkte, dass ich nickte. »Ja, danke.«

»Noch was, Mrs. Bradley. Bis zum Abschluss der Untersuchung ist Ihnen vorübergehend Ihre Zulassung entzogen. Sie dürfen keine Entbindungen betreuen, bevor die Angelegenheit geklärt ist.«

Ich hörte auf zu nicken. »Aber … wie soll das gehen? Ich habe Verpflichtungen gegenüber meinen Patientinnen, die in den kommenden Wochen entbinden. Zum Teil schon in den nächsten Tagen.«

»Tut mir leid, Mrs. Bradley. Sie werden ihnen mitteilen müssen, dass sie anderweitig Vorkehrungen treffen sollen.«

»Zum Beispiel?«

»Nun ja, Sie könnten sie zum Beispiel an eine andere Hebamme verweisen.«

»Wissen Sie eigentlich, wie schwer es ist, in Massachusetts eine freiberufliche Hebamme zu finden? Wenn Sie sich nicht spätestens bis zur sechsten Schwangerschaftswoche angemeldet haben, können Sie es vergessen. Wie soll ich da eine Frau, die schon in den nächsten Tagen fällig ist, irgendwo anders unterbringen?«

»Dann müssen die Frauen eben ins Krankenhaus.«

Mir verschlug es die Sprache.

»Und Sie dürfen während dieser Zeit auch keinen Kontakt zu Gillian oder ihrer Familie aufnehmen.«

»Keinen Kontakt zu Gillian? Ich muss mich doch um die Nachsorge kümmern.«

»Das dürfen Sie nicht, Mrs. Bradley. Es sei denn, Sie wollen es riskieren, Ihre Zulassung auf Dauer zu verlieren. Sie erhält die notwendige Nachsorge im Krankenhaus.«

»Im Krankenhaus?«, schnaubte ich. »Was denn, bitte schön? Einlagen und Schmerzmittel? Sie braucht Unterstützung beim Stillen, eine Ernährungsberatung, Beckenbodenübungen. Meinen Sie, im Krankenhaus kriegt sie das alles?«

»Mrs. Bradley …«

»Nein, schon gut. Keine Entbindungen. Keine Nachsorge für Gillian. Ein tolles System haben Sie da.«

»Dieses System dient dazu, die Menschen zu schützen, Mrs. Bradley.«

»Klar doch. Vor allem die Ärzte unter den Menschen.« Ich kochte vor Wut. »Darf ich Gillian wenigstens anrufen, um es ihr zu erklären?«

»Das mache ich. Ich rufe sie an und erkläre es ihr. Es findet sich bestimmt eine andere Hebamme, die Ihre Aufgaben übernehmen kann. Wir stellen sicher, dass Gillian versorgt wird.«

Ms. Ableman machte einen auf guter Cop, aber ich kaufte es ihr nicht ab.

»Schön. Wie lange, meinen Sie, muss ich auf Ihre« – ich verzog den Mund – »Empfehlung warten?«

»Es sollte eigentlich nicht länger als vier Wochen dauern, das hängt davon ab, wie schnell ich Ihre Aufzeichnungen in Händen habe und mit allen anderen Beteiligten sprechen kann. Wir versuchen uns zu beeilen – wir wollen die Sache im Interesse aller nicht unnötig hinausziehen.«

»Sehr rücksichtsvoll.«

»Haben Sie noch Fragen?«

Wie können Sie sich selbst im Spiegel ansehen? Warum quälen Sie eine Mutter, die bereits damit fertigwerden muss, dass ihr Kind eine Lippen- und Gaumenspalte hat? Mit welchem Recht hat dieser Dr. Dingsda Beschwerde gegen mich eingereicht? »Nein.«

»Gut. Danke für Ihre Kooperation. Ich melde mich wieder.«

Jetzt saß ich in meinem blauen Sessel und wartete darauf, dass Robert nach Hause kam. In den vergangenen Wochen hatte er oft Überstunden gemacht. In letzter Zeit lebten wir wie Fremde nebeneinanderher, wir waren wie zwei Schiffe, die in dunkler Nacht aneinander vorbeifuhren. Ich musste an den Tag denken, an dem wir uns kennengelernt hatten. Ich war noch in der Ausbildung gewesen und hatte in Moms Garage Zeichenkurse gegeben, um über die Runden zu kommen. Robert war auf Empfehlung einer anderen Teilnehmerin in meinen Kurs gekommen. Als Buchhalter hatte er nicht gerade meiner üblichen Klientel entsprochen, allerdings war er auch nicht der klassische Buchhalter, eigentlich sah er eher aus wie ein Hippie. Seine Jeans waren zerrissen, seine Koteletten beeindruckend lang, und um den Hals hatte er sich einen psychedelisch gemusterten Schal geschlungen. Das Einzige, was ihn verriet, war der fehlende Bart. Damals lief niemand glatt rasiert durch die Gegend. Wir befanden uns in den Siebzigern, und mit Ausnahme von Führungskräften, Vorpubertierenden und Frauen trug jeder mindestens einen Schnurrbart. Ich bemerkte Robert, als ich von der Garage ins Haus lief, um noch ein paar Stühle zu holen. Ich winkte ihn herein, und als ich zurückkam, saßen meine anderen Schüler bereits am Tisch, der eine oder andere mit einem Joint in der Hand. Robert dagegen drückte sich an der Tür herum, er wirkte eindeutig fehl am Platz.

»Du bist bestimmt Robert«, sagte ich.

»Ja.« Er streckte die Hand aus, auch das war ungewöhnlich, kreative Menschen umarmten sich eher. »Ich suche Gracie.«

»Die hast du gefunden«, sagte ich und musste mir ein Grinsen verkneifen. Gracie? Nur meine Mutter nannte mich so. Aber ich ließ es ihm durchgehen. Seine Unbeholfenheit hatte etwas Rührendes, und außerdem war er ziemlich attraktiv, dieser Buchhalter. Pam – die Kursteilnehmerin, die ihn mitgebracht hatte – hatte zwar erwähnt, dass er gut aussah, aber woher hätte sie wissen sollen, was mein Typ war. Und außerdem gehörte Robert eigentlich nicht dazu. Trotzdem spürte ich dieses merkwürdige Kribbeln im Bauch, die berühmten »Schmetterlinge«, auch wenn ich es eher als die ringförmigen Wellen beschreiben würde, die entstehen, wenn man einen Stein in einen Teich wirft: ein kräftiger Aufschlag in der Mitte, und dann breitete es sich sanft immer weiter bis in die Zehen und Fingerspitzen aus. Dieses Gefühl hielt während der gesamten Stunde an, und sobald ich Robert näher kam, wurde es stärker, am stärksten war es, als ich mich über ihn beugte, um seine Arbeit zu begutachten, und meine Brust seinen Rücken berührte. Ich konnte nicht beurteilen, ob es Robert genauso ging, er war ein gewissenhafter Schüler und arbeitete konzentriert an seinem Bild, als handelte es sich um eine mathematische Gleichung und nicht um einen kreativen Ausdruck seiner selbst. Aber ich wertete es als gutes Zeichen, dass er nach der Stunde nicht gleich aufbrach.

»Hat es dir gefallen?«, fragte ich, während ich die zusammengeknüllten Blätter aufsammelte.

»Ja. Es war sehr … entspannend.«

Ich schlug die Hand vor den Mund, aber das Kichern war dennoch zu hören.

»Was ist?«, sagte er.

»Entschuldige, aber du hast nicht besonders entspannt gewirkt. Ehrlich gesagt saß in meinen Kursen noch nie jemand, bei dem das Aktzeichnen so nach Schwerstarbeit ausgesehen hat.«

»Ach so.« Er grinste. »Ja, das kann ich gut, irgendwas nach Schwerstarbeit aussehen lassen. In meiner Welt kriegt man dafür ein höheres Gehalt.«

»Klingt nach einer grauenhaften Welt.«

»Im Augenblick ist sie gar nicht so übel.«

Robert sah mir tief in die Augen. Wow. Dieser Buchhalter konnte ja richtig charmant sein. Wer hätte das gedacht? Ich winkte den letzten beiden Schülern zu, die gerade gingen.

»Hast du Lust, noch ein bisschen zu bleiben?« Ich wandte meinen Blick nicht ab, während ich nach dem schwarz-roten Kimono griff, der über meiner Stuhllehne hing. »Vielleicht hast du Lust« – ich dehnte die Pause, so lange ich konnte –, »mich noch mal zu zeichnen.«

Rückblickend betrachtet war das eine unverhohlene Anmache. Robert tat ganz cool, aber am Zittern seiner Hände erkannte ich, dass er zu Tode erschrocken war. Ich setzte mich auf den Hocker, den Kimono über meine intimsten Stellen gezogen, beugte mich ein wenig nach rechts und hakte mich mit den Füßen in der untersten Stange ein. Dann drehte ich den Kopf zu Robert und öffnete den Kimono ein Stück, gerade weit genug.

»Achte darauf, dass die äußere Linie stimmt, bevor du dich mit den Details beschäftigst«, sagte ich und fuhr mit den Fingerspitzen seitlich an meiner Brust entlang. »Fang mit der geschwungenen Linie von Brust und Hüfte an, und dann kommen die Knöchel. Mach so viele Striche, wie du brauchst – es ist Kunst, keine Wissenschaft. Eine weibliche Figur kannst du nur dann verhunzen, wenn du ihre Rundungen vernachlässigst …«

Ich hielt inne, als ich merkte, dass Robert direkt vor mir stand.

»Was ist?« Ich runzelte die Stirn.

»Du bist eine Göttin.«

»Oh.« Eine Göttin. Das gefiel mir. »Ich glaube, so hat mich … noch nie … jemand genannt.«

»Das überrascht mich.«

Roberts Hände zitterten nicht mehr. Dafür taten es jetzt meine. Was Männer betraf, war ich die Jägerin. Die Männer reagierten, ja, aber die Sprüche – du bist göttlich und so weiter – kamen normalerweise von mir. Es war merkwürdig, dass es auf einmal andersrum war. Auf eine angenehme Art merkwürdig.

»Ich mag dich«, sagte ich, gleichermaßen zu mir wie zu ihm. Ich war selbst erstaunt darüber, aber es ließ sich nicht bestreiten.

»Ich dich auch.« Roberts Stimme klang irgendwie gepresst, aber vielleicht unterdrückte er auch nur ein Lächeln. »Gracie.«

Als ich Roberts Schlüssel im Schloss hörte, stand ich auf. Er stand am Ende des Flurs, seine Krawatte war gelockert, sein Gesicht trug einen besorgten Ausdruck. »Grace. Alles in Ordnung?«

Ich stolperte auf ihn zu. »Nein. Gar nichts ist in Ordnung.«

»Was ist los?«, fragte er. »Was ist passiert?«

Ich begann zu schluchzen. »Da läuft … da läuft eine Beschwerde gegen mich … beim Board of Nursing … von einem Arzt.«

Robert wich einen Schritt zurück. »Was?«

»Wegen der Geburt gestern. Das Baby wurde mit einer Lippen- und Gaumenspalte geboren. Gillian hat hier entbunden, und anschließend sind wir mit Mutter und Kind ins Krankenhaus gefahren. Der Arzt … er ist völlig durchgedreht. Er hat gesagt, er würde mich melden. Er war wahrscheinlich nur sauer, weil er irgendeine Extraschicht einschieben musste.«

»Weswegen hat er dich denn gemeldet?«

»Er behauptet, bei einem Kind mit Gaumenspalte sei eine Hausgeburt viel zu riskant gewesen, und außerdem hätte ich eine Patientin mit einem Dammriss nicht transportieren dürfen.«

»Wusstest du denn, dass das Kind eine Gaumenspalte hat?« Roberts Gesichtsausdruck war erstaunlich neutral. Seine Stimme war leise und fest, sein Ton sachlich.

»Nachdem die Wehen eingesetzt hatten … ja.«
»Und der Riss?«, fragte er.
»Natürlich hatte ich den gesehen, aber ich fand, dass es für Mutter und Kind am besten wäre, wenn …«
»Scheiße, Grace!«
Roberts Ausbruch kam so unerwartet, dass ich zusammenzuckte.
»Das ist wirklich toll, das ist einfach … fantastisch.«
»Robert, was ist denn los?«
Er begann auf und ab zu gehen. »Hast du eigentlich eine Ahnung, wie tief ich in der Scheiße stecke, wenn ich meinen Job verliere? Wir wären nicht mal mehr in der Lage, die nächste Tilgungsrate für die Hypothek auf das Haus hier zu bezahlen. Jeden Tag fahre ich zur Arbeit und frage mich, ob heute der Tag ist, an dem ich meinen Kram in einen Karton packen und mit nach Hause nehmen muss. Ich mache mir Sorgen um dich, um unsere Zukunft. Und was tust du? Du gehst unnötige Risiken ein und setzt damit alles, was wir uns geschaffen haben, aufs Spiel. Wofür?«
Robert blieb stehen und presste die Finger auf die Augen. Seine Wangen waren gerötet. »Wir brauchen dein Einkommen, Grace. Es mag nicht viel sein, aber wir sind darauf angewiesen. Wir können es uns nicht leisten, dass du irgendwelche Risiken eingehst. Ausgerechnet jetzt.« Er stieß einen Seufzer aus und sah mich an. Der zornige Ausdruck war von seinem Gesicht verschwunden. »Tut mir leid. Ich hätte dich nicht anschreien dürfen.«
»Schon gut«, sagte ich automatisch.
»Nein, ist es nicht. Es ist momentan einfach … schwierig. Und es ist wichtig, dass du Arbeit hast. Ich habe im Augenblick keinen Kopf für so einen Quatsch.«

»Okay.«

Ich stand da wie vom Donner gerührt. Die Male, die Robert während unserer Ehe laut geworden war, konnte ich an einer Hand abzählen. Einmal, als ich auf der Heimfahrt von einer Entbindung am Steuer eingeschlafen war und gegen einen Baum gedonnert war. (Sein Zorn rührte von der Sorge um mich her und nicht um das Auto.) Ein anderes Mal, als Neva – sie war damals neun – hinter ihrem Frisbee her auf die Straße gerannt war. Und einmal, als ich das Video, auf dem er beim Fallschirmspringen in Australien zu sehen war, mit einer Folge der *Golden Girls* überspielt hatte. Hinterher war er immer ganz zerknirscht gewesen, aber dieses Mal hatte ich den Eindruck, dass seine Wut noch nicht verraucht war. Jedenfalls war jetzt nicht der richtige Zeitpunkt, um ihm zu sagen, dass ich nichts verdienen würde, bis die Untersuchung abgeschlossen war.

Er gab mir einen Kuss auf die Stirn, eine stumme Entschuldigung. »Ich geh duschen.«

Robert war bereits auf halbem Weg ins Bad, als mein Handy klingelte. Er drehte sich um. »Klingt, als wäre eine Fruchtblase geplatzt«, sagte er. Seine Stimme war jetzt wieder weich, und ich konnte sehen, dass er ein schlechtes Gewissen hatte. »Ich sag schon mal Gute Nacht, falls du nicht mehr da bist, wenn ich zurückkomme.«

Als er die Badezimmertür hinter sich geschlossen hatte, hob ich das Handy ans Ohr. »Äh … hallo? Grace Bradley.«

»Grace, ich bin's, Lil. Deine Mutter ist im Krankenhaus.«

Kapitel 15

FLOSS

Es war still im Krankenhaus, abgesehen von den üblichen Geräuschen. Das Piepen und Summen lebenserhaltender Geräte. Das Quietschen von Gummisohlen. In der Luft hing der penetrante Geruch von Desinfektionsmittel. Lil saß in der Ecke auf einem Krankenhausstuhl und rutschte auf der Suche nach einer bequemeren Position alle paar Minuten hin und her.

Bis oben hin mit Medikamenten vollgestopft, dämmerte ich zwischen Wachen und Schlafen vor mich hin. Die Ränder meines Bewusstseins kräuselten sich wie die Wellen am steinigen Ufer eines Flusses, während das Wasser in der der Mitte ruhig und klar dahinfloss. Wenn ich hineinsah, blickte mir Elizabeths Spiegelbild entgegen. Aber nicht die lächelnde Elizabeth mit den rosigen Wangen, sondern die andere Elizabeth. Bills Elizabeth.

Einen Monat nach dem Abendessen bei Bill und Elizabeth kam der Anruf. Bei Elizabeth hatten die Wehen eingesetzt.

Evie ging ihre Tasche durch, während ich unsere Fahrräder aus dem Schuppen holte. Ich war es gewohnt, mitten in der Nacht mein Rad zu holen – bei vielen Frauen setzten die Wehen nachts ein –, aber es war nicht so einfach, zwei Räder gleichzeitig über das Kopfsteinpflaster zu schieben, und vor der Tür fiel das von Evie prompt um. Mit einem gewaltigen Scheppern krachte es auf das Pflaster.

Im gleichen Augenblick erschien Evie mit der Tasche oben an der Treppe. »Schhh! Willst du die ganze Stadt wecken?«

»Tut mir leid.« Ich hatte es eilig, zu Elizabeth zu kommen, und deshalb war ich so fahrig. Ich hob Evies Rad auf und lehnte es gegen den Zaun, dann stieg ich auf meines. »Was hat Bill gesagt? Wie weit ist sie schon?«

»Das war nicht Bill.« Mit zusammengepressten Lippen verstaute Evie die Tasche in ihrem Fahrradkorb. »Das war Elizabeth.«

»Sie hat selbst angerufen? Aber die nächste Telefonzelle ist drei Kilometer von ihrem Haus entfernt. Sie kann doch nicht …«

»Sie ist mit dem Rad gefahren.« Evie stieg auf. »Bill ist im Pub und lässt sich volllaufen.«

Sie klang, als hätte sie auch gewisse Vorbehalte gegen Bill – damit hätte ich nicht gerechnet. Kurz überlegte ich, Evie alles zu erzählen – von meiner Angst um Elizabeth, von Bill, von dem Bluterguss auf Elizabeths Bauch. Aber ich tat es nicht. Wenn Elizabeth in Schwierigkeiten steckte, dann würde Evie das noch von sich aus merken. Und wenn nicht, war es nicht nötig, Elizabeths Vertrauen zu enttäuschen.

Rasch radelten wir durch die Nacht. Die Fahrt zu Elizabeth dauerte eine Dreiviertelstunde, und auch wenn kaum die Gefahr bestand, dass wir zu spät kommen würden, wollte ich trotzdem so schnell wie möglich bei ihr sein.

Das letzte Stück des Wegs führte über eine Pferdekoppel. In der Finsternis hatte es etwas Unheimliches. Das einzige Licht weit und breit kam von unseren Fahrradlampen, bis endlich Elizabeths schwach erleuchtetes Schlafzimmerfenster vor uns auftauchte. Kaum dass ich den Gartenzaun erreicht hatte, sprang ich von meinem Rad und lief zur Tür. Evie stolperte mir mit der Tasche hinterher.

»Elizabeth?«, rief ich, als ich das Haus betrat.

»Ich bin hier.«

Ich rannte durch die Küche und vorbei an dem winzigen Wohn- und Essbereich in das noch winzigere Schlafzimmer. Es dauerte ein paar Sekunden, bis ich Elizabeth in dem dämmrigen Zimmer ausmachen konnte. Sie kauerte vornübergebeugt am Fußende des Betts. »Elizabeth!«

Sie richtete sich auf, sodass ich sie im Schein des Feuers betrachten konnte. Unter ihren Augen lagen tiefe Schatten, ihr Gesicht wirkte eingefallen, und ihr Körper war – abgesehen von ihrem Bauch – völlig abgemagert.

Hinter mir hörte ich Evie nach Luft schnappen. »Elizabeth, mein Gott. Was ist los mit dir? Du bist ja nur noch Haut und Knochen.«

Elizabeth wurde von einer Wehe erfasst. Sie atmete tief ein und aus und klammerte sich am Griff der Kommode fest. Ich starrte sie fassungslos an. War es wirklich erst einen Monat her, dass ich sie zuletzt gesehen hatte? Sie sah aus, als hätte sie seither keinen Bissen gegessen.

Als die Wehe vorüber war, ließ sie sich auf die Knie sinken und keuchte leicht. »Die Wehen kommen im Abstand von fünf Minuten« – sie sah dabei weder Evie noch mich an –, »und die Fruchtblase ist gesprungen.«

Elizabeth klang ruhig und sachlich, eher wie eine Hebamme als wie eine Frau in den Wehen. Sie tat so, als hätte sie Evies Frage gar nicht gehört. Hilfe suchend sah ich Evie an.

»Elizabeth«, sagte Evie. »Wenn irgendetwas nicht stimmt, musst du es uns sagen. Es könnte deinem Kind schaden.«

Wir warteten, doch Elizabeth presste nur die Lippen aufeinander. Mir fiel auf, dass ihr Gesicht bläulich schimmerte, sie sah aus wie eine wandelnde schwangere Leiche. Warum hatte ich es einfach hingenommen, dass sie mir aus dem Weg gegangen war? Wenn ihrem Baby etwas geschah, dann war das meine Schuld.

»Elizabeth, bitte …«, setzte Evie erneut an, doch Elizabeth unterbrach sie mit einer Handbewegung.

»Ich will nicht darüber reden, okay, Evie? Entweder ihr helft mir, mein Kind auf die Welt zu bringen, oder ihr geht, und ich mache es irgendwie allein.«

Ich wechselte einen Blick mit Evie. Gott sei Dank war sie hier. Normalerweise war bei einer Geburt nur eine Hebamme anwesend, aber Elizabeth hatte mich schon vor Monaten gebeten, auch zu kommen. Aber selbst wenn sie es nicht getan hätte, wäre ich jetzt da. Ich spürte schon jetzt eine starke Verbundenheit zu diesem Kind, vielleicht, weil es Elizabeths Kind war. Vielleicht fühlte ich mich ihm gegenüber aber auch verantwortlich.

Evie stieß laut die Luft aus. »Wie du willst. Konzentrieren wir uns also vorerst auf die Geburt. Aber sobald das Kind da ist, wirst du mir erzählen, was hier los ist. Hast du mich verstanden, Elizabeth?«

Elizabeth hörte ihr nicht zu. Sie krümmte sich bereits unter der nächsten Wehe.

Evie nahm mich zur Seite. »Wir müssen davon ausgehen, dass Elizabeth unterernährt ist, das heißt, mit dem Stillen könnte es Probleme geben, weil sie nicht genug Milch hat. Ich habe Büchsenmilch in meiner Tasche, wir können sie dem Kind mit einer Spritze füttern, falls es nötig ist.«

»Und was ist mit dem Kind?«, fragte ich. »Meinst du, es ist gesund?«

»Im Augenblick mache ich mir mehr Sorgen um Elizabeth. Du weißt ja selbst, dass sich ein Kind im Mutterleib nimmt, was es braucht. Auch auf Kosten der Mutter.« Als sie meinen Gesichtsausdruck sah, tätschelte sie mir die Hand. »Warum gehst du nicht in die Küche und setzt Wasser auf, Floss? Und wenn du schon dabei bist, dann mach Elizabeth doch was zu essen. Sie kann eine Stärkung brauchen.«

»Ja«, sagte ich. »Ja, das ist eine gute Idee.«

Bis in die Küche waren es nur ein paar Schritte, aber ich hätte es beinahe nicht geschafft. Meine Beine fühlten sich an wie aus Gummi. Elizabeth war so dünn, so zerbrechlich. Ich verstand das nicht. War sie krank? Fehlte ihnen das Geld, um Essen zu kaufen? Ich dachte an den Abend, an dem ich zum Abendessen hier gewesen war, daran, wie Elizabeth ihr Essen hinuntergeschlungen hatte. Damals hatten sie zweifellos genug zu essen gehabt.

Im Zimmer nebenan wackelte das Bett und ließ das ganze Haus erzittern. Gleich darauf folgte ein Schrei. Er riss mich aus meinen Gedanken.

Sobald der Wassertopf auf dem Herd stand, begann ich, die Schränke zu öffnen. Geschirr, Töpfe, Besteck. Die Fächer des Vorratsschranks waren sauber und mit geblümtem Papier ausgelegt, aber abgesehen von Tee und einer leeren Zuckerdose waren sie leer. In weniger als einer Minute hatte ich alles durchsucht, bis auf die beiden Unterschränke, deren Türen mit einem großen Vorhängeschloss verschlossen waren – vermutlich bewahrte Bill dort seine Waffen auf. Nirgendwo auch nur ein Krümel Essbares.

Ich steckte den Kopf durch die Tür zum Schlafzimmer. »Elizabeth, wo ist die Speisekammer?«

»Die … ah … oh Gott.« Ihr Gesicht fiel in sich zusammen, als eine neue Wehe kam. Ich sah auf meine Uhr. Seit der letzten waren dreieinhalb Minuten vergangen. Das Kind hatte es offenbar eilig.

»Hast du sie untersucht?«, fragte ich Evie.

Sie nickte. »Acht Zentimeter.«

Elizabeth krümmte sich unter der nächsten Wehe. Es würde nicht mehr lange dauern. Die Instrumente lagen schimmernd auf einem Tablett aufgereiht, und neben dem Kamin hingen zwei Handtücher zum Anwärmen. Über dem Rand der Wiege, die in einer Ecke stand, hing eine Wolldecke, die Elizabeth gestrickt hatte. Evie starrte mit gerunzelter Stirn auf einen Punkt in der Ferne. Zweifellos dachte sie darüber nach, in was für eine Art von Zuhause dieses Kind hineingeboren wurde. Es war schwierig, an irgendetwas anderes zu denken.

»Wie wär's, wenn wir es mal mit Herumgehen versuchen?«, sagte ich zu Elizabeth, als die Wehe nachließ. »Damit dein Baby in die richtige Position rutscht?«

Damit war Elizabeth einverstanden. Eine Stunde lang gingen wir mit ihr im Schlafzimmer auf und ab. Immer hin und her, und alle paar Minuten blieben wir stehen und wiegten sie, wenn die nächste Wehe kam. Abgesehen vom Knistern des Feuers war es absolut still. Normalerweise mochte ich das. *Stille ist die Musik der Gebä-*

renden. Aber heute ließ sie mir zu viel Raum zum Nachdenken. Nach einer Stunde hielt ich es schließlich nicht länger aus.

»Elizabeth.«

Elizabeth hob stirnrunzelnd den Kopf.

»Was stimmt nicht mit dir? Und ich will keine Ausflüchte mehr hören. Du musst es mir sagen, und zwar jetzt.«

Sie ließ sich aufs Bett sinken und blickte zu Boden, aber ich hob ihr Kinn, damit sie mich ansah. Ich spürte, das Evie hinter mir stand, vielleicht wollte sie einwenden, dass für so etwas nicht der richtige Zeitpunkt war, aber es war mir egal. Ich hatte schon viel zu lange gewartet.

»Nichts«, sagte Elizabeth. »Nichts ist los. Es ist meine Schuld, ehrlich.«

»Was ist deine Schuld?«

»Ich habe ausgefallene Gelüste«, sagte sie. »Das hast du selbst mal gesagt, Floss, erinnerst du dich? Und Bill ist nun mal kein reicher Mann.«

Die nächste Wehe kam, und Evie und ich warteten schweigend, bis sie vorüber war.

»Es ist nicht leicht für ihn«, sagte Elizabeth, »einen weiteren Mund zu stopfen. So viel schönes Essen wie im Schwesternheim kann ich kaum erwarten. Das Landleben ist kein Honigschlecken.«

Evie beugte sich vor. »Aber er gibt dir doch was zu essen?«

»Ja.« Es folgte eine Pause. »Ja, natürlich. Es ist nur so … manchmal bin ich einfach gierig.«

Elizabeth vermied es, mir in die Augen zu sehen. Ich hatte keine Ahnung, was sie meinte. Elizabeth war weiß

Gott nicht gierig. Ich wusste nicht, wie sie auf diese Idee kam.

»Was willst du damit sagen?«, fragte ich sanft.

Elizabeth sah kurz von mir zu Evie, und dann senkte sie den Blick. »Na ja … wenn Bill nicht zufrieden mit mir ist … dann gibt er mir nichts zu essen.«

Das Feuer knisterte in der Stille. Mir schossen alle möglichen Fragen durch die Kopf, aber keine davon brachte ich heraus. Vielleicht weil es einfach zu viele waren. Wie konnte ein Mann seiner schwangeren Frau Essen vorenthalten? Wie lange machte er das schon? Warum hatte ich es nicht gemerkt? Und die wichtigste von allen: *Wie konnte Bill nicht zufrieden mit ihr sein?*

»Gibt er dir denn wenigstens ein bisschen Extra-Haushaltsgeld?«, fragte ich schließlich. Das war die einzige Frage, die ich aussprechen konnte, ohne wütend zu werden oder, schlimmer noch, in Tränen auszubrechen.

Elizabeth sah mich konsterniert an. »Natürlich nicht. So viel Geld haben wir nicht.«

Ich traute meinen Ohren nicht.

»Und womit, glaubst du, bezahlt er das Bier im Pub, Elizabeth?«, fragte ich. Aber es war nicht Elizabeth, auf die ich zornig war. Mit sanfterer Stimme fuhr ich fort: »Das darfst du dir nicht gefallen lassen. Bill trifft sämtliche Entscheidungen für dich, wen du siehst, was du isst …« Ich verstummte, als Elizabeth ihren Bauch umklammerte. Mir lief es eiskalt über den Rücken. »Du bist nicht gestürzt, nicht wahr?«

Elizabeth hielt den Kopf gesenkt. Das genügte mir als Antwort.

In der Hebammenschule hatten wir uns mit dem Fall eines kleinen Jungen beschäftigt, den seine Mutter mit

Essensentzug bestraft hatte, wenn er unartig war. Als er mit fünf Jahren starb, wog er weniger als ein Einjähriger. Im Übrigen gab es keine Anzeichen körperlicher Misshandlung, nicht einmal einen blauen Fleck. Als ich die Oberschwester danach fragte, lautete ihre Antwort … *Misshandlung hat viele Gesichter. Die einzige Gemeinsamkeit ist, dass der Täter über alles die Kontrolle haben will.*

Plötzlich fiel mir das Vorhängeschloss an den Unterschränken wieder ein. Wortlos drehte ich mich um und ging in die Küche.

»Was hast du vor, Floss?«, rief Evie mir hinterher.

An einem Stapel Holz neben dem Herd lehnte eine Axt. Ich nahm sie. »Ich mache Elizabeth was zu essen.« Die Axt war klein, aber schwer. Ich erwischte den Bügel des Vorhängeschlosses mit dem ersten Schlag, und es fiel ab.

»Floss!«

Wie ich vermutet hatte, waren die Schrankfächer voll mit Lebensmitteln. Kekse, Zucker, Mehl, Butter, Eier. Da keine Zeit war, etwas zu kochen, legte ich ein paar Kekse auf einen Teller, bestrich sie mit Butter und lief damit zurück ins Schlafzimmer. Elizabeth aß zwei davon, wahrscheinlich eher mir zuliebe als für sich selbst. Mehr wollte sie nicht essen, sosehr ich ihr auch zuredete.

Dreißig Minuten später verspürte sie den Drang zu pressen. Auf Evies Anweisung holte ich eine große Schüssel heißes Wasser zum Händewaschen und stellte sie auf die Kommode.

»Okay, Elizabeth«, sagte Evie. »Rutsch jetzt ans Fußende des Betts, und roll dich auf die Seite. Hilf ihr, Floss. Wenn die nächste Wehe kommt, presst du, so fest du kannst. Verstanden?«

»Ich bin Hebamme, Evie, ich weiß …« Die nächste Wehe nahm ihr den Atem. Ihr Gesicht verzerrte sich.

»Braves Mädchen«, sagte Evie. »Sehr gut. Ich kann das Köpfchen sehen.«

Ich ging um das Bett herum, damit ich es auch sehen konnte. Tatsächlich, da war der Kopf, das Kind kam ziemlich schnell. Es folgte die nächste Wehe und dann noch eine, und mit jeder wurde es ein bisschen weitergeschoben, und jede verlangte Elizabeth ein bisschen mehr ab, als sie leisten konnte. Ich hatte schon viele Gebärende gesehen, die diese Phase einer Geburt mit letzter Kraft bewältigten, aber Elizabeths Zustand jagte mir Angst ein. Zwischen den Wehen rutschten ihre Augen ein paarmal nach oben weg.

»Es dauert nicht mehr lange. Halt durch. Atme!«, sagte Evie. »Komm schon, Elizabeth, atme. Floss, ich brauch dich hier. Bring mir ein Handtuch, und dann wasch dir die Hände.« Evie hatte eine Hand auf Elizabeths Knie gelegt, die andere auf das Köpfchen des Kindes. »Gut. Breite das Handtuch vor mir aus.«

Ich tat wie geheißen und wusch mir die Hände in der Schüssel, ein Auge auf Elizabeth gerichtet, die zu keuchen begonnen hatte. Ich trocknete meine Hände an dem zweiten Handtuch ab und kniete mich neben Evie. Elizabeth wimmerte.

»Du hast es gleich geschafft«, sagte Evie. »Floss, halt Klemme und Skalpell bereit. Elizabeth, hecheln. Du weißt doch, wie das geht.«

Ich legte die Instrumente zurecht und behielt dabei die ganze Zeit das Köpfchen des Kindes im Auge. Ich konnte meinen Blick einfach nicht davon abwenden. Auch wenn bis jetzt nur ein kleiner Teil zu sehen war, passierte hier gerade etwas Magisches. Langsam glitt es heraus, samt einem Schopf blutverklebter Haare.

»Der Kopf ist draußen!«, rief ich.

Evie hatte die Stirn in Falten gelegt, aber ihre Lippen verzogen sich zu einem kleinen Lächeln. »Du hast es fast geschafft, Elizabeth. In einer Minute ist dein Kind da.«

Elizabeth schloss die Augen und nickte, sammelte ihre allerletzte Kraft. Ihre Augen blieben so lange geschlossen, dass ich mich schon fragte, ob sie eingeschlafen war – oder ohnmächtig. Ich wollte mich gerade vergewissern, als sie sie wieder öffnete und stöhnte.

»Gut so. Pressen«, ermutigte Evie sie. »Komm, Elizabeth. Das machst du gut. Da kommt es.«

Schweigend sah ich zu, wie ein kleines Gesicht erschien. »Elizabeth, ich kann das Gesicht sehen.«

Elizabeths Züge wurden weich, und einen Moment lang sah sie jung und gesund aus, die Elizabeth, die ich kannte und gernhatte. »Wirklich? Du siehst das Gesicht?«

»Ja. Und es ist wunderhübsch.«

Elizabeths Gesicht verzerrte sich wieder. Es war rot und schweißüberströmt. Sie kämpfte. Evie wirkte ruhig, tat, was zu tun war, voll und ganz auf das Kind konzentriert, das in diesem Augenblick das Licht der Welt erblickte. Ich sah zu, wie sie die Hände um das Köpfchen legte und es mit behutsamen Bewegungen führte, als die Schultern geboren wurden. Danach ging es schnell, und das Kind glitt auf das angewärmte ausgebreitete Handtuch. Evie hielt den mit Käseschmiere bedeckten kleinen Körper an den Füßen hoch. Ein leiser Schrei war zu hören. Mir wurde ein wenig schwindlig.

»Herzlichen Glückwunsch«, sagte ich, als Evie Elizabeth das Kind in die Arme legte. »Du hast eine Tochter.«

Ein Chor leiser, vertrauter Stimmen holte mich zurück in die Gegenwart. »Danke, dass du uns angerufen hast, Lil. Wie geht es ihr?«

Ich erkannte Nevas Stimme und gleich darauf die von Lil, als sie wiederholte, was der Arzt gesagt hatte. Ein leichter Herzinfarkt. Ich war zu müde, um die Augen zu öffnen, und ihre Worte rauschten an mir vorbei.

»Was haben sie ihr gegeben?« Das war jetzt Grace – der autoritäre Ton unverkennbar. Die Nachricht von meinem Herzanfall hatte ihr zweifellos einen Riesenschreck eingejagt, und jetzt brauchte sie das Gefühl, alles wieder im Griff zu haben. Ich hörte, wie jemand nach der Tafel mit dem Krankenblatt am Fußende meines Betts griff. »Aspirin, Beta-Blocker, Nitroglyzerin …«

Lil unterbrach sie. »Nitroglyzerin?«

»Das ist ein bewährtes Medikament.« Die männliche Stimme kannte ich nicht. »Es öffnet und erweitert die Blutgefäße und sorgt dafür, dass das Herz besser mit Blut und Sauerstoff versorgt wird. Äußerst wirksam.«

»Sind Sie Arzt?«, fragte Lil.

»Ja, allerdings kein Spezialist auf diesem Gebiet. Meine Patienten sind noch ein bisschen zu klein für Herzinfarkte.«

Erneut raschelte Papier. »Das ist merkwürdig«, sagte Grace. »Mom hat die Blutgruppe AB positiv. Ich wusste gar nicht, dass sie AB positiv hat.«

Ich öffnete die Augen. Am Fußende meines Betts standen Grace, Lil und ein Mann, von dem ich annahm, dass es Nevas Kinderarzt-Freund war, und studierten mein

Krankenblatt. Neva stand neben mir. Ein Leuchten ging über ihr Gesicht.

»Gran«, sagte sie. »Du bist wach.«

Grace hängte die Tafel zurück und kam auf die andere Seite. »Mom. Wie geht es dir?«

»Bestens. Ich habe Lil gesagt, sie soll nicht die Pferde scheu machen. Es war mir klar, dass ihr sonst sofort herkommt.«

»Du hattest einen Herzinfarkt, Gran!«, sagte Neva. »Natürlich kommen wir!«

»Du musst dir mehr von uns helfen lassen, Mom«, sagte Grace. »Wir können für dich einkaufen, Besorgungen erledigen, alles, was du brauchst.«

»Hört auf, so ein Theater zu machen«, sagte ich. »Mir geht's gut.«

Lil sah den Kinderarzt nachdenklich an. »Könnten solche Sachen den Herzinfarkt verursacht haben?«

»Ich bin nicht der behandelnde Arzt, aber ich würde sagen, dass leichte Tätigkeiten das Risiko eines Herzinfarkts im Allgemeinen eher verringern. Als Ursache kommt eher ein zu hoher Cholesterinspiegel oder schlechte Ernährung infrage. Manchmal sind es auch einfach die Gene oder das Alter. Oder Stress.«

Lil spitzte die Ohren. *Stress*.

»Entschuldige, Gran«, sagte Neva. »Ich habe dir Patrick noch gar nicht vorgestellt. »Er ist mein …«

»Freund.« Der Mann zwinkerte Neva von der Seite zu. »Freut mich, Sie kennenzulernen, Ms. Higgins. Auch wenn es unter diesen Umständen ist.«

Ich lächelte. Der junge Mann gefiel mir. »Das Vergnügen ist ganz meinerseits, Patrick. Nennen Sie mich doch bitte Floss.«

Mein Blick wanderte wieder zu Grace. Sie hatte erneut mein Krankenblatt in die Hand genommen und studierte es mit gerunzelter Stirn. Lils Gesichtsausdruck ließ erkennen, dass sie sich ebenfalls Sorgen machte. Ich wusste, dass die beiden Fragen an mich hatten. Und Neva wahrscheinlich auch. Noch hatte ich es geschafft, mich davor zu drücken. Aber wie war es in der Zukunft?

Ich wurde immer weiter in die Enge getrieben. Und ich hatte das Gefühl, dass es bloß eine Frage der Zeit war, bis mein Geheimnis ans Licht kam.

Kapitel 16

NEVA

Ich saß neben Patrick auf dem Beifahrersitz und fummelte nervös an meiner Tasche herum. War es wirklich erst ein paar Stunden her, dass er mir angeboten hatte, bei meinem Kind die Vaterrolle zu übernehmen? Vorgeschlagen hatte, dass wir uns als Paar ausgaben? Dass er sich Gran sogar als mein Freund vorgestellt hatte? Bei jedem anderen wäre klar gewesen, welche Absicht dahintersteckte. Aber Patrick, der Spieler, konnte sich doch nicht ernsthaft für mich interessieren – oder?

Er hielt vor meiner Wohnung. »Da wären wir.«

»Du hast meine Frage immer noch nicht beantwortet«, sagte ich. Mir ging zu vieles im Kopf herum, als dass ich es beiläufiger zur Sprache hätte bringen können. »Warum willst du das tun? Dich für den Vater meines Kindes ausgeben?«

»Würdest du mir glauben, wenn ich sage, dass ich eine Schwäche für Rothaarige habe?«

Ich antwortete mit Schweigen.

Patrick stieß einen resignierten Seufzer aus. »Ach komm schon, Nev.«

»Was, komm schon? Sag endlich. Wenn du willst, dass ich mitspiele, dann musst du mir schon sagen, worum es bei dem Spiel geht.«

»Willst du mich wirklich dazu zwingen, es zu sagen?«

»Was d...?«

Das Klicken seines Sicherheitsgurts ließ mich verstummen. Patrick nahm mein Kinn zwischen Daumen und Zeigefinger und beugte sich zu mir. Ich hielt ganz still, hörte sogar auf zu atmen. Sein linker Mundwinkel wanderte nach oben. Es war das sanfteste, zärtlichste Lächeln, das ich jemals an Patrick gesehen hatte. Vielleicht überhaupt jemals an irgendjemandem. Allerdings konnte ich es nur eine Sekunde genießen, bevor er seine Lippen auf meine drückte.

Die Welt schwebte davon. Seine Lippen waren zugleich weich und fest. Sanft zog er mich näher zu sich. Ich stieß unwillkürlich einen Seufzer aus.

Meine wortlose Zustimmung bewirkte bei uns beiden etwas. Patricks Zunge schob sich in meinen Mund, und tief in meinem Inneren loderte eine heiße Flamme auf. Es war wie in einem dieser Filme mit einer nur scheinbar überraschenden Wendung; ich hatte es nicht kommen sehen, aber jetzt verstand ich nicht mehr, wie mir das hatte entgehen können. Nicht nur das, was Patrick für mich empfand. Sondern auch das, was ich für ihn empfand.

Als er sich von mir löste, sah ich Sterne. Vielleicht lag es am Licht oder daran, dass wir uns gerade geküsst hatten, oder vielleicht auch an den Schwangerschaftshormonen, aber ich fragte mich, ob das alles ein Traum war. Und in diesem Fall wünschte ich mir nichts sehnlicher, als wieder einzuschlafen.

»Ist das Antwort genug?«

»Äh ... wie war gleich noch mal die Frage?«

»Du wolltest wissen, warum ich das tue.« Er senkte seine Stimme zu einem Flüstern. »Ich finde, wir passen gut zusammen, Nev. Zwar hatte ich gehofft, dass wir zuerst diesen Punkt klären und dann ein Baby kriegen … aber wenn das Baby schon unterwegs ist … und wenn der Vater keine Rolle spielt, wie du sagst, dann … ich bin dabei. Wenn du mich willst.«

Ich blinzelte verwirrt. Das musste einfach ein Traum sein. Und doch …

»Was ist, bist du auch dabei?«, fragte er.

»Ja.« Meine Stimme klang heiser, aber entschlossen. Ich nickte ein paarmal. »Ja. Bin ich.«

Wir sahen einander an. Patrick lachte leise. »Gut. Dann lass ich dich jetzt mal allein, damit du die ganze Nacht darüber brüten kannst.« Er ließ mich los. Dann schnallte er sich wieder an. »Ich ruf dich morgen an.«

»Du kommst nicht mit rauf?«, platzte ich heraus. Gleich darauf hätte ich die Frage am liebsten zurückgenommen. Irgendwie.

Patrick wirkte überrascht.

»Äh, ich meine …«

Er lächelte. »Ich glaube, heute Abend fahre ich besser nach Hause. Nicht, dass ich nicht gerne mit raufkommen würde«, fuhr er fort, vielleicht weil er sah, dass ich knallrot geworden war. »Aber nachdem es so lange gedauert hat, will ich, dass wir alles richtig machen.«

Am nächsten Tag rief er mich in der Mittagspause an. »Hallo, Kindsmutter.«

Ich wurde rot, obwohl ich nur am Telefon mit ihm sprach.

»Alles in Ordnung?«, fragte er.

»Ja.« Offen gestanden war ich müde. Ich hatte mich

die halbe Nacht im Bett herumgewälzt und über den Kuss nachgedacht, über unsere Beziehung, über sein Angebot, der Vater meines Kindes zu sein. »Entschuldige, ich kann mich gerade nicht konzentrieren. Ich habe hier zwei Frauen, bei denen gleichzeitig die Wehen eingesetzt haben.«

»Dann will ich dich nicht aufhalten. Ich wollte dir nur sagen, dass ich es bis jetzt noch niemandem erzählt habe. Dass ich der Vater deines Kindes bin. Du kannst es dir also immer noch anders überlegen.«

»Gut«, sagte ich. »Ich bin mir nämlich immer noch nicht sicher, ob es wirklich eine gute Idee ist.«

»Schade.« Sein Ton war trocken wie gewohnt. »Ich hätte es so gern Marion erzählt.«

Ich lachte und gab meiner Assistentin Ruth ein Zeichen, dass ich gleich kommen würde. Ich ging in eine ruhige Ecke, bevor ich mit gesenkter Stimme fragte: »Bist *du* dir denn sicher? Hast du dir das alles wirklich gut überlegt?«

»Ja.«

Ich fuhr mit dem Finger an einem Riss in der Wand entlang. »Du bist verrückt, weißt du das? Aber … okay. Erzähl es Marion. Erzähl es der ganzen Welt.« Dann fiel mir etwas ein. »Das heißt, erzähl es nicht der *ganzen* Welt. Meinetwegen können wir jedem sagen, dass du der Vater bist, außer Grace und Gran.«

»Warum das denn?«

»Ich … ich weiß nicht.«

Das stimmte nicht. Es war eine Sache, Grace und Gran *nicht* zu sagen, wer der Vater war. Ihnen eine Lüge aufzutischen war etwas ganz anderes. Es mochte vieles geben, was mich an Grace nervte, aber sie war immer ehrlich zu mir gewesen. Und was Gran betraf, so bezweifelte ich, dass sie in ihrem ganzen Leben auch nur einmal gelogen hatte. Ich konnte mich blind auf die beiden verlassen, das wusste ich, und ich wollte dieses Vertrauensverhältnis nicht zerstören.

»Ich glaube, ich schaffe es einfach nicht, sie anzulügen und ihnen dabei in die Augen zu sehen.«

Das schien Patrick zu genügen. »Na gut. Dann erzählen wir es jedem außer deiner Mutter und deiner Großmutter. Klingt das gut?«

Ich war erleichtert. Er ahnte ja nicht, wie gut.

»Ach, und Nev, wegen gestern Abend …«

Das Kind in meinem Bauch oder vielleicht auch etwas anderes – ein bisschen weiter unten – regte sich. »Ja?«

»Ich hoffe, wir können das heute Abend wiederholen.«

Vierundzwanzig Stunden später glaubten alle – mit Ausnahme meiner Mutter und meiner Großmutter –, dass Patrick der Vater meines Kindes war. Wie Patrick vorausgesagt hatte, kam niemand auf die Idee, an unserer angeblichen Beziehung zu zweifeln, die Leute fanden es eher lustig, dass wir erst »nach einer halben Ewigkeit« damit rausrückten. Marion war ein bisschen verschnupft, weil nicht sie es war, die das Geheimnis aufgedeckt hatte, aber sobald sie sich davon erholt hatte, schien sogar sie sich zu freuen. Ganz der stolze zukünftige Vater, nahm Patrick die Glückwünsche entgegen, und ich musste grinsen, als ich sah, wie die Schwestern ihre Enttäuschung zu verbergen versuchten, dass ihnen jemand Patrick weggeschnappt hatte. Das war wirklich amüsant.

Nachdem wir jedem erzählt hatten, wir seien ein Paar, sah ich keine Möglichkeit, die Bettenverteilung in der

Wohnung beizubehalten. Eloise hätte es merkwürdig gefunden, wenn Patrick auf dem Sofa geschlafen hätte. Deshalb verdrückten wir uns an diesem Abend, nachdem Patrick nach seiner Schicht zu mir gekommen war und wir uns noch eine Weile mit Eloise und Ted, die auf dem Sofa kuschelten, unterhalten hatten, etwas verlegen in mein Schlafzimmer. Ich ging zuerst ins Bad, und während ich anschließend darauf wartete, dass Patrick aus der Dusche kam, schlug ich ungefähr zehnmal die Bettdecke zurück, um meinen Schlafanzug zu inspizieren. Ein Tanktop und Shorts. Ein Negligé, so ich denn eines besessen hätte, hätte an einer im siebten Monat schwangeren Frau lächerlich ausgesehen, und überhaupt nichts anzuziehen kam mir zu aufdringlich vor. Ich setzte mich auf. Vielleicht wäre das schicke Unterwäscheset aus Slip und BH besser? Es war rosa und mädchenhaft und … *Nein. Das war nicht ich.* Ich legte mich wieder hin.

Als ich mich das nächste Mal aufsetzte, war das Licht aus, und ich hatte das Gefühl, dass mehrere Stunden vergangen waren. Patrick lächelte mich von der anderen Seite des Betts an. »Hallo, Schlafmütze.«

Ich blinzelte ein paarmal, um wach zu werden. »Hey, wie lange beobachtest du mich schon?«

»Ich habe dich gar nicht beobachtet, bis du plötzlich wie eine Rakete hochgeschossen bist. Ich habe einen leichten Schlaf. Im Gegensatz zu dir.«

Ich gähnte. »Tut mir leid. Ich muss eingeschlafen sein, während du unter der Dusche warst.«

»Schwangere brauchen viel Schlaf.«

»Stimmt.« Ich runzelte die Stirn. »Ich bin es nicht gewohnt, dass Männer in meinem Bett liegen und mir beim Schlafen zusehen.«

»Du bist es überhaupt nicht gewohnt, dass Männer in deinem Bett liegen. Das wüsste ich. Es sei denn, sie sind heimlich durchs Fenster gestiegen, was ich, in meiner Eigenschaft als Arzt, für höchst gefährlich hielte – immerhin sind wir hier im zweiten Stock.«

»Ach, *deshalb* haben sie nicht mehr angerufen.«

Ich wartete darauf, dass Patrick lachte, aber er tat es nicht. »War das bei ihm so? Dem, du weißt schon?«

»Ja«, sagte ich. »Das muss es sein.«

»Du willst mir wirklich nicht sagen, wer er ist?«

Ich schüttelte den Kopf.

»Weiß *er* es denn?«

»Nein.«

Patrick stützte sich auf einen Ellenbogen. »Wenn es mein Kind wäre … ich würde es wissen wollen.«

»Glaub mir. Dieser Mann will es nicht wissen.«

»Dann ist er also definitiv aus dem Spiel?« Zum ersten Mal wirkte Patrick unsicher. Es versetzte mir einen Stich. »Er wird nicht irgendwann auf der Bildfläche erscheinen und seine Rechte als Vater einfordern?«

»Nein.« Meine Stimme klang fest. »Ganz bestimmt nicht.«

Endlich das 1000-Watt-Lächeln. »Gut. Umso besser für mich.«

Das Funkeln in Patricks Augen war unmissverständlich. Es machte mich nervös. Er lag in meinem Bett. Er hatte Erwartungen. Sex war an sich nichts, was mich nervös machte … eigentlich … aber Sex mit Patrick? Die Vorstellung war gleichermaßen erregend und erschreckend. Erregend, weil, na ja … es Patrick war. Er sah nun mal ziemlich gut aus, und er hatte zweifellos viel Erfahrung. Erschreckend, weil ich ziemlich schwanger war und zweifellos nicht in Bestform. Aber auf einen Versuch würde ich es gern ankommen lassen.

Unter der Decke streckte ich die Hand nach ihm aus und berührte seine nackte Taille, seine Haut fühlte sich warm und weich an. Langsam rutschte ich hinüber auf seine Seite. Das Kind lag zwischen uns. Ich beugte mich vor und presste meinen Mund auf seinen.

»Nev.«

Ich rutschte wieder zurück, mein Körper ein halbmondförmiges Spiegelbild des seinen. »Ja.«

»Ich weiß, es ist ziemlich unorthodox, dass ich so in deinem Bett liege. Aber ich habe keine Erwartungen. Fantasien vielleicht, aber keine Erwartungen.«

»Fantasien?« Mein Blick wanderte zu der Bowlingkugel zwischen uns. »Sogar damit?«

Er lächelte. »Sogar damit.«

Mein Kopf begann sich zu drehen.

»Aber nicht heute Nacht«, sagte er. »Heute Nacht könnten wir einfach … reden.«

»Reden?«

Er nickte.

»*Du* liegst mit einer Frau im Bett und willst reden.«

»Was soll das denn heißen?«

»Hallo, Patrick, ich bin's. Ich kenn dich. Den Lippenstift am Hemdkragen. Den Parfümgeruch. Du hast mehr als einmal auf meinem Sofa geschlafen, schon vergessen?«

»Ach.« Er rollte sich lächelnd auf den Rücken und verschränkte die Arme hinter den Kopf. »Dann waren meine Bemühungen also nicht vergeblich.«

»Deine Bemühungen?« Ich begriff nicht, was er meinte.

Er warf mir von der Seite einen Blick zu und lachte. »Komm schon. Hast du eine Ahnung, wie schwer es ist, Lippenstift auf einen Kragen zu schmieren? Wie viele Frauen kennst du, die einen Mann auf den Hals küssen, wenn nicht beide nackt sind? Frauen, die noch Lippenstift tragen.« Ich dachte darüber nach, doch bevor ich darauf antworten konnte, fuhr er fort: »Ich wollte nur die Aufmerksamkeit einer bestimmten Person wecken.«

»Was?« Ich starrte ihn an und versuchte das alles zu verarbeiten. »Du meinst … mich?«

Wieder lachte er, aber diesmal wirkte er dabei ein bisschen verlegen. Die Rädchen in meinem Kopf ratterten auf Hochtouren. »Du meinst … du hast versucht, meine Aufmerksamkeit auf dich zu ziehen, indem du mit anderen Frauen rumgemacht hast?«

»Also, wenn du es so sagst, klingt es irgendwie kontraproduktiv. Aber doch, ja.«

Ein Teil von mir hätte ihm am liebsten eine Ohrfeige verpasst, während einem anderen Teil eher danach war, seinen halbnackten Körper zu packen und … »Und inwiefern hätte es produktiv sein können?«

»Keine Ahnung.« Er blickte lächelnd an die Decke. »Viele andere Frauen scheinen mich attraktiv zu finden. Ich dachte, wenn du mich mit ihren Augen siehst …«

»Du hast mit der Hälfte aller Frauen im St. Mary's geschlafen!«

»Nicht mit der Hälfte.«

»Einem Viertel?«

»Mit zwei«, sagte er.

»*Zwei?*«

»Zwei.«

Sein Gesicht war ernst. Und wenn man Patrick auch vieles nachsagen konnte, ein Lügner war er nicht. »Wow. Nur zwei.« Eigentlich hätte ich erleichtert sein sollen, doch stattdessen begann sofort eine Frage an mir zu nagen. »Wer?«

Patrick schüttelte den Kopf.

»Ach komm«, sagte ich. »Wenn es nur zwei waren, wirst du dich doch wohl an die Namen erinnern. Sag schon.«

»Natürlich erinnere ich mich an sie, Nev. Aber ich werd's dir nicht sagen.«

»Patrick. Wenn wir eine Beziehung haben wollen, dann müssen wir ehrlich zueinander sein, oder?«

Er hob die Augenbrauen, und ich fluchte im Stillen. Ich war wohl kaum die Richtige, um für Offenheit zu plädieren. Ich wollte die Frage gerade zurückziehen, als Patrick sehr, sehr leise antwortete.

»Leila. Und Kate.«

Ich nickte und versuchte, dabei ein gleichgültiges Gesicht zu machen. Leila hatte ich bereits in Verdacht gehabt, dennoch versetzte es mir einen Stich. Und Kate – ich kannte sie nicht besonders gut, aber sie war sehr nett. Und hübsch.

»Es war mit beiden eine einmalige Angelegenheit«, sagte er.

»Wann?«

»Vor Ewigkeiten.«

»Als du noch mit Karolina verheiratet warst?«

»Nein.« Die Antwort kam wie aus der Pistole geschossen, und in seiner Stimme schwang geradezu Empörung mit. »Ich habe Karolina niemals betrogen. Das mit Kate war kurz nach unserer Trennung und das mit Leila vor einem Jahr.« Er suchte meinen Blick. »Karolina hat mich betrogen. Das wusstest du, oder?«

»Nein. Nein, das wusste ich nicht. Ich hatte gedacht … na ja, bei den vielen Frauen danach …«

»Du hast recht, es gab danach tatsächlich einige Frauen«, räumte er ein. »Wahrscheinlich nicht so viele, wie du glaubst. Aber solange ich verheiratet war, habe ich die Grenze niemals überschritten. Dass du mir so etwas überhaupt zutraust.«

Ich war völlig verwirrt. Alle meine Vorurteile über Patrick – seine Untreue, seine vielen Affären – lösten sich der Reihe nach schneller in Luft auf, als ich ihn danach fragen konnte. Entweder konnte er sich wirklich gut verkaufen oder – oder ich hatte mich gründlich in ihm geirrt. Ich hoffte, Letzteres war der Fall.

»Ich gehöre nicht zu dieser Sorte Mann, Nev«, sagte er und zog mich an sich. »Ich flirte vielleicht gern … aber so bin ich nicht.«

»Schön«, sagte ich und legte meine Wange an seine Brust. »Dann könnte es mit uns beiden ja vielleicht wirklich funktionieren.«

Kapitel 17

GRACE

Ich wachte in einem leeren Bett auf. Es war noch früh – noch nicht einmal sieben –, aber Roberts Aktentasche, die am Fußende des Betts gelehnt hatte, als ich spät in der Nacht ins Schlafzimmer gekommen war, war verschwunden. Durch die nicht ganz heruntergelassenen Jalousien sickerte rötliches Licht, hübsch, aber irgendwie auch unheilverkündend. *Morgenröte verheißt dem Bauern arge Nöte.* Robert hatte bereits geschnarcht, als ich mich neben ihn legte, deshalb hatte ich noch keine Gelegenheit gehabt, ihm von Moms Herzinfarkt zu erzählen. Aber selbst wenn er noch wach gewesen wäre, hätte ich vielleicht nichts gesagt. Nach seinem Ausbruch neulich hielt ich es für besser, ihm seine Ruhe zu lassen.

Um 8.53 Uhr lag ich immer noch im Bett. Das Licht war inzwischen pfirsichfarben, aber im Übrigen hatte sich nicht viel verändert. Vor mir lagen sieben Anrufe. Ich musste sieben Patientinnen enttäuschen. Bis jetzt hatte ich noch nicht die richtigen Worte gefunden. *Sie erinnern sich, dass Sie sich mir bei der wichtigsten Erfahrung Ihres Lebens anvertrauen wollten? Also, ich werde Sie in letzter Minute ohne brauchbare Alternative hängen lassen, weil gegen mich eine Ermittlung wegen Fahrlässigkeit läuft.* Das entsprach zwar der Wahrheit, hörte sich aber schrecklich an. Je näher der Zeiger der Neun rückte, der Zeit, die ich für einen Anruf für angemessen hielt, desto nervöser wurde ich. Deshalb empfand ich es als willkommene Ablenkung, als um 8.57 Uhr mein Handy klingelte, und ich nahm ab, ohne einen Blick auf das Display zu werfen. »Grace Bradley.«

»Grace, ich bin's, Jane.«

Ich stieß einen stummen Fluch aus. Von meinen sieben Patientinnen war Jane diejenige, bei der mir das Gespräch am schwersten fiel. Erst vor einer Woche hatte sie mir erzählt, dass ihrem Mann gekündigt worden war und dass sie Angst hatte, der Stress könnte ihrem Kind schaden. In den vergangenen Monaten hatte sich zwischen uns eine enge Beziehung entwickelt. Sie jetzt im Stich zu lassen war undenkbar. Einen Moment lang empfand ich einen abgrundtiefen Hass auf Dr. White und seine bescheuerte Beschwerde.

»Jane, hallo. Wie geht …«

»IchhabeseitungefährvierStundenWehen.« Die Worte sprudelten ohne Pause aus Jane heraus.

Ich setzte mich auf. »Wo sind Sie?«

»Zu Hause. Ist es noch zu früh, dass Sie herkommen?«

Ja. Ungefähr einen Monat zu früh.

»In welchen Abständen kommen die Wehen?«

»Bei den letzten beiden waren es ungefähr drei Minuten.«

Meine Hand, in der ich das Handy hielt, begann zu zittern. »Und davor?«

»Na ja … zuerst kamen sie alle acht Minuten, dann alle fünf. Und jetzt sind es drei.«

»Sind sie sehr schmerzhaft?«

»Oh Gott. Moment, Grace. Ohhhhhhh.« Ein vertrautes leises Stöhnen drang an mein Ohr.

»Jane, ist das eine Wehe? Können Sie mir antworten? Versuchen Sie zu sprechen.«

Aus dem Stöhnen wurde ein Wimmern, das nach einer Weile schließlich verebbte. »Entschuldigung. Es wird immer schlimmer. Können Sie kommen?«

Ich rieb mir die Stirn.

»Grace? Sind Sie noch da?«

»Ja. Ich muss Ihnen nur etwas sagen.« Ich rieb mir immer noch die Stirn. »Es tut mir furchtbar leid, aber … ich werde Sie nicht von Ihrem Kind entbinden können.«

»Das meinen Sie nicht ernst, oder?«

»Ich wünschte, es wäre so. Gegen mich liegt eine Beschwerde vor. Man hat mir vorübergehend die Zulassung entzogen, bis die Untersuchung abgeschlossen ist und das Board of Nursing eine Entscheidung getroffen hat. Das dürfte einen Monat dauern.«

»Einen Monat?« Janes Stimme wurde schrill. »Aber mein Baby kommt. Was soll ich denn jetzt machen?«

»In Anbetracht der Tatsache, dass die Geburt bereits begonnen hat, müssen Sie ins Krankenhaus fahren. Das ist wohl die einzige Möglichkeit.« Ich wartete, aber am anderen Ende blieb es still. »Jane? Sind Sie noch da?«

Ich hörte sie atmen, sie war also noch da.

»Jane«, setzte ich erneut an. »Ich kann Ihnen gar nicht sagen, wie leid es mir tut. Das ist alles nur wegen dieser blöden Ermittlung. Aber wenn Sie ins Kranken-«

»Ich habe vor einem Jahr zusehen müssen, wie meine Mutter im Krankenhaus gestorben ist.« Ihre Stimme klang ruhig, fast roboterhaft. »Ich will nicht, dass mein Baby an einem Ort auf die Welt kommt, an dem es von

Krankheit und Tod umgeben ist. Deshalb bin ich zu Ihnen gekommen.«

Mein Herz begann schneller zu schlagen. Ihre Mutter. *Natürlich.*

»Jane. Ich will Ihnen ja bei der Entbindung helfen. Aber wenn ich das tue, riskiere ich, meine Zulassung auf Dauer zu verlieren.«

»Ich werde jedenfalls nicht ins Krank-« Jane sprach nicht zu Ende, sondern begann unter einer neuen Wehe zu stöhnen. Als sie vorüber war, sagte sie: »Tun Sie, was Sie für richtig halten, Grace. Und ich tue das, was ich für richtig halte.«

Fünfzehn Minuten später stand ich in Janes Schlafzimmer. Ich versuchte mich auf die bevorstehende Geburt zu konzentrieren, aber meine Gedanken schweiften ständig ab. Was hätte ich machen sollen? Jane allein zu Hause entbinden lassen? Sie zwingen, ins Krankenhaus zu fahren, wovor sie furchtbare Angst hatte? Ich hatte nicht den Eindruck, dass mir besonders viele Möglichkeiten offenstanden. Aber mir war schwer ums Herz. Was mir am meisten auf der Seele lastete, war nicht die Vorstellung, dass es das Board of Nursing herausfinden könnte, sondern dass es Robert herausfinden könnte.

Jane war in Hockstellung gegangen, gestützt von ihrem Mann. Sie nahm all ihre Kraft zusammen, um ihr Kind aus sich herauszuschieben. Es beeindruckte mich, wie konzentriert und beherrscht sie war. Manchmal war das so. Frauen, die vorher die Ruhe und Gelassenheit in Person gewesen waren, verloren während der Wehen völlig die Nerven, und die zaghaften, ängstlichen wuchsen über sich selbst hinaus.

»Okay, Jane«, ich kniete mich vor sie, »nach der nächsten Presswehe wissen wir, ob es ein Mädchen oder ein Junge ist.«

Als es so weit war, stieß sie einen entschlossenen Schrei aus. Behutsam führte ich den Kopf des Kindes. Die Nabelschnur hatte sich um seinen Hals geschlungen, glücklicherweise nur locker, sodass ich sie leicht lösen konnte. Bei der nächsten Wehe verzerrte sich Janes Gesicht noch einmal, und dann glitt ihr kleiner Sohn in meine Hände. Ich warf einen Blick auf die Uhr. »10.32 Uhr. Eine gute Zeit, um geboren zu werden.«

Ich gab Jane ihr Kind, und es wurde still im Zimmer. Jimmy liefen die Tränen übers Gesicht. Jane sah ihr Kind an, und es erwiderte ihren Blick – ein unsichtbares Band der Liebe spannte sich zwischen den beiden. Wir alle spürten es. Der Raum war von Magie erfüllt. Im Krankenhaus wäre das wohl nicht so gewesen.

»Wollen Sie jetzt versuchen, ihn zu stillen, Jane?«, fragte ich. »Es hilft dabei, dass sich die Gebärmutter zusammenzieht und die Plazenta ausstößt.«

Jane wollte es versuchen. Ich hatte zwar Medikamente dabei, die die Geburt der Plazenta unterstützten, aber die meisten meiner Patientinnen verzichteten lieber darauf. Und meistens bekräftigte ich sie darin. Der weibliche Körper war sehr gut in der Lage, diesen Prozess selbst zu steuern.

Ich breitete einige Handtücher über das Bett, und Jimmy half Jane, sich hinzulegen. Nach kurzer Zeit begann das Kind zu saugen, und ich lehnte mich zurück und wartete auf die Plazenta.

Jimmy und Jane wirkten erschöpft, aber glücklich. Diese Szene konnte ich mir in einem Krankenhaus einfach nicht vorstellen, und wenn ich mich noch so sehr anstrengte. Ich wusste, dass Jane in einer Umgebung, die ihr Angst machte, und mit lauter Fremden um sie herum völlig hysterisch geworden wäre. Wie hatte ich auch nur eine Sekunde lang daran denken können, ihr so etwas anzutun. Hier, in ihrem eigenen Bett, wirkte sie ruhig, zufrieden und stark. Wie es jede Mutter sein sollte.

»Na gut, Plazenta«, sagte ich nach einer Viertelstunde. »Dann lass uns mal sehen, was dich aufhält.«

Ich tastete nach dem Fundus, stellte fest, dass er kontrahierte, und massierte ihn behutsam.

»Alles in Ordnung?«, fragte Jane und hob den Blick zum ersten Mal von ihrem Kind.

»Ja«, sagte ich. »Ich leiste Ihrem Uterus nur ein bisschen Unterstützung. Im Allgemeinen sollte die Plazenta innerhalb einer halben Stunde geboren werden. Wir haben noch Zeit. Stillen Sie ruhig weiter. Sie machen das sehr gut.«

Das Baby saugte weiter zufrieden an Janes Brust. Jimmy schlief an Janes Schulter ein. Zehn Minuten später war die Plazenta noch immer nicht da.

»Noch nichts?«, fragte Jane. Ich merkte, dass sie mein Gesicht musterte, um festzustellen, ob ich mir Sorgen machte, deshalb bemühte ich mich, ihren Blick ruhig zu erwidern.

»Nein.«

»Machen Sie sich Sorgen?«

»Nein«, sagte ich vorsichtig. »Aber je früher sie kommt, desto lieber ist es mir. Wenn Sie damit einverstanden sind, würde ich Ihnen gern eine Spritze geben, damit sie geboren wird.«

Jane runzelte die Stirn, und ich sah förmlich, wie sie

mit sich rang. Ich bezweifelte, dass sie sich weigern würde, aber natürlich wollte sie wie fast alle meiner Patientinnen sichergehen, dass es einen triftigen Grund dafür gab. »Was passiert ohne Spritze?«

»Na ja, dann kommt die Plazenta vielleicht noch von selbst. Es besteht aber auch die Möglichkeit, dass wir Sie ins Krankenhaus bringen müssen. Selbst mit Spritze kann ich Ihnen nicht garantieren, dass Sie nicht doch noch ins Krankenhaus müssen«, fügte ich hinzu. »Aber ich halte es für das Beste, ein bisschen nachzuhelfen. Es ist Ihre Entscheidung.«

»Geben Sie mir die Spritze«, sagte Jane, ohne zu zögern.

Drei Minuten und eine heftige Wehe später war die Plazenta da.

Ich blieb noch bis zum frühen Nachmittag bei Jane und machte – nur für mich – meine Aufzeichnungen, dann begann ich meine Sachen zusammenzupacken. Es war Jimmys Idee, dass ich keine Geburtsurkunde ausstellte. »Wenn wir niemandem sagen, dass Sie hier waren«, sagte er, »dann können Sie auch keinen Ärger kriegen. Wir sagen einfach, dass wir es allein gemacht haben. Das gibt es doch, oder? Wie nennt man es gleich noch mal … Alleingeburt?« Ich sagte, dass ich das für eine sehr gute Idee hielte. Ich war erleichtert.

Ich ließ Jane ein Rezept für Tylenol 3 da (die durch die Spritze ausgelösten Nachwehen konnten ziemlich schmerzhaft sein) und versprach, in ein paar Stunden noch einmal vorbeizuschauen. Dann folgte der unangenehme Teil. Aus mehreren Gründen war es mir lieber, die finanzielle Seite so zu regeln, dass ich einige Zeit nach der Entbindung eine Rechnung schickte. Erstens kam es mir irgendwie nicht richtig vor, die Hand auszustrecken, gleich nachdem ich einen so intimen und besonderen Moment mit einer Familie geteilt hatte. Zweitens war es für gewöhnlich das Letzte, woran die Leute unmittelbar nach der Ankunft eines neuen Familienmitglieds dachten. Aber jetzt, wo ich eigentlich nicht mehr arbeiten durfte, konnte ich mir den Luxus, die Rechnung später zu schicken, nicht leisten.

»Äh, Jimmy?« Ich blieb an der Tür stehen. »Haben Sie einen Moment Zeit?«

Widerstrebend riss sich Jimmy von seiner Frau und seinem Sohn los und folgte mir auf den Flur.

»Wegen meiner Bezahlung. Haben Sie …« Mir wollten einfach nicht die richtigen Worte einfallen. »Äh, wie wollten Sie … das regeln?«

Jimmys Wangen röteten sich. Mir fiel wieder ein, dass er erst kürzlich seine Arbeit verloren hatte.

»Ach so, äh, ja klar. Warten Sie kurz.«

Wie ein Teenager schlurfte er ins Wohnzimmer und öffnete den Reißverschluss der Laptoptasche, die auf dem runden Esstisch lag. Er zog eine Geldbörse mit Klettverschluss heraus. »Wie viel war es gleich noch mal?«

Ich biss mir auf die Lippe. »Äh … dreitausend.«

Jimmy nickte und blickte auf seine Geldbörse. Es war offensichtlich, dass sie nicht einmal annähernd diesen Betrag enthielt. Niedergeschlagen begann er die Geldscheine zu zählen.

»Wie viel haben Sie da, Jimmy?«, fragte ich leise.

Verlegen blickte er hoch. Ich dachte schon, er würde irgendeine Ausrede gebrauchen, dass ihm das Geld gestohlen worden sei oder etwas in der Art, doch stattdessen stieß er nur einen Seufzer aus.

»Ungefähr neunhundert. Reicht das als Anzahlung? Sobald ich wieder Arbeit habe, kriegen Sie den Rest. Ich bin sicher, dass ich bald etwas finde.«

Der Ausdruck auf seinem Gesicht hatte sich innerhalb weniger Minuten völlig verändert. Die Last der neuen Verantwortung begann sich bemerkbar zu machen, und ich wusste nur zu gut, wie schwierig diese Situation für einen Mann sein konnte.

»Nein, Jimmy. Vergessen Sie's. Sie brauchen das Geld nötiger als ich.«

Jimmy sah mich erstaunt an. »Sie meinen … Sie wollen kein Geld?«

Ich war mir der Ironie dieser Situation durchaus bewusst. Robert war sauer auf mich, weil ich unnötig Risiken einging und damit möglicherweise meinen Beitrag zu unserem Lebensunterhalt gefährdete, und jetzt stand ich hier und ging dieses Risiko auch noch ohne jede Bezahlung ein. In welche Richtung hätte Roberts moralischer Kompass in diesem Fall ausgeschlagen? War es ein weiterer Beweis dafür, dass ich den Kopf in den Wolken trug? Vielleicht. Aber ich wusste, in welche Richtung mein moralischer Kompass ausschlug. Und die sagte mir, dass ich das Richtige tat.

Ich lächelte. »Behalten Sie es. Und verwenden Sie es für Ihre Frau und Ihren Sohn.«

Kapitel 18

FLOSS

In einer Krise zeigt sich oft das wahre Wesen eines Menschen. Manche ziehen den Kopf ein und ergreifen die Flucht, andere stürzen sich ins Getümmel, um ihre Mitstreiter zu retten. In meinem Fall hatte kein Kampf stattgefunden – abgesehen vielleicht von dem in meiner Brust. Aber Lil hatte ihr wahres Wesen gezeigt. Sie war eine Heldin.

Sie hatte die vergangene Woche damit verbracht, mir Sachen ins Krankenhaus zu bringen, mit den Ärzten zu sprechen, unseren Alltag zu organisieren. Jeden Tag hatte sie Grace und Neva angerufen und sie auf den neuesten Stand gebracht. Sie hatte so viel Suppe gekocht, dass Kühltruhe und Gefriertruhe voll damit waren. Vermutlich hatte sie in den letzten Tagen insgesamt nicht mehr als ein paar Stunden geschlafen. Jetzt war es an der Zeit, ihr zu zeigen, aus welchem Holz ich geschnitzt war.

Sie saß mir gegenüber auf dem Sofa. Vor uns standen wie Requisiten zwei Becher mit dampfendem Tee, aber ich wusste, dass wir sie nicht anrühren würden. Nach dem, was ich zu sagen hatte, würden wir wahrscheinlich etwas Stärkeres brauchen. Zumindest Lil.

»Also«, sagte ich. »Ich nehme an, dass du wissen willst, was mir auf der Seele liegt.«

»Ja.« Lil richtete sich ein wenig auf, ihr Gesicht war so ernst, dass es mir ins Herz schnitt. »Das würde ich wirklich gerne wissen.«

Ich holte tief Luft. »Gut«, sagte ich. »Dann hör zu.«

Kings Langley, England, 1954

Elizabeth hielt ihre Tochter im Arm. Sie war klein, aber gesund, hatte einen Schopf hellroter Haare und so helle Wimpern, dass sie fast weiß wirkten. Offensichtlich hatte sie sich das, was sie brauchte, von Elizabeth geholt, genau wie Evie gesagt hatte. Bei allem, was Elizabeth hatte durchmachen müssen, hatte sie es geschafft, ihre Tochter zu beschützen.

»Wie willst du sie nennen?«, fragte ich.

»Ich … ich weiß nicht.«

Ich blickte auf das Kind – mit seinem rosigen Gesichtchen war es das vollkommenste Wesen, das ich jemals gesehen hatte. »Nun ja … sie hat so rosige Wangen. Wie wäre es mit Rosie?«

»Nein.« In Elizabeths Stimme schwang ein scharfer Ton. »Nicht Rosie. Bills Mutter heißt Rose.«

Ich hob die Augenbrauen. Elizabeth hatte nie ein schlechtes Wort über Bill oder seine Familie verloren. Aber im Zustand völliger Erschöpfung kam oft die Wahrheit ans Licht.

»Ich werde sie nach meiner Mutter nennen«, sagte sie. »Kannst du sie mal nehmen?« Sie wollte mir das Kind geben, hatte jedoch nicht genug Kraft, um die Arme zu heben. »Ich muss noch die Plazenta rauspressen.«

Sie hatte natürlich recht. Normalerweise wollte sich eine frischgebackene Mutter jedoch unter keinen Umständen von ihrem Kind trennen, oft nicht einmal dann, wenn sie aufs Klo musste. Ich streckte die Hände nach dem kleinen in ein Handtuch gewickelten Bündel aus und setzte mich neben Elizabeth aufs Bett, damit sie es wenigstens in ihrer Nähe hatte. Ich konnte nicht widerstehen und schlug das Handtuch zurück, um die Kleine zu betrachten. Sie hatte die langen, schlanken Gliedmaßen ihrer Mutter und ein niedliches Gesicht. Zu meiner Freude konnte ich keinerlei Ähnlichkeit mit Bill entdecken.

Ich wickelte sie wieder in das Tuch und sah zu, wie die Plazenta geboren wurde. Während Evie sich um den kleinen Dammriss kümmerte, wollte ich Elizabeth ihre Tochter zurückgeben. »Willst du versuchen, sie zu stillen?« Obwohl Elizabeth so unterernährt war, dass sie vermutlich kaum Milch hatte, würde das Saugen dazu beitragen, dass sich der Uterus wieder zusammenzog. Das wusste Elizabeth natürlich. Deshalb war ich überrascht, als sie den Kopf schüttelte.

»Du willst sie nicht stillen?«

»Nein. Mir ist nicht gut, Floss.«

»Das ist wahrscheinlich das Adrenalin.« Ich fühlte mit dem Handrücken ihre Stirn. »Du bist auch ein bisschen blass. Warum legst du die Kleine nicht einfach auf deine Brust, damit sie deinen Herzschlag spürt?«

»Herrgott noch mal, Floss, ich will sie nicht!«

Evie, die auf einem Hocker am Fußende des Betts saß, hob erstaunt die Augenbrauen, genau wie ich.

»Schon gut, schon gut«, erwiderte Evie in munterem Ton, doch ihr Gesichtsausdruck sagte etwas anderes. Sie bedeutete mir mit einer Geste, Elizabeths Bauch abzutasten, da ihre Hände voll Blut waren. Ich tat es.

»Fühlt sich ein wenig schwammig an«, sagte ich.

Evie streifte ihre Handschuhe ab und wusch sich die Hände in dem Eimer mit warmem Wasser zu ihren Füßen, dann setzte sie sich neben Elizabeth. Ich nahm das Kind und ging einen Schritt zur Seite.

»Sieh mich an, Elizabeth«, sagte Evie zu Elizabeth. »Sieh mich bitte mal an!« Als Elizabeth nicht darauf reagierte, fasste Evie sie am Kinn und drehte ihren Kopf zu sich. Elizabeths Blick ging ins Leere. »Floss, leg das Baby in die Wiege.«

Evie hatte nicht lauter gesprochen, aber ihr dringlicher Ton ließ mir die Haare zu Berge stehen. Sie fühlte mit der Hand Elizabeths Stirn und griff nach dem Thermometer auf dem Nachttisch. Ich lief zur Wiege und legte das Kind hinein.

»Geh zu meiner Tasche. Ganz oben liegen sterile Handschuhe, zieh sie an. Ich möchte, dass du vorsichtig den Muttermund abtastest. Tu genau, was ich dir sage.«

Ich arbeitete zwar noch nicht lange als Hebamme, hatte aber schon genug Erfahrung, um zu wissen, dass ich mir Sorgen machen musste. Irgendwie schaffte ich es, die Handschuhe über meine zitternden Finger zu streifen, dann kauerte ich mich auf den Hocker am Fußende des Betts.

»Gut«, sagte Evie. »Taste sie nach einem Koagel ab, so eine Art Pfropf oder Klumpen. Es kann klein sein oder auch groß.«

Elizabeth hatte die Beine gespreizt, und ich begann behutsam, sie zu untersuchen. Meine Bedenken, dass ich das, wovon Evie gesprochen hatte, vielleicht nicht erkennen würde, verflogen, als meine Finger am Muttermund auf eine weiche Masse stießen. Ich tastete sie ab. Es war ein Klumpen, da war ich mir ganz sicher. Und zwar ein sehr großer.

»Gut. Zieh ihn raus.« Evies Stimme klang ruhig, aber bestimmt.

»Evie«, sagte ich, »er ist riesig.«

»Zieh einfach leicht daran. Wenn es ein Koagel ist, löst es sich.«

Ich nickte und nahm den Klumpen vorsichtig. Dann schickte ich ein Stoßgebet gen Himmel und zog. Ein Strahl hellrotes Blut schoss aus Elizabeths Vagina – es war so viel, dass das Handtuch, auf dem sie lag, völlig durchweicht wurde. Gleich darauf folgte ein zweiter Strahl.

»Mein Gott«, sagte ich. »Sie verblutet!«

»Versuch mit der Hand gegen ihren Uterus zu drücken und ihn zu massieren«, schrie Evie, während sie von außen Elizabeths Bauch massierte. »Massier, Floss! Wir müssen es schaffen, dass der Uterus kontrahiert, sonst stirbt sie uns unter den Händen weg.«

Ich folgte Evies Anweisungen und zwang mich, meinen Blick weg von Elizabeth – die mit einem friedlichen Gesichtsausdruck auf dem Bett lag – auf das aus ihr herausströmende Blut zu richten. Komm schon! Ich massierte weiter. *Vater unser, der du bist im Himmel …* Evie betete ebenfalls. Nichts anderes konnte mehr helfen. Die Blutung schien etwas nachzulassen. Normalerweise wäre ich zum nächstgelegenen Telefon gelaufen und hätte einen Krankenwagen gerufen, aber die Möglichkeit bestand hier nicht. Bis zum nächsten Telefon war es eine halbe Stunde mit dem Fahrrad, und so lange würde Elizabeth nicht durchhalten.

»Sie kontrahiert«, sagte Evie, nach ein paar – fünf? –

Minuten in völligem Schweigen. »Was ist mit der Blutung?«

»Ich sehe kein Blut mehr«, sagte ich. »Aber meine Hand steckt noch drin, deshalb kann ich es nicht richtig beurteilen.«

»Zieh deine Hand raus, Floss. Ich massiere von außen weiter. Wir müssen wissen, was los ist.«

Ich zögerte. »Bist du sicher?«

Sie nickte.

»Gut.« Langsam zog ich meine Hand zurück. Sofort kam ein Blutschwall.

»Und?«

»Es blutet immer noch sehr stark.«

Evie schob mich zur Seite und steckte ihre Hand ohne Handschuh in Elizabeth. Ich massierte Elizabeths Bauch. Ihr Uterus fühlte sich schwammig an. Panik erfasste mich, ich hatte das Gefühl, als drückte mir jemand die Kehle zu. *Kontrahiere, Elizabeth! Kontrahiere.* Verzweifelt massierte ich den Fundus. Elizabeth war jetzt schweißüberströmt und blass. Viel zu blass. Sie befand sich in einem Schockzustand. »Evie – soll ich versuchen, ihr das Kind anzulegen, was meinst du?«, fragte ich. »Damit sich der Uterus zusammenzieht?«

Evie war am Fußende des Betts kaum zu sehen, aber ich bekam mit, dass sie den Kopf schüttelte. Sie keuchte vor Anstrengung. Alles würde wieder gut werden. Es *musste* einfach wieder gut werden.

Eine Minute verging, und noch eine.

Wir machten schweigend weiter.

Zehn Minuten vergingen.

Evies Keuchen wurde leiser, und schließlich hörte es ganz auf.

Fünfzehn Minuten vergingen.

Auch mein Atem beruhigte sich langsam.

Elizabeth lag ruhig da, als würde sie schlafen.

Die Stille war unheimlich. Ich suchte Evies Gesicht, wartete auf Anweisungen. Die Linien, die sich kurz zuvor noch tief in ihre Stirn gegraben hatten, waren verschwunden … und hatten einem anderen Ausdruck Platz gemacht.

»Evie?«, sagte ich. Ich versuchte, das Zittern in meiner Stimme zu unterdrücken. Als würde ich sonst etwas eingestehen, was ich noch nicht eingestehen wollte. »Was … was soll ich machen?«

Evie sah mich über Elizabeths Bauch hinweg an. Ihr Gesicht war erschreckend ausdruckslos.

»Nichts, Floss. Du sollst gar nichts machen.« Sie schloss die Augen. »Sie ist tot.«

Kapitel 19

NEVA

Nachdem Patrick eingeschlafen war, lag ich den größten Teil der Nacht wach und dachte darüber nach, was er gesagt hatte. War es möglich, dass der Vater meines Kindes auf der Bildfläche erschien und seine Rechte einforderte? Ich hatte Patricks Frage zwar entschieden verneint, aber … wenn er es herausfand … vielleicht würde er dann ja genau das tun. War das vielleicht der Grund, warum ich seinen Namen für mich behielt? Wenn ja, dann verwandelte sich mein Geheimnis in eine Bombe, die, wenn sie platzte, auch Patrick verletzen könnte.

Als ich am nächsten Morgen im Geburtszentrum eintraf, warf Anne nur einen kurzen Blick auf mich und schickte mich dann für ein Nickerchen in eines der Geburtszimmer. Im Augenblick gab es nichts zu tun, und sie wollte sichergehen, dass ich ausgeruht war, falls eine Frau zur Entbindung kam. Normalerweise hätte ich protestiert, aber heute verzichtete ich darauf. Der Gedanke an ein bisschen Schlaf war einfach zu verlockend.

Als ich aufwachte, stand die Sonne hoch am Himmel. Auf dem Flur war Gekicher zu hören, und gleich darauf öffnete sich die Tür, und Patrick trat an mein Bett. Er gab mir einen Kuss auf den Mund. »Guten Morgen, Prinzessin.«

»Lass das bloß die Prinzessinnen draußen auf dem Flur nicht hören.«

»Aber du bist die Kronprinzessin.« Er gab mir einen Kuss auf die Nase. »Darf ich mich auch hinlegen?«

Ich ignorierte das Ziehen in meinem Unterleib, das ja, Ja, JA schrie, und konzentrierte mich stattdessen darauf, ihn skeptisch anzusehen. »Hast du Wehen?«

»Ihr geht hier mit den Patientinnen ins Bett? Wie unprofessionell. Davon, dass es unhygienisch ist, ganz zu schweigen.«

Ich kicherte. »Ach übrigens, ich weiß einen Witz.«

»Lass hören.«

»Was ist der Unterschied zwischen einer schwangeren Frau und einem Model? – Es gibt keinen, wenn der Freund der Schwangeren weiß, was gut für ihn ist.«

Patrick lächelte. »Ja, und du bist schöner als jedes Model, schwanger oder nicht.«

Ich musste lachen. Er war einfach ein Charmeur.

»Und … werden wir das Kind hier bekommen?« Patrick ging zu dem Gebärstuhl, nahm ein Kissen und drehte es in seinen Händen.

»Nicht unbedingt in diesem Raum, sonst ja. Es gefällt mir hier.«

»Mir auch.« Patrick nickte. »Ach, das hätte ich fast vergessen. Heute Morgen hat mich eine Frau vom Board of Nursing angerufen. Wegen deiner Mutter.«

»Ach ja?« Bei der ganzen Aufregung hatte ich die Beschwerde völlig vergessen. »Was hast du gesagt?«

»Ich habe ihr berichtet, was passiert ist. Dass keine Sekunde lang irgendeine Gefahr für Mutter und Kind bestand und dass Gillian bei deiner Mutter in ebenso guten Händen war wie bei einem Gynäkologen.«

»Wirklich?«

»Es ist die Wahrheit. Hoffentlich ist die Angelegenheit damit erledigt. Was für eine Verschwendung von Steuergeldern, gegen jemanden wie deine Mutter zu ermitteln, während da draußen irgendwelche Quacksalber herumlaufen und behaupten, Ahnung von Medizin zu haben.«

Sein Gesicht war ernst. Mir ging der Gedanke durch den Kopf, dass Patrick genau der Mensch war, mit dem ich gerne den Rest meines Lebens verbringen würde. »Du bist ein guter Mensch, weißt du das?«

»Sag es nicht weiter. Wo wir gerade von deiner Mutter sprechen, ist sie deine Hebamme?«

Ich schnaubte. »Wie kommst du denn auf die Idee?«

»Wer dann?« Er legte sich bäuchlings neben mich auf das Bett und stützte das Kinn in die Hände. »Ich finde, ich sollte es wissen.«

»Susan«, sagte ich.

Er hob eine Augenbraue. »Willst du, dass ich dabei bin?«

Ich zögerte. Bisher war ich stillschweigend davon ausgegangen, dass Patrick dabei sein würde, deshalb war ich gar nicht auf die Idee gekommen, ihn zu fragen. »Oh, äh … na ja, es wäre ganz gut, einen Kinderarzt dabei zu haben. Und die Leute werden es erwarten. Wo du doch der Vater bist und so.« Ich beobachtete Patricks Reaktion, aber er verzog keine Miene. »*Willst* du denn dabei sein?«

Er verschränkte die Arme und tat so, als müsste er nachdenken. »Ja, ich glaube schon. Ich kann für Nachschub an Eiswürfeln sorgen und dir den Schweiß von der Stirn wischen, so was in der Art.«

Ich verkniff mir ein Lächeln. »Schön, dann wäre das ja geklärt.«

Patrick rollte sich auf die Seite und strich mit der Hand über meinen Bauch. Er runzelte die Stirn und drückte dann ohne Vorwarnung knapp oberhalb meines Schambeins fest zu.

»Au!«, rief ich halb lachend, halb stöhnend. »Was machst du denn?«

Statt einer Antwort folgte Patrick mit der Hand der Wölbung meines Bauchs, drückte erneut, diesmal am höchsten Punkt. »Wusstest du, dass dein Kind in Beckenendlage liegt?«

»Nein, das tut es nicht.« Ich schlug ihm spielerisch auf die Hand und schob sie zur Seite. Ich tastete nach dem Kopf und drückte. »Siehst du. Da ist der Kopf.«

»Na ja, ich bin kein Gynäkologe, aber ich würde sagen, es ist eine Steißlage, das hier ist der Rücken, das sind die Beine, das der Kopf und« – er deutete auf mein Becken – »das der Po.«

»Na, ich denke doch mal, eine Steißlage wäre mir aufgefallen.« Ich legte mich flach auf den Rücken und tastete meinen Bauch noch einmal richtig ab. Rücken, Beine, Kopf … Po … Ich hielt inne, tastete erneut.

Patrick sah mich an. »Ich hab's dir doch gesagt.«

Ich tastete die Stelle erneut ab. Er hatte recht. Direkt über meinem Beckenboden war die weiche Rundung eines Pos zu spüren.

»Es kann sich ja noch drehen«, sagte er.

»Schon, aber …« Ich tastete ein drittes Mal danach. »In diesem Stadium ist das eher unwahrscheinlich. Also, dann … dann werde ich wohl doch nicht im Geburtszentrum entbinden.«

Ich versuchte mich aufzusetzen, schaffte es aber nur halb. Patrick stützte mich. »Hey. Alles in Ordnung?«

»Da kann ich nicht viel machen, oder? Wahrscheinlich komme ich um einen Kaiserschnitt nicht herum.« Ich stand auf.

»Das ist noch nicht sicher.« Patrick erhob sich ebenfalls. »Was hältst du davon, wenn wir zu Sean gehen und ihn fragen, was er meint?«

»Nein. Schon gut. Ich habe kein Problem mit einem Kaiserschnitt.«

»Im Ernst? Du bist doch sonst so für die natürliche Geburt …«

»Willst du mich verunsichern?« Ich lächelte.

Patrick sah mich mit gerunzelter Stirn an. »Komm, ich fahr dich nach Hause. Du bist bestimmt müde.«

»Danke, aber mein Dienst ist erst um fünf zu Ende. Und nachdem ich den Vormittag mehr oder weniger verschlafen habe, sollte ich mich jetzt besser an die Arbeit machen.«

»Es stehen keine Entbindungen an.«

»Wir tun hier auch noch andere Dinge, außer Kinder auf die Welt zu holen, Patrick.« Wieder lächelte ich, um ihm zu zeigen, dass es mir gut ging. Patrick sollte sich meinetwegen keine Sorgen machen. Er tat schon genug für mich. »Ich muss mich um die Wöchnerinnen kümmern. Geh du nur. Heute ist doch dein freier Tag.«

»Bist du sicher?«

»Ja. Wir sehen uns später.«

Patrick beugte sich vor und gab mir einen Kuss auf die Wange. »Dann bis später.« Er beugte sich nach unten und drückte einen Kuss auf meinen Bauch. »Bis später.«

Ich lächelte so lange, bis er das Zimmer verlassen hatte, und danach ungefähr noch eine Minute. Als ich sicher sein konnte, dass er wirklich weg war, ließ ich mich auf das Bett sinken.

Eine Steißlage.

All die Bilder, die ich mir bisher ausgemalt hatte – wie ich auf dem Flur auf und ab ging, auf einem Geburtsball saß, in der Wanne lag, hechelte und mein Kind aus mir herausschob –, standen in einem krassen Widerspruch zu dem Bild, wie ich flach auf dem Rücken lag und man mein Kind aus mir herausschnitt wie eine Geschwulst. All die Frauen, die sich vor meinen Augen in Kriegerinnen verwandelt hatten – ich würde niemals dazugehören.

Mir wurde bewusst, dass ich eine Heuchlerin war. Was war mit den Frauen, denen ich auf dem OP-Tisch versichert hatte, dass die Magie der Mutterschaft nichts damit zu tun hatte, auf welche Weise ihr Kind auf die Welt kam? Ich hatte es selbst geglaubt, als ich das sagte. Theoretisch glaubte ich es immer noch. Aber jetzt, wo mir klar wurde, dass es auch bei mir so sein würde, kam ich mir ein bisschen betrogen vor.

Entschlossen stand ich auf, zog meine Schuhe an und sagte Anne, wo sie mich finden konnte, falls ich gebraucht wurde. Dann eilte ich auf die Entbindungsstation. Sean lehnte vor dem Schwesternzimmer am Tresen und erzählte eine Anekdote, die, nach dem unterdrückten Gelächter seiner Zuhörerinnen zu urteilen, entweder unanständig war oder sich um eine der Patientinnen drehte. Marion stand mit verkniffenem Gesicht etwas abseits. Ihre Enttäuschung darüber, dass es ihr nicht gelungen war, in Seans engeren Kreis aufgenommen zu werden, hatte sich in heftige Antipathie verwandelt. Ich bezweifelte, dass Sean sich viel daraus machen würde. Ich wartete, bis er die Pointe erzählt hatte, dann tippte ich ihm auf die Schulter.

»Hast du kurz Zeit?«, sagte ich.

»Klar.« Sean wirkte unnatürlich fröhlich. »Was ist los?«

Ich wollte die Frage gerade an ihn zurückgeben, als ich sah, dass Laura neben ihm stand.

»Oh, Laura, hallo.« Ich schluckte.

»Hallo. Sie sind Neva, richtig?«

Neva. Sie kannte meinen Namen.

Ich nickte. »Wie geht es Ihnen?«

»Sehr gut, danke der Nachfrage.«

Sie sah auch sehr gut aus, wenn man die Umstände bedachte. Sie trug einen frechen, etwas strubbeligen Kurzhaarschnitt und für meinen Geschmack zu viel Make-up, einschließlich eines blauen Lidschattens, der aber irgendwie zu ihr passte. »Wir kommen gerade von einem Termin bei meinem Arzt.«

»Ist alles …?«

»Bestens«, sagte sie. »Von dem Tumor ist kaum noch was zu sehen, ist das nicht unglaublich?«

Das war es wirklich. »Sie sind bestimmt überglücklich. Gehen Sie aus und feiern?«

»Nein, wir fahren nach Hause wie ein langweiliges altes Ehepaar«, sagte Laura, aber das Lächeln, mit dem sie Sean dabei ansah, ließ mich eher an zwei verliebte Teenager denken. »Wollten Sie etwas von Sean?«

»Das kann warten.«

»Nein, nein.« Sie fasste Sean am Ellenbogen und gab ihm einen kleinen Schubs. »Bitte. Er gehört Ihnen.«

Ich kämpfte mit einem riesigen Kloß in meinem Hals.

Kein Wunder, dass sie es geschafft hatte, aus dem Frauenhelden einen fürsorglichen Ehemann zu machen.

»Ich warte unten auf dich«, sagte sie zu Sean. »Ich hoffe, wir sehen uns bald wieder, Neva.«

»Ja, das hoffe ich auch. Und, äh, das sind tolle Neuigkeiten.«

Laura ging beschwingt den Flur hinunter. Nach diesem Untersuchungsergebnis bekümmerte sie offenbar nichts mehr. Sean und ich warteten, bis sich die Aufzugtüren hinter ihr geschlossen hatten.

»Tut mir leid, dass ich euch gestört habe«, sagte ich. »Ich wollte nur kurz was mit dir besprechen.«

Wir gingen zu einer Nische. Sean wirkte angespannt. Wir hatten kaum ein Wort miteinander gewechselt, seit er mitbekommen hatte, dass ich schwanger war. Im Grunde genommen konnte ich es ihm nicht verübeln, dass er nervös war. Ich beschloss, nicht lange um den heißen Brei herumzureden.

»Mein Kind liegt in Beckenendlage.«

Er schaffte es, gleichzeitig erleichtert und bestürzt auszusehen. »Das tut mir leid, Nev.«

»Du kennst wohl nicht zufällig irgendwelche neuen, wirksamen Methoden, mit denen man ein Kind in diesem Stadium der Schwangerschaft dazu bringt, sich zu drehen?« Ich zwang mich zu einem Lachen.

»Ich wünschte, es wäre so.« Er sah mich aufrichtig bekümmert an. »Man kann es natürlich versuchen, aber …«, er legte eine Hand auf meinen Bauch und drückte leicht, »… die Aussichten sind nicht besonders gut.«

»Und du kennst vermutlich auch niemanden, der bei einer Beckenendlage eine vaginale Entbindung machen würde?«

Er hob die Augenbrauen. »Das ziehst du doch hoffentlich nicht ernsthaft in Betracht?«

»Nein, eigentlich nicht.« Ich stieß einen enttäuschten Seufzer aus.

»Geht es dir gut?«

»Ja.«

»Du und Patrick, ihr kommt damit klar?«

Ich nickte.

»Gut.«

Eine verlegene Pause entstand.

»Irgendwie komisch«, sagte Sean dann. »Patrick hat nie erwähnt, dass ihr beide zusammen seid. Damals, meine ich.«

Ich versuchte, Sean in die Augen zu sehen, er wich meinem Blick jedoch aus. »Erzählt dir Patrick denn immer alles?«, fragte ich.

»Nein.« Seine Augen wanderte zu meinem Bauch. Ich hielt die Luft an. »Du bist dir wegen des Geburtstermins sicher?«

»Ja, absolut sicher …«

Bevor ich wusste, wie mir geschah, hatte Sean mich in die Arme genommen und drückte mich etwas zu fest an sich, einen Arm um meine Taille gelegt, mit der anderen Hand meinen Kopf an seine Brust pressend. Seine Erleichterung brachte mich zum Lächeln, und ich ließ ihn einen Moment lang gewähren. Sobald er seinen Griff lockerte, trat ich einen Schritt zurück.

»Das ist toll. Das … ist sicher alles sehr aufregend für dich und Patrick. Ihr werdet bestimmt richtig gute Eltern. Ich wusste schon immer, dass er in dich verliebt ist.«

»Ehrlich?«

»Ich habe schließlich Augen im Kopf. Die meisten Leute dachten, dass du auch in ihn verliebt bist.« Er lachte. »Wie es aussieht, hatten sie recht. Auf jeden Fall finde ich es schön, dass ihr es endlich auf die Reihe gekriegt habt.«

Ich merkte, dass ich rot wurde. War es möglich, dass Patrick und ich die ganze Zeit über ineinander verliebt gewesen waren? Warum hatte ich es nicht gemerkt? Wenn es sogar Sean gemerkt hatte?

»Also, ich geh dann mal besser«, sagte er. »Laura wartet.«

»Ja, natürlich«, sagte ich und gab ihm einen kleinen Stoß, bevor ich hinter ihm aus der Nische trat. Ein paar Meter entfernt stand Marion und sah Sean nach, wie er zum Aufzug eilte, dann wanderte ihr Blick wieder zu mir. Vielleicht war es nur Einbildung – oder vielleicht lag es auch daran, dass ich zu wenig geschlafen hatte –, aber ich hätte schwören können, dass sie die Augenbrauen hob.

Kapitel 20

GRACE

Seit man mir die Zulassung entzogen hatte, hatte ich vier Kindern auf die Welt geholfen. Robert wusste nichts davon. Ich hatte den Müttern reinen Wein eingeschenkt, und alle vier hatten sich dafür entschieden, ihr Glück mit mir als Hebamme zu versuchen. Drei von ihnen hatten mich sogar bezahlt.

Robert hatte ich meine Abwesenheit damit erklärt, dass ich zum Morgenyoga ging oder Lil dabei half, sich um Mom zu kümmern, aber er stellte sowieso nicht viele Fragen. Er kam jeden Tag spät von der Arbeit nach Hause, und wenn er da war, war er immer geistesabwesend. Ich nahm es ihm nicht übel. Monatelang hatte er sich damit herumgequält, wie es finanziell weitergehen sollte, wenn er seine Arbeit verlor. Damit war jetzt Schluss. Ich hatte mich bar bezahlen lassen, und das Geld lag in einem großen gelben Umschlag sicher verwahrt in meinem Arbeitszimmer. Falls alle Stricke rissen, würde es zusammen mit den Steuern, die ich auf diese Weise gespart hatte, für die nächsten Hypothekenraten reichen.

Auch heute Abend war Robert zugeknöpft. Er saß neben mir auf dem Sofa und sah sich eine geistlose Sitcom nach der anderen an. Als ich das Schweigen nicht länger ertrug, sagte ich: »Wie geht's in der Arbeit, Robert?«

Er blinzelte, als hätte er geschlafen oder völlig vergessen, dass ich da war. Dann stieß er einen dieser langen Seufzer durch die Nase aus. »Ach … du weißt ja. Könnte besser laufen.«

»Ich bin da, wenn du reden willst.«

Er lächelte. Es war eine Weile her, seit ich dieses Lächeln gesehen hatte. »Wow.«

»Was, wow?«

»Wow … das sieht dir gar nicht ähnlich. Ich meine das positiv. So was würde eher Floss sagen.«

»Aha.« Ich runzelte die Stirn. »Und was würde ich sagen?«

Robert legte die Hände um den Hals einer imaginären Person vor ihm. »Was ist los mit dir? Du sagst mir jetzt auf der Stelle, was los ist, oder ich nehme mir dein Handy und deine Brieftasche und suche nach Hinweisen!« Er sagte das mit einer affektierten hohen Stimme, die nun wirklich überhaupt nicht nach mir klang.

»Ach ja, und was ist mit dir?« Ich ließ mich zurücksinken und starrte auf den Fernseher. Mit tiefer, gelangweilter Stimme sagte ich: »Wir haben in der Arbeit gerade eine schwierige Phase.« Ich grunzte. »Du verstehst das nicht.«

Robert fing an zu lachen. »Bin ich wirklich so furchtbar?«

»Ja.« Ich lächelte. »Aber ich verzeihe dir.«

Roberts Gesicht wurde wieder ernst. »Heute mussten wir alle einen Fragebogen ausfüllen, worin unsere Arbeit eigentlich besteht. Damit wollen sie natürlich vor allem rauskriegen, wer entbehrlich ist und wer nicht.«

»Das tut mir leid.«

Er machte eine abwehrende Handbewegung. »Du

kannst ja nichts dafür … Aber was ist mit dir?«, fragte er. »Wann ist denn diese Untersuchung abgeschlossen?«

»In ein, zwei Wochen, denke ich.«

Er lächelte. »Du gehst sehr souverän damit um, weißt du das, Grace?«

Ich dachte an die vier Entbindungen, die ich seit dem Anruf vom Board of Nursing durchgeführt hatte. »Danke.«

»Es stimmt.« Er nahm die Fernbedienung und schaltete den Fernseher aus. »Gehen wir ins Bett?«

Draußen war es noch nicht einmal richtig dunkel. Ich warf einen Blick auf die Uhr über dem Fernseher und runzelte die Stirn. »Es ist erst Viertel nach acht.«

»Ich weiß.«

»Oh.«

Wir lächelten einander an. Im selben Augenblick klingelte das Telefon.

»Egal, wer es ist, ich wimmel ihn ab«, sagte Robert und griff nach dem Telefon. Er zwinkerte mir zu und hob den Hörer ans Ohr. »Hallo? Ja, sie ist da.« Er hielt mir den Hörer hin. »Gillian.«

»Ach. Danke.« Ich stand auf und nahm ihn. »Gillian? Ist alles in Ordnung? Wie geht es dem Baby?«

»Sehr gut«, Gillians Stimme klang ruhig, wenngleich ein bisschen zaghaft. »Sie entwickelt sich sehr gut. Nächste Woche haben wir einen Termin bei einem plastischen Chirurgen, den uns Dr. Johnson empfohlen hat, um über die erste Operation zu sprechen. Alle sind ganz zuversichtlich, dass in ein paar Jahren nichts mehr zu sehen sein wird.«

Ich merkte erst jetzt, als sich meine Schultern lockerten, wie verkrampft ich dagestanden hatte. »Das … das ist … wunderbar, Gillian. Ich weiß gar nicht, was ich sagen soll. Das ist fantastisch.«

»Ja, das ist es. Also, ich weiß, dass wir eigentlich nicht miteinander reden dürfen.«

»Stimmt.« In dem Moment, in dem sie es sagte, fiel es mir auch wieder ein. »Aber ich bin froh, dass Sie angerufen haben. Ich habe viel an Sie gedacht.«

»Und ich an Sie. Ich kann einfach nicht begreifen, dass man gegen Sie ermittelt. Und es tut mir wirklich leid, aber ich glaube, ich habe alles noch schlimmer gemacht.«

Sofort war meine gedrückte Stimmung, die das Geplänkel mit Robert vertrieben hatte, wieder zurück. »Was meinen Sie?«

»Diese Ermittlerin hat sich bei mir gemeldet, und ich habe ihr gesagt, dass die Beschwerde einfach lächerlich ist und dass Sie nichts falsch gemacht haben. Ich habe alle Fragen beantwortet, aber … ich fürchte, sie wird Ihnen aus dem, was ich gesagt habe, einen Strick drehen.«

»Was haben Sie denn gesagt?«

»Dass Sie mich nicht über das Risiko aufgeklärt haben, wenn ein Dammriss dritten Grades nicht sofort versorgt wird. Ich habe ihr gesagt, dass ich auf jeden Fall darauf bestanden hätte, nur zusammen mit meinem Baby in die Klinik zu fahren, und dass es keine Rolle gespielt hätte, wenn Sie es mir gesagt hätten. Aber sie hat nicht lockergelassen und immer wieder nachgehakt. Ich hätte einfach sagen sollen, dass Sie mich informiert haben. Ich wollte, ich hätte es getan. Aber ich war wie gelähmt, als sie mich danach gefragt hat, und dann … ich dachte, sie würde es merken, wenn ich lüge. Sie haben es mir nicht gesagt, oder? Vielleicht habe ich es ja nur vergessen?«

»Nein, ich habe es nicht gesagt.« Robert, der immer

noch vor mir stand, deutete mit dem Daumen über seine Schulter, und ich nickte. »Die Ermittlerin hat recht, ich hätte es tun müssen«, sagte ich zu Gillian. »Und es war richtig von Ihnen, nicht zu lügen. Das hätte möglicherweise alles noch schlimmer gemacht. Ich bin Ihnen sehr dankbar, dass Sie mich angerufen haben, und es tut mir leid, dass Sie in diese Sache mit hineingezogen werden.«

»Werden Sie jetzt Schwierigkeiten bekommen? Ich habe so ein schlechtes Gewissen.«

»Wenn ich Schwierigkeiten bekomme, dann ist es meine Schuld, nicht Ihre. Im Ernst, Gillian, Sie dürfen sich deshalb keine Vorwürfe machen. Sie haben eine wahrheitsgemäße Aussage gemacht, genau so, wie Sie es tun sollten. Sie müssen sich jetzt auf Ihre süße kleine Tochter konzentrieren. Lassen Sie diese Ermittlung meine Sorge sein.«

»Sie sind eine ganz tolle Frau, wissen Sie das? Es ist mir ein Rätsel, wo Sie diese Kraft hernehmen. Sie sind bewundernswert.«

»Nein, *Sie* sind bewundernswert. Was mich betrifft – wenn das Board of Nursing feststellt, dass ich fahrlässig gehandelt habe, dann hat das nichts damit zu tun, was Sie gesagt haben. Sondern damit, was ich getan habe. Und dafür muss ich die Konsequenzen tragen.«

»Egal, was die feststellen, bei meinem nächsten Kind will ich Sie auf jeden Fall wieder als Hebamme haben.«

Ich lächelte. »Danke, Gillian. Passen Sie auf sich auf.«

»Sie auch.«

Ich beendete das Gespräch und ließ mich auf einen Stuhl fallen. Und plötzlich empfand ich Mitgefühl für Robert, der im Schlafzimmer auf mich wartete. Das Leben konnte wirklich ein richtiger Lustkiller sein.

Kapitel 21

FLOSS

»Eine Steißlage? Bist du sicher, Liebes?«

Ich hatte gleich das Gefühl gehabt, dass etwas nicht stimmte, als Neva mit Einkaufstüten beladen vor meiner Tür stand. Ihre Haare, die sie normalerweise glatt nach hinten zu einem Pferdeschwanz gebunden trug, standen ihr ungekämmt und wirr vom Kopf ab. Im ersten Augenblick dachte ich, Grace stünde vor mir. Ihr Gesicht war gerötet, und sie sah aus, als hätte sie geweint. Als sie jetzt mit untergeschlagenen Beinen auf meinem Sofa saß, ließ sie ihren Tränen freien Lauf.

»Absolut sicher.« Eine weitere Träne lief ihr über die Wange, und sie wischte sie weg. »Entschuldige, ich weiß auch nicht, was mit mir los ist.«

»Du brauchst dich nicht zu entschuldigen, Liebes.«

»… und was am lächerlichsten ist, ich habe es nicht mal bemerkt. Es war Patrick, der mich darauf aufmerksam gemacht hat. Patrick ist der Mann, den du im Krankenhaus kennengelernt hast«, sagte sie, bevor ich fragen konnte. »Er ist derjenige, der sich für den Vater meines Kindes ausgibt.«

Ich wiederholte den Satz erst einmal im Stillen, um sicherzugehen, dass ich richtig gehört hatte. »Sich für den Vater *ausgibt*?«

Neva nickte.

»Verstehe.« Ich bemühte mich, so zu tun, als wäre das etwas völlig Normales. Jede zu heftige Reaktion hätte nur dazu geführt, dass meine Enkelin in Schweigen verfiel, und es war notwendig, dass sie darüber redete. »Und warum tut er das?«

»Er hat es mir angeboten, damit die Leute aufhören, Fragen zu stellen. Wir haben auch was miteinander.«

Ich wartete, aber es kam nichts mehr. »Patrick muss sehr viel an dir liegen, wenn er bereit ist, sich für den Kindsvater auszugeben«, sagte ich sanft. »Erwiderst du seine Gefühle?«

»Ja, aber …« Sie beendete den Satz nicht.

»Aber was, Liebes?«

»Ich kann mir einfach nicht vorstellen, wie das auf Dauer funktionieren soll. Er ist nun mal nicht der Vater. Und früher oder später wird er wissen wollen, wer es ist.«

»Du hast nicht vor, es ihm zu sagen?«

»Ich kann nicht. Dann würde er mich verlassen.«

Lil trottete im Rücken von Neva an der Türöffnung vorbei durch den Flur, eine Mülltüte in der Hand. Ich fing kurz ihren Blick auf. Nachdem ich gestern Abend mit meiner Beichte fertig gewesen war, hatte sie sich dafür bedankt, dass ich ihr alles erzählt hatte, und war dann ins Bett gegangen. Heute Morgen war sie geschäftig durchs Haus gelaufen und hatte alle möglichen Dinge erledigt, die urplötzlich dringend erledigt werden mussten. Ich ließ sie. Sie brauchte Zeit, um das alles zu verdauen.

»Man kann nie wissen«, sagte ich. »Manchmal reagieren die Leute ganz anders, als man es erwartet.«

»In diesem Fall nicht.«

Neva ließ sich noch tiefer in die Polster sinken, so als würde sie am liebsten darin verschwinden. Ich verzichtete darauf, weiter in sie zu dringen. »Na ja, es liegt natürlich bei dir.«

»Ich wünschte, er wäre wirklich der Vater, Gran.«

»Aber er ist es nicht«, sagte ich. »Es bringt nichts, sich etwas zu wünschen, was nicht sein kann.« Neva nickte und starrte auf ihren Schoß. »Wenn du mich fragst«, fuhr ich fort, »finde ich, dass die Biologie zwar ein sehr interessanter Teil bei der Elternschaft ist, aber eigentlich keine besonders wichtige Rolle dabei spielt.«

»Wirklich?«

Ich nickte. »Ich würde sogar sagen, die Entscheidung, für ein Kind da zu sein, auch wenn man in biologischer Hinsicht nicht mit ihm verwandt ist, macht es zu etwas ganz Besonderem.«

Langsam breitete sich ein Lächeln auf Nevas Gesicht aus. »Du bist sehr klug, weißt du das?«

»Nicht klug, nur alt.«

Sie stemmte sich vom Sofa hoch und gab mir einen Kuss auf die Wange. »Ich muss los.«

Neva ging, und es war wieder still im Zimmer, abgesehen von Lils schlurfenden Schritten nebenan. Nach ein oder zwei Minuten kam sie herein und setzte sich mir gegenüber in den Sessel. »Ist Neva weg?«

Ich nickte. »Sie hat festgestellt, dass ihr Baby in Steißlage liegt.«

»Steißlage?«

»Falsch rum, du kannst auch Beckenendlage sagen. Wahrscheinlich kommt sie um einen Kaiserschnitt nicht herum. Das ist nicht das Ende der Welt, aber für Neva ist es eine ziemliche Enttäuschung.« Ich holte tief Luft. »Und außerdem hat sie noch ein paar andere Probleme. Das arme Mädchen hat sich mit dieser Kindsvater-Geschichte ganz schön in die Bredouille gebracht.«

»Konntest du ihr einen Rat geben?«

»Ich bin wohl kaum die Richtige, um Ratschläge bei einem solchen Geheimnis zu erteilen, Lil. Außerdem ist es kompliziert. Jetzt, wo es Patrick in ihrem Leben gibt, hat sie sehr viel zu verlieren.«

»Man hat immer etwas zu verlieren, wenn es darum geht, die Wahrheit ans Licht zu bringen. Aber man hat auch etwas zu gewinnen.«

Vor mir hatte Lil nur eine Beziehung gehabt, mit einer Frau namens Rosita.

Rosita war verheiratet und hatte mit ihrem Mann vier Kinder, aber sie hatte Lil gesagt, sobald ihr jüngster Sohn achtzehn wäre, würde sie ihren Mann verlassen. Als der Zeitpunkt näher rückte, begann Lil, sich nach einem Haus umzusehen und mietete schließlich ein Cottage in Jamestown – mit Gästezimmer, für den Fall, dass eines von Rositas Kindern sie besuchen wollte. Der achtzehnte Geburtstag von Rositas Jüngstem kam und ging, und trotzdem stattete Rosita dem Cottage auch weiterhin nur tagsüber Besuche ab. Sie und Lil kochten gemeinsam, gingen miteinander einkaufen. Machten Spaziergänge am Strand. Und am Abend fuhr Rosita wieder nach Hause zu ihrem Mann.

An einem sonnigen Nachmittag begegneten sie auf einem dieser Spaziergänge am Pier einem grauhaarigen Mann in den Fünfzigern. Er war ein Freund von Rositas Mann. Rosita trat unauffällig einen Schritt von ihr weg. »Rosita«, sagte der Mann. »Was für eine Überraschung,

Sie auf Conanicut Island zu treffen! Ist Vince auch da?« Sie schüttelten sich die Hand und drehten sich dann beide zu Lil. Lil wartete, während sich Rosita hin und her wand. »Äh, ja«, sagte sie schließlich, »das ist Lil. Eine alte Schulfreundin.«

Lil hatte nicht erwartet, dass Rosita sie als ihre Geliebte vorstellen würde. Aber Rositas Verhalten sprach Bände. An diesem Tag begriff Lil, dass ihre Beziehung immer ein Geheimnis bleiben würde. Und nachdem sie sich ein halbes Leben lang versteckt hatte, war sie nicht bereit, noch länger mit Geheimnissen zu leben.

Ich wusste das alles. Daher hätten mich Lils entschlossene Miene und ihre zu Fäusten geballten Hände eigentlich nicht überraschen sollen. »Worüber sprechen wir gerade, Lil?«, fragte ich.

»Über Geheimnisse. Manchmal bewahren die Leute ein Geheimnis so lange, dass sie darüber den Grund vergessen, warum sie es tun. Oder der Grund ändert sich oder verliert an Bedeutung.«

Ich verstand noch immer nicht so recht, worauf sie hinauswollte. »Soll heißen?«

»Soll heißen, dass Grace inzwischen erwachsen ist. Sie kann damit umgehen.«

»Da bin ich mir nicht so sicher.«

»Doch, das kann sie«, sagte Lil. »Andere Menschen müssen jeden Tag mit viel schlimmeren Dingen fertigwerden. Aber ich bin nicht sicher, ob *du* damit umgehen kannst, dieses Geheimnis weiterhin zu bewahren. Du hast gerade einen Herzinfarkt überstanden, Floss. Wenn du Grace nicht die Wahrheit sagst, fürchte ich …« Sie hielt inne und räusperte sich. »Ich habe Angst, dass es dich umbringen wird.«

»Nein. Du verstehst das nicht, Lil. Wahrscheinlich kannst du es gar nicht verstehen. Jemand, der selbst keine Kinder hat, kann das Bedürfnis, sie um jeden Preis zu beschützen, nicht verstehen. Sie sind wichtiger als man selbst.«

Lil zuckte zusammen, und ich war selbst ein wenig erschrocken über meine Worte. Statt wegzulaufen oder zu weinen, straffte Lil jedoch die Schultern. Es war, als hätte ich sie in ihrer Entschlossenheit nur noch bestärkt. »Warum bist du nicht wenigstens mir gegenüber ehrlich?«, fragte sie. »Hier geht es nicht darum, ob Grace damit umgehen kann oder nicht. Hier geht es um *dich*. Was *du* fürchtest zu verlieren. Du hast nicht um ihretwillen Angst, sondern um deinetwillen. Du hast Angst, dass sie dich nicht länger als ihre Mutter betrachtet, wenn du es ihr sagst.«

»Nein, das ist nicht wahr.«

»Ich mag keine Mutter sein«, fuhr Lil fort, »aber ich weiß, wie es ist, ein Geheimnis mit sich herumzuschleppen. Ich habe mein halbes Leben lang geleugnet, wer ich bin. Und ich habe erst so etwas wie Frieden gefunden, als ich mich der Wahrheit gestellt habe. Ich will, dass du diesen Frieden auch findest, Floss. Du musst Grace die Wahrheit sagen.«

Kapitel 22

NEVA

Als ich auf dem Heimweg an einer roten Ampel halten musste, holte ich mein Handy heraus. Auf dem Display blinkte ein kleiner Umschlag. Ich musste lächeln, als ich Patricks Stimme hörte.

»Nev, ich bin's. Ich hab mir gedacht, dass ich vorbeikommen könnte. Vielleicht könnten wir … ich weiß auch nicht … uns einen Film ansehen und zusammen auf dem Sofa einschlafen, was meinst du? Ruf mich an.«

Mein Herz machte einen kleinen Hüpfer, als ich die Nachricht löschte. An die Vorstellung, mit Patrick zusammen auf dem Sofa einzuschlafen, könnte ich mich gewöhnen. Ich würde mich gern daran gewöhnen. Ich dachte darüber nach, was Gran gesagt hatte. Konnte ich es Patrick erzählen? War es möglich, dass er es verstand? Oder würde ich damit unsere Beziehung zerstören, noch bevor sie richtig angefangen hatte?

Ich hörte die nächste Nachricht ab.

»Hallo. Das ist eine Nachricht für Neva Bradley. Mein Name ist Marie Ableman, ich bin vom Board of Nursing. Es ist jetzt Viertel nach sechs. Könnten Sie mich bitte zurückrufen? Meine Nummer ist 5554102.«

Ich ließ das Handy sinken und starrte auf das Display. Das Board of Nursing? Riefen die bei mir an, um irgendwelche belastenden Beweise gegen meine Mutter zu sammeln? Die Uhr auf meinem Handy zeigte 21.35 Uhr. Zu spät für einen Rückruf. Obwohl … wenn diese Marie Soundso gegen meine Mutter ermittelte, konnte mir eigentlich ihr privater Terminkalender egal sein. Es klingelte vier Mal, bevor jemand abhob.

»Hallo?« Die Stimme einer Frau – die Stimme von der Mailbox. Sie klang verwundert, etwas verärgert und sehr nach Feierabend.

»Hier ist Neva Bradley. Tut mir leid, dass ich so spät anrufe, aber ich habe Ihre Nachricht eben erst abgehört.«

»Ach, Ms. Bradley, danke für Ihren Anruf.« Sofort nahm die Stimme der Frau einen anderen, höflicheren Ton an. Sie holte Luft und wechselte in den Geschäftsmodus. »Wie Sie ja vielleicht wissen, gehe ich einer Beschwerde gegen Grace Bradley im Zusammenhang mit der Entbindung von Gillian Brennan nach. Wenn ich nicht irre, haben Sie bei dieser Entbindung assistiert.«

»Ja.«

»Ich würde Ihnen gern einige Fragen dazu stellen. Es dauert nur ein paar Minuten.«

Aus irgendeinen Grund richtete ich mich in meinem Sitz etwas höher auf. »Schießen Sie los.«

Es dauerte tatsächlich nur ein paar Minuten. Ich beantwortete Maries Fragen wahrheitsgemäß, wenn auch vielleicht ein wenig reserviert. Ich brauchte nicht zu lügen. Meine Mutter hatte nicht fahrlässig gehandelt. Aber wenn es nötig gewesen wäre, hätte ich auch gelogen. Und zwar ohne zu zögern. Ich war mir sicher, dass sie das Gleiche für mich getan hätte.

»Hat Mrs. Bradley Ihrer Meinung nach zu irgendeinem

Zeitpunkt während der Entbindung verantwortungslos gehandelt?«, fragte Marie abschließend.

»Nein. Sie hat die ganze Zeit ausschließlich zum Wohl ihrer Patientin und des Kindes gehandelt.«

»Danke, Ms. Bradley. Sie haben mir sehr geholfen. Das wäre dann alles.«

»Einen Moment. Was geschieht jetzt?«

»Ich muss noch ein paar andere Leute befragen«, sagte Marie Ableman. »Anschließend wird eine Kommission meinen Bericht prüfen und gegenüber dem Board of Nursing eine Empfehlung hinsichtlich des weiteren Vorgehens aussprechen.«

»Und was für ein Vorgehen ist das?«

»Das hängt davon ab. Wenn sich nichts findet, was die Beschwerde untermauert, werden wir empfehlen, den Fall abzuschließen.«

»Und wenn sich etwas findet? Nicht, dass es so sein wird.«

»Falls sich herausstellt, dass Mrs. Bradley fahrlässig gehandelt hat, wird möglicherweise eine Geldbuße gegen sie verhängt, oder man entzieht ihr auf Dauer die Zulassung.« Maries Stimme nahm einen weicheren Ton an. »Aber wie gesagt, ich muss noch ein paar andere Leute befragen. Wir wollen dem Ergebnis nicht vorgreifen.«

Marie Ableman war auf eine nervtötende Weise ruhig, unparteiisch und fair – ganz und gar nicht die blöde Kuh, als die ich sie gerne gesehen hätte. Sie machte einfach nur ihre Arbeit. Ich wollte ihr gern glauben, dass Grace eine faire Anhörung bekommen würde, mehr konnte ich nicht verlangen. Denn ich hatte nicht den geringsten Zweifel daran, dass nichts weiter als eine faire Anhörung nötig war, um den Fall abzuschließen.

»Okay, danke.«

Ich legte auf. Obwohl ich davon überzeugt war, dass Grace entlastet werden würde, war mir ein bisschen flau im Magen. Der Gedanke, dass sie ihre Zulassung verlieren könnte, war unvorstellbar. Das wäre so, als würde eine Weltklasseläuferin beide Beine verlieren. Oder eine Opernsängerin ihre Stimme. Und dieser Verlust würde nicht nur sie treffen, sondern viele Frauen hier in der Gegend.

Ich hielt vor meiner Wohnung. Auf dem Weg die Treppe hoch rief ich Patrick an. Irgendwo im Haus klingelte noch ein Telefon. Ich steckte mir einen Finger ins Ohr und wartete darauf, seine Stimme zu hören. Nach einem weiteren Klingeln meldete er sich.

»Hallo, meine Schöne.«

»Hallo«, sagte ich verlegen. Ich stieg die letzten drei Stufen zu meiner Wohnung hoch und stellte fest, dass die Tür einen Spalt offen stand. »Hey, kann ich dich gleich zurückrufen? Meine Wohnungstür ist offen, und ich muss nachsehen, ob es kein Einbrecher ist.« Ich lachte. »Wenn es einer ist, wird er enttäuscht sein, weil sich bei uns so gar keine teuren technischen Geräte oder andere Wertsachen finden lassen.«

Die Tür ging ein Stück weiter auf, und Patrick stand vor mir. Mit einer Hand presste er sein Handy ans Ohr, die andere hielt er hoch, als wollte er sich ergeben. »Bitte nicht die Polizei rufen.«

Ich verschränkte die Arme. »Nenn mir einen guten Grund, warum ich es nicht tun sollte.«

»Ich stell deinen Videorekorder aus den Neunzigern und deine Sammlung von Spice-Girls-CDs wieder zurück.«

»Auch die *Greatest Hits*?«

Er zog eine Schnute. »Wenn es unbedingt sein muss.«

Wahrscheinlich war das nicht besonders romantisch, aber ich liebte dieses Geplänkel mit Patrick. Abgesehen von Dad und Gran war er der einzige Mensch, in dessen Gegenwart ich mich rundum wohlfühlte. Das musste ein gutes Omen sein. Er trat einen Schritt zur Seite, und ich ging an ihm vorbei in die Wohnung.

»Eine kluge Entscheidung, meinen Videorekorder hierzulassen«, sagte ich. »Wie sollten wir uns sonst einen Film ansehen und auf dem Sofa einschlafen?«

»Aha, du hast meine Nachricht also bekommen.«

Er schloss die Tür und drehte sich zu mir. In dem grauen T-Shirt und den Jeans sah er hinreißend zerknittert und müde aus. Bei seinem Anblick kam ich auf eine andere Idee, und ich trat zu ihm und legte ihm die Hand auf die Brust. »Hab ich. Aber ich wüsste etwas Besseres.«

In diesem Moment piepte die Uhr am Herd, und Patrick machte sich auf den Weg in die Küche. »Ach ja?«, rief er über die Schulter. »Wenn diese Idee was mit Nachos zu tun hat, bin ich dir meilenweit voraus.«

»Äh …« Ich folgte ihm und lehnte mich an den Türrahmen. »Nichts gegen Nachos. Aber ich dachte an was anderes.«

Patrick steckte den Kopf in den Backofen. »Und an was?«

»Na ja … etwas anderes eben.«

Ich ließ ihm Zeit. Schließlich richtete Patrick sich langsam auf. Ich merkte, dass ich rot wurde, aber ich zwang mich, seinem Blick standzuhalten.

Er runzelte die Stirn. »Aber … kalte Nachos schmecken grässlich.«

Mir klappte die Kinnlade herunter.

»Reingefallen!« Mit zwei großen Schritten hatte er die Küche durchquert. »Sie sind zwar wirklich ungenießbar. Aber das ist mir egal. Entschuldigung.« Zwischen den einzelnen Worten bedeckte er mein Gesicht mit Küssen. Ich ließ es mir gefallen, und ich nahm auch seine Entschuldigung an. »Lass uns die Nachos später essen«, sagte er, seine Lippen auf meinen. »Lass sie uns … nie essen.«

Er manövrierte mich rückwärts aus der Küche und murmelte dabei die ganze Zeit vor sich hin, dass ihn Nachos nicht interessierten, dass er sie genau genommen nicht einmal mochte. Auch wenn er sich während seines gesamten Studiums von Nachos ernährt hatte, fand er sie sogar widerlich. Ich lachte zwischen seinen Küssen, während wir uns durch Flur und Wohnzimmer ins Schlafzimmer vorarbeiteten. Als ich mit den Kniekehlen gegen das Bett stieß, blieben wir stehen.

»Schluss mit den Nachos«, befahl ich.

Sein Lächeln verschwand und wich einem ernsten, nachdenklichen Ausdruck. »Was für Nachos?«

Ich streckte die Hand nach seinem obersten Hemdknopf aus und öffnete ihn. Und dann noch einen und noch einen, bis ihm das Hemd schließlich über die Schultern rutschte und auf den Boden fiel. Vorsichtig ließen wir uns auf das Bett sinken. Und nach einer gefühlten Ewigkeit küsste er mich.

Was dann folgte, kam mir vor wie ein Traum. Wir küssten uns wieder und wieder, während unsere Hände und Münder auf Entdeckungsreise gingen. Ich ließ mich zurücksinken, und er küsste meine Brustwarzen, streichelte sie und nahm sie sanft zwischen die Zähne. Ein

Adrenalinstoß fuhr durch meinen Körper und ich gab mich der erregenden Vorstellung hin, was passieren würde, wenn sein Mund weiter nach unten wanderte.

Als hätte Patrick meine Gedanken gelesen, verschwand sein Kopf hinter meinem Bauch. Ich blickte an die Decke und dann … *ahh* … spürte ich seine Lippen warm und feucht auf mir. Ich hob ihm mein Becken entgegen und legte den Kopf zurück. *Oh Gott.*

Abrupt löste er sich von mir, und kalte Luft traf mich dort, wo eben noch sein Mund gewesen war. Ich wollte gerade protestieren, als er die Hände um meine Taille legte, mich anhob, herumdrehte. Gleich darauf war ich auf den Knien, und seine Lippen wanderten über meinen Rücken.

»Gut so?«, fragte er.

»Ja«, hauchte ich. *Und wie gut.*

Als er in mich eindrang, holten wir beide tief Luft. Und einen Herzschlag lang verharrten wir so, Patrick tief in mir. Schließlich fasste er mich bei den Hüften und begann sich zu bewegen.

Ich kam seinen Bewegungen entgegen und presste mich an ihn. Als ich ihn stöhnen hörte, begann auch ich loszulassen. Ich fühlte mich geborgen. Sexy. Sicher. Und vielleicht zum ersten Mal in meinem Leben hatte ich das Gefühl, genau am richtigen Ort zu sein.

Der darauffolgende Monat zog an mir vorbei wie eine Aneinanderreihung von Filmszenen: einzelne Schnappschüsse, die einander so rasch abwechselten, dass ich mich nur an das Glücksgefühl erinnerte und nicht an den jeweiligen Moment. Fast meinte ich die Hintergrundmusik zu hören, sanft und leise wie ein Stück von Sarah

McLachlan. Patrick und ich waren ein Paar. Wir erwarteten ein Kind.

Ende November zog Eloise mit Ted zusammen, und obwohl Patrick nicht offiziell in meiner Wohnung einzog, lebte er praktisch bei mir. Wir funktionierten Eloises Zimmer zum Kinderzimmer um, das heißt, wir stapelten dort die Kartons mit den Sachen, die wir bei IKEA gekauft, aber noch nicht ausgepackt hatten – ein Kinderbett, einen Wickeltisch, eine Wiege. Patrick bestellte online einen Kinderwagen, seinen Worten zufolge der Rolls Royce unter den Kinderwagen, doch als er dann vor uns stand, wussten wir nicht, wie man ihn zusammenbaute, deshalb wurde er ebenfalls samt Karton im Kinderzimmer zwischengelagert. Falls Patrick sich fragte, wer der leibliche Vater meines Kindes war, sprach er es nicht an. Deshalb beschloss ich, es auch nicht zu tun. Patrick war der Vater und damit basta.

In der Zwischenzeit bereitete ich mich auf die Geburt vor. Ich hatte an diesem Tag einen Termin bei Dr. Hargreaves und wollte Patrick in zwanzig Minuten dort treffen. Ich stapfte durch den knöchelhohen Schnee, und dabei knirschten meine Stiefel auf dem Eis, das sich auf dem Bürgersteig gebildet hatte. Dem Termin war ein Gespräch vorausgegangen, das ebenso unerwartet gewesen war wie der heftige Schneefall.

»Ich habe morgen früh einen Termin bei Dr. Hargreaves für den Ultraschall«, hatte ich beim Frühstück zwischen zwei Bissen Toast zu Patrick gesagt. »Um neun. Schaffst du das?«

»Lorraine Hargreaves? Bei der *leitenden Oberärztin* Lorraine Hargreaves? Du weißt, wie man sich an die richtigen Leute heranmacht, Nev.«

»Sie hat es mir selbst angeboten, schon vergessen?«

»Ach ja.« Patrick nickte gebührend beeindruckt. »Natürlich komme ich mit. Hoffentlich hat sie gute Neuigkeiten für uns. Vielleicht kann sie das Kind ja drehen?«

»Das ist eher unwahrscheinlich. Ich habe schon mit Sean darüber gesprochen. Er hat gemeint, es sehe nicht gut aus, als er es abgetastet hat.«

Patrick blinzelte ein paarmal, bevor er etwas erwidern konnte. »Sean hat dich *untersucht*?«

»Nein.« Ich schnappte mir seine Scheibe Toast und biss ein Stück ab. »Er hat nur meinen Bauch abgetastet. Auf dem Flur.« Auf meine Worte folgte ein langes, unbehagliches Schweigen.

»Was ist?«, fragte ich schließlich.

»Nichts. Ich will nur nicht … dass Sean dich anfasst.«

»Warum?«

»Darum. Es ist irgendwie … merkwürdig. Und er würde es mir ewig und drei Tage unter die Nase reiben.« Er hob seine Kaffeetasse und starrte hinein.

»Alles in Ordnung, Patrick?«

»Klar.« Mit gesenktem Kopf lächelte er mir flüchtig zu. »Alles bestens.«

Wir beendeten unser Frühstück und gingen jeder seinen Pflichten nach, aber das Gespräch hatte mich aufgewühlt. Wenn Patrick schon so heftig darauf reagierte, dass Sean nur mal kurz meinen Bauch abgetastet hatte, dann wollte ich mir lieber nicht vorstellen, was er sagen würde, wenn er wüsste, was wir sonst noch getan hatten. Ich hatte den Eindruck, dass es Patrick in gewisser Hinsicht ganz recht war, den Kopf in den Sand zu stecken und so zu tun, als wäre mein Baby das Ergebnis der unbefleckten Empfängnis und nicht das Kind eines anderen Mannes. Aber wie lange konnte das gut gehen? Wir bewegten uns auf gefährlich dünnem Eis, und sobald einer von uns nicht achtgab, würden wir beide einbrechen.

Jetzt zog ich mir die Kapuze meiner Steppjacke über den Kopf. Es war schneidend kalt. Den Versuch, den Reißverschluss zuzuziehen, musste ich aufgeben. Ich war ganz offiziell hochschwanger. Der Herbst hatte sich in diesem Jahr milde gezeigt, aber heute schien es, als hätte Mutter Natur bei einem Blick in den Kalender festgestellt, dass sie verschlafen hatte, und versuchte jetzt, die verlorene Zeit aufzuholen.

Ich eilte ins Foyer des Krankenhauses und schlug meine Kapuze zurück, als ich die warme Heizungsluft auf dem Gesicht spürte. Eloise durchquerte gerade das Foyer, und ich winkte ihr zu, aber sie bemerkte mich nicht. Patrick stand am Informationsschalter und sprach offensichtlich mit den Eltern eines seiner kleinen Patienten. Sein grüner Kittel ließ ein großes V aus brauner Haut und Brusthaaren sehen, darüber hing das orangefarbene Band, an dem sein Ausweis befestigt war. Nach der Nachtschicht in der Notaufnahme sah er müde aus, dennoch lächelte er das Paar an und strich dem kleinen Jungen, der einen Arm in der Schlinge trug, übers Haar. Ich blieb an der Tür stehen und rieb meine halb erfrorenen Hände aneinander, während ich wartete.

Patrick fing meinen Blick auf. Er verabschiedete sich von dem Paar und kam zu mir. Sein Lächeln zeigte mir, dass unser seltsames Gespräch über Sean vergessen war. Im Moment.

»Hi.« Seine Lippen streiften meine.

»Lange Nacht?«

Er zuckte mit den Schultern, nahm mir meine Jacke ab und legte sie sich über den Arm. Dann fasste er nach meiner Hand. Während wir nebeneinander den Flur entlanggingen, fiel mir sein ungewöhnlich breites Grinsen auf.

»Was ist?«

»Ich freue mich drauf, das Baby zu sehen.«

»Oh ja«, ich lächelte, »ich auch.«

Er führte mich durch das Krankenhaus, ein Labyrinth aus Gängen, in denen ich mich nach all den Jahren, die ich hier arbeitete, immer noch verirrte. Unterwegs kamen wir an einigen Leuten vorbei, die Patrick zunickten, meinem Blick jedoch geflissentlich auswichen. Bevor ich allzu lange darüber nachdenken konnte, standen wir schon vor einer weißen Tür mit einem Glaseinsatz und einem Schild, auf dem DR. LORRAINE HARGREAVES stand, gefolgt von einer Menge Buchstaben. Wir traten ein.

»Neva Bradley und Patrick Johnson«, sagte Patrick. »Wir haben einen Termin.«

»Richtig«, sagte Dr. Hargreaves, die in diesem Augenblick an den Empfangstresen trat, zusammen mit einer hochschwangeren Frau und dem zukünftigen Vater, wie ich annahm, auch wenn man mit solchen Annahmen ja wohl besser vorsichtig sein sollte. »Gehen Sie doch schon mal rein«, sagte sie und deutete auf die Tür, durch die sie gerade getreten war, um anschließend ihrer Sekretärin Anweisungen für die Rechnung an das im Aufbruch begriffene Paar zu geben. Patrick und ich folgten ihrer Aufforderung und setzten uns in ihr Sprechzimmer. Wenig später kam auch Dr. Hargreaves.

»Eine Beckenendlage, hm?«, sagte sie, nachdem sie

einen Blick auf ihre Aufzeichnungen geworfen hatte. »Schade. Aber Sie können ja beim nächsten Mal versuchen, vaginal zu entbinden.«

»Vielleicht«, sagte ich. Ich wollte im Moment nicht näher auf das Thema eingehen. Nicht vor Dr. Hargreaves. »Wir werden sehen.«

»Würden Sie jetzt schon gerne erfahren, welches Geschlecht Ihr Kind hat?«

»Nein«, sagte Patrick wie aus der Pistole geschossen, obwohl wir gar nicht darüber gesprochen hatten. Er sah mich an. »Ich meine … wollen wir doch nicht, oder?«

»Nein, ich denke nicht.«

»Gut«, sagte Dr. Hargreaves. »Ich mag Überraschungen auch. Dann wollen wir es uns mal ansehen. Auf die Liege mit Ihnen, Neva.«

Ich merkte, dass ich ein bisschen aufgeregt war; und Patrick ließ sich offenbar davon anstecken. Mit seiner Hilfe kletterte ich auf die Liege und blieb still sitzen, während Dr. Hargreaves meinen Blutdruck maß. Dann legte ich mich hin und schob mein T-Shirt nach oben. Patrick hielt meine Hand, die Augen bereits auf den Monitor gerichtet.

»Zuerst messe ich es mal.« Dr. Hargreaves griff in ihre Tasche, zog ein Maßband heraus und legte es vom Becken bis zu den Rippen über meinen Bauch. Sie schnalzte mit der Zunge. »Ganz schön groß für die sechsunddreißigste Woche«, sagte sie eher zu sich selbst. »Das wird mal so groß wie Sie, Patrick.«

Patricks Lächeln gefror.

»So, jetzt wird es gleich ein bisschen kalt, Neva.« Sie verteilte das durchsichtige, klebrige Gel auf meinem Bauch. »Dann wollen wir mal sehen.«

Sie fuhr mit dem Ultraschallgerät über meinen Bauch, und gleich darauf erschien auf dem Monitor ein schlagendes Herz. Patrick umklammerte meine Hand.

»Da ist es.« Dr. Hargreaves bewegte das Gerät weiter. »Kopf, Po – verkehrt herum –, und hier ist das Herz, das Gehirn.« Ich stellte fest, dass Patrick den Monitor anlächelte. »Rechter Arm, linker Arm, rechtes Bein, linkes Bein. Diesen Bereich lasse ich aus, weil Sie das Geschlecht ja nicht wissen wollen.«

Ich merkte, dass ich ebenfalls lächelte. Als ich festgestellt hatte, dass ich schwanger war, hatte ich nicht damit gerechnet, dass ich einmal in einer solchen Situation sein würde – dass ich einen liebevollen Mann, einen zukünftigen Vater an meiner Seite haben würde. Und obwohl ich mir nie erlaubt hatte, intensiver darüber nachzudenken, fand ich die Vorstellung, dass ich all das hätte allein durchziehen müssen, auf einmal deprimierend.

»Ich würde mal sagen, das sieht sehr gut aus«, erklärte Dr. Hargreaves. »Sie können dann wieder aufstehen.«

Sie wischte meinen Bauch mit einem Papiertuch ab. Nachdem wir wieder um ihren Schreibtisch herumsaßen, öffnete sie ein neues Dokument auf ihrem Computer.

»Gut, ich hätte dann noch ein paar Fragen an Sie beide. Gibt es irgendwelche Erbkrankheiten, von denen ich wissen sollte? Herzfehler, Spina bifida, Blutkrankheiten, Down-Syndrom?«

»Nein«, sagte ich.

»Und in Ihrer Familie, Patrick?«

»Äh, nein. Nicht dass ich wüsste.«

Patrick schüttelte den Kopf ein bisschen zu heftig, beinahe so, als hätte er einen Krampf. Dr. Hargreaves schien es nicht zu bemerken, aber mir fiel es auf.

»Und Sie haben seit Beginn der Schwangerschaft regelmäßig Ihre Vitamine genommen, Neva?«

Ich nickte.

»Gut. Dann dürfte so weit alles ziemlich normal vonstattengehen. Wenn Sie wollen, können wir den Kaiserschnitt noch vor Weihnachten machen. Das wäre nur eine Woche vor dem errechneten Termin. Sozusagen als kleines Weihnachtsgeschenk für Sie.«

Nach Kalender und Stoppuhr zu entbinden entsprach nicht meinen Vorstellungen. Bevor ich jedoch wieder Selbstmitleid bekommen konnte, erschien auf Patricks Gesicht ein strahlendes Lächeln. »Das wäre das schönste Weihnachtsgeschenk aller Zeiten.«

»Gut. Lassen Sie sich von Amelia einen Termin geben, wenn Sie gehen. Gibt es sonst noch etwas? Irgendwelche Fragen?«

Wir tauschten zum Abschied die üblichen Höflichkeitsfloskeln aus, und anschließend begleitete mich Patrick ins Geburtszentrum zu meiner Schicht.

Auf halbem Weg blieb er stehen. »Nev, ich habe nachgedacht.«

Angesichts seiner ernsten Miene verkniff ich mir die Bemerkung, dass das seinem Kopf schaden könnte. »Ich höre.«

»Wegen der Erbkrankheiten, nach denen Lorraine sich vorhin erkundigt hat – das sind wichtige Informationen. Ich habe dauernd mit Kindern zu tun, die mit genetischen Defekten auf die Welt kommen. Das ist schrecklich, vor allem, wenn man nicht darauf vorbereitet ist. Es ist von großem Wert, wenn man vorher darüber Bescheid weiß – man kann sich dann darauf einstellen, planen und sofort mit der Behandlung beginnen.«

»Das Kind wird keinen genetischen Defekt haben.«

»Bist du da ganz sicher?« Patrick mahlte mit den Kiefern. »Kennst du den Vater gut genug?«

»Ja, ich kenne ihn sehr gut.«

Er wurde blass. Ich nahm seine Hand.

»Du bist der Vater, Patrick. In jeder Hinsicht, die zählt.«

Das war nicht die Antwort, auf die er gehofft hatte. Oder vielleicht war sie es doch. Ich hatte den Eindruck, dass Patrick sich in den vergangenen Wochen ebenso sehr an mein Geheimnis gewöhnt hatte wie ich selbst. Der Gedanke, dass es keinen Vater gab, war wesentlich leichter zu akzeptieren als der Gedanke, dass irgendwo da draußen ein unbekannter Mann lauerte und jeden Moment in unser Leben platzen und es auf den Kopf stellen könnte.

Mit einem resignierten Seufzer gab Patrick mir einen Kuss auf die Schläfe, bevor wir weitergingen. Es mochte ein Sieg sein, aber es fühlte sich nicht so an. Über kurz oder lang würde das Thema erneut zur Sprache kommen. Und letzten Endes würden wir uns beide der Wahrheit stellen müssen.

Kapitel 23

GRACE

Neva und Mom ließen sich auf den Küchenhockern nieder und schälten Erbsen, während ich die Seezungenfilets panierte. Ich hatte mich auf unser monatliches Essen gefreut. Robert hatte seit Tagen kaum ein Wort gesprochen – seine Arbeit fraß ihn förmlich auf –, und ich hatte gehofft, mich heute Abend mal wieder ausgiebig unterhalten zu können. Vergeblich. Mom und Neva starrten über die Erbsen hinweg an die gegenüberliegende Wand, antworteten einsilbig auf Fragen, die ich ihnen stellte, und machten keinerlei Anstalten, von sich aus etwas zum Gespräch beizutragen. Offenbar hatten sie auch ein Schweigegelübde abgelegt, wie Robert.

Ich überlegte, ob ich mein Geheimnis mit ihnen teilen sollte, nämlich dass ich weiter Entbindungen durchführte, obwohl die Untersuchung noch nicht abgeschlossen war, ließ es dann aber lieber bleiben. Irgendwie machte mir mein Doppelleben Spaß. So als würde ich damit dem eingebildeten Arzt, der die Beschwerde gegen mich eingereicht hatte, den Stinkefinger zeigen. Die organisatorische Seite war das einzige Problem. Vorgestern hatte ich von einer Frau eine SMS bekommen, dass die Wehen eingesetzt hatten. Um zwei Uhr morgens. Robert war wach geworden, als ich mich gerade hatte anziehen wollen, und ich hatte so tun müssen, als würde ich schlafwandeln. Ich hatte ein paar Minuten gewartet, bis er wieder eingeschlafen war, dann hatte ich meine Schlüssel genommen und das Haus im Schlafanzug verlassen.

Hin und wieder, wenn ich mir gestattete, intensiver darüber nachzudenken, wurde mir zwar schon bange wegen der Konsequenzen, die es nach sich ziehen würde, wenn ich erwischt wurde. Seitens des Board of Nursing. Seitens Roberts. Aber diese Gedanken vertrieb ich jedes Mal schnell wieder. *Denk positiv, Grace. Denk positiv.*

»Gibt es irgendwas, das du nicht essen magst, Schätzchen?«, fragte ich Neva in der Hoffnung, ein paar Worte aus meiner ungewöhnlich schweigsamen Tochter herauszulocken. »Als ich mit dir schwanger war, hat schon der Anblick von einem Champignon gereicht, und ich musste mich übergeben.«

Neva zuckte die Achseln. »Ich glaube, ich vertrage keinen Thunfisch mehr.«

»Oh.« Ich hielt inne, die Hände noch in der Schüssel mit dem Paniermehl. »Und was ist mit Seezunge? Geht Seezunge?«

»Ich glaub schon. Genau weiß ich es erst, wenn du den Teller vor mich hinstellst.«

Ich kicherte und suchte Moms Blick. Jede Frau, die schon mal schwanger gewesen war, konnte das nachempfinden. »Hattest du während deiner Schwangerschaft eine Aversion gegen irgendwas, Mom?«

Mom blickte konzentriert auf ihren Ärmel und zupfte eine Fussel ab. »Vermutlich schon.«

»Und was ist mit Gelüsten?«, fragte ich. »Als ich mit

Neva schwanger war, hätte ich von morgens bis abends gebratenen Reis essen können.«

»Ach, ich weiß nicht mehr … das ist sehr lange her, Liebes.«

Ihre Erinnerungslücken waren manchmal wirklich seltsam. Auch wenn sie dreiundachtzig war, sollte man doch meinen, dass sich bestimmte Dinge unauslöschlich in ihr Gedächtnis eingebrannt hatten.

Gerade als wir uns an den Tisch setzen wollten, läutete es an der Tür. »Neva«, sagte ich, »dein Vater will sich das Hockeyspiel ansehen. Würdest du ihm sein Essen ins Arbeitszimmer bringen? Sei so lieb – er hat schlechte Laune.«

Auf dem Weg zur Tür trocknete ich mir die Hände an einem Geschirrtuch ab. Davor stand eine kleine Frau mit kurz geschnittenen graublonden Haaren. Zum Schutz gegen den Wind hielt sie mit einer Hand den Kragen ihres marineblauen Anoraks zu.

»Ja, bitte?«

»Guten Abend. Ich bin Marie Ableman. Vom Board of Nursing.« Ein Windstoß fegte um das Haus, und sie zog ihren Kragen noch ein bisschen enger um den Hals. Sie zitterte.

»Oh. Äh … Kommen Sie rein.«

Ich hielt ihr die Tür auf, und sie trat in die Diele. »Habe ich vergessen, dass Sie kommen wollten?«

»Nein. Ich wollte Sie eigentlich morgen anrufen, aber dann dachte ich, es wäre vielleicht besser, persönlich mit Ihnen zu sprechen. Ich hoffe, es macht Ihnen nichts aus, dass ich Sie zu Hause störe.«

»Nein, nein.«

Aber natürlich machte es mir etwas aus. Gute Nachrichten übermittelte man auf dem schnellstmöglichen Weg, per Telefon oder E-Mail. Schlechte Nachrichten überbrachte man persönlich. Zumindest stellte ich mir das so vor.

»Die Untersuchung läuft noch«, sagte sie, wie als Antwort auf meine nicht gestellte Frage. »Wir müssen noch ein paar Leute befragen.«

»Verstehe.«

»Ich bin deswegen hier.« Sie griff in ihre Tasche und zog ein zusammengefaltetes Blatt Papier heraus. Die Fotokopie eines Rezepts. »Es hat mich aufmerken lassen, dass Sie dieser Frau am Tag der Geburt ihres Sohnes Tylenol 3 verschrieben haben. Und noch mehr, dass sie eine frühere Patientin von Ihnen ist. Und als ich dann noch feststellen musste, dass die Geburtsurkunde nicht von einem Arzt unterschrieben ist, fing ich an, misstrauisch zu werden.«

Maries Haltung war die einer Frau, die sich Mühe gab, gerecht zu sein. Das gehörte wohl zu ihrem Berufsethos. »Auch wenn Sie daran vielleicht zweifeln, Mrs. Bradley, ich stehe auf Ihrer Seite. Ich bin selbst Krankenschwester. Ich weiß, dass es ein schwieriger, mitunter undankbarer Beruf ist. Ich glaube nicht, dass Sie absichtlich fahrlässig gehandelt oder versucht haben, Gillian und ihrem Kind zu schaden. Ich bin sicher, dass Sie das getan haben, was Sie für das Beste hielten. Doch jetzt habe ich Grund zu der Annahme, dass sie weiterhin Entbindungen durchführen, obwohl die Untersuchung noch nicht abgeschlossen ist und es Ihnen ausdrücklich untersagt wurde. Ich möchte Ihnen wirklich gern helfen, aber wenn das der Fall ist, sind mir die Hände gebunden.«

Ich spürte, dass meine Wangen zu brennen begannen.

Sie hatten mich erwischt. In gewisser Weise fühlte ich mich erleichtert. Dieses Geheimnis schien doch schwerer auf mir gelastet zu haben, als ich hatte wahrhaben wollen. »Marie, es tut mir leid …«

»Es ist nicht der Fall«, sagte Neva vom Durchgang her. Neben ihr stand Mom. Es war ein seltsamer Anblick, zwei kleine, zierliche Frauen, die zusammen auf einmal riesig wirkten.

»Was ist nicht der Fall?«, fragte Marie.

»Das Rezept. Das ist nicht die Unterschrift von Grace. Es ist meine. Ich bin Neva, Grace' Tochter.«

»*Sie* haben Jane Harris, der früheren Patientin Ihrer Mutter, ein Rezept für Tylenol 3 ausgestellt?«, fragte Marie.

»Ja. Und ich habe sie von ihrem Kind entbunden. Ich habe meiner Mutter angeboten, alle ihre Entbindungen zu übernehmen, solange die Untersuchung gegen sie läuft. Auf diese Weise konnte Grace wenigstens dabei sein, und die fortlaufende Betreuung der Frauen war gesichert.«

»Das ist also Ihre Unterschrift?«, fragte Marie.

Neva trat einen Schritt vor und sah flüchtig auf das Blatt Papier. »Ja.«

Marie betrachtete die Unterschrift, und Neva folgte ihrem Blick. Da stand eindeutig G. Bradley, aber Neva war nicht so leicht aus der Ruhe zu bringen, das musste man ihr lassen. »Ich hatte gerade eine fünfzehn Stunden dauernde Entbindung hinter mir. Wollen Sie da mit mir über meine Handschrift streiten?«

Ich merkte, dass Mom langsam näher kam, bis wir drei – Mom, Neva und ich – Schulter an Schulter nebeneinanderstanden. Marie sah von einer zur anderen, dann schüttelte sie den Kopf. Sie wusste, dass sie recht hatte, aber sie konnte es nicht beweisen.

»Nein, das will ich nicht. Ich bin hier, weil mir daran gelegen ist, dass die Leute eine gute Versorgung bekommen. Ob Sie es glauben oder nicht, ich bin keineswegs der Meinung, dass Ärzte das immer am besten beurteilen können. Aber Sie müssen mit mir kooperieren.« Sie sah Neva an. »Also, falls Sie noch weitere Patientinnen Ihrer Mutter entbinden, dann achten Sie bitte darauf, dass Sie auch die Geburtsurkunde unterschreiben. In Ordnung?«

Neva nickte. »Ja. Ich werde es mir merken. Tut mir leid.«

»Und vielleicht könnten Sie auch Ihre Rezepte mit den richtigen Initialen unterschreiben.«

Nevas Wangen röteten sich leicht.

»Ich bringe Sie hinaus«, sagte ich, als Marie sich zur Tür wandte.

»Nicht nötig, Mrs. Bradley, ich finde allein raus.«

Wir sahen ihr nach. Als die Tür hinter ihr ins Schloss gefallen war, drehte ich mich zu meiner Tochter um. »Danke, Schätzchen. Ich danke dir von Herzen.«

»Ich weiß ja nicht, was in deinem Kopf vor sich geht, Grace«, sagte Neva kopfschüttelnd, »aber eine kleine Vorwarnung wäre hilfreich gewesen. Und was soll eigentlich diese leserliche Unterschrift? Mensch, kannst du nicht mal versuchen, so zu kritzeln wie ein …«

»Arzt!«, sagten wir im Chor und mussten alle drei lachen, ein bisschen übermütig von unserem kleinen Sieg.

»Kommt«, ich hängte mich bei Mom und Neva ein. »Ich glaube, ich schulde euch eine Erklärung. Ich werde euch beim Essen alles erzählen.« Wir gingen in Richtung Esszimmer.

»Vielleicht wärst du so nett, es mir auch zu erzählen?«

Im ersten Moment war ich wie erstarrt, dann hob ich den Kopf und sah zum Treppenabsatz, wo Robert stand. Und meine gute Laune war schlagartig verflogen.

Kapitel 24

NEVA

Als ich meine Schicht im Geburtszentrum antrat, war ich bereits ziemlich angespannt. Patrick hatte sich in den letzten Tagen merkwürdig rargemacht. Er hatte behauptet, er sei müde, weil er eine Woche Nachtdienst hinter sich habe, und vielleicht steckte ja wirklich nichts weiter dahinter, aber … er fehlte mir.

Möglicherweise rührte meine Unruhe ja auch von den Konflikten in meiner Familie her. Dad war stinksauer auf Grace gewesen, nachdem er mitbekommen hatte, was Marie Ableman vom Board of Nursing zu ihr gesagt hatte. Gran und ich hatten versucht, nicht hinzuhören, während wir schweigend aßen, aber sie stritten so laut, dass das schwierig war. Ich war kurz davor, aufzustehen und Dad die Meinung zu sagen. Er schoss wirklich übers Ziel hinaus – was Grace getan hatte, war dumm gewesen, aber letztlich gut gemeint. Gran hielt mich jedoch zurück. Sie meinte, es gebe sehr viel schwächere Menschen als Grace, die jeden Tag mit Schlimmerem fertigwerden müssten – das mache sie umso stärker.

Auch sie schien irgendwas mit sich herumzuschleppen, aber ich hatte keine Ahnung, was.

Jedenfalls hoffte ich, dass ich in dieser Schicht zusammen mit Susan einem neuen Leben auf die Welt helfen durfte. Damit ließe sich bestimmt mein inneres Gleichgewicht wiederherstellen. Aber Susan hatte Urlaub. Das hatte ich völlig vergessen. Und ich war zusammen mit Iris eingeteilt.

Mit Iris arbeitete ich am wenigsten gern zusammen. Sie war zwar geduldig und konnte auch gut mit den Patientinnen umgehen, aber gleichzeitig hatte sie die nervtötende Angewohnheit, mit allen Leuten so zu reden, als wären sie kleine Kinder, wobei sie heute beschlossen hatte, mit mir überhaupt nicht zu reden, sondern nur indirekt über die werdende Mutter mit mir zu kommunizieren.

»Versuchen Sie, während der Wehen gleichmäßig zu atmen«, sagte sie zu Brianna. »So ist es brav. Danach schlägt Ihnen Neva vielleicht ein warmes Bad vor, das die Schmerzen etwas erträglicher macht. Sie ist hier zuständig.«

Brianna kniete im Vierfüßlerstand auf dem Boden und näherte sich eindeutig der Übergangsphase. Ihr Mann George kauerte neben ihr, rieb ihr den Rücken und wirkte im Übrigen völlig überfordert. Ich überflog die Aufzeichnungen und sah, dass bei der letzten Untersuchung der Muttermund sechs Zentimeter weit geöffnet und die Fruchtblase intakt gewesen war. Ein warmes Bad war keine schlechte Idee.

»Na, wie wäre es mit einem schönen warmen Bad?«, fragte ich munter, als die Wehe vorbei war. Falls Iris die Ironie in meiner Stimme auffiel, ließ sie es sich nicht anmerken.

»Prima Idee«, sagte sie, meinem Blick ausweichend. »Ich lasse das Wasser ein.«

Ich sah Iris stirnrunzelnd hinterher, wie sie im Bad verschwand. Etwas schien sie stark zu beschäftigen. Hatte ich sie irgendwie verärgert?

»Neva«, sagte Brianna und lenkte meine Aufmerksamkeit wieder auf sich. »Es tut so weh.«

»Das ist die schlimmste Phase«, sagte ich und kauerte mich neben sie. »Aber es dauert nicht mehr lange, dann halten Sie Ihr Kind im Arm. In der Zwischenzeit hilft Ihnen das warme Wasser, die Schmerzen leichter zu ertragen. Haben Sie Ihren iPod mit der Playlist dabei, von der Sie mir erzählt haben? Vielen Frauen hilft Musik.«

George wühlte bereits in Briannas Tasche nach dem iPod, man sah ihm an, dass er froh war, etwas tun zu können. Ich beschloss, dass er sich noch weiter nützlich machen konnte. »Was halten Sie davon, wenn ich George einige der Akupressurpunkte an Ihren Füßen zeige? Damit lassen sich die Schmerzen oft erheblich lindern.«

»Das Bad ist fertig«, verkündete Iris, die in diesem Augenblick zurückkam. »George, wenn Sie Briann die Füße massieren wollen, setzen Sie sich am besten ans Ende der Wanne.«

»Brianna*a*«, flüsterte ich mit einem verschwörerischen Zwinkern, das Iris jedoch ignorierte. Merkwürdig. Da war eindeutig irgendwas im Busch. Sie mochte herablassend sein, aber unhöflich war sie eigentlich nicht.

»Äh … gut, dann wollen wir mal«, sagte ich. »George, helfen Sie Brianna beim Ausziehen? Ich bereite hier nur noch ein paar Dinge vor.«

Sobald Brianna ausgezogen war, begleitete Iris sie wortlos ins Bad und half ihr in die Wanne. Ich schaltete im Entbindungsraum das Wärmebett ein und legte meine Instrumente zurecht.

»Brianna würde ihren iPod gern an den Surroundton

anschließen«, sagte Iris, die unbemerkt hinter mir aufgetaucht war. »Wissen Sie, wo die Lautsprecher sind?«

»Im Schrank bei den Handtüchern. Aber, Iris, einen Moment bitte«, sagte ich. »Ist alles in Ordnung?«

»Sicher. Was sollte denn nicht in Ordnung sein?«

»Keine Ahnung. Aber Sie scheinen sauer auf mich zu sein.«

»Ich bin nicht sauer.« Sie runzelte die Stirn und überlegte offenbar, ob sie noch mehr sagen sollte. »Nur überrascht. Ich muss zugeben, dass ich so etwas nicht von Ihnen erwartet hätte.«

»Was meinen Sie denn?«

»Na ja«, sagte sie. »Ich habe das von Ihnen und Sean gehört. Dass Sie hinter Patricks Rücken eine Affäre haben.«

Ich öffnete den Mund, es dauerte jedoch einen Moment, bevor ich tatsächlich ein Wort herausbrachte.

»*Was?*«

Iris verschränkte die Arme. »Stimmt es denn nicht?«

»Natürlich nicht! Wer hat Ihnen das erzählt?«

»Meine Quelle ist absolut verlässlich.«

»Iris, sind wir hier im Kindergarten, oder was? Was wird über Sean und mich getratscht?«

Sie presste die Lippen aufeinander. »Dass Ihr Kind von ihm ist. Dass Sie beide eine Affäre hatten und dass Sie jetzt versuchen, das Kind Patrick unterzuschieben.«

Mir blieb der Mund offen stehen. Ich war immer noch damit beschäftigt, die Tragweite ihrer Worte zu begreifen, als George in der Tür erschien und sich räusperte.

»Äh, entschuldigen Sie. Brianna will anfangen zu pressen.«

Die Sohlen meiner Turnschuhe quietschen auf dem Linoleum. Seit Beginn meiner Schwangerschaft hatte ich mich nicht mehr so schnell bewegt. Die letzten Meter bis zum Aufzug sprintete ich.

Die Aufzugtüren öffneten sich, und vor mir standen drei Krankenschwestern, die ich kannte. Ein kurzer Blick genügte, und mir war klar, dass sie das Gerücht ebenfalls gehört hatten. Wahrscheinlich waren sie entzückt darüber. Patrick Johnson war bald wieder auf dem Markt. Eine von ihnen würde es ihm sicher nur zu gern brühwarm erzählen. Gott sei Dank war er erst heute Abend wieder zum Dienst eingeteilt.

Ich stieg auf der Entbindungsstation aus. Dort suchte ich die Flure ab und warf einen Blick in jedes Zimmer, an dem ich vorbeikam. Ich wollte mich gerade am Empfang erkundigen, ob Sean auch Nachtschicht hatte, als ich seine Stimme hörte. Ich drehte mich um. Er stand ein paar Meter entfernt und sprach mit einem frischgebackenen Elternpaar, das, sein Baby in einer Babyschale zwischen sich, die Klinik offenbar gerade verlassen wollte.

»Am besten fangen Sie schon mal an, fürs College zu sparen«, sagte er. »Und nicht vergessen, Babys sind vom Umtausch ausgeschlossen, auch mit Quittung.«

Die beiden lachten und winkten Sean zum Abschied zu. Als sie weggingen, bemerkte mich Sean. »Hey, Nev. Was ist los?«

»Hier macht das Gerücht die Runde, dass wir eine Affäre haben.«

»Wie bitte?«

»Iris hat es mir vorhin gesagt. Demnach habe ich Patrick mit dir betrogen, und das Kind ist von dir.«

»Das ist doch lächerlich.« Nach außen hin zeigte Sean

die leicht arrogante, selbstbewusste Haltung, die er im Lauf der Jahre perfektioniert hatte, aber dahinter blitzte Nervosität auf. »Wer hat dieses Gerücht in die Welt gesetzt?«

»Iris wollte es mir nicht sagen. Aber danach, wie mich alle ansehen, hat es schon im ganzen Krankenhaus die Runde gemacht.«

»Scheiße.« Er fuhr sich mit der Hand durch die Haare. »Hast du den Kolleginnen im Geburtszentrum etwas davon erzählt?«

Ich verzichtete auf eine Antwort, und Sean erwartete offenbar auch keine.

»Egal«, sagte er. »Das ist nur Getratsche. Wir sollten es einfach ignorieren. Irgendwann glätten sich die Wogen wieder. Vor allem, wenn es nicht wahr ist.«

»Es ist aber auch nicht ganz falsch, Sean.«

»Doch«, erwiderte Sean schroff, dann senkte er die Stimme. »Es *ist* falsch. Wir haben keine Affäre.«

Ich packte ihn am Arm und zog ihn ins Treppenhaus. Es war nicht nötig, dass Sean alles noch schlimmer machte, indem wir den Leuten eine Szene boten, die als Streit eines Liebespaars gedeutet werden konnte.

Sobald wir im Treppenhaus waren, schüttelte er meinen Arm ab und begann hin und her zu gehen. »Tut mir leid, das macht mich einfach sauer. Die Leute setzen ein Gerücht in die Welt, ohne daran zu denken, dass sie damit vielleicht mein Leben ruinieren. Stell dir bloß mal vor, wenn das Laura zu Ohren kommt.«

»Und was ist mit Patrick?« Manchmal war Sean wirklich ein gnadenloser Egoist, der keinen Gedanken daran verschwendete, wie es anderen ging. »Mich betrifft das auch, weißt du.«

Sean hörte mir gar nicht zu. »Verdammt noch mal, sie hatten damals gerade den Hirntumor diagnostiziert. Ich will sie jetzt nicht wegen eines Ausrutschers verlieren, der nur deswegen passiert ist, weil du sturzbesoffen warst und ich vor Sorge völlig neben mir stand.«

Ich wollte sagen, er solle still sein, doch unwillkürlich standen mir die Ereignisse dieser Nacht wieder vor Augen. Und zwar erstaunlich lebhaft, wenn man bedachte, wie betrunken ich gewesen war. Ich konnte Seans Gesicht vor mir sehen, wie betäubt hatte er an die Wand des Aufenthaltsraums gestarrt, wo ich ihn dank eines Hinweises der Schwestern schließlich entdeckt hatte. Seiner starren Haltung nach zu urteilen, saß er schon eine ganze Weile so da.

Laura sollte am nächsten Tag operiert werden und verbrachte die Nacht im Krankenhaus, deshalb rief ich Patrick an, und wir schleiften Sean auf einen Drink ins Hip. Wir dachten, ein oder zwei Gläser würden ihn vielleicht aus seiner Erstarrung holen, ihn zum Reden bringen, aber er saß einfach nur da und starrte stundenlang ins Leere. Er wirkte so verloren, wie ich ihn noch nie erlebt hatte – nicht nach dem Tod seines Vaters, nicht bei seiner ersten Totgeburt. Sean und ich tranken ein Bier nach dem anderen, einen Wein nach dem anderen. Es war das einzige Mal, dass ich mich ganz bewusst volllaufen ließ, so als könnte ich auf diese Weise meine Solidarität mit Sean unter Beweis stellen. Patrick, der Nachtschicht hatte, blieb nüchtern.

Als die Kneipe zumachte, ging Patrick zurück ins Krankenhaus. Ich wollte Sean in ein Taxi setzen, doch als wir auf der Straße standen, fing er plötzlich an zu reden. Es sprudelte nur so aus ihm heraus – wie ohnmächtig er sich fühlte, weil er Laura nicht helfen konnte. Nachdem ich ihm eine Stunde lang in der Kälte bibbernd zugehört hatte, nahm ich ihn mit in meine Wohnung. Ich machte ihm ein Bett auf dem Sofa und half ihm, sich hinzulegen.

»Du bist ein guter Kerl, Nev«, lallte er.

Ich nickte und deckte ihn zu. Irgendwie bildete ich mir ein, es könnte ihm ein bisschen Geborgenheit vermitteln, wenn ich ihn wie ein Baby fest in die Decke wickelte. Vielleicht fiel mir auch nur nichts anderes ein, weil ich zu betrunken war.

»Kannst du noch ein bisschen bei mir bleiben?«, fragte er. »Ich will jetzt nicht allein sein.«

»Ich schlafe hier im Sessel«, sagte ich, froh, dass mir der Weg in mein Schlafzimmer erspart blieb. So wie sich mein Kopf anfühlte, war ich nicht sicher, dass ich es noch bis dorthin schaffen würde. »Weck mich einfach, wenn du reden willst.«

Sean schlug die Decke zurück, die ich gerade um ihn herum festgestopft hatte. »Kannst du nicht hier schlafen?«

Sein Gesicht war blass, und er sah mich mit großen Augen an, wie ein Fünfjähriger. Keine Spur mehr von dem arroganten, selbstsicheren Mann, den ich kannte. Und da das Sofa auch wesentlich einladender aussah als der Sessel, legte ich mich schläfrig neben ihn, meinen Rücken an seinen Bauch gedrückt. Ich glaube, ich hörte Sean noch Danke sagen, bevor ich mit seinem warmen, schweren Arm auf mir einschlief.

Ich wachte von dem Gefühl auf, dass etwas nicht stimmte. Es war noch dunkel, und ich hörte leises Weinen. Unbeholfen drehte ich mich um.

»Sean, ist alles in Ordnung?«

»Nein. Es ist überhaupt nichts in Ordnung«, schluchzte er. »Verdammt, warum passiert das ausgerechnet mir?«

»Ich weiß es nicht«, sagte ich und streichelte seine Schulter. Ich bemühte mich, mein Hirn in Gang zu bringen, um meinen Freund mit ein paar klugen Worten zu trösten. Aber alles, was ich sagte, klang so benebelt, wie ich mich fühlte. Einer der Lieblingssprüche von Grace fiel mir ein: *Suche nicht die großen Worte, eine kleine Geste genügt*. Eine kleine Geste müsste ich selbst in meinem Zustand noch hinkriegen.

Ich wand mich hin und her, bis ich es schaffte, die Arme um Seans Hals zu legen. Er presste sein Gesicht an meine Brust. Er weinte noch eine Weile vor sich hin, und ich war gerade wieder am Wegdämmern, als er plötzlich »Nev?« sagte.

»Hmm?« Ich bog den Kopf zurück, um ihn anzusehen, und im nächsten Moment war er über mir wie eine Sturmbö: Lippen, Hände und alles andere. Er drehte mich auf den Rücken, und plötzlich spürte ich ein wildes Verlangen. Vor meinen Augen wirbelten Schemen durcheinander. Und bevor ich wusste, wie mir geschah, lag er auch schon auf mir.

In hintersten Winkel meines Hirns wusste ich, dass hier etwas passierte, was nicht richtig war. Doch ich kam einfach nicht darauf, was, während sich unsere Arme und Beine in der Dunkelheit ineinander verschlangen. Es war, als befände ich mich unter Wasser und würde eine wunderschöne verästelte Koralle bewundern, während drei Meter über mir Regen auf die Wasseroberfläche prasselte. Ich vermutete, dass da oben irgendetwas war, aber ich war zu beschäftigt, um nachzusehen.

Am nächsten Morgen war Sean verschwunden, und ich war froh darüber. Allein aufzuwachen verlieh meiner Überzeugung, dass das alles nur ein Traum gewesen war, mehr Kraft.

Danach sah ich Sean zwei Wochen lang nicht. Er hatte sich freigenommen, um sich nach Lauras Operation um sie zu kümmern. Solange er nicht da war, konnte ich so tun, als wäre es niemals passiert. Und als er wiederkam, machten wir genauso weiter. Bis er von meiner Schwangerschaft erfuhr, hatte er diese Nacht einfach aus seiner Erinnerung verdrängt. Aber jetzt mussten wir uns damit auseinandersetzen.

»Du wirst sie nicht verlieren, Sean. Niemand weiß, was in dieser Nacht passiert ist, zumindest habe ich niemandem davon erzählt. Wahrscheinlich rührt dieses Gerücht daher, dass uns jemand zusammen im Pub gesehen oder uns dabei beobachtet hat, wie wir uns auf dem Flur einen Witz zugeflüstert haben oder …« Ich sprach den Satz nicht zu Ende.

»Was ist?«, fragte Sean.

»Marion.« Ich fluchte leise vor mich hin. »Erinnerst du dich an neulich, als ich raufgekommen bin und dir gesagt habe, dass mein Kind in Steißlage liegt? Du hast mich in den Arm genommen. Und nachdem du weg warst, habe ich gemerkt, dass uns Marion beobachtet hat. Offenbar hat sie in diese Umarmung alles Mögliche reininterpretiert, und da sie sowieso noch ein Hühnchen mit dir zu rupfen hatte …«

»Und sie wäre die Letzte, die so etwas für sich behalten würde. Scheiße!« Sean streckte die Hand nach dem Türgriff aus. »Ich werde der Sache auf der Stelle ein Ende machen. Lauf mir bloß nicht hinterher, verdammt noch mal. Es fehlt gerade noch, dass uns jemand zusammen aus dem Treppenhaus kommen sieht.«

Ein Luftzug strich über mich hinweg, und Sean war verschwunden. Auf dem Weg, das Problem aus der Welt zu schaffen. Ich nahm ihm seinen barschen Ton nicht übel. Solange er sich um Marion kümmerte, konnte er mit mir reden, wie er wollte. Ich drehte mich um und wollte nach dem Geländer greifen, da stockte mir der Atem.

»Patrick.«

Er stand einen Treppenabsatz tiefer, ein Kissen unter den Arm geklemmt. Seine Augen waren starr auf die Stufen vor ihm gerichtet. »Ich wollte dir das hier bringen. Für den Fall, dass du öfter mal ein Nickerchen im Geburtszentrum machen willst.« Er hob den Kopf und sah mich an. Sein Blick war ausdruckslos, kalt. »Du und Sean? Im Ernst?«

Am liebsten wäre ich zu ihm gelaufen und hätte ihn angefleht, mir zu verzeihen, aber ich war im neunten Monat schwanger, deshalb ging ich die Treppe langsam Stufe für Stufe hinunter. Auf der letzten griff ich nach seinem Arm. Immerhin ließ er es zu, dass ich mich an ihm festhielt, bis ich mit beiden Füßen sicher auf dem Treppenabsatz stand. Dann schüttelte er mich ab.

»Eines musst du wissen«, sagte ich. »Es gibt kein ›ich und Sean‹. Vermutlich hat Marion dieses Gerücht in die Welt gesetzt. Wir haben *keine* Affäre.«

»Aber ihr habt miteinander geschlafen?«

Ich sah ihn an und nickte, da mir keine andere Wahl blieb. »Und das da …«, er tippte mit dem Finger auf meinen Bauch, »… ist *sein* Kind?« Er musterte mein Gesicht, wartete auf eine Bestätigung.

Eine Träne lief mir über die Wange. »Ja.«

»Wann?«

Ich senkte den Blick.

»*Wann*, Neva?«

»Erinnerst du dich an den Abend, an dem uns Sean von Lauras Tumor erzählt hat?« Es fiel mir unendlich schwer, aber ich sah ihm in die Augen. Patricks Gesicht war wie versteinert – kein Blinzeln, kein Zucken um den Mund. Ich zwang mich weiterzusprechen. »Er wollte nicht allein sein. Ich hab ihm angeboten, mit zu mir zu kommen …«

»Ich verstehe.«

»Nein, das tust du nicht.«

Patrick begann auf und ab zu gehen. Ich folgte ihm mit meinem Blick. Betrachtete die Linie seines Kinns, die Art, wie er den Arm hielt. Es war unfassbar, dass dieser wunderbare Mann vor wenigen Minuten noch zu mir gehört hatte. Er hatte sein Leben mit mir und meinem Kind teilen wollen. Mir wurde schwindlig.

»Neva?«

Plötzlich war sein Gesicht dicht vor mir.

»Ja?«

»Geht es dir gut?«

»Ja. Mir ist nur …«, die Wände schwankten leicht, »… ein bisschen schwindlig.«

»Setz dich«, sagte er.

Ich wollte den Kopf schütteln, aber Patrick legte den Arm um mich und zwang mich, mich auf den Boden zu setzen. »Atme tief durch.«

»Ich hab das alles nicht gewollt«, sagte ich, während er mich nach hinten sinken ließ, bis mein Rücken an der Wand lehnte. »Das Letzte, was ich wollte, war, dir wehzutun.«

Er setzte sich neben mich. »Ich weiß.«

Er klang resigniert. Ich hätte gern noch etwas gesagt, aber mir fehlten die Worte. Deshalb blieb ich einfach neben ihm sitzen. In Anbetracht dessen, was ich ihm gerade gebeichtet hatte, war ich nicht sicher, ob ich jemals wieder die Gelegenheit dazu haben würde.

Ein paar Minuten später ging die Tür auf, und auf dem oberen Treppenabsatz erschien eine Schwester, die ich flüchtig kannte. »Ist etwas passiert? Brauchen Sie Hilfe?«

»Rose.« Patrick sprang auf, als wäre er gerade aus einem Traum erwacht. »Neva fühlt sich nicht gut. Sie ist in der sechsunddreißigsten Woche schwanger und zur Entbindung im Geburtszentrum angemeldet. Können Sie ihr Puls und Blutdruck messen?«

Die Schwester kam die Treppe herunter. »Natürlich, Dr. Johnson.«

Patrick zog mich hoch. »Rufen Sie ihr anschließend bitte ein Taxi, wenn sonst alles in Ordnung ist?« Er sah mich an. »Ich will nicht, dass du bei diesem Wetter nach Hause läufst, okay?«

Im ersten Moment begriff ich den Sinn seiner Worte nicht. Dann fiel der Groschen. »Du kommst nicht mit?«

Patrick schüttelte den Kopf. »Ich rufe von zu Hause im Krankenhaus an, um mich zu vergewissern, dass alles in Ordnung ist.«

Ich nickte. Irgendwie schaffte ich es sogar, ein Danke zu murmeln.

Die Schwester hakte sich bei mir unter. »Ich werde mich um sie kümmern. Soll ich die Ergebnisse ans Geburtszentrum schicken, Dr. Johnson?«

»Ja, danke, Rose.« Er sah mich an. »Kommst du klar, Neva?«

Ich tat, als hätte ich die Frage nicht gehört, und ließ mich von Rose die Treppe hinaufführen. Im Abschiednehmen war ich noch nie besonders gut gewesen. Und ganz gleich, was zwischen uns gewesen war, ich wollte nicht, dass Patrick mich weinen sah.

Kapitel 25

GRACE

Ich schaffte es gerade noch rechtzeitig nach Hause, bevor es zu schneien begann und sich die Straßen in Rutschbahnen verwandelten – kein guter Tag zum Autofahren. Als ich vor unserem Haus hielt, wurde im Radio gemeldet, dass es auf der Beavertail Road einen Unfall gegeben hatte und die Straße in beiden Richtungen gesperrt war. Normalerweise hätte ich mir Sorgen gemacht, dass bei einer meiner Patientinnen heute Nacht die Wehen einsetzen könnten, aber da ich ja nicht länger heimlich Entbindungen durchführte, hatte ich keine Patientinnen mehr.

Ich hatte Robert noch nie so wütend erlebt. Wie er mich angesehen hatte – es war noch hundertmal schlimmer gewesen als neulich, als ich ihm von den Ermittlungen gegen mich erzählt hatte. Er hatte mich regelrecht beschimpft, von Betrug, Unehrlichkeit, Enttäuschung gesprochen. Anfangs war ich ruhig geblieben. Schließlich hatte ich es verdient. Doch als er überhaupt nicht mehr aufhörte, sich über meinen Egoismus auszulassen, platzte mir der Kragen.

»Jetzt mach mal halblang!«, schrie ich. »Dann habe ich eben einen Fehler gemacht, und was ist mit dir? Seit Wochen läufst du hier mit Leichenbittermiene herum. *Ich Ärmster, ich könnte meinen Job verlieren. Ich Ärmster, heute sind wieder Leute entlassen worden.* Wie wär's mal mit: *Ich Glücklicher, ich habe meinen Job noch. Ich Glücklicher, ich bin heute nicht entlassen worden!* Ist dir eigentlich jemals in den Sinn gekommen, dass ich das alles nur für uns getan habe? In meiner Schreibtischschublade liegt ein Umschlag voll Geld …«

»Na großartig, dann sind wir jetzt also auch noch Steuerhinterzieher? Toll, Grace. Du hast recht. Ich sollte vor Freude außer mir sein.«

Zu guter Letzt hatten wir einen Waffenstillstand geschlossen und waren getrennt schlafen gegangen. Seither hatten wir kaum miteinander gesprochen, und ich war immer noch sauer.

Warme Luft kam mir entgegen, als ich die Haustür öffnete. Was ich jetzt brauchte, war ein Teller heiße Suppe. Ich legte Schal, Mütze und Handschuhe ab und steuerte mit meinen Einkaufstüten die Küche an. Plötzlich drang aus dem Wohnzimmer Nevas Stimme an mein Ohr und ließ mich stehen bleiben. Ich hatte ihr Auto gar nicht gesehen. Es klang, als würde sie weinen.

»Bist du sicher, dass es vorbei ist?«, fragte Robert.

Neva nickte offenbar.

»Dann ist er ein Idiot. Ein rücksichtsloser Idiot. Dich kurz vor der Geburt deines Kindes sitzen zu lassen. Das hast du nicht verdient.«

Ich schlich mich ein paar Schritte näher und legte ein Ohr an die Wand.

»Ich habe mit einen verheirateten Mann geschlafen, Dad. Einem Mann, der mit seiner Frau eine sehr schlimme Zeit durchgemacht hat.«

Ich schlug eine Hand vor den Mund, während Robert in seiner stoischen Art überhaupt nichts sagte.

»Sie war krank – seine Frau, meine ich –, aber jetzt geht es ihr wieder gut. Sie weiß nichts von mir. Das Ganze war ein schrecklicher Fehler.«

Am liebsten wäre ich zu ihr gelaufen und hätte sie in die Arme genommen, aber irgendetwas hielt mich davon ab. Robert war bei ihr.

»Soll ich dir mal was sagen, Spätzchen? Wenn ich in der Ehe mit deiner Mutter eines gelernt habe, dann dass Fehler, Irrtümer und Versäumnisse manchmal das Beste sind. Und um bei den Fehlern zu bleiben – ich würde sagen, das ist der beste, den du jemals gemacht hast. Neues Leben zu schaffen. Mir ein Enkelkind zu schenken.«

Neva lachte und schniefte gleichzeitig. »Du klingst schon wie Grace.«

»Sie hat im Lauf der Jahre auf mich abgefärbt. Und was Patrick angeht … ich denke, er braucht ein bisschen Zeit. Vielleicht kommt er zurück. Man kann nie wissen.«

»Das bezweifle ich. Warum sollte er?«

»Du kannst dich natürlich vor Selbstvorwürfen zerfleischen, wenn du unbedingt willst, und dir die Gründe vorbeten, warum er nicht zu dir zurückkommt, warum er es nicht tun *sollte*. Aber weißt du was? Das ändert nicht das Geringste am Ergebnis. Du solltest dich lieber auf das konzentrieren, was du hast, und das ist ein Baby, schon sehr bald. Dein Baby mag keinen Vater haben, aber es hat viel Glück, was seine Mutter angeht.«

Ich linste um die Ecke. Robert hatte den Arm um Neva gelegt, und ihr Kopf ruhte an seiner Schulter. Ich machte einen Schritt rückwärts, dann noch einen, ging zur Tür und hinaus auf die Straße.

Stundenlang, so kam es mir vor, lief ich durch die ungeräumten Straßen. Rings um mich lag alles unter einer weißen Decke, nur hier und da ragten ein paar Grashalme heraus, so steif gefroren, dass sie sich nicht einmal bei einem Windstoß bewegten. Auf einmal war mir alles klar. Warum Neva nicht zu mir gekommen war. Warum sie so viel offener mit ihrem Vater sprach. Ich hatte unsere Beziehung mit so vielen Forderungen belastet. *Liebe mich. Lass mich an deinem Leben teilhaben. Gib meinem Leben einen Sinn.* Und als sie das nicht tat, drängte ich sie nur umso mehr. Und trieb sie damit noch weiter von mir weg. Dabei hätte sie die Lücke in meinem Leben niemals füllen können. Sie war nicht diejenige, die sie hinterlassen hatte. Es war mein Vater.

Auf meinem Marsch sah ich zwei Autos ins Schleudern geraten, und ich kam an einem dritten vorbei, das in einen Zaun geschlittert war. Ich ging einfach immer weiter. Ich wusste selbst nicht, wohin ich wollte, aber irgendwann stand ich plötzlich vor Moms Haus. Hier landete ich für gewöhnlich immer, wenn ich nicht weiterwusste.

Ich ließ mich selbst rein und ging zum Wohnzimmer. An der Tür blieb ich abrupt stehen. Bei Mom saß Neva auf dem Sofa, einen Becher Kaffee in den Händen. Über ihre bleichen Wangen liefen Tränenspuren. »Neva!«

Derart überrascht hätte ich nicht sein müssen. Ich war so lange herumgelaufen, dass sie mehr als genug Zeit gehabt hatte, sich von ihrem Vater zu verabschieden und zu ihrer Großmutter zu fahren. Es versetzte mir einen Stich, dass auf ihrem Besuchsplan nicht auch mein Name stand, aber ich vertrieb den Gedanken schnell wieder. Hier ging es nicht um mich, es ging um Neva. Und ich würde keine Forderungen mehr stellen. Nie mehr.

»Grace!«, sagte sie. »Ich hab dich überall gesucht.«

»Wirklich?« Meine Wangen begannen zu glühen. Obwohl ich mir vorgenommen hatte, dass es keine Rolle spielen sollte, wurde mir bei ihren Worten ganz warm.

»Ich mach noch mal eine Kanne Kaffee«, sagte Mom und erhob sich langsam aus ihrem Sessel. Ich nahm neben Neva Platz, die dasaß wie betäubt. Einen kurzen Moment wurde ihr Gesicht lebendig, dann fiel es wieder in sich zusammen. Sie beugte sich zu mir und ließ sich in meine Arme sinken.

»Schhh«, sagte ich. »Alles wird gut, Schätzchen, alles wird gut.«

Sie weinte, bis meine Brust ganz nass war. Es war merkwürdig, meine neunundzwanzig Jahre alte Tochter in den Armen zu wiegen. Merkwürdig und irgendwie schön. Sie sagte, zwischen ihr und Patrick sei es aus. Sie sagte, es sei alles ihre Schuld. Dann erzählte sie mir von dem Gynäkologen und seiner krebskranken Frau. Im Gegensatz zu Robert hatte ich keine klugen Worte zu bieten, nur Mitgefühl. Mitgefühl und Traurigkeit darüber, dass ich ihren Schmerz nicht mehr mit einem Kuss und einer Portion Eis vertreiben konnte wie damals, als sie ein kleines Mädchen war.

Ein paar Minuten später kam Mom mit dem Kaffee zurück.

»Gut«, sagte Neva. »Ich gehe jetzt ins Bad, und dann komme ich wieder und reiße mich zusammen, okay?«

Ich nickte und zwang mich, zuversichtlich auszusehen. »Okay.«

Neva wuchtete sich hoch. Sie bewegte sich langsam, vorsichtig, ihre Beine schwankten unter dem Gewicht ihres Bauchs. Seit ich sie das letzte Mal gesehen hatte, war er noch größer geworden, und es fiel mir schwer zu glauben, dass sie noch einen Monat vor sich hatte. Auf dem Weg zur Tür durchfuhr sie ein Zittern.

»Alles in Ordnung, Schätzchen?«

Sie zuckte kaum wahrnehmbar zusammen und nickte. »Ja, nur ein paar Braxton-Hicks-Kontraktionen, weiter nichts.«

Sie verließ das Zimmer, und sobald sie außer Hörweite war, sah ich Mom fragend an. »Wie geht es ihr?«

»Sie hat sich da ganz schön in die Klemme gebracht«, sagte Mom. In ihren Augen funkelte es. »Das erinnert mich stark an jemand anderen.«

Ich lachte. »Sie erinnert dich an mich? Ha!«

»In letzter Zeit immer öfter.«

»Lass sie das bloß nicht hören.«

»Zu spät, ich hab's gehört.«

Neva stand in der Tür zum Wohnzimmer, die Beine leicht gespreizt. Auf ihrer Jogginghose breitete sich ein dunkler Fleck aus. »Meine Fruchtblase ist gerade gesprungen.«

Ich stand auf. Das war einen Monat zu früh, nicht gefährlich früh, aber zu früh. Ich musterte den Fleck. War es möglich, dass es etwas anderes war? Manche Frauen hatten gegen Ende der Schwangerschaft Probleme mit dem Beckenboden, vielleicht …

»Ich hab den Blasensprung gespürt, und es war ziemlich viel Flüssigkeit, also ja, ich bin sicher«, kam sie meiner Frage zuvor. »Und gleich darauf hatte ich eine stärkere Wehe.«

Mom, der Nevas dringlicher Ton nicht entgangen war, erhob sich ebenfalls.

»Du hattest Braxton-Hicks-Kontraktionen?«, sagte ich. »Wie oft und wie lange?«

Bevor Neva antworten konnte, krümmte sich ihr Körper, und wir hörten die vertrauten langsamen, keuchenden Atemzüge einer Frau, bei der die Geburtswehen eingesetzt hatten. Mom und ich sahen uns erschrocken an.

»Bis vor einer Stunde kamen sie unregelmäßig«, sagte Neva, als die Wehe nachließ. »Und danach – ich weiß nicht genau. Alle fünf Minuten vielleicht. Ich habe nicht darauf geachtet. Ich hab es nicht für Wehen gehalten.«

Nach außen hin gab ich mich ruhig, aber ich dachte bereits einen Schritt weiter und kam zu dem Schluss, dass unsere Aussichten nicht gerade rosig waren. Inzwischen lag der Schnee fast kniehoch. Die Straße zum Krankenhaus war gesperrt. Und ich konnte zwar eine Hausgeburt mit geschlossenen Augen durchführen, aber dieses Baby kam vier Wochen vor dem Termin. Wenn bei einer meiner Patientinnen die Wehen so früh einsetzten, brachte ich sie ins Krankenhaus.

Neva ging durchs Zimmer und sammelte mechanisch ihr Handy, ihre Schlüssel, ihre Jacke ein.

»Was tust du da, Schätzchen?«

»Ich suche meine Sachen zusammen. Wir müssen ins Krankenhaus fahren.« Eine neue Wehe erfasste sie. Ihr Gesicht verzerrte sich.

»Die Beavertail Road ist gesperrt, Neva. Außerdem ist da draußen ein Schneesturm. Bei diesem Wetter würde ich nicht mal meinen ärgsten Feind auf die Straße jagen.«

»Und, was schlägst du stattdessen vor?«, fragte sie, nachdem sie die nächste Wehe überstanden hatte. »Dass ich mit einer Steißlage hier entbinde?«

Mir gefror das Blut in den Adern. Über all den anderen Ereignissen hatte ich doch wahrhaftig nicht mehr daran gedacht, dass Nevas Kind in Steißlage lag. Einen Augenblick war ich wie gelähmt. Wenn irgendetwas schiefging, dann könnten das Kind oder Neva …

»Ich rufe die Ambulanz!«, rief ich. »Mom, kannst du sie inzwischen untersuchen? Ich muss wissen, wie das Kind liegt, wie weit der Muttermund geöffnet ist … du weißt schon.«

Ich schnappte mir das Telefon und hackte die Notrufnummer in die Tastatur. Die Zeit, bis die Verbindung hergestellt wurde, kam mir wie eine Ewigkeit vor. Das Einzige, was ich hörte, war mein eigener Herzschlag. Ich begann auf und ab zu gehen.

»Notrufzentrale, wie kann ich Ihnen helfen?«

Ich blieb stehen. »Ich brauche die Ambulanz. Bei meiner Tochter haben die Wehen eingesetzt, und das Kind liegt in Steißlage – sechsunddreißigste Woche. Die Fruchtblase ist gesprungen, und die Wehen werden immer stärker und kommen in immer kürzeren Abständen. Sie muss ins Krankenhaus, aber die Straße ist gesperrt, und wir sitzen hier fest.«

»Wo sind Sie, Ma'am?«

»Conanicut Island. An der Südspitze in der Nähe von Hull Cove.«

Lange Fingernägel klackerten auf einer Tastatur.

»Fünf Zentimeter, Grace«, rief mir Mom aus dem anderen Zimmer zu.

»Und Ihre Tochter hat Wehen?«, fragte die Frau am anderen Ende. »Wie weit ist sie – hat sie schon Presswehen?«

»Nein! Noch nicht. Der Muttermund ist fünf Zentimeter weit geöffnet, und der Abstand zwischen den letzten beiden Wehen betrug ungefähr drei Minuten. Die Fruchtblase ist gesprungen. Das Kind liegt in Steißlage«, wiederholte ich. »Sie muss unbedingt im Krankenhaus entbunden werden.«

»Normale Schwangerschaftsdauer?«

Ich kämpfte gegen den starken Drang zu schreien an. »Nein. Sie ist in der sechsunddreißigsten Woche.«

»Okay.« Klack, klack, klack. »Bleiben Sie bitte dran, Ma'am.«

Ich fing wieder an, hin und her zu laufen. Im Wohnzimmer lag Neva inzwischen auf einem Kissen auf dem Boden und kämpfte sich durch eine weitere Wehe. Mom kniete neben ihr, was einer Frau von dreiundachtzig nicht leichtfallen konnte, aber sie wirkte ruhig und gelassen. Gerade so, als wäre eine Hausgeburt bei einer Steißlage nichts Aufregendes …

Aber natürlich. Das hatte ich völlig vergessen. Mom hatte während ihrer Ausbildung in England die eine oder andere Beckenendlagengeburt betreut, und das unter Bedingungen, die viel schlimmer gewesen waren. Es war ein gewisser Trost, aber ich hatte trotzdem nicht vor, das hier und jetzt durchzuziehen.

»Sind Sie noch da, Ma'am?«

»Ja.«

»Ich habe einen Hubschrauber für Ihre Tochter angefordert, aber infolge des Wetters haben wir heute Abend etliche Notfälle, und er ist möglicherweise nicht rechtzeitig bei Ihnen. Ich kümmere mich darum, dass ein Gynäkologe verfügbar ist und Ihnen telefonisch Unterstützung leistet, nur für alle Fälle. Aber erst mal brauche ich noch Ihren vollständigen Namen, Adresse und möglichst zwei Telefonnummern, unter denen Sie erreichbar sind.«

Neva begann erneut zu stöhnen. Mir war hundeelend. Seit der letzten Wehe konnten nicht mehr als zwei Minuten vergangen sein. Dieses Baby wollte auf die Welt, und zwar schnell. Und die boten mir an, einen Gynäkologen aufzutreiben, der mir *am Telefon* zur Seite stand?

»Ich brauche jemanden an Ort und Stelle. Ich brauche die entsprechende medizinische Ausrüstung. Ich habe noch nie eine Entbindung bei einer Steißlage gemacht.«

Am anderen Ende blieb es kurz still. »Haben Sie denn überhaupt schon mal eine Entbindung gemacht?«

Ich schrie innerlich auf. »Selbstverständlich! Ich bin Hebamme. Ich habe schon Hunderte von Kindern auf die Welt geholt. Aber hier geht es um das Kind meiner Tochter. Es liegt in Steißlage und kommt vier Wochen zu früh. Wir können sie nicht hier entbinden. Sie muss ins Krankenhaus!«

»Bitte beruhigen Sie sich, Ma'am.« *Klack, klack, klack, klack.* »Sie müssen die Nerven behalten, Ihrer Tochter zuliebe. Ich habe einen Rettungshubschrauber angefordert, aber wir müssen trotzdem auf den schlimmsten Fall vorbereitet sein. Wenn Sie eine erfahrene Hebamme sind, ist der schlimmste Fall nicht so schlimm, wie er sein könnte.«

Ich vergrub den Kopf in den Händen. Bestimmt war das alles nur ein böser Traum. Es konnte nicht wirklich geschehen. Nicht Neva. Ich würde die Entscheidung des Board of Nursing klaglos akzeptieren. Ich würde mich damit abfinden, mit einem Mann verheiratet zu sein, der mich nicht ausstehen konnte, und eine langweilige Ehe ohne Sex zu führen. Ich würde mir die Vorstellung, jemals eine enge Beziehung zu Neva zu haben, aus dem Kopf schlagen. Ich würde keinen Gedanken mehr an den Vater ihres Kindes verschwenden. Aber ich würde es nicht zulassen, dass ich meine Tochter verlor.

Ein hoher, zittriger Klagelaut riss mich aus meinen Gedanken und ließ mich ins Wohnzimmer hasten. Neva kniete im Vierfüßlerstand auf dem Boden, von der Taille abwärts nackt. Ihr Gesicht war schmerzverzerrt. Mom kniete neben ihr.

»Sie schicken so schnell wie möglich einen Rettungshubschrauber«, sagte ich.

»Sie werden es nicht rechtzeitig schaffen, Grace«, sagte Mom. »Das Kind kommt schon.«

Kapitel 26

FLOSS

Die Ankündigung, dass Nevas Kind auf die Welt kam, war wie ein Schock, und dass ich selbst sie machte, änderte nichts daran. Wahrscheinlich hätte die Stille, die daraufhin folgte, noch länger angehalten, wenn Neva nicht laut gestöhnt und uns damit aus unserer Erstarrung gerissen hätte.

»Jetzt?«, fragte Grace. Ihr Gesicht war noch blasser als sonst. »Nein. Das kann nicht sein.«

»Doch«, sagte ich. »Es kommt. Und zwar mit den Füßen voran.«

Grace ließ das Telefon fallen und kam zu mir gerannt. Sie schnappte hörbar nach Luft, als sie sah, dass ich recht hatte. Das machte alles noch komplizierter. »Scheiße!«

»Du musst es auf die Welt holen, Liebes«, sagte ich.

»Ich kann nicht. Du hast doch schon Entbindungen bei einer Beckenendlage gemacht …«

»Aber nie bei einer Fußlage. Und die letzte Entbindung ist auch schon zwanzig Jahre her, Grace.«

»Ich muss jetzt schieben«, sagte Neva zwischen zwei tiefen Atemzügen. Über ihre Schulter sah sie Grace verzweifelt an. »Grace, darf ich schieben?«

Grace und ich wechselten einen Blick. Neva hatte entschieden, wer ihr Kind auf die Welt holte.

Schon jetzt lief Grace der Schweiß übers Gesicht. Sie schloss die Augen, stieß die Luft aus. Als sie die Augen wieder öffnete, trug ihr Gesicht einen entschlossenen Ausdruck. »Noch nicht, Schätzchen. Atme einfach weiter, genau so wie jetzt.« Sie drehte sich zur Treppe und brüllte: »Lil!«

Lil erschien auf dem oberen Treppenabsatz. »Habt ihr mich gerufen?«

»Ja, Liebes«, sagte ich. »Könntest du bitte kommen?«

»Wir brauchen deine Hilfe«, sagte Grace, als Lil die Treppe herunterkam. »Neva kriegt ihr Kind. Jetzt bald. Es ist keine Zeit mehr, sie ins Krankenhaus zu bringen, außerdem ist die Straße sowieso gesperrt. Du musst zu mir fahren. Auf der Bank gleich hinter der Eingangstür steht meine Tasche. Sie ist fix und fertig gepackt, und die Instrumente sind sterilisiert. Bring außerdem die Zange aus der untersten Schublade der Flurkommode mit. Meine Schlüssel sind auf dem Sofatisch. Beeil dich. Uns bleiben nur Minuten, keine Stunden.«

Grace sagte das in ruhigem Ton, dennoch schien Lil zu begreifen, dass höchste Eile geboten war. Sie nickte. Trotz ihres Alters, trotz des Wetters, trotz all der ungeklärten Dinge zwischen uns zögerte sie keine Sekunde. Ich hatte sie noch nie mehr geliebt als in diesem Augenblick. »Ich mache, so schnell ich kann.«

Grace kniete sich hin. »Mom, du musst mich Schritt für Schritt führen. Sprich mit mir, als hätte ich keine Ahnung. Ich will nicht das geringste Risiko eingehen.«

»Gut«, sagte ich. »Wir brauchen Handtücher, ein Messer und etwas zum Abbinden, für den Fall, dass Lil es nicht rechtzeitig schafft. Neva, Liebes, versuch, nicht zu pressen. Ich bin gleich wieder da.«

Ich eilte ins Bad, um Handtücher zu holen, während Neva von einer weiteren Wehe erfasst wurde. Mein Herz raste. Eine Hausgeburt bei einer Fußlage? Selbst damals in England hätte ich in einem solchen Fall die Flugrettung gerufen. Und hier ging es nicht um eine x-beliebige Frau. Hier ging es um meine Enkelin.

Auf dem Rückweg drehte ich die Heizung höher. Es war wichtig, dass es im Zimmer warm war. Wenn die Kälte bei dem Kind einen Moro-Reflex auslöste, fing es möglicherweise im Mutterleib an zu atmen, und dabei könnte Fruchtwasser in seine Lunge geraten, was unter allen Umständen vermieden werden musste. Das hatte ich vor mehr als einem halben Jahrhundert in der Hebammenschule gelernt. Welche Kenntnisse würde ich noch reaktivieren müssen? Würde mir alles wieder einfallen, wenn es darauf ankam?

Als ich ins Wohnzimmer zurückkam, waren die Beine von Nevas Kind bereits bis zum Knie zu sehen. Grace sah aus, als würde es sie ihre gesamte Kraft kosten, ruhig zu bleiben. »Mom, ich brauche Anweisungen. Was soll ich tun?«

Ich legte Grace die Hand auf die Schulter. »Am wichtigsten ist, dass du nicht eingreifst, solange die Geburt spontan verläuft. Wenn du ziehst, und sei es auch nur ein bisschen, kann das zu einer Streckung des Kopfs führen, oder er dreht sich womöglich nicht so, wie er soll. Im schlimmsten Fall können die Arme nach oben schlagen und sich um den Hals legen, und dann ist eine vaginale Entbindung überhaupt nicht mehr möglich. Also fass das Kind nicht an. Verstanden?«

Grace nickte mit zusammengepressten Lippen. Ich verstand sie. Es war irgendwie unnatürlich, dabei zuzusehen, wie das Kind kam, und es nicht anzufassen. Und für sie war es bestimmt noch unnatürlicher, weil es sich bei diesem Kind um ihr Enkelkind handelte. Schweigend sahen wir zu, wie die winzigen Beine weiter aus Neva herausgeschoben wurden. Grace' Hände schwebten ein paar Zentimeter darüber. »Und jetzt?«, fragte sie. »Soll ich wirklich überhaupt nichts machen?«

»Nichts«, bestätigte ich. »Warte einfach.«

Die Beinchen schoben sich noch ein Stück weiter. Mir war ein wenig flau. Ich hatte zwar schon einige Beckenendlagengeburten miterlebt, aber ich hatte noch nie ein Kind in Fußlage auf die Welt geholt. In der Hebammenschule hatten wir so etwas als komplizierte Entbindung bezeichnet. Unter diesen Umständen alles andere als ideal. Falls irgendetwas nicht so lief, wie es sollte … also … darüber wollte ich lieber nicht nachdenken. Das Kind drehte sich, während es weiter geboren wurde, und gemeinsam mit Grace sah ich schweigend zu, wie erst die linke Pobacke erschien und dann die rechte. Und dann – plopp – waren beide draußen. So weit, so gut.

»Sobald du die Nabelschnur siehst, ziehst du sie ein kleines Stück heraus, damit später nicht zu viel Zug darauf liegt«, wies ich Grace an.

Grace tat, was ich ihr sagte. Bis zum Rumpf war das Kind jetzt geboren. Der schwierigste Teil stand jedoch noch bevor.

»Ich will, dass du bei der nächsten Wehe schiebst, Neva«, sagte ich. »Und zwar so fest du kannst.«

Neva nickte und klammerte sich am Sofa fest. Und als die nächste Wehe kam, schob sie. Ich hielt den Atem an und Grace sicher auch. Die Wehe ließ nach. Zwei weitere Wehen folgten. Neva schob mit aller Kraft. Aber die Schultern kamen einfach nicht. Ich fluchte im Stillen.

»Die Schultern werden offenbar nicht spontan geboren, du musst also nachhelfen«, sagte ich zu Grace. Damit war die Hoffnung auf eine reibungslose Geburt dahin. Jetzt betete ich nur noch um eine gefahrlose Geburt. »Um den vorderen Arm zu lösen, fährst du mit zwei Fingern am Rücken entlang und weiter über den Oberarm bis zum Ellenbogen. Dann kannst du den Arm über das Gesicht und die Brust des Kindes nach vorne holen. Das Gleiche machst du mit dem anderen Arm.«

Falls Grace Angst hatte, ließ sie es sich nicht anmerken. Beeindruckt sah ich zu, wie sie die Arme entwickelte. Die erforderlichen Handgriffe waren kompliziert, doch sie führte sie aus, als hätte sie das schon hundertmal gemacht.

»Gut«, sagte ich. »Sehr gut.« Das Kind war jetzt bis auf den Kopf geboren. »Okay, Grace. Hat der Kopf den Beckeneingang passiert?«

Ihr Gesicht war schweißüberströmt. »Ich … ich weiß nicht.«

»Kannst du die Nacken-Haar-Grenze sehen?«

Grace beugte sich vor. »Nein.«

Ich blickte auf den winzigen Körper, den sie mit ihrer rechten Hand stützte. »Lass los.«

Grace sah mich an, als hätte ich den Verstand verloren.

»Lass los«, wiederholte ich. »Wenn du den Körper frei hängen lässt, zieht das eigene Gewicht das Kind nach unten, und mit etwas Glück passiert dabei der Kopf den Beckeneingang.«

Zögernd nahm Grace die Hände weg und ließ das Kind in der Luft baumeln. Sie kniete völlig reglos da.

»Gut«, sagte ich. »Neva, bei der nächsten Wehe musst du wieder schieben, schieb so fest du kannst, ja?«

Neva nickte und umklammerte das Sofapolster. Die nächste Wehe kam und verging. Ich wünschte, Lil wäre wieder zurück. Uns blieb nicht mehr viel Zeit, und falls irgendetwas schiefging, würden wir die Ausrüstung dringend brauchen.

»Okay«, sagte ich und wandte mich wieder Grace zu. »Wie sieht es jetzt aus?«

Grace sah nach und schüttelte den Kopf. Ich ballte die Hand zur Faust.

»Was ist?«, fragte sie.

Ich zögerte einen Moment mit der Antwort. »Ich mache mir Sorgen wegen des biparietalen Durchmessers.«

Mehr brauchte ich nicht zu sagen. Wenn der Kopf des Kindes zu groß war, um durch Nevas Becken zu passen, half nur noch ein Kaiserschnitt. Andernfalls würden Neva und das Kind sterben. Grace wusste das. Leider wusste Neva es auch.

»Nein!«, schrie sie auf. »Mein Kind …«

»Ihm wird nichts passieren, Schätzchen«, sagte Grace. »Und dir auch nicht. Dafür sorge ich.«

Sofort wurde Neva ruhiger. Und ich seltsamerweise auch. Es hatte etwas mit dem zu tun, was Grace ausstrahlte. Sie schien einfach alles im Griff zu haben. Grace, die sonst ohne Adrenalinstöße nicht leben konnte, war unter Druck die Ruhe in Person.

»Welche Möglichkeiten haben wir, Mom?«, fragte Grace.

Ich starrte an die Wand. Diese Frage hatte ich mir auch schon gestellt. »Wenn der Kopf feststeckt, können wir ihn vielleicht so drehen, dass er durch das Becken passt.«

Ich dachte noch einmal darüber nach. Ja, es könnte funktionieren. Zwar erhöhte das für Neva die Gefahr eines Risses, aber wir hatten kaum eine andere Wahl. »Das ist jetzt wichtig, hör mir genau zu. Wir müssen Neva umdrehen, damit ich Druck auf ihren Bauch ausüben kann, wenn sie anfängt zu schieben.«

Neva war bereits dabei, sich aufzurichten und in eine halb liegende, halb sitzende Position zu wechseln. Grace half ihr. Ich sprach ein stilles Gebet.

»So, Grace, du hältst das Kind jetzt so, dass es auf deinem rechten Unterarm liegt … Ja, genau so. Jetzt schiebst du ihm den Mittelfinger in den Mund und hältst mit den anderen Fingern den Kiefer. Gut. Die Finger deiner linken Hand legst du über seine Schultern. Ich drücke gleichzeitig von außen auf Nevas Bauch. Alles klar?«

In diesem Moment hörte ich die Tür ins Schloss fallen, und neben mir tauchte Lil mit Grace' Tasche auf. Ich öffnete sie schnell und nahm Klemmen und Handschuhe heraus. Ich schaffte es gerade noch, alles vor der nächsten Wehe auszupacken.

»Gut, Grace – mit der rechten Hand beugst du jetzt den Kopf und drehst ihn leicht, und mit der linken ziehst du. Verstanden?« Ich sah Neva an. »Und du musst jetzt schieben, so fest du kannst, Liebes.«

Neva presste das Kinn auf die Brust und folgte meiner Anweisung. Gleichzeitig drückte ich mit aller Kraft von außen auf ihren Bauch. Ihre Halswirbel standen hervor wie eine Reihe knorriger Wurzeln.

»Er kommt«, flüsterte Grace kaum hörbar. »Der Kopf. Er kommt.«

Erst in diesem Augenblick merkte ich, dass mir die Tränen übers Gesicht liefen. Ich spürte unter meiner Hand eine Bewegung, als sich der Kopf des Kindes drehte. Grace hob den winzigen Körper an, als der Kopf geboren wurde. Nevas Kind war da.

Grace legte es seiner Mutter in den Arm. Es hatte rabenschwarze Haare und gab ein leises Maunzen von sich. »Ich gratuliere, Liebes«, sagte ich zu Neva mit dem überwältigenden Gefühl eines Déjà-vu. »Du hast eine Tochter.«

Kapitel 27

NEVA

Das Erste, was ich erkannte, als ich die Augen aufschlug, war der Stillsessel in der Ecke. Ich lag in einem der Zimmer auf der Entbindungsstation im St. Mary's. Das Zweite, was ich erkannte, war die Person, die in dem Sessel saß und schlief. Patrick.

»Hey.«

Ich hatte kaum mehr als ein heiseres Flüstern zustande gebracht, aber er sprang sofort auf. Er kam an mein Bett und drückte auf den Rufknopf. »Hey.« Er räusperte sich. »Wie geht es dir?«

Ich sah an ihm vorbei, suchte nach einem Kinderbett. »Wo ist mein Baby?«

»Im Säuglingssaal. Deine Mutter und deine Großmutter sind bei ihr. Es geht ihr gut. Deine Mutter hat sie keine Sekunde aus den Augen gelassen, seit sie auf der Welt ist. Wir haben uns viel größere Sorgen um dich gemacht. Du hattest einen Dammriss dritten Grades und hast eine Menge Blut verloren. Als sie dich hergebracht haben, warst du ganz schön weggetreten.«

Ich sah Patrick in die Augen. »Es geht ihr gut? Geht es ihr wirklich gut?«

»Ich habe sie höchstpersönlich untersucht. Sie wiegt 2780 Gramm und ist kerngesund.«

Patrick spielte die Rolle des zuversichtlichen Kinderarztes. Im Lauf der Jahre hatte ich ihn das schon vor Hunderten von Elternpaaren tun sehen, und es hatte nie seine beruhigende Wirkung verfehlt. Es funktionierte sogar bei mir. Ein bisschen.

Zwei Krankenschwestern, die ich nicht kannte, kamen ins Zimmer. »Wir haben Dr. Hargreaves angepiepst. Wie geht es Ihnen, Neva?«

»Gut. Ich möchte meine Tochter sehen.«

»Leila holt sie gerade«, sagte die eine Schwester und schob mir eine Blutdruckmanschette über den Arm. »In der Zwischenzeit kümmern wir uns mal um Sie.«

Die Erwähnung von Leilas Namen veranlasste mich, Patrick anzusehen. Möglicherweise bildete ich es mir nur ein, aber er schien sich ein Lächeln zu verkneifen. Er setzte sich zu mir auf die Bettkante, während die Schwester meine Temperatur und meinen Blutdruck maß. Bevor sie sich meinen unteren Regionen zuwandte, warf sie Patrick einen Blick zu, offensichtlich erwartete sie, dass er sich zurückziehen würde. Er tat es nicht. Ich versuchte, nicht zu viel hineinzuinterpretieren, trotzdem freute ich mich.

»2780 Gramm?«, sagte ich, während die Schwester unter der Decke tastete.

»Jawohl«, antwortete er. »Sie hat eine gute Größe.«

Ich zögerte kurz. »Voll ausgetragen?«

Er nickte langsam, und ich konnte sehen, dass er die Gleichung auch schon aufgestellt hatte. »Vielleicht sogar ein bisschen überfällig.« Er schwieg und ließ mir Zeit, diese Information zu verarbeiten. »Sie ist wunderhübsch«, fuhr er dann fort. »Sie sieht aus wie du, allerdings hat sie schwarze Haare und eine dunklere Haut. Irgendwie sieht sie ein bisschen … spanisch oder griechisch aus oder so.«

»Italienisch«, flüsterte ich.

»Ja.«

Ich starrte auf die schlichte weiße Bettdecke vor mir, die sich plötzlich zu drehen begann.

»Ich bin sehr froh, dass du alles gut überstanden hast«, sagte Patrick. »Einen Moment hatte ich wirklich Angst. Deine Mutter ist eine Heldin, das muss ihr erst mal einer nachmachen, bei einer Beckenendlage eine vaginale Entbindung zu Hause durchzuführen. Irgendjemand hat schon herumgetönt, dass sie dafür einen Orden verdient.«

Das riss mich aus meinen Gedanken. »Wirklich?«

»Hm-hm. Hör mal, es tut mir leid …«

»Tadam!« In der Tür stand Leila mit einem fahrbaren Kinderbett. Durch die Plastikwand sah ich einen Berg rosa-weiß gestreifter Decken und einen Schopf schwarzer Haare.

»Da kann es jemand kaum noch erwarten, endlich seine Mommy kennenzulernen«, sagte Leila. Sie beugte sich vor, schob ihre Hände unter Kopf und Po des winzigen Bündels und hob es hoch. Dann trat sie an mein Bett. »Meinen Glückwunsch. Sie ist eine richtige Schönheit.«

Leilas Stimme rauschte an mir vorbei wie Fahrstuhlmusik – ich hörte sie, nahm sie aber kaum wahr, sie war unwichtig. Meine Aufmerksamkeit war voll und ganz auf das kleine Wesen in ihren Armen gerichtet. Meine Tochter. Sie war noch vollkommener, als ich mir hätte vorstellen können. Ich streckte die Arme nach ihr aus. Sie wog fast nichts, so als hielte ich einen Berg Zuckerwatte oder einen Strauß Gänseblümchen. Ich öffnete den

Mund, um ihr etwas zu sagen, irgendetwas. Aber es gab keine Worte dafür.

Ich hatte recht gehabt, wenn ich Müttern versichert hatte, dass es keine Rolle spielte, wie ein Kind auf die Welt kam. In diesem Augenblick wäre es mir auch egal gewesen, wenn man mir dieses Kind aus dem All in die Arme gebeamt hätte. Der magische Moment war eingetreten. Sie gehörte mir. Und ich gehörte ihr.

»Sie hat dein Kinn«, sagte Patrick.

»Findest du?« Ich wackelte mit meinem Kinn. »Ich habe nie besonders viele Gedanken an mein Kinn verschwendet. Ist es ein gutes Kinn?«

Er lächelte beinahe liebevoll. »Ein sehr gutes.«

»Es ist *perfekt*.«

Grace stand in der Tür und grinste von Ohr zu Ohr. Sie hatte noch immer die gleichen Sachen an wie gestern Abend – allerdings prangte auf dem Rock mit Paisleymuster jetzt ein großer Blutfleck auf der rechten Seite. An einer Haarsträhne baumelte ein leuchtend rosa Gummiband. Sie hatte Schlimmstes durchgemacht. Ehe ich es verhindern konnte, liefen mir große Tränen über die Wangen.

Mit drei großen Schritten war Grace an meinem Bett. »Hör auf zu heulen, sonst fang ich auch noch an«, sagte sie. Tatsächlich glänzten ihre Augen schon verräterisch. »Heute ist ein Freudentag. Ich bin jetzt Oma.«

Unter Tränen strahlten wir einander an, dann blickten wir beide auf meine Tochter.

»Hat sie schon einen Namen?«, wollte Grace wissen.

»Nein, noch nicht. Ich hatte mir nur einen Jungennamen überlegt.«

»Und welchen?«

»Robert. Robbie.«

»Dein Vater wäre begeistert gewesen. Aber offensichtlich muss er es jetzt mit einer weiteren Frau in der Familie aufnehmen. Du hast also noch keinen Mädchennamen?«

»Nein.«

Um ehrlich zu sein, hatte ich mich bereits vor einigen Monaten mehr oder weniger für Florence entschieden. Mir war durch den Kopf gegangen, dass meine Mutter beleidigt sein könnte, wenn ich sie überging, aber damals war mir das egal gewesen. Jetzt nicht mehr.

»Uns fällt schon einer ein«, sagte ich, erst dann merkte ich, dass Patrick das Zimmer verlassen hatte. »Ich meine … mir fällt schon einer ein.«

»Wahrscheinlich ist er nur kurz aufs Klo, Schätzchen.«

Grace' Blick war voller Mitgefühl. Sie nickte mir aufmunternd zu. Aber ich konnte ihren Optimismus nicht so ganz teilen.

»Neva«, sagte Grace. »Ich würde dich gern etwas fragen. Warum hast du es mir nicht erzählt? Das mit der Schwangerschaft und dem Vater, meine ich? Ich verstehe, dass du es Patrick nicht sagen wolltest oder den Leuten im Krankenhaus. Aber warum mir nicht? Du weißt doch, dass ich dich deswegen nicht verurteilt hätte, oder?«

»Ja«, sagte ich. »Das weiß ich.«

»Also … warum dann? Du musst nicht antworten …«

»Nein, schon gut.« Ich schloss die Augen und holte tief Luft. »Es klingt vielleicht seltsam, aber … ich hatte das Gefühl, wenn ich darüber rede, dann ist es nicht mehr meins. Ich konnte es ja selbst kaum begreifen, und ich wusste, wenn ich es dir erzähle, dann würdest du an allem teilhaben wollen. Ich wollte es aber mit niemandem teilen. Ich dachte, wenn ich es nicht für mich behalte, dann verliere ich es. Nicht das Kind, aber … die Möglichkeit, meine eigenen Entscheidungen zu treffen. Und das wollte ich nicht. Nicht wenn es um mein Kind ging.«

Ich öffnete die Augen und machte mich auf einen verletzten Gesichtsausdruck gefasst. Was ich in Grace' Gesicht sah, war jedoch keine Verletztheit. Es sah eher aus wie … Stolz.

»Ist das irgendwie nachvollziehbar?«, fragte ich.

Sie legte ihre Hand über meine. »Noch nie habe ich etwas besser nachvollziehen können. Dein Kind zu beschützen, auf deinen Instinkt zu hören – das ist es, was eine Mutter ausmacht. Klingt ganz danach, als würdest du eine sehr gute Mutter werden.«

»Hör auf, Mom, sonst fang ich gleich wieder an zu heulen.«

Es war das erste Mal seit Jahren, dass ich sie Mom nannte. Es fühlte sich erstaunlich gut an.

Plötzlich fiel mir ein, dass ich ihr noch nicht die ganze Geschichte erzählt hatte. »Da ist noch was, Mom, sie ist voll ausgetragen. Das bedeutet, dass Sean nicht ihr Vater ist. Ihr Vater ist ein Mann, mit dem ich ganz kurz etwas hatte, einen Monat vor der Sache mit Sean. Nicht verheiratet. Buchhalter. Er ist Italiener und trägt schicke Schuhe. Und inzwischen hat er eine feste Freundin.«

Ich wartete darauf, dass Mom zu kreischen anfing, Einzelheiten wissen wollte oder sich sonst wie aufführte. Aber nichts davon geschah. Sie wartete einfach ab.

»Das heißt also, ich muss es ihm sagen«, sagte ich.

»Jetzt?«

Ich nickte.

»Okay.« Grace stand auf. Ich konnte es kaum glauben, dass diese zurückhaltende, verständnisvolle Frau meine Mutter sein sollte. »Hast du seine Nummer?«

»Ja.«

»Ich hol dir dein Handy.« Sie durchquerte das Zimmer, nahm es aus meiner Handtasche und brachte es mir ans Bett. Auf dem Weg zur Tür drehte sie sich noch einmal um. »Weißt du … Kinder sind verständnisvolle kleine Menschen. Viel verständnisvoller als Erwachsene. Manche haben zwei Mütter oder zwei Väter. Sie haben Stiefgeschwister und Halbgeschwister und Adoptivgeschwister. Sie stellen das nicht infrage. Natürlich sind die leiblichen Eltern wichtig. Aber ich finde, je mehr Menschen ein Kind lieben, desto besser.« Sie ließ meinen Blick nicht los. »Er ist nicht von deiner Seite gewichen. Patrick, meine ich. Er wollte unbedingt bei dir sein, wenn du aufwachst.«

Es dauerte einen Moment, bis ich begriff, was sie da gerade gesagt hatte. Und da war sie bereits gegangen.

Kapitel 28

GRACE

Nachdem ich Nevas Zimmer verlassen hatte, machte ich mich auf die Suche nach einem Kaffeeautomaten. Als ich am Säuglingssaal vorbeikam, konnte ich einfach nicht widerstehen und warf einen Blick hinein. Auf dem Flur standen Väter und Großeltern und zeigten sich gegenseitig ihre Kinder und Enkel hinter der Glasscheibe. Es machte mich ein bisschen traurig. Der Vater meiner Enkelin tat das nicht. Offenbar wusste er noch nicht einmal etwas von ihr.

Ich wollte mich gerade wieder umdrehen und in den Wartebereich auf der anderen Seite gehen, als ich unter all den Leuten Patrick entdeckte. Ich ging zu ihm und tippte ihm auf die Schulter.

»Grace«, sagte er. »Hallo.«

»Gehen Sie rein?«, fragte ich.

»Nein, ich mache nur kurz die Runde. Ich muss dann mal wieder zurück.« Er schob den Riemen seiner Tasche zurecht. Ich öffnete den Mund, um etwas zu sagen, doch er kam mir zuvor. »Herzlichen Glückwunsch. Sie haben eine wunderschöne Tochter.«

Im ersten Moment dachte ich, dass er sich versprochen hatte und eigentlich »Enkeltochter« sagen wollte. Aber dann war ich mir auf einmal nicht mehr so sicher.

Er war zweifellos in meine Tochter verliebt. Und Neva war zwar nicht so leicht zu durchschauen wie Patrick, aber sie erwiderte seine Gefühle ganz offenkundig. Am liebsten hätte ich Patrick gepackt und in Nevas Zimmer geschleppt. Ich würde sie zwingen, sich gegenseitig ihre Liebe zu gestehen, und danach würden sie vergnügt bis ans Ende ihrer Tage leben. Ich beherrschte mich jedoch. Es war ihr Leben. Sie mussten sich selbst darüber klar werden, was sie wollten.

Ich sah Patrick nach, bis er aus meinem Blickfeld verschwunden war. Während ich auf meinen Kaffee wartete, schickte ich Robert eine SMS.

Mutter und Kind glücklich vereint und wohlauf. G x

Nachdem wir uns noch einmal vergewissert hatten, dass es Neva und ihrer Tochter gut ging, hatte ich ihn mit dem Auftrag losgeschickt, aus Nevas Wohnung ein paar Sachen für sie zu holen und anschließend bei Walmart Babywäsche und Strampelanzüge zu besorgen. So ausführlich hatte ich seit Tagen nicht mehr mit ihm kommuniziert. Ach was, seit Wochen. Es stimmte mich traurig. Wir waren gerade Großeltern geworden. Wie gerne hätte ich das mit ihm gefeiert. Ich starrte auf mein Handy und überlegte, ob ich ihn anrufen sollte, entschied mich zu guter Letzt aber dagegen. Ich ließ das Handy zurück in meine Tasche fallen und nahm die beiden Becher Kaffee.

Mom wartete im Familienaufenthaltsraum, in dem außer ihr nur noch eine junge Frau saß und einem Dreijährigen aus einem zerfledderten Bilderbuch vorlas. Mom sah geistesabwesend aus dem Fenster, eine Zeitschrift auf ihrem Schoß. Als ich den Aufenthaltsraum betrat, stand sie auf. »Wie geht es ihr?«

»Sie ruht sich noch aus«, sagte ich und gab ihr einen der Becher.

Sie setzte sich wieder. »Und die Kleine?«

»Anbetungswürdig.« Ich setzte mich neben sie, und wir tranken beide einen Schluck von unserem Kaffee. »Niedlicher, als du dir vorstellen kannst. Neva ruft gerade den Vater an, um es ihm zu sagen.«

Mom hob die Augenbrauen, aber ich zuckte nur mit den Schultern. Im Augenblick fehlte mir die Kraft, um das Thema zu vertiefen. Als sie mich weiterhin stumm ansah, wurde mir allerdings klar, dass sie keine Einzelheiten von mir hören wollte. Sie wollte mir etwas sagen.

»Was ist los, Mom?«

»Ich überlege nur … vielleicht sollte ich mir ein Beispiel an meiner mutigen Enkelin nehmen und ebenfalls mit der Wahrheit rausrücken.«

»Mit der Wahrheit?« Ich lachte. »Wann hättest du denn mal nicht die Wahrheit gesagt?«

Ich dachte, meine Worte würden ihr ein Lächeln entlocken, aber ihr Gesicht blieb ernst.

»Mom?«

»Grace«, sagte sie. »Mit dem, was ich dir gleich sagen werde, mute ich dir einiges zu. Aber es gibt ein paar Dinge, die du über deinen Vater wissen solltest.« Sie holte tief Luft. »Und über deine Mutter.«

Kapitel 29

FLOSS

Kings Langley, England 1954

Das Feuer im Kamin war fast niedergebrannt, und im Zimmer war es beinahe so dunkel wie draußen auf den Feldern. Elizabeth lag still da, ihr kaltes Gesicht ruhte in meinen Händen. Wir schienen in einem nicht enden wollenden Albtraum gefangen zu sein. Evie hielt lose Elizabeths Handgelenk umfasst, aber ich wusste, dass sie seit einer ganzen Weile keinen Puls mehr gespürt hatte. Dennoch wurde ich das Gefühl nicht los, dass Elizabeth jeden Augenblick die Hand bewegen oder die Augen aufschlagen würde. Vor ein paar Minuten noch hatte sie gelebt. Vor ein paar Minuten noch hatte sie ein neues Leben hervorgebracht. Ihres durfte nicht auf diese Weise enden.

»Sie kann nicht tot sein.« Verzweifelt sah ich Evie an. »Das kann einfach nicht sein.«

Evie ließ Elizabeths Hand los. »Es sind jetzt sechs Minuten, Floss. Sechs Minuten ohne Puls.«

Sie stand auf und ging ans Fenster. Abgesehen vom Knistern des Feuers war es totenstill.

»Eine von uns sollte wohl zu dem Telefonhäuschen fahren«, sagte sie.

Evies Worte in ihrer Schlichtheit und Endgültigkeit gaben mir den Rest.

»Nein. Nein! Es ist nicht zu Ende.«

»Doch«, sagte Evie ruhig, und ich wusste, dass sie recht hatte. Auch wenn ich es nicht wahrhaben wollte, es war zu Ende.

»Wen rufen wir an?«, fragte ich und wischte mir eine Träne von der Wange. »Schwester Eileen? Die Polizei?«

»Beide. Und Bill.«

Allein sein Name löste heftige Abscheu bei mir aus. Ich hatte das Gefühl, mein Herz würde gegen meine Rippen gepresst, meine Brust jeden Moment springen.

»Der Teufel soll ihn holen!«

Elizabeths Tochter regte sich in ihrer Wiege, und ohne lange nachzudenken, nahm ich sie heraus und drückte sie an meine Brust. Elizabeth lag leblos auf dem Bett. Meine Freundin – die hinreißende rothaarige Schönheit – war tot. Sie sah so mager und blass aus, mit einer riesigen Wölbung in der Mitte ihres Leibs. Ich hätte sie gerne gewaschen, ihr die Haare gekämmt, sie in eine warme Decke gehüllt. Aber das war es nicht, was Elizabeth brauchte. Sie brauchte etwas viel Wichtigeres. »Was ist mit Grace?«, fragte ich.

Evie starrte weiter aus dem Fenster. »Grace?«

Ich blickte auf das Bündel in meinen Armen. »Elizabeth wollte sie nach ihrer Mutter nennen.«

Evie nickte. »Ich vermute mal, Bill entscheidet, was mit ihr geschieht.«

»Nicht, solange ich das verhindern kann.«

Jetzt sah mich Evie an.

»Ich werde Elizabeths Kind nicht diesem Mann ausliefern, Evie. Nur über meine Leiche.«

»Was haben wir denn für eine Wahl?« Als ich nicht antwortete, erschien eine Falte auf Evies Stirn. »Was hast du vor, Floss?«

Ich wusste nicht, was ich vorhatte. Aber eine Sekunde später hörte ich mich antworten: »Wir werden ihm sagen, dass das Kind ebenfalls gestorben ist.«

Evie sah mir in die Augen. »Du hast den Verstand verloren. Das ist völlig verrückt.« Doch ihr nachdenklicher Ton strafte ihre Worte Lügen. Sie war keineswegs davon überzeugt, dass es verrückt war.

»Ich nehme sie mit, jetzt sofort, auf dem Fahrrad.« Die Worte sprudelten so schnell aus mir heraus, dass ich mich verhaspelte. »Du hast die Geburtsurkunde hier – trag mich als Mutter ein. Ich verlasse noch heute Nacht die Stadt, ich geh in eine andere Stadt, in ein anderes Land, wenn es sein muss. Ich werde sagen, dass sie ein uneheliches Kind ist oder dass ich Witwe bin. Ich ziehe sie als meine eigene Tochter auf.«

»Floss …«

»Mein Entschluss steht fest. Du brauchst gar nicht erst zu versuchen, es mir auszureden.«

Evie schwieg. Ich legte das Kind zurück in die Wiege und sammelte mit zitternden Händen ein paar Sachen ein. Die Büchsenmilch, die Spritze, eine Windel. Ich spürte Evies Blick auf mir, sah sie jedoch nicht an. Ich konnte nicht anders, ich musste tun, was ich tun musste. Die Hände nach der Wolldecke ausgestreckt, die Elizabeth gestrickt hatte, hielt ich inne.

»Nimm die Decke.«

Evies Stimme war so leise, dass ich nicht sicher war, ob ich es wirklich gehört hatte. Langsam hob ich den Kopf und sah Evie an.

»Nimm sie«, wiederholte sie. »Wenn Bill nach Hause kommt, ist er hoffentlich so betrunken, dass es ihm nicht auffällt, wenn sie fehlt. Du hast eine lange Fahrt vor dir. Du musst sie warm einpacken.«

Wir sahen uns fest in die Augen.

»Du hast recht«, sagte ich und nahm die Decke. »Elizabeth hat mir mal gesagt, dass er sich kaum an etwas erinnert, wenn er getrunken hat. Wahrscheinlich weiß er morgen nicht mal mehr, dass es sie jemals gab.« Ich verstaute die letzten Sachen in meiner Tasche. Als ich wieder aufsah, starrte Evie mich an. »Was ist?«

»Das hat Elizabeth gesagt? Dass Bill sich an nichts erinnern kann?«

Ich nickte.

Auf Evies Gesicht erschien ein seltsamer, nachdenklicher Ausdruck. Ich hätte nicht sagen können, was in ihrem Kopf vor sich ging. Sie griff nach ihrer Tasche, holte einige Formulare heraus und setzte sich damit an den Küchentisch. Ich nahm Grace aus ihrer Wiege und trat neben sie.

»Geburtsurkunde«, sagte Evie und trug etwas ein. »Ich datiere die Geburt zwei Wochen zurück, damit die Leute keine Fragen stellen, warum du so früh mit einem Neugeborenen unterwegs bist.«

Sie wirkte gefasst und schien genau zu wissen, was sie tat. Was ich von mir nicht behaupten konnte. Sie hielt mir die Geburtsurkunde hin.

»Was hast du vor, Evie?«, fragte ich.

Evies Blick wanderte erst zu Elizabeth und dann zu dem Kind, das friedlich an meiner Brust lag. »Das Gleiche wie du. Ich sorge dafür, dass Bill dieses Kind niemals in die Hände bekommt.«

Ich brauchte über eine Stunde für meine Geschichte, und Grace hörte mir einfach zu, unterbrach mich kein einziges Mal, verlor nicht die Fassung, brach nicht in Tränen aus. Ich wünschte, sie hätte es getan oder zumindest irgendetwas, das ich von ihr gewohnt war und das mir gezeigt hätte, dass sie noch immer meine Tochter war. Auch wenn das nicht stimmte.

»Und was hast du dann getan?«, fragte sie. »Nachdem du das Haus verlassen hattest?« Es klang distanziert, als kämen die Worte nicht von ihr.

»Ich habe dich in die Decke gewickelt, in meinen Fahrradkorb gelegt, und dann bin ich schneller geradelt als jemals vorher oder nachher in meinem Leben. Noch vor Sonnenaufgang war ich wieder im Wohnheim, hab im Dunkeln meine Sachen gepackt und den ersten Zug nach London genommen.«

»Und dann?«

»Bin ich zu meinen Eltern. Ich habe ihnen gesagt, du wärst unehelich. Sie waren streng katholisch, und ich wusste, dass ich damit meinen Vater dazu bringen konnte, mir das Geld für die Überfahrt nach Amerika zu geben. Eine unverheiratete Tochter mit einem Kind wäre eine fürchterliche Schande gewesen. Ich blieb zwei Wochen bei ihnen, lange genug, um einen Pass für dich und mich zu beantragen, dann haben sie mich zum Schiff begleitet. Und das war's.«

Grace sagte lange nichts, vermutlich länger als jemals zuvor in meiner Gegenwart. Während sie dasaß, strich sie mit den Händen immer wieder über ihre Beine und schob dabei den Stoff ihres Rocks vor und zurück.

»Warum hat Evie das Kind nicht genommen? Mich nicht genommen.«

Die Frage verblüffte mich. In all den Jahren war mir dieser Gedanke nie gekommen.

»Ich weiß nicht. Vielleicht, weil sie verlobt war. Sie konnte nicht über Nacht mit einem Kind aufkreuzen. Ich war alleinstehend. Ich konnte einfach weggehen. Niemand würde je erfahren, dass ich in dieser Nacht in Elizabeths Haus gewesen war. Evie war Elizabeths Hebamme, ich hatte sie nur aus Freundschaft zu ihr begleitet. Ich denke, es war am sinnvollsten so.« Ich runzelte die Stirn und ließ es mir noch einmal durch den Kopf gehen. »Es klingt vermutlich seltsam, aber ich glaube … und uns beiden ging es so … in dem Augenblick, in dem Elizabeth gestorben ist, wurdest du zu meinem Kind.«

Jetzt nahm ich eine winzige Regung an Grace wahr. Den meisten anderen Leuten wäre sie vermutlich entgangen. Ich wollte glauben, dass so etwas nur einer Mutter auffiel.

»Was ist passiert, als mein Vater nach Hause kam und feststellte, dass seine Frau tot war und sein Kind verschwunden?«

»Davon habe ich lange Zeit nichts erfahren«, gestand ich. »Es dauerte zwei Jahre, bis ich mich traute, Evie zu schreiben. Sechs Wochen später erhielt ich einen Brief von ihr.

»Und?«

Der Brief steckte immer noch im Außenfach meiner Handtasche, und ich zog ihn heraus. »Ich glaube, in diesem Brief findest du die Antworten auf alle deine Fragen, Liebes.«

Im Lauf der Jahre hatte ich gelernt, die Gedanken meiner Tochter zu lesen. Doch als Grace' Blick jetzt von dem Brief zu mir und wieder zurück wanderte, ließ mich diese Fähigkeit im Stich. Ich sah zu, wie sie ihn auseinanderfaltete. Obwohl ich ihn auswendig kannte, las ich über ihre Schulter mit.

Liebste Floss,
nach zwei Jahren hatte ich die Hoffnung schon fast aufgegeben, jemals wieder von Dir zu hören. Ich war überglücklich, als Dein Brief kam und ich lesen durfte, dass es Dir und Grace gut geht und Ihr wohlauf seid. Es freut mich, dass Du immer noch als Hebamme arbeitest. Ich war mir nach dieser Nacht nicht sicher, ob ich damit weitermachen kann. Ich dachte, ich würde in jeder Mutter Elizabeth sehen und in jedem Kind Grace. Lange habe ich mir die Schuld an Elizabeths Tod gegeben. Aber das, was wir tun, ist etwas Besonderes, nicht wahr? Es hat etwas mit dem neuen Leben zu tun, das hilft, alte Wunden zu heilen. Ich hoffe, dass du in den vergangenen zwei Jahren darin den gleichen Trost gefunden hast wie ich.
Nachdem du weg warst, bin ich monatelang Deiner armen Mutter auf die Nerven gegangen. Nichts zu wissen war schlimm, aber noch schlimmer war es, dass ich mir Dich und Grace nicht vorstellen konnte. Seid Ihr irgendwo an einem Strand spazieren gegangen? Habt ihr auf einer Schaukel auf einer Veranda gesessen? Seid ihr durch den Schnee gestapft? Aber natürlich bin ich nicht die Einzige, die viele Fragen hat. Du hast Dich sicher oft gefragt, was geschehen ist, nachdem du mitten in der Nacht mit Grace auf dem Fahrrad weggefahren bist. Und so ungern ich das alles noch einmal wiederaufleben lasse, sei es auch nur in meiner Erinnerung, denke ich doch, dass es notwendig ist, damit wir dieses Kapitel ein für alle Mal abschließen können.

Nachdem du weg warst, habe ich Elizabeth gewaschen. Ich habe ihr die Haare gekämmt und das Bett frisch bezogen. Vielleicht war das albern, aber nach alldem, was Bill ihr im Leben angetan hatte, wollte ich ihr wenigstens im Tod ihre Würde zurückgeben. Kurz nach Sonnenaufgang hielt draußen ein Auto. Der Wirt des Pubs hatte Bill nach Hause gefahren, und ich konnte ihn bis drinnen grölen hören. Ich hatte vorher mein Fahrrad vors Haus gestellt, wo man es gut sehen konnte, und bin durch die Hintertür raus. Sobald Bill im Haus und das Auto hinter dem Hügel außer Sichtweite war, bin ich die zwei Meilen zum Telefonhäuschen geradelt.

Ich sagte Schwester Eileen, Elizabeth habe ein gesundes Mädchen zur Welt gebracht und sei dann gestorben, und ich hätte die Kleine im Arm ihres Vaters zurückgelassen. Und dann sagte ich noch, Bill sei betrunken gewesen und aufgebracht, und ich würde mir Sorgen um ihr Wohlergehen machen. Fünfzehn Minuten später lasen mich Schwester Eileen, Dr. Gregory und Sergeant Lynch an der Telefonzelle auf. Als wir zum Haus zurückkamen, war Bill verschwunden. Sie haben sofort eine Suche nach ihm veranlasst und ihn noch vor dem Frühstück bewusstlos in einem Straßengraben in der Nähe von Wharton's Creek gefunden. Jeder dachte, dass er das Kind in seinem Kummer ertränkt hatte. Ich glaube, selbst Bill dachte das, jedenfalls hat er meiner Version der Ereignisse nie widersprochen. So hatten seine Aussetzer, die Elizabeth solche Angst machten, wenigstens etwas Gutes.

Gegen Bill wurde Anklage erhoben, aber er wurde nicht verurteilt. Ohne Leiche und ohne Zeugen reichten die Beweise nicht aus. Aber alle glaubten, dass er es getan hatte. Er musste die Gegend verlassen. Seine Frau zu schlagen

war eine Sache, aber seine kleine Tochter zu ertränken, das war mehr, als man in einer kleinen Stadt wie Kings Langley hinzunehmen bereit war. Ich würde gern glauben, dass Bill bekommen hat, was er verdient, aber wer weiß? Am wichtigsten war, dass er Grace nicht bekommen hat.
Es ist komisch, im Lauf der Jahre habe ich bestimmt bei mehr als hundert Frauen miterlebt, wie sie Mutter wurden. Aber keine von ihnen ist mir so lebhaft in Erinnerung geblieben wie Du in dem Moment, in dem Du Mutter wurdest. So wie Du sie angesehen hast. So wie Du sie instinktiv an Deine Brust gedrückt hast. Vielleicht klingt das seltsam, aber … es kommt mir beinahe so vor, als wäre sie schon immer Deine Tochter gewesen.

In Gedanken bin ich stets bei Euch
Deine Freundin
Evie

»Ist er …«, Grace versagte die Stimme, sie räusperte sich und setzte noch einmal an, »… ist Bill noch am Leben?«

»Nein, Liebes. Vor ein paar Jahren hat mir Evie geschrieben, dass er gestorben ist.«

Grace nickte. Ihre Augen waren trocken. Ihr Gesicht war ausdruckslos. Ich konnte beinahe mit jeder Reaktion von ihr umgehen – und im Lauf der Jahre war das die ganze Bandbreite gewesen –, aber dass sie gar keine Reaktion zeigte, beunruhigte mich.

»Warum hast du es mir nicht gesagt?«, fragte sie.

Darauf gab es mehrere Antworten. Ich hatte Angst um ihre Sicherheit. Ich wollte nicht, dass er in ihre Nähe kam. Ich fürchtete die rechtlichen Konsequenzen meines Tuns. Aber nichts davon entsprach der Wahrheit. »Ich hatte Angst, wenn ich es dir erzähle, würdest du mich nicht mehr als deine Mutter betrachten.«

Ich kam mir schon lächerlich genug vor, als ich es sagte, aber als ich darauf wartete, dass sie mir widersprach, kam ich mir noch lächerlicher vor. Ich wollte, dass sie sagte: *Du bist meine Mutter. Du wirst immer meine Mutter sein.* Aber sie sagte es nicht. Sie sagte überhaupt nichts. Am liebsten hätte ich meinen Kopf sinken lassen und das Gesicht in den Händen vergraben. Ich zwang mich jedoch, ihren Blick zu erwidern. Hier ging es nicht um mein Bedürfnis, als Mutter bestätigt zu werden. Hier ging es um Grace.

»Bin ich … ihm ähnlich?«, fragte sie. »Bill?«

»Nein, du bist Elizabeth ähnlich.« Ich musste mich zu den nächsten Worten zwingen. »Du bist deiner Mutter sehr ähnlich.«

»Wirklich?«

Ich nickte. »Im Aussehen und in der Art. Elizabeth hat jeden zum Lachen gebracht. Sie war liebevoll. Abenteuerlustig. Sie war auch Hebamme. Und sie hat dir und Neva diese wunderschöne Haarfarbe vererbt.«

Grace hob abrupt den Kopf und betrachtete ihr Spiegelbild im Fenster. Sie drehte den Kopf hin und her. Es war beinahe so, als sähe sie sich selbst zum ersten Mal.

Ihre Mundwinkel zogen sich leicht nach oben. Es war nicht gerade ein Lächeln. Aber es war auch nicht der verlorene, leere Blick, den ich noch einen Moment zuvor auf ihrem Gesicht gesehen hatte. Vielleicht hatte Lil recht. Vielleicht war es nicht die Abwesenheit eines Vaters, die Grace geschadet hatte. Vielleicht war es die ganze Zeit dieses Geheimnis gewesen.

Kapitel 30

NEVA

Mark war in der Tür stehen geblieben. Er sah genauso aus wie beim letzten Mal. Groß. Dunkelhaarig. Gepflegt. Trotzdem hätte ich ihn beinahe nicht erkannt, so kalt und misstrauisch war sein Blick.

»Komm rein«, sagte ich, als er keine Anstalten machte, das Zimmer zu betreten.

Er sah sich um. Mark war nicht dumm. Ich saß, von mehreren Kissen gestützt, im Bett. Meine Tochter lag in meinem Arm. Man musste nicht Einstein sei, um sich denken zu können, dass keine Frau einen unbedeutenden Ex-Lover anrief und ihn aufforderte, sie und ihr neugeborenes Kind im Krankenhaus zu besuchen, wenn sie nicht vorhatte, ihm eine unverhoffte Mitteilung zu machen.

Er näherte sich mir so vorsichtig, als bewegte er sich über ein Minenfeld. Sein Blick fiel auf das Kind. »Junge oder Mädchen?«

»Mädchen.«

»Und es ist meins?«

»Ja.«

Er stieß einen leisen Fluch aus und wandte sich ab. »Warum hast du es mir nicht gesagt?«

»Ich wusste nicht, dass sie von dir ist. Aber als sie vergangene Nacht auf die Welt gekommen ist, hat sich herausgestellt, dass sie keine Frühgeburt ist. Ihre Lunge ist voll ausgebildet, die Größe stimmt. Die schwarzen Haare.« Ich hielt kurz inne. »Das heißt, sie ist dein Kind.«

Er machte ein paar Schritte in Richtung Tür, bevor er sich abrupt wieder umdrehte. »Du … hast also nicht die Pille genommen?«

»Ich habe etwas, das man als polyzystische Ovarien bezeichnet, die Wahrscheinlichkeit, unter diesen Umständen schwanger zu werden, ist ziemlich gering. Es war einfach …« Ich blickte auf meine Tochter und brachte es nicht über mich, »Pech« zu sagen. Stattdessen ließ ich den Satz unbeendet. Mark schien es nicht zu bemerken.

»Aber du bist doch *Hebamme*!«, rief er. »Wie kannst du dich da um einen ganzen Monat verrechnen?«

»Wegen dieses PCO-Syndroms habe ich keinen regelmäßigen Zyklus. Außerdem habe ich mich an den Messergebnissen orientiert … Wie sich gezeigt hat, ist sie eher klein.«

Mark war seine Verzweiflung anzusehen. Er ging zu dem leicht beschlagenen Fenster und stützte sich mit beiden Händen auf das Fensterbrett. »Was ist mit diesem anderen Typ? Hast du ihm die frohe Botschaft, dass er als Vater aus dem Schneider ist, schon überbracht?«

»Ich hatte es ihm gar nicht gesagt. Er ist verheiratet und … es ist kompliziert. Ich dachte, er braucht es nicht zu wissen.«

»Der Glückliche«, sagte Mark. Er blieb noch eine Weile in dieser Haltung am Fenster stehen, und ich hörte ihn schwer atmen. Schließlich drehte er sich um und sah mich an. »Imogen und ich haben uns letzte Woche verlobt.« Ohne eine Antwort abzuwarten, sprach er weiter.

»Im Übrigen, woher weiß ich, dass du nicht die Unwahrheit sagst?«

Das war eine berechtigte Frage. Warum sollte er mir glauben? Er kannte mich nicht besonders gut, und was er von mir wusste, war, dass ich ihm schon einmal die Unwahrheit gesagt hatte und im Begriff war, sein Leben gründlich durcheinanderzubringen. »Wir müssen wohl einen Vaterschaftstest machen lassen«, sagte ich.

Er nickte. »Ja, das denke ich auch.«

Eine Zeitlang schwiegen wir beide. Ich wünschte, ich hätte mit Mark reden können, ihn um Verzeihung bitten, mich seiner Gnade ausliefern können. Aber hier ging es nicht um mich.

»Kann ich sie mal halten?«, fragte er.

Instinktiv legte ich die Arme fester um meine Tochter. Doch dann riss ich mich zusammen und lockerte meinen Griff. Mark war ihr Vater, er hatte das Recht, sie zu halten. Genau genommen hatte er noch viele andere Rechte, die ich ihm bisher vorenthalten hatte. Trotzdem stand er jetzt vor mir und wartete geduldig. »Ja«, sagte ich. »Natürlich.«

Ich hielt sie ihm hin, und einen Augenblick lang stand er wie erstarrt da, als könnte er es nicht glauben, dass ich ja gesagt hatte. Doch als er sie dann nahm, tat er es mit unendlicher Behutsamkeit. Er erinnerte mich an ein Kind, das einen Becher heißen Tee in der Hand balancierte. »Sie sieht meiner Mutter ähnlich«, sagte er leise.

»Wirklich?«

Er nickte. »Sie ist vor zwei Monaten gestorben.«

Ich schloss die Augen. Noch jemand, der unter meiner Entscheidung hatte leiden müssen. Tief in mir reifte ein Entschluss. »Wie hieß sie? Deine Mutter?«

»Sie hieß … Mietta.«

»Mietta«, wiederholte ich. »Ein schöner Name.«

Mark warf mir einen kurzen Blick zu. Dann sah er wieder auf seine Tochter. »Ist das dein Name?«, fragte er sie. »Mietta?«

»Wenn du nichts dagegen hast, würde ich sie gerne Mietta Grace nennen«, sagte ich. »Dann heißt sie nach ihren beiden Großmüttern.«

Er nickte. »Einverstanden.«

Ich weiß nicht, wie lange wir so verharrten, den Blick auf unsere Tochter gerichtet, als uns ein Räuspern gleichzeitig den Kopf heben ließ.

In der Tür stand Patrick. Er hatte seinen Klinikausweis um den Hals hängen, wahrscheinlich, damit er sich auf der Entbindungsstation frei bewegen konnte. Die Sicherheitsvorschriften waren hier ziemlich streng.

»Entschuldige«, sagte er. »Ich wusste nicht, dass du Besuch hast.«

»Schon gut, Doktor«, sagte Mark. »Sie können sie ruhig untersuchen, ich werde nicht stören.«

Da er seinen Blick sofort wieder Mietta zuwandte, entging ihm, dass Patricks Wangen sich leicht röteten.

»Oh …«, sagte ich. »Nein … das ist nicht der Arzt – ich meine, er ist schon Arzt, aber genau genommen ist er, er ist …« Ich suchte fieberhaft nach dem richtigen Wort.

»Patrick Johnson«, sagte Patrick. Sein Blick wanderte kurz zu mir und dann wieder zu Mark. »Und Sie sind …?«

Mark schob Mietta etwas höher, sodass er einen Arm frei hatte, und streckte Patrick die Hand entgegen. Unbewusst lächelte er.

»Mark Bartolucci. Ich bin der Vater.«

Ich hatte noch nie erlebt, dass es Patrick die Sprache verschlug. Durch den ständigen Umgang mit besorgten Eltern hatte er gelernt, rasch ein Lächeln hervorzuzaubern oder einen Witz zu machen oder einfach nur das Richtige zur richtigen Zeit zu sagen. Doch in diesem Moment ließ ihn diese Fähigkeit im Stich.

Mark runzelte die Stirn. Offensichtlich zählte er eins und eins zusammen.

»Mark, würdest du uns bitte einen Moment allein lassen?«, sagte ich.

Ich fürchtete schon, er würde sich weigern, was in Anbetracht der Tatsache, dass er aus heiterem Himmel Vater geworden war und seine Tochter gerade erst kennengelernt hatte, verständlich gewesen wäre. Aber nach einem kurzen Zögern gab er mir Mietta zurück.

»Ich muss sowieso gehen, Neva. Ich muss mit … meiner Familie sprechen und so weiter. Ich ruf dich morgen an, und dann können wir, äh, uns einen Plan überlegen.«

Flüchtig ging mir die Frage durch den Kopf, welchen Plan in aller Welt wir uns überlegen sollten, aber im Augenblick hatte ich keine Lust, mich mit solchen Feinheiten zu befassen. »Gut«, sagte ich. »Dann bis morgen.«

Er beugte sich vor und gab Mietta unbeholfen einen Kuss auf die Stirn, und danach blieb er noch kurz so stehen und schien ihren Geruch einzuatmen. »Bis bald«, flüsterte er.

»Das ist er also?«, sagte Patrick, nachdem Mark gegangen war. »Er wirkt sympathisch.«

»Er ist verlobt«, sagte ich, auch wenn ich nicht wusste, warum.

Patrick seufzte. »Und was jetzt?«

Wir hatten vorgehabt, beide Teilzeit zu arbeiten und uns abwechselnd um das Kind zu kümmern, aber das war offenbar zu schön gewesen, um wahr zu sein. »Ich gehe zurück in meine Wohnung, denke ich. Und gewöhne mich an das Leben mit meiner Tochter.«

Patrick nickte. Ich wünschte mir, dass er sagte, er würde da sein. Dass sich an unseren Plänen nichts geändert hätte und dass wir das meiste noch vor uns hatten. Er tat es nicht.

»Du bist bestimmt eine großartige Mut…«

»Patrick?« Es entschlüpfte mir, bevor ich darüber nachdenken konnte.

»Ja?«

Ich kaute auf meiner Lippe. Was wollte ich sagen? Bleib? Lass uns da weitermachen, wo wir aufgehört haben? Ich weiß, was ich getan habe, ist unverzeihlich, aber … kannst du mir vielleicht doch verzeihen?

»Kannst du noch ein bisschen bleiben?«

Ich hatte das Gefühl, dass das unter den gegebenen Umständen das Einzige war, worum ich ihn bitten konnte. Natürlich könnte er Nein sagen, aber damit käme ich zurecht. Nicht zurecht käme ich damit, wenn er Nein zu einem Leben mit mir und meiner Tochter sagen würde.

Auf seinem Gesicht erschien ein zögerliches Lächeln. »Ja. Ich kann noch ein bisschen bleiben.«

Kapitel 31

GRACE

Es war der Tag der Briefe.

Als ich aus dem Krankenhaus nach Hause kam, lag auf dem Tisch in der Diele ein Brief für mich. Ich erkannte das Briefpapier auch ohne Brille. Er war vom Board of Nursing. Ich wartete auf ein Gefühl von Freude oder Angst. Aufregung. Beklemmung. Nichts. Kaum zu fassen, dass noch vor einem Tag mein Leben vom Inhalt dieses Briefs abgehangen hatte. Natürlich wollte ich weiter als Hebamme arbeiten. Ich wollte es sogar sehr. Aber irgendwie hatte der Brief, der in meiner Handtasche steckte, alles andere relativiert.

Im Wohnzimmer ließ ich mich in einen Sessel fallen und riss den Briefumschlag mit dem Daumennagel auf. Es waren nur ein paar wenige, eng gesetzte Zeilen mit einer großen, krakeligen Unterschrift in blauer Tinte darunter. Ich schob mir meine Lesebrille auf die Nase und las sie von Anfang bis Ende.

Sehr geehrte Mrs. Bradley,

betreffs der gegen Sie vorliegenden Beschwerde wegen fahrlässiger Vorgehensweise bei der Entbindung von Mrs G. Brennan möchten wir Sie darüber in Kenntnis setzen, dass wir die Angelegenheit gründlich untersucht und mit allen Beteiligten gesprochen haben. Wir freuen uns, Ihnen mitteilen zu können, dass sich keine Anhaltspunkte für die Richtigkeit der Anschuldigungen gefunden haben; wir betrachten den Fall damit als abgeschlossen. Ihre Akte enthält diesbezüglich keinerlei Vermerk.

Mit freundlichen Grüßen
Marie Ableman
Board of Nursing

Ich las den Brief noch einmal. Das war's. Ein getippter Absatz, und alles war vorüber. Ich würde meine Zulassung nicht verlieren. Das war eine gute Neuigkeit, aber aus irgendeinem Grund hielt sich meine Freude in Grenzen. Vielleicht deshalb, weil noch so viele Fragen offen waren. Würde Robert mir verzeihen? Würden wir nach allem, was geschehen war, wieder zueinanderfinden? So viele Beziehungen waren in der Schwebe, so viel Unsicherheiten bestanden weiter. Dennoch hatte ich mich in meinem ganzen Leben noch nie so ruhig gefühlt.

»Grace.« Robert erschien in der Tür. »Du bist ja schon zu Hause. Ich habe dich gar nicht kommen gehört.«

»Ehrlich? Dabei fühl ich mich, als hätt ich Stiefel aus Blei an den Füßen.«

Er beäugte den Brief in meiner Hand.

»Oh«, sagte ich. »Das Board of Nursing hat mich freigesprochen. Ich bin nicht schuldig.«

Robert schlug mit der Hand auf die Sofalehne und stieß einen Freudenschrei aus. Dann sah er mich an. »Das war's? So sachlich verkündest du mir diese Neuigkeit? Kein Megafon? Kein Jubilieren?«

»Seh ich so aus, als hätte ich genug Energie zum Jubilieren?«

Er ließ sich in den Sessel mir gegenüber fallen. »Das ist großartig.«

»Hm-hm. Scheint der Tag der Neuigkeiten zu sein.«

»Was soll das heißen?«

»Lange Geschichte.«

Glücklicherweise gab sich Robert damit zufrieden. In seinem Poloshirt und den Jeans sah er jung und unbekümmert aus. Ich sah noch einmal hin. Poloshirt? Jeans? Heute war Dienstag. »Robert, warum bist du nicht in der Arbeit?«

Er sank ein bisschen tiefer in seinen Sessel. »Ich habe gestern auch einen Brief bekommen. In dem stand, dass ich heute nicht zur Arbeit zu kommen brauche. Und auch an keinem anderen Tag.«

Ich schoss kerzengerade in die Höhe.

»Reg dich nicht auf«, sagte Robert. »Das ist nicht das Ende der Welt. Es ist nur ein *Job*. Nicht im Entferntesten so wichtig wie unsere Tochter. Oder unsere Enkelin.« Er beugte sich vor und legte seine Hand auf meine. »Oder du.«

»Aber …«

»Grace, du hast mich gestern einfach umgehauen. Ich hab immer gelacht, wenn du deine Arbeit als Magie bezeichnet hast. Aber du hast unserer Tochter und unserer Enkelin das Leben gerettet. Das *ist* Magie. Jetzt verstehe ich, warum du nicht damit aufhören kannst.« Er lächelte mich so liebevoll an, dass meine Haut zu kribbeln begann. »Was tue ich? Zahlen zusammenzählen.«

»Aber es ist trotzdem wichtig, Robert. Wir brauchen das Geld. Von Magie können wir nicht leben.«

»Ich habe eine Abfindung in Höhe von zwei Monatsgehältern bekommen. Und wenn ich nichts Neues finde, verkaufen wir das Haus eben wieder.« Er zuckte gleichmütig mit den Schultern, so hatte ich ihn schon seit Jahren nicht mehr erlebt. »Es ist nur ein Haus.«

Ich blinzelte. War das derselbe Mann, der seit Wochen kaum noch geschlafen oder gegessen hatte, weil ihn die Sorgen um seine Arbeit und unsere Zukunft auffraßen? Trug er diese Zuversicht mir zuliebe zur Schau?

»Bist du sicher, dass es dir gut geht, Rob?«

»Ach weißt du, wenn ich ehrlich bin, ist es eine Erleichterung«, erwiderte er. »Wenn man vor vollendete Tatsachen gestellt wird, bleibt einem nichts anderes übrig, als damit fertigzuwerden. Die Ungewissheit, das Nichtwissen war viel schlimmer.«

Ich lachte. »Wie wahr. Ich weiß *genau*, was du meinst.«

Kapitel 32

FLOSS

In gewisser Weise fiel es mir schwerer, Neva die Geschichte zu erzählen, als sie Grace zu erzählen. Sie brach dann auch in die Tränen aus, die ich eigentlich von Grace erwartet hatte. Zum Teil waren wohl die Hormone daran schuld, allerdings hatte ich den Verdacht, dass noch mehr dahintersteckte. Ich begann zu begreifen, dass Grace viel mehr Kraft hatte, als ich ihr zugetraut hätte. Und Neva war offenbar zerbrechlicher.

Ich blieb bei ihr sitzen, bis sie eingeschlafen war, doch als es draußen allmählich dunkel wurde, musste ich an Lil denken. Ich sehnte mich nach ihr, ich wollte ihr von meiner Urenkelin erzählen und auch, dass ich Grace die Wahrheit gesagt hatte. Ich schrieb eine Nachricht für Neva, dass sie mich jederzeit anrufen könnte, Tag und Nacht, und gab ihr einen Kuss auf die Stirn. Dann schlich ich mich aus dem Zimmer.

Zu Hause hatte ich gerade den Schlüssel ins Schloss gesteckt, als die Tür geöffnet wurde und Lil vor mir stand, in Hausschuhen und mit einem Geschirrtuch über der Schulter.

»Endlich bist du wieder da!«, sagte sie. »Schnell rein mit dir.« Ich folgte ihr in die Diele und schloss die Tür hinter mir. »Du musst am Verhungern sein.«

Bevor ich ein Wort sagen konnte, verschwand sie in der Küche. Ich sah, dass der Tisch für zwei gedeckt war. Bei dem Anblick wurde mir warm ums Herz. Und obwohl ich überhaupt keinen Hunger hatte, hätte ich mit Freuden ein ganzes Pferd verspeist, wenn Lil mir eins vorgesetzt hätte.

»Salat«, sagte sie, als sie zurückkam, und stellte eine Glasschüssel auf den Tisch. »Ich dachte, du willst vielleicht lieber was Leichtes.«

Lil lächelte, und ein Teil meines Herzens, ein abgebrochenes Stück, sprang an seine alte Stelle zurück – es passte perfekt. »Da hast du recht, Liebes.«

Wir aßen in einträchtigem Schweigen, und unser Lächeln ersetzte die Worte. Es gab keine Geheimnisse mehr. Keine Lügen. Mit dreiundachtzig Jahren erfuhr ich endlich, wie es war, Frieden zu finden. Am liebsten hätte ich dieses Gefühl konserviert, in Flaschen abgefüllt und mit der ganzen Welt geteilt. Es gab nichts mehr, wovor ich mich fürchten musste.

Wir waren mit dem Salat gerade fertig, als es an der Tür klingelte. Gleich darauf stand Grace im Esszimmer.

»Grace!« Ich wischte mir mit einer Serviette den Mund ab. »Hallo.«

»Kann ich kurz mit dir reden, Mom?«

Ich warf einen Blick in Lils Richtung. Sie war bereits aufgestanden und räumte die Teller ab. »Natürlich«, sagte ich. »Komm mit ins Wohnzimmer.«

Wir ließen uns an den entgegengesetzten Enden des Sofas nieder. Gestern war es noch so normal gewesen, mit meiner Tochter hier zu sitzen, jetzt machte es mich auf einmal verlegen.

»Ich möchte dir dafür danken, dass du mir die Wahrheit gesagt hast«, fing sie an.

Unwillkürlich spannte sich alles in mir an. Ich wusste, was jetzt kam. Sie wollte mehr über Bill wissen. Mehr über Elizabeth. Sie würde Familienstammbäume sehen wollen, Fotos. Und warum auch nicht? Sie musste schließlich ihre Familiengeschichte rekonstruieren. Ihr dabei zu helfen war das Mindeste, was ich tun konnte.

»… aber wenn du nichts dagegen hast, würde ich gern so tun, als hättest du mir das alles nicht erzählt.«

Ich glaubte mich verhört zu haben. »Wie bitte?«

»Es ist eine unglaubliche Geschichte. Aber was du für mich getan hast, beweist nur, dass du meine Mutter bist, auch wenn du es ganz am Anfang nicht warst. Ich hätte Elizabeth gerne kennengelernt, aber … ich kann nicht behaupten, dass ich unglücklich darüber bin, wie es gekommen ist. Manchmal passiert eben genau das, was passieren soll.«

»Grace …« Ich rang um Fassung. »Ist das dein Ernst? Ich dachte, wenn ich dir das alles erzähle, dann würdest du dich sofort auf den Weg nach England machen, um … ich weiß auch nicht … Antworten zu finden. Ich würde es verstehen. Bist du sicher, dass du das nicht willst?«

»Man soll niemals nie sagen«, erwiderte sie. »Aber im Moment bin ich zufrieden damit, wie es ist. Ich habe ein gutes Verhältnis zu meiner Tochter. Ich habe eine entzückende Enkelin. Ich habe einen wunderbaren Ehemann. Und«, ihr Lächeln hatte beinahe etwas Schüchternes, »ich habe eine Mutter, die buchstäblich durch die Hölle gegangen ist, um mich zu beschützen.«

Bei den letzten Worten hatten sich ihre Augen mit Tränen gefüllt, und ich merkte, dass mir ebenfalls Tränen übers Gesicht liefen. Ich holte tief Luft. »Na gut, wenn du dir sicher bist. Aber falls du es dir anders überlegst und ich dir irgendwie helfen kann, dann zähl auf mich.«

Ich blickte zur Tür, in der den Bruchteil einer Sekunde später Lil erschien. Nach den vielen gemeinsamen Jahren ahnte ich ihre Bewegungen voraus.

»Ich geh schon mal nach oben, damit ihr in Ruhe miteinander reden könnt«, sagte sie. »Bis bald, Grace.«

»Nein«, sagte ich und stand auf. »Bleib da. Ich möchte gern, dass du dich zu uns setzt.«

Lil sah zu Grace, die ebenfalls aufgestanden war. Sie nickte. »Ja, Lil, bitte bleib.«

»Nein, ihr beide braucht Zeit. Da störe ich nur, wenn ich dabeisitze …«

»Quatsch«, sagte Grace. Sie hakte sich bei Lil unter und zog sie mit sich zum Sofa. Ich sah, dass sich Lils Wangen leicht röteten. »Du gehörst doch zur Familie. Und vor der Familie haben wir keine Geheimnisse.«

»Stimmt«, sagte ich und nahm Lils andere Hand. »Nicht mehr.«

Kapitel 33

NEVA

Bevor ich aus dem Krankenhaus entlassen wurde, besuchte mich Mark noch einmal, dieses Mal zusammen mit Imogen. Ich war überrascht gewesen – und zuerst alles andere als begeistert –, als er gefragt hatte, ob er sie mitbringen dürfe. Die Vorstellung, dass noch jemand meine Tochter anfasste, sie im Arm hielt – ich wollte sie einfach noch für mich haben. Aber es ging nicht darum, was ich wollte. Mark hatte das Recht, seiner Verlobten seine Tochter vorzustellen. Und was noch wichtiger war, Mietta hatte das Recht, die beiden kennenzulernen.

»Sie sieht aus wie Mom, findest du nicht?«, sagte Mark zu Imogen.

Imogen runzelte die Stirn und warf ihre langen Haare zurück. »Ja. Vielleicht.«

Sie waren seit einer halben Stunde da, und Imogen hatte mich noch kein einziges Mal richtig angesehen. Vielleicht dachte sie, wenn sie mich ignorierte, würde ich tatsächlich verschwinden. Ich konnte es ihr nicht verübeln. Vor ihrem Besuch hatte ich nicht weiter darüber nachgedacht, was diese Situation für Imogen bedeutete. Jetzt tat ich es. Ihre ganze Welt war aus den Fugen geraten, nichts war mehr wie vorher. Und trotzdem war sie hier. Und sie tat ihr Möglichstes.

»Willst du sie mal halten?«, fragte Mark Imogen.

Imogen schüttelte den Kopf. »Lieber nicht.«

»Ich habe nichts dagegen«, sagte ich etwas widerstrebend.

Mark trat mit Mietta näher zu ihr. »Komm schon. Nimm sie mal.«

Imogens Blick ruhte einen Moment auf Mietta. Dann sagte sie: »Na gut. Warum nicht.«

Sie setzte sich in den Sessel, dann sah sie Mark an und streckte die Hände aus. »Okay«, sagte sie.

Ich kämpfte gegen den Impuls an, ihr Anweisungen zu erteilen. *Seien Sie vorsichtig. Stützen Sie ihren Kopf.* Aber sie war eine erwachsene, verantwortungsbewusste Frau. Für jemanden, der keine Kinder hatte (soweit ich wusste), wirkte Imogen erstaunlich sicher. Fast mütterlich. Das weckte gemischte Gefühle bei mir. Einerseits gefiel mir nicht, dass noch eine Mutterfigur auftauchte und meine Tochter im Arm hielt. Andererseits war ich dankbar, dass Imogen ihre Ressentiments gegen mich offenbar nicht auf Mietta übertrug. Als ich sah, wie sie sie anlächelte, hatte ich tatsächlich das Gefühl, dass Mietta willkommen gewesen wäre, wenn ich plötzlich verschwunden wäre.

»Es tut mir leid, Imogen«, hörte ich mich sagen. »Ich weiß, wie schwierig das für Sie sein muss. Das alles ist ja nicht Ihre Schuld.«

»Das ist mir durchaus bewusst.« Noch immer sah sie mich nicht an. »Es ist *Ihre* Schuld.«

Das war ein verbaler Schlag ins Gesicht, und ich akzeptierte ihn. »Ja.«

Offenbar besänftigte sie das etwas, denn nach einem kurzen Schweigen stieß sie einen Seufzer aus. »Aber sie ist Marks Tochter, also muss ich wohl das Beste daraus machen.« Sie blickte hoch zu Mark, der neben ihr stand. »Das ist eben so, wenn man jemanden liebt. Man hält zu ihm, selbst wenn einem das Leben … die Babys anderer Frauen in den Schoß legt.«

Imogen und Mark lächelten einander an. Ich hatte den Eindruck, die kleine Ansprache war mehr an ihn als an mich gerichtet. Aber ich war froh, dass ich sie ebenfalls gehört hatte. Ich musste an Patrick denken und daran, dass er mich trotz allem, was uns das Leben in den Schoß gelegt hatte, nicht gleich zum Teufel geschickt hatte.

Endlich wurde ich entlassen. Zum ersten Mal seit Tagen war ich wieder richtig angezogen und hatte feste Schuhe an den Füßen. Ich saß im Stillsessel, in dem einen Arm meine Tochter, über dem anderen meinen Anorak, und atmete Miettas süßen Duft ein, während ich darauf wartete, abgeholt zu werden.

»Klopf, klopf.« In der Tür erschien ein Rollstuhl und dahinter Susan. Sie schob ihn neben das Bett und trat zu mir. Das Funkeln in ihren Augen strafte ihre geschäftsmäßige Miene Lügen. »Jetzt sieh sich einer das niedliche kleine Ding an.« Auf ihrem Gesicht breitete sich ein Lächeln aus. »Sie ist eine Schönheit.«

»Danke, Suse.«

»Sind deine Eltern schon unterwegs?«

»Nein«, erwiderte ich. »Nur wir beide. Ich gehe zurück in meine Wohnung.«

Mom hatte mir angeboten, eine Weile bei mir zu wohnen, aber sie rechnete vermutlich nicht ernsthaft damit, dass ich das Angebot annahm. Ich musste das allein schaffen. Zumindest hatte ich das gesagt. Es klang mutiger, als ich mich fühlte. Wahrscheinlich lag es nur an den Hormonen, aber schon den ganzen Vormittag über kämpfte ich mit den Tränen.

Auf Susans Stirn erschien eine Falte. »Allein? Wie willst du denn nach Hause kommen?«

»Mit dem Taxi.« Ich hob die Hand, um weiteren Einwänden zuvorzukommen. »Wir kriegen das schon hin.«

»Kommt gar nicht infrage. Du kannst nicht allein mit deinem Kind im Taxi nach Hause fahren. Ich hole schnell meinen Mann.«

»Schon gut, Susan, ich bin da.«

In der Tür stand Mom, in Jeans und Rollkragenpullover. Keiner der dramatischen Auftritte, wie ich sie von ihr gewohnt war – eher so, wie ich es gemacht hätte, ohne großes Tamtam. Sie hatte weder Luftballons noch Blumen dabei, und sie schwenkte auch keine Fähnchen. Sie war schlicht angezogen und hatte ihre Haare zu einem Pferdeschwanz zusammengebunden. Ich erkannte sie beinahe nicht wieder.

»Mom.«

»Ich weiß, du wolltest es allein machen, aber …«

Jetzt konnte ich die Tränen nicht länger zurückhalten. »Ich bin so froh, dass du da bist.«

»Na, dann ist ja alles gut!« Lächelnd klappte Susan die Seitenteile des Rollstuhls herunter. Sie murmelte etwas davon, dass sie froh war, bei diesem Wetter nicht rauszumüssen, dann streckte sie die Arme nach Mietta aus. »Darf ich?« Ich nickte, und sie nahm die Kleine und gab sie Mom. »Halten Sie bitte mal kurz Ihre Enkelin? Sie sind ein Schatz.«

Während Susan mir in den Rollstuhl half – auf den ich gut hätte verzichten können, aber es war nun mal Vorschrift bei einer Entlassung –, konnte ich den Blick nicht von Mom und Mietta wenden. Mom hielt sie dicht vor ihr Gesicht und sah ihr in die Augen. Ich hatte meine Mutter schon oft mit Babys gesehen – sie liebte Babys. Aber das war etwas anderes. Die beiden verband so viel mehr als ein Blick. Normalerweise hätte ich ja gesagt, das sei die Biologie, aber dann dachte ich an Gran und war mir nicht mehr so sicher.

Susan packte meine Sachen zusammen, und ich unterschrieb hundert Formulare, bevor wir uns endlich in Bewegung setzten. Mom wartete, bis wir draußen auf dem Flur waren und ich Mietta wieder im Arm hielt.

»Du bist hoffentlich nicht böse, Schätzchen, aber dein Vater ist in deiner Wohnung.«

»Ach ja?«

»Ja, also … im Kinderzimmer musste noch einiges gemacht werden. Ich weiß, du bist eine unabhängige Frau, aber es ging doch nicht, dass du nach Hause kommst, ohne dass eine Wiege oder …«

»Schon gut, Mom, danke.«

»Bedank dich bei deinem Vater. Der Kinderwagen war wohl ein bisschen schwierig zusammenzubauen, aber ich glaube, er hat es hingekriegt.«

Ohne Vorwarnung traten mir erneut Tränen in die Augen. »Das ist … toll.«

Susan hüstelte dezent und hielt den Rollstuhl an. »Hallo, Dr. Johnson.«

Ich hob den Kopf. Vor mir stand Patrick in grünen Krankenhaushosen und einem weißen Kittel. Er hatte mich jeden Tag besucht. Er hatte sogar ein paarmal Mietta in den Arm genommen. Aber bei diesen Besuchen hatten wir nicht über »uns« gesprochen. Ich war nicht bereit, die letzte Hoffnung fahren zu lassen, deshalb schnitt ich das Thema nicht an. Und Patrick schnitt es wahrscheinlich nicht an, weil er nichts zu sagen hatte. Trotzdem freute ich mich über seine Besuche. Ich würde sie vermissen.

»Wieder nach Hause?«

Ich nickte. »Ich kann es noch gar nicht glauben.«

»Und wie geht es der kleinen Dame?« Er beugte sich vor, schlug Miettas Decke zurück und musterte sie kurz auf eine Art und Weise, die ihm als Kinderarzt in Fleisch und Blut übergegangen war. »Du machst einen sehr guten Eindruck auf mich.« Lächelnd deckte er sie wieder zu.

Ich kämpfte schon wieder mit den Tränen.

»Dad hat den Kinderwagen zusammengebaut«, sagte ich. Keine Ahnung, warum. Vielleicht nur, um die Stille zu füllen.

»Wirklich?« Patrick runzelte die Stirn. Er gab sich nicht gern geschlagen.

Neben mir traten Mom und Susan von einem Bein aufs andere. Das Schweigen dauerte an. Ich spürte ihre Blicke auf mir, sie warteten darauf, dass ich etwas sagte. Aber mir fiel nichts ein. Patrick offensichtlich auch nicht.

»Also dann«, sagte Susan schließlich. Ihr Ton ließ erkennen, dass sie uns beide für bekloppt hielt. »Ich denke, wir sollten dann mal …« Der Rollstuhl setzte sich wieder in Bewegung.

»Ich habe ein Geschenk für Mietta«, sagte Patrick, als wäre es ihm erst in diesem Moment wieder eingefallen oder als hätte er erst in diesem Moment beschlossen, es mir zu sagen. Susan hielt erneut an. »Vielleicht kann ich mal vorbeikommen und es ihr bringen? Sobald du dich ein bisschen an das neue Leben gewöhnt hast.«

»Ja«, sagte ich. »Wir würden uns freuen.«

»Gut, ich mich auch.« Er beugte sich vor, sodass mir sein Geruch in die Nase stieg, und gab mir einen flüchtigen Kuss auf die Wange. »Dann bis bald.«

Ich nickte. »Ja.«

Mom und Dad blieben die erste Nacht bei mir.

Wie viele Mütter, die ich im Lauf der Jahre betreut hatte, machte ich kein Auge zu. Jedes Mal, wenn ich am Einschlafen war, schnürte es mir vor Angst das Herz ab. Wusste Mietta, dass sie atmen musste, wenn ich sie nicht ununterbrochen ansah? Was, wenn sie sich erbrach und erstickte? Was wenn? Was wenn? Was wenn?

Irgendwann schaffte ich es nicht länger, gegen den Schlaf anzukämpfen. Ich wollte nur eine Minute die Augen schließen. Nur … eine … Minute …

Um drei Uhr früh fuhr ich hoch und sah mich hektisch um. Wo war ich? Ich war zu Hause. Mit meiner Tochter. Ich hob den Kopf und schaute über den Rand ihrer Wiege. Sie war leer.

Ich rannte so schnell durch die Wohnung, dass mir schwindlig wurde. Mom schlief in meinem Bett. Keine Spur von Mietta. Ich lief den Flur hinunter ins Wohnzimmer und tastete nach dem Lichtschalter. Im Zimmer wurde es hell, und Dad hob schützend eine Hand vor die Augen. Er hatte es sich im Sessel bequem gemacht. Mietta lag auf seinem Bauch.

»Dad.« Ich fasste mir an die Brust. »Mir ist vor Schreck beinah das Herz stehengeblieben.« Ich schaltete das Licht wieder aus und knipste stattdessen eine Stehlampe an.

»Entschuldige, Schatz. Sie hat ein bisschen gequengelt,

und du hast geschlafen – deshalb habe ich sie einfach mit ins Wohnzimmer genommen.«

Ich musterte Mietta. Sie sah wirklich rundum zufrieden aus. Ihr Po lag in Dads Hand, und er streichelte ihr mit zwei Fingern den Rücken. Wahrscheinlich hatte er mich früher auch so gehalten.

»Soll ich sie nehmen?«, fragte ich.

»Nein. Du schläfst. Wir genießen die Papa-Zeit.«

Ich lächelte. »Aha, Papa also?«

»Ich weiß nicht. Grandpa? Gramps? Poppa? Mir ist alles recht.«

Er gab Mietta einen Kuss auf den Kopf. Mein Lächeln wurde noch breiter. Meine Tochter würde einen Papa haben. Ich hatte keine genaue Vorstellung von einer solchen Beziehung, aber ich hatte das Gefühl, dass sie sehr wichtig sein würde.

»Ab ins Bett mit dir«, sagte er schläfrig. »Mietta und ich müssen unsere Beziehung vertiefen.«

Ich trottete zurück ins Bett. Nebenan schnarchte Mom. Meine Tochter schlief im Wohnzimmer. Und in dem Wissen, dass Dad über uns alle wachte, fielen mir wieder die Augen zu.

Die nächsten Tage vergingen wie im Flug, ohne dass ich ein einziges Mal meine Wohnung verließ. Mom und Dad fuhren wieder nach Hause. Ich verabschiedete mich mit gemischten Gefühlen von ihnen, es fiel mir schwer, sie gehen zu lassen, aber sobald sie weg waren und es nur noch Mietta und mich gab, überkam mich eine seltsame Zufriedenheit. Patrick rief ein paarmal an, aber leider immer im falschen Moment, wenn ich gerade schlief oder unter der Dusche stand. Einmal hinterließ er eine Nachricht, er hoffe, es gehe uns gut, und er freue sich darauf, uns bald zu besuchen. Ein anderes Mal schickte er eine SMS und bat mich, ihm ein Foto zu schicken. Ich fand, das war ein gutes Zeichen, aber ich wollte nicht zu viel hineininterpretieren. Vorsichtshalber hatte ich in den Selbstschutzmodus umgeschaltet.

Ich schlug mit Mietta ein Lager in meinem Bett auf: Schlafen, Stillen, Schmusen. Die bei der Geburt ausgeschütteten Hormone wirkten offenbar als Stimmungsaufheller, denn obwohl ich nach wie vor oft an Patrick dachte und mir wünschte, dass es noch eine Chance für uns gab, begriff ich, dass meine Welt nicht untergehen würde, falls es nicht funktionierte. Nein, ich trug meine Welt – meine winzige, rosafarbene Welt – praktisch die ganze Zeit an meinem Herzen. Früher hatte ich gedacht, es wäre ein wenig übertrieben, rund um die Uhr mit seinem Kind zusammen zu sein, so wie es meine Mutter propagierte. Im gleichen Zimmer schlafen, es in einem Tuch an der Brust tragen – ich hatte immer gedacht, da käme mal wieder der Hippie in ihr durch. Aber in dieser einen Woche, die meine Tochter jetzt auf der Welt war, stellte ich fest, dass es uns beiden damit sehr gut ging. Offenbar wusste meine Mutter über manche Dinge besser Bescheid, als ich ihr zugestanden hatte. Über viele Dinge.

Dad, der ja jetzt arbeitslos war, kam jeden Tag vorbei – sogar noch häufiger als Mom –, um seine Enkelin zu besuchen. Gran und Lil waren zweimal da gewesen, einmal hatten sie ein gebratenes Huhn mitgebracht. Ich hätte das Leben in meiner Seifenblase gern noch ein bisschen länger genossen, aber mir war klar, dass ich bald wieder hinaus in die Welt musste. Anne hatte angerufen und gesagt, im Geburtszentrum würden alle vor Neugier auf Mietta platzen. Und es war mir natürlich nicht entgangen, dass sich dabei vielleicht die Gelegenheit bot, Patrick über den Weg zu laufen. Selbst wenn es nie mehr so werden würde wie vorher, fehlte er mir. Ich hatte das Gefühl, wenn ich ihn sehen würde – in der wirklichen Welt –, könnte ich besser einschätzen, wie die Dinge standen.

Ich schob Mietta in ihrem neuen Kinderwagen zum Geburtszentrum. Es tat gut, mal wieder an der frischen Luft zu sein. Noch dazu an einem so klaren Tag mit strahlend blauem Himmel. Der Schnee hatte sich inzwischen in Matsch verwandelt, aber mein Hochleistungskinderwagen meisterte das spielend. Die Woche in meinen vier Wänden war meiner Gesichtsfarbe nicht gerade förderlich gewesen. Ich hatte ein bisschen Rouge aufgetragen, mir die Haare gebürstet, mich in Jeans gezwängt und einen hellblauen Strickponcho übergeworfen. Es war erstaunlich, welche Wirkung ein bisschen Zurechtmachen hatte. Selbst Mietta schien sich über meinen Anblick mehr zu freuen als sonst. Ich hoffte, dass sie nicht die Einzige bleiben würde.

Ich beschloss, den Weg durchs Krankenhaus zu nehmen, obwohl das Geburtszentrum einen eigenen Eingang zur Straße hatte. Umsonst versuchte ich mir einzureden, ich täte es nur deshalb, um nicht länger durch den Matsch stapfen zu müssen. Aber es war klar, wen ich zu treffen hoffte. Auf den Fluren war es ziemlich ruhig. Ich kam an ein paar bekannten Gesichtern vorbei und winkte einigen Leuten zu, aber von Patrick war weit und breit keine Spur. Als ich um die letzte Ecke bog, hörte ich jemanden meinen Namen rufen.

Sean strahlte mich an. »Wow! Du siehst fantastisch aus.« Er umarmte mich. »Und wen haben wir denn da? Was für ein hübsches kleines Mädchen.«

Sean und ich blickten lächelnd in den Kinderwagen, und obwohl es vermutlich nur eine Blähung war, lächelte Mietta zurück.

»Siehst du, sie hat einen guten Geschmack. Sie weiß es bereits jetzt zu schätzen, wenn sie einen attraktiven Mann vor sich hat.«

»Sie findet nur, dass du komisch aussiehst, Sean.«

»Übrigens«, sagte er – sein selektives Gehör funktionierte offenbar so gut wie eh und je –, »ich habe das von der Geburt gehört. Deine Mutter ist eine wahre Heldin.«

Ich konnte mein Lächeln nicht unterdrücken. »Ja, das ist sie.«

»Ein Triumph der Hebammenkunst, was? Dr. Hargreaves ist ganz aus dem Häuschen – sie will, dass deine Mutter herkommt und einen Vortrag hält.«

»Tatsächlich? Ich bin sicher, das macht sie gern.« Das war die Untertreibung des Jahrhunderts. Grace, wie sie Ärzten erklärte, wo der Hammer hing? Es wäre die Krönung ihres Lebens.

»Es stand in allen Zeitungen. ›Dramatische Geburt mitten im Schneesturm auf Conanicut Island.‹ Was für eine Schlagzeile. Ich wette, ihr Geschäft boomt.«

»Keine Ahnung. Wir haben nicht darüber gesprochen. Seit Mietta auf der Welt ist, haben wir nur noch über sie gesprochen.«

Er lächelte. Ich lächelte.

Sean entdeckte einen Kollegen auf der anderen Seite des Foyers und hob die Hand. »Also, ich muss dann mal wieder. Es freut mich, dass ich deine kleine Tochter kennengelernt habe.« Er gab mir einen freundschaftlichen Kuss auf die Wange. »Passt gut auf euch auf, ihr beiden.«

»Das tun wir. Wiedersehen, Sean.«

So viel Wirbel hatte ich nicht erwartet. Anne hatte Schokoladenmuffins gebacken, und es waren sogar ein paar Kolleginnen gekommen, die heute gar keinen Dienst hatten. Im Moment war nur eine Frau zur Entbindung da, und sie war noch in einem frühen Stadium, deshalb hatten alle Zeit für die kleine Feier im Foyer.

»Erzähl uns von der Geburt«, sagte Anne zwischen zwei Anrufen. »Wir wollen alles ganz genau wissen!«

Alle hingen wie gebannt an meinen Lippen, während ich die Geschichte von Miettas Geburt wiederholte, und seltsamerweise machte es mir Spaß, im Mittelpunkt der Aufmerksamkeit zu stehen. Insbesondere da es um ein Thema ging, das mich sehr interessierte. Seit Miettas Geburt hatte ich alles gelesen, was ich über vaginale Entbindungen bei einer Beckenendlage hatte finden können, und ich war ständig auf YouTube und sah mir Videos an. Wenn ich es geschafft hatte, vaginal zu entbinden, dann musste doch herauszufinden sein, ob andere Frauen das auch konnten.

Mietta wurde von Arm zu Arm gereicht. Ich fand es schön, mal wieder eine Weile die Hände frei zu haben. Und mit Erwachsenen zu sprechen war zur Abwechslung auch ganz nett. Während ich fröhlich mit meinen Kolleginnen plauderte, behielt ich die ganze Zeit mit einem Auge die Tür im Blick.

Susan wich nicht von meiner Seite, und von Zeit zu Zeit streckte ich die Hand aus und drückte ihre.

Die Runde löste sich schließlich auf, als zwei Frauen eintrafen, bei denen die Wehen eingesetzt hatten.

»Das müssen wir bald mal wieder machen«, sagte Anne, bevor sie zurück hinter ihren Tresen ging, um den fünfzehnten Anruf entgegenzunehmen. Ich verstand den Wink mit dem Zaunpfahl und packte Mietta wieder in ihren dicken Strampelanzug. Während ich darauf wartete, dass Anne auflegte und ich mich von ihr verabschieden konnte, spürte ich – ich spürte es wirklich –, dass Patrick durch die Tür kam.

Über Jeans und T-Shirt trug er einen grauen Wintermantel, und quer über seiner Schulter hing seine Ledertasche. Seine Lippen verzogen sich zu einem Lächeln.

»Hi.«

Anne legte auf und notierte etwas auf einem Zettel. »Okay. Soll ich dich rausbegleiten, Neva?«

»Schon gut, Anne, ich übernehme das.«

Anne hob ruckartig den Kopf. Als sie Patrick sah, holte sie tief Luft.

»Danke für den netten Empfang«, sagte ich schnell. »Dann will ich dich nicht länger aufhalten, ich seh ja, dass du zu tun hast.«

Ich hielt Mietta hoch, damit Anne ihr einen Abschiedskuss geben konnte. Sie tat es, dann musterte sie mein Gesicht. Ich wich ihrem Blick aus und bemühte mich um eine neutrale Miene. Mir war auf einmal so schwerelos zumute, dass es mich nicht erstaunt hätte, wenn sich meine Füße vom Boden gelöst hätten, und ich wusste, ein scharfer Blick von Anne genügte, und mit meiner Fassung wäre es vorbei.

Patrick nahm den Kinderwagen und manövrierte ihn mit einer Hand durch die Tür. Ich folgte ihm durch die

Flure und durch die automatische Eingangstür hinaus in den kalten, sonnigen Wintertag. Und dann standen wir da, und ich wusste nicht, was ich sagen sollte.

»Ich weiß einen Witz …«, setzte ich an, aber Patrick unterbrach mich.

»Entschuldige«, sagte er. »Aber ich muss dir zuerst was sagen. Es tut mir leid, dass ich so reagiert habe. Als du mir das mit Sean erzählt hast.«

Ich öffnete den Mund.

»Ich war eifersüchtig«, fuhr er etwas lauter fort, um mir klarzumachen, dass er vorhatte, zu Ende zu sprechen. »Aber ich hätte dich nicht einfach im Treppenhaus stehenlassen dürfen. Ich hätte nicht zulassen dürfen, dass du denkst, das würde irgendetwas zwischen uns ändern.« Er blinzelte verwirrt, runzelte die Stirn, dann verzog sich sein Gesicht zu einem sanften Lächeln. »Warum weinst du denn?«

Ich hob die Hand und berührte meine feuchte Wange. Tatsächlich, ich weinte. »Weil ich dich liebe. Und ich könnte es dir nicht übelnehmen, wenn du es dir anders überlegt …«

»Ich habe es mir aber nicht anders überlegt. Damit das ein für alle Mal klar ist. Und«, er wurde rot, »ich liebe dich auch.«

Eine Träne tropfte von meinem Kinn. Ich lachte. Ich weinte. Ich gestand einem Mann meine Liebe. Alles, was ich bisher über mich selbst zu wissen geglaubt hatte, erwies sich auf einmal als falsch.

Patrick grinste. »Ach, das hätte ich beinahe vergessen. Ich hab das Geschenk für Mietta.« Er holte aus seiner Tasche ein Päckchen, das in Geschenkpapier gewickelt war, rote Rasseln auf weißem Grund. »Ich hab es schon vor einer Weile gekauft. Bevor ... na, du weißt schon. Aber ich dachte, vielleicht gefällt es dir trotzdem noch.«

Ich wischte mir die Tränen ab und nahm das Päckchen entgegen. »Soll ich es gleich aufmachen?«

»Ja, warum nicht.«

Mit zitternden Händen streifte ich meine Handschuhe ab. Ich begann an dem Klebestreifen herumzuzupfen, doch dann beschloss ich, mir ein Beispiel an meiner Mutter zu nehmen, und riss das Papier mit einem Ruck herunter. Patrick lachte. Beim Klang seines Lachens löste sich etwas in mir, etwas, das schon viel zu lange viel zu fest verschnürt gewesen war.

Ich blickte auf ein Buch mit einem blassgrünen Einband. Auf dem Einband stand MEIN ERSTES JAHR.

Ich schlug es auf. Die pastellfarbenen Seiten erinnerten mich an die Farben, die Patrick und ich vor einer Ewigkeit für das Kinderzimmer ausgesucht hatten. »Danke«, sagte ich. »So was haben wir noch nicht.«

»Jetzt schon.«

Ich blätterte um. Auf den ersten Blick schien die nächste Seite leer zu sein, doch dann entdeckte ich am rechten Rand eine Eintragung in der typischen Krakelschrift eines Arztes. MOMMYS NAME IST *Neva*. DADDYS NAME IST *Patrick*.

Ich blickte hoch. Patrick wurde rot. »Ich habe es vor ihrer Geburt eingetragen, wie du siehst, aber du kannst stattdessen Marks Namen einsetzen, wenn du willst.«

Er sagte das mit gleichmütiger Miene, die Hände in den Taschen vergraben. Und er stand plötzlich so still da, dass ich nicht einmal mehr sehen konnte, wie sich seine Brust unter seinen Atemzügen hob und senkte.

»Na ja ... da wäre noch ein bisschen Platz«, sagte ich

langsam und blickte wieder auf das Buch. Vielleicht können wir es so lassen und … Marks Namen einfach dazuschreiben?«

Patricks Brust begann sich wieder zu bewegen. »Klar. Können wir machen … wenn du willst.«

Wir lächelten uns zaghaft an. Ich spürte ein Kribbeln in mir – dieses Gefühl, wenn man bei einem Rennen als Erster durchs Ziel gegangen ist und darauf wartet, dass es den Zuschauern über Lautsprecher verkündet wird. Wir wippten beide ein paarmal auf und ab und grinsten dümmlich.

»Also …«, setzte ich an. »Gran und Lil kommen nachher vorbei. Sie passen bestimmt gern eine Weile auf Mietta auf. Wir könnten … ich weiß nicht … irgendwo einen Kaffee trinken gehen oder so …«

»Eigentlich hatte ich gehofft, dass wir alle drei einen Kaffee trinken gehen«, erwiderte Patrick. »Du, Mietta und ich.« Sein Mund verzog sich zu diesem verführerischen Lächeln. Woher wusste er bloß immer so genau, was er sagen musste?

»Nellie's?«, fragte ich.

Er nickte. »Nellie's.« Er streckte die Hand nach dem Kinderwagen aus, an dessen Zusammenbau er gescheitert war. »Also, wie war das mit dem Witz?«

»Ach so, ja«, sagte ich. »Zwei Babys sitzen nebeneinander in ihren Bettchen, und das eine fragt das andere: ›Bist du ein Mädchen oder ein Junge?‹ ›Ich weiß nicht‹, antwortet das andere Baby. ›Wie meinst du das, du weißt es nicht?‹, fragt das erste. ›Ich weiß nicht, woran man das erkennt.‹ ›Aber ich‹, sagt das erste Baby und kichert. ›Ich komm mal zu dir rüber und seh nach.‹ Es krabbelt vorsichtig in das Bettchen des anderen Babys und verschwindet unter der Decke. Nach einer Weile taucht es grinsend wieder auf. ›Du bist ein Mädchen, und ich bin ein Junge‹, verkündet es stolz. ›Du bist wirklich schlau‹, sagt das kleine Mädchen. ›Aber woran hast du das erkannt?‹ ›Ganz einfach‹, erwidert der kleine Junge, ›du hast rosa Söckchen an und ich blaue.‹«

Ich grinste Patrick erwartungsvoll an. »Gut, oder?«

»Nein.« Aber er lachte trotzdem. »Schrecklich.«

Er ging weiter, und ich fiel neben ihm in Gleichschritt. »Das sagt ja genau der Richtige.«

Mit einer Hand den Kinderwagen schiebend und die andere um meine Taille, manövrierte uns Patrick durch den Schneematsch zu Nellie's. Wir hatten die Sonne im Rücken, und sie schien über unsere Schultern in Miettas Gesicht. Bevor ich das Verdeck herunterklappen konnte, schob sich Patrick zwischen sie und die Sonne und ging etwas schneller. Es war eine instinktive Reaktion, ein Reflex. Etwas, das ein Vater tun würde.

Gran hatte recht. Was Familie anging, spielte die Biologie nur eine untergeordnete Rolle. Patrick und ich, Mark und Imogen, Mom und Dad, Gran und Lil – Mietta würde eine wunderbare Familie haben.

Gemeinsam bogen wir drei um die Ecke und steuerten auf Nellie's zu. Auf zu Hause.

Danksagung

Ich danke meiner Lektorin Jen Enderlin für ihr Einfühlungsvermögen und ihre Klugheit. Es ist ein Vergnügen und ein Privileg, mit ihr zusammenarbeiten zu dürfen. Mein Dank geht außerdem an das Team von St. Martin's Press, vor allem an Katie Bassel, Caitlin Dareff, Angie Giammarino, Elsie Lyons, Lisa Senz, Eliani Torres und Dori Weintraub dafür, dass sie mich besser aussehen lassen, als ich es bin.

Meinem Agenten Rob Weisbach danke ich dafür, dass er immer wieder nachgehakt hat. Herzlichen Dank auch an May Wuthrich, dass sie mich in die Gänge gebracht hat.

An Joan Keaney, die das Manuskript gelesen und ihr Wissen über die Hebammenkunst beigesteuert hat, und an Grace Owen und Clare Ross, die meine Fragen zu Risikogeburten beantwortet haben. Danke. Für alle Fehler und Irrtümer bin dennoch allein ich verantwortlich.

An meine kritischen Kolleginnen Anna George und Meredith Jaeger: Danke fürs Lesen und dafür, dass ihr euch nicht scheut, auch unbequeme Fragen zu stellen. Danke auch an meine ersten Leserinnen, Kena Roach, Angela Langford, Inna Spitzkaia und Dagmar Logan für ihren wohlwollenden Blick und ihre aufmunternden Worte.

An meine Freundinnen – die mir wunderbare Vorlagen

für meine Frauenfiguren liefern. Danke, dass ihr mich stets an euren kleinen Fehlern teilhaben lasst oder, wie ich es lieber nenne, dass ihr eure besten Eigenschaften mit mir teilt.

An die Familie Carrodus: Danke für eure Launen und Marotten. Ihr habt mir schon jetzt genug Material geliefert, dass ich bis an mein Lebensende Bücher damit füllen kann.

An Oscar und Eloise – euch verdanke ich die Worte, um die Grenzenlosigkeit der Liebe einer Mutter zu beschreiben. Ohne euch wäre dieses Buch nicht geschrieben worden.

An Christian, danke, dass du an meiner Seite bist.

Und schließlich an all die Männer und Frauen, die es zu ihrer Lebensaufgabe gemacht haben, für die sichere Geburt unserer Kinder zu sorgen. Wir denken in diesem Augenblick vielleicht nicht daran, aber … danke.